KB202020

가는 대로
길이 되는

IT 비전공자의
처절한 병원 시스템
구축 생존기

비
수

장
편
소
설

프롤로그

:

2024년의 어느 겨울, 사무실 창밖으로 함박눈이 포근하게 내리고 있었고, 주위는 소리하나 없이 고요하고 평화로운 분위기를 자아내고 있었다. 도로에 소복하게 쌓인 눈 위로 자동차들이 거북이걸음을 하고 있었기에 더더욱 그림 같은 평온한 기분을 느낄 만한 풍경이었다. 하지만 태섭은 수화기 너머에서 들려오는 거센 물살에 몸을 가누기 어려운 지경이었다.

"윤 팀장님, 아직도 제 말뜻을 이해하지 못하시겠어요?"

몇 년 전부터 태섭이 맡고 있는 부서의 영업 이익이 적자를 내고 있었다. 엄밀히 말하자면 부서의 이익이 적자는 아니었다. 회사 전체의 간접비 산정 비율이 높아지면서 흑자에서 적자로 전환된 상태였기에 억울한 점이 많았다.

"사업부장님, 무슨 말씀이신지는 이해하겠습니다만, 강남사랑병원 시스템 운영 계약은 FTE* 방식입니다. 인력을 빼면 그만큼 계약 비용을 낮춰 주어야 합니다."

"답답하시네, 그러니까 그 계약을 업무량 대가** 방식으로 변경하시고, 인력을 빼시라고요. 세 명이 하던 일, 두 명이 하고, 두 명이 하던 일, 한 명

---

* FTE(Full Time Equivalent, 풀타임 노동 시간): 투입 인력수로 계약하는 방식. 정규직 근로자의 주간 또는 연간 근무 시간의 비율로 계산한다.
** 업무량 대가: 투입 인력과 무관하게 일에 대한 대가를 산정하여 계약하는 방식.

이 하면 되잖아요. 그게 안 돼요? 병원은 불가능한가?"

이미 회사 내 많은 부서가 손익 개선을 위해 인력을 축소해 가며 업무를 진행하고 있었고, 태섭이 맡고 있는 부서도 그 차례를 맞이하고 있었다.

"하기 어려운 거예요, 하기가 싫으신 거예요? 아니면 할 생각이 없으신 건가? 지금 회사가 허리띠를 졸라매고 성장을 위해 노력하고 있는데, 병원도 동참하셔야지요."

얼마 전 다른 부서 보직자들과의 술자리에서 이미 이러한 회사의 분위기를 이야기하며 서로의 어려움들을 토로하고 있었다. 먼저 인력 감축을 진행한 부서의 부서장들은 쓰디쓴 술을 연거푸 들이켜면서 이제 부서장도 못해 먹겠다며 씁쓸한 마음을 달랬고, 부서 통합과 인력 감축 계획을 수립하고 있는 부서장들은 도대체 얼마나 감축해야 회사의 손익이 개선될지 알수 없다며 무거운 마음으로 소주잔을 비우고 있었다.

"사업부장님, 잘 아시겠지만 병원은 비영리기관인 데다가 최근에 전공의 파업 사태로 외래 환자 수와 수술 환자 수가 대폭 줄어서 병원의 수익이 좋지 못합니다. 그러다 보니 시스템을 대신 운영해 주고 있는 저희들도 운영 계약이 쉽지 않습니다. 받던 계약 금액을 그대로 받으면서 인력을 줄이겠다고 하면 계약 진행 자체가 안 될 텐데요."

조심스럽게 병원의 사정을 이야기했지만 그런 변명을 듣고자 연락한 사업부장이 아니었다.

"팀장님은 우리 회사 사람이에요, 아니면 병원 사람이에요? 거기 오래 계시더니 아주 병원 사람 다 되셨네? 아니 우리 회사가 영리회사인데, 병원이 비영리기관이라고 우리가 적자를 감수합니까? 그리고 인력을 감축하더라도 받던 계약 금액을 그대로 받으면 안 되지요. 올해 물가 인상분 반영해서 금액을 인상해서 재계약하셔야지요. 하기 싫으세요, 윤 팀장님?"

수화기를 통해 사정없는 칼날이 태섭에게로 날아들었다.

"이것 보세요, 윤 팀장님. 윤 팀장님이 거기 그 보직을 맡고 계신 이유를 생각해 보세요. 그런 일 하시라고 보직 드리고 대우해 드리는 거 아닙니까, 당신네 부서원들 중에 그 일 해낼 놈 하나 없을 것 같아요? 부서장 하기 싫으세요? 바꿔 드릴까요?"

며칠 전 집사람이 큰 애 대치동 학원을 하나 더 보내겠다는 말이 머릿속을 맴돌고 있었고, 고기는 역시 한우가 맛있다며 태섭에게 눈을 찡긋하면서 엄지를 들어 올리던 둘째의 기억이 태섭의 말문을 막고 있었다.

"언제까지 몇 명 감축하실 건지, 계약 방식은 언제까지, 몇 프로 인상해서 변경할 건지 계획서 제출하세요."

동의할 수 없는 침묵이 흘렀지만 거부할 수는 없었다.

현장 사정을 몰라주는 사업부장이 야속했다. 마음속에서는 인원 감축 불가, 계약 방식 변경 불가, 계약 금액 인상 불가의 이유가 산더미였지만 태섭은 창밖으로 보이는 포근한 함박눈을 바라보며 영혼 없이 대답했다.

"네, 알겠습니다. 사업부장님."

태섭은 IT 회사인 S사 소속으로 강남사랑병원에서 용역을 받아 전산 시스템 운영 업무를 한 지가 어언 20여 년이 넘었다. 신입사원 시절부터, 강남사랑병원 시스템 구축 프로젝트에 투입되어 시스템을 개발했었고, 남아서 운영까지 맡게 되었다. 당시만 해도 태섭은 부서장이 아니라 개발자로서 개발에만 전념하면 되었다. 어떻게 하면 사용자들의 요구 사항을 잘 개발해 줄 수 있는지, 어떻게 하면 프로그램을 빠르고 오류 없이 개발할 수 있는지가 관심사였지, 부서의 손익이 어떠한지, 회사의 손익이 어떠한지에 대해서는 관심 밖 일이었다.

며칠 뒤 태섭은 지끈거리는 머리를 잡고 심란해하고 있었다. 계획서 제출일이 가까워지면서 도대체 부서원 중 누구를 내보내야 하는지 결정할 수 없어 괴로워하고 있었다.

오랜 회사 생활 동안 태섭에게 많은 어려움들이 있어 왔었지만, 언제나 동료들과 함께 힘을 합쳐 이를 극복해 왔었다. 숱한 밤을 지새우기도 했고, 여러 현장에서 욕을 먹기도 다반사였지만 언제나 동료들과 함께 극복해 왔었다. 지금과 같은 어려움은 아니었다. 태섭은 회사 생활의 위기를 맞고 있었다.

깊은숨을 들이쉬며 태섭은 늦은 밤 아무도 없는 사무실 창을 통해 까만 밤하늘에 밝게 빛나고 있는 보름달을 바라보고 있었다. 겨울로 접어들면서 차가워진 바람이 사무실 어딘가 열린 창을 통해 태섭의 머릿결을 어루만지고 있었고, 보름달은 까만 밤하늘에 흐릿하게 떠 있던 구름을 헤치며 당당하게 자신을 드러내고 있었다.

'그때도 저렇게 떠 있었지. 고시원 옥상에서, 해담터에서 항상 너를 만났었지. 너는 변한 게 없는데, 세상은 많이도 변했구나.'

태섭은 의자에 기대어 눈을 감고는 기억 속 저편에 고이 접어 두었던 지난날을 떠올렸다. 힘들고 어려웠던 지난날들 깊숙이, 더 깊숙이로 파고든다면 차라리 품어 안으리라는 생각으로, 껴안아 심장을 찌르는 차가운 칼날로 변할지라도 삶의 어려움들을 품어 안으며 오롯이 자기의 길을 만들어 왔던, 때로는 고통스럽고 힘들었지만 그리웠던 그때 그 시절을 회상하고 있었다.

파도

깊숙이 더 깊숙이로
파고든다면
차라리 품어 안으리

더운 피 팔딱이며
온몸 들뜨는
벼랑 끝에 서서

오롯한 마음으로 달려오는
청아한 손길
밀어내지 못해

껴안아 심장을 찌르는
차가운 칼날로 변할지라도

깊숙이 더 깊숙이로
파고든다면
기꺼이 품어 안으리.

* 모든 시는 김정화 시인의 「가는 대로 길이 되는(2003년)」 시집에서 인용되었으며, 시
인과 합의하에 인용하였음을 밝힙니다.

어두운 밤하늘의 어슴푸레한 구름 사이로 서서히 모습을 드러낸 밝고 둥근 보름달, 낯선 달이었다. 2001년 5월의 늦은 봄, 불어오는 바람은 그리 차갑지 않았고 머리를 상쾌하게 휘감아 돌며 어디론가 흩어졌다. 태섭은 강남의 어느 고시원 옥상에서 보름달을 바라보고 있었다. 낯선 달이었다. 강원도에서 보던 달과는 다른 느낌의 달. 까만 밤하늘에 오직 홀로 어둠을 밝히고 있는 외로운 달.

강원도 원주에서의 달은 홀로 뜨지 않았다. 촘촘하게 뿌려진 수많은 별과 함께 어우러지듯 정점을 찍으며 세상을 내려다보던 달이었다. 수많은 친구를 거느리고 어둠을 향해 으름장을 놓듯, 당당하게 양팔을 벌려 세상을 감싸안듯, 그렇게 당당하게 떠 있던 달이었다. 하지만 서울의 달은 마치 세상에 홀로 던져진 태섭처럼 친구 하나 없이 외롭게 홀로 떠 있었다.

태섭이 서울하고도 강남에 온 것은 몇 개월 전의 일이었다. 마지막 학기에 운 좋게 취업이 되었고, 그 이듬해인 2001년에 대학을 졸업 후 정식으로 3월에 입사했다. 서울에 연고지가 없었던 태섭은 입사하기 며칠 전 강원도에서 서울로 올라와 본사 근처의 고시원을 장기로 끊었다. 커다란 가방에 속옷과 양말, 수건과 칫솔, 치약, 추리닝을 넣었고, 양복 수트 케이스에는 회사 면접을 위해 어머니 김 여사의 꼬깃꼬깃 쌈짓돈으로 맞췄던 첫 양복 한 벌과 와이셔츠 몇 장을 넣고는 서울로 상경했다. 태섭의 어머니, 김 여사는 서울로 떠나는 아들을 보며 대견함보다는 걱정이 앞섰지만, 초등학교를 등교시키듯 그렇게 따라가서 돌봐줄 수는 없었기에 안타까운 마음으로 아들의 두 손을 꼭 잡고 있었다.

"밥 굶지 말고, 힘들면 전화하고, 정 힘들면 그냥 내려와."

태섭의 손을 꼭 잡았던 김 여사의 주름지고 앙상한 손에는 삼 남매를 키워 온 세월이 묻어 있었다. 그렇게 태섭의 서울 생활은 고시원에서 시작되었다. 어렵사리 취업한 S사는 IT 개발 회사였고, 본사는 테헤란로가 있는 강남의 선릉역에 있었다. 전국 곳곳에서 시스템 구축 프로젝트와 유지보수 업무를 수행하고 있던 S사는 대한민국 굴지의 IT 회사였다. 입사 후 개발팀에 배정받은 태섭은 본사에서 개발 프로젝트 투입을 위해 대기를 하고 있다가 오늘에야 비로소 투입될 프로젝트를 배정받게 되었다.

1997년 IMF 세대, 태섭보다 앞서 졸업한 선배와 동기들의 취업은 추풍낙엽과 같았다. 어려운 시절이었다. 실업자가 되는 것을 늦추기 위해 누군가는 대학원으로, 누군가는 유학으로, 복수전공으로, 휴학으로 그렇게들 도망쳤다. 태섭도 3학년 때 휴학을 했었다. 모두들 생존을 위해 자구책을 마련하여 버티거나 살아남기 위해 노력하던 때였다. 그래서 전공은 물리학이었음에도 전공에 상관없이 여러 회사의 문을 두드렸었고, IT 회사에서 합격 통지를 받았을 때 바로 입사를 결정했었다. 하지만 생면부지 서울에 홀로 올라와 야심한 밤에 달을 보며 내일 또 낯선 장소, 낯선 사람들을 만나야 한다는 생각은 기대감보다는 쓸쓸함과 외로움, 그리고 두려움을 자아냈다. 태섭은 스스로의 걱정스러운 마음을 외롭게 홀로 떠 있는 달을 보며 다잡고 있었다.

어떤 프로젝트에 배정되느냐는 매우 중요한 일이었다. 첫 프로젝트에 따라 인생이 갈리는 경우가 많은 것이 IT 업계의 특징이었다. 첫 프로젝트가 지방 프로젝트라서 평생 지방을 떠돌아다니는 경우도 있었고, 첫 프로젝트가 금융업종이라서 전국의 금융 전산망을 개발하며 돌아다니는 경우도 많았다. 무엇이 더 좋은 프로젝트인지 태섭으로서는 알지 못했고, 알 수 있는 IT 지식도 없었다. 그는 얼마 전까지 순수 과학을 공부하던 물리학도이지 않았던가. 태섭이 배정받은 프로젝트는 다행히도 본사에서 멀지 않은 강남사랑병원 프로젝트였다.

이른 아침, 강남사랑병원에 도착한 태섭은 병원의 규모에 입이 떡 벌어졌다. 병원 정문부터 본관 건물까지 수백 미터를 걸어야 했고, 건물 꼭대기를 보려면 고개를 한참 들어 보아야 했다. 원주에서는 볼 수 없었던, 그런 대형 병원이었다. 게다가 병원 안은 미로였다. 안내받은 메일에는 본관 2층 정보지원팀으로 가서 권민호 대리를 찾으라고 되어 있었는데, 정보지원팀 사무실을 찾기가 쉽지 않았다. 게다가 우여곡절 어렵게 찾은 정보지원팀 사무실은 굳게 닫혀 있었고, 문 앞에 IC 카드 리더기가 붙어 있었다. 할 수 없이 문 앞에서 누군가 출근하기를 기다릴 수밖에 없었다. 신입사원의 과도한 열정으로 너무 이른 아침에 출근한 태섭은 30여 분은 족히 기다린 뒤에야 그나마도 일찍 출근한 이름 모를 직원의 뒤를 따라 정보지원팀으로 들어갈 수 있었다.

낯선 장소의 낯선 사람들 그리고 낯선 사무실이었다. 문이 작아서 내부도 좁을 것이라 예상했던 태섭의 생각과는 달리 정보지원팀 사무실은 넓었다. 입구 왼쪽에 거대한 기계실이 있었고, 기계실 안에는 작게 웅웅거리는 소리와 함께 무수히 많은 기계가 마치 아파트 단지처럼 서 있었다. 그 안

쪽으로 프로그램을 운영하는 개발자들의 자리가 족히 60여 석이 넘게 있었다. 문을 열어 준 직원에게 인사를 하고는 권민호 대리를 찾아왔다고 하자 무심하게 손을 들어 안쪽을 가리키며 "오늘 온다던 프로젝트 인력이구나?" 하면서 기계실 앞쪽에 있는 자기 자리로 들어가 콧노래를 흥얼거리며 PC를 켜고 있었다. 막상 모르는 사람을 따라 사무실에 들어오기는 했으나, 권민호 대리가 누구인지 알 수 없었던 태섭은 어제 받았던 연락처로 전화를 해 볼까 하다가 그만두고, 아직 아무도 출근해 있지 않은 사무실을 조심스럽게 걷다가 발견한 회의실에서 조신하게 앉아 기다려 보기로 했다. 8시가 가까워 오자 사무실에 사람들이 하나둘씩 출근하여 자리하고 있었다.

"윤태섭 씨?"

출근하는 사람들에게 인사를 해야 하나 고민하고 있던 차에 어떤 사람이 회의실에 고개를 들이밀고 물었다.

"네, 신입사원 윤태섭입니다."

검지를 펴 입에 가져다 대며 조용히 하라는 몸짓으로 말한다.

"권민호입니다."

그렇게 태섭은 첫 프로젝트의 첫 선배를 만나게 된다.

신입사원의 시끄러움을 부담스럽게 여긴 권 대리가 태섭을 복도로 데리고 나왔다.

"우리는 건진* 파일럿 프로젝트를 위해 우선 제안서부터 준비하고 있어요. 윤태섭 씨와 나, 그리고 김우택 대리가 제안 작업을 해야 합니다."

프로젝트는 그냥 하는 게 아니었다. 수행사로 선정되어야 가능한 것이었

---

* '건강검진'의 줄임말

다. 그것을 수주라고 하고, 프로젝트 수주를 위해서는 경쟁입찰에 참여하여 비용과 기간 그리고 우리 회사를 선택했을 때의 장점을 제안해야 했다.

"여기 정보지원팀도 우리 회사 사람들이에요. 다만 우리와 부서가 다르지. 여기 사람들은 병원 시스템을 운영하는 ITO 소속이고 우리는 개발팀 소속입니다."

병원이든 공장이든 쇼핑몰이든 간에 그들은 그들의 고유 업무가 있었다. 환자를 케어하고, 제품을 생산하고, 물건을 판매하는 일들. 그러한 고유 업무들을 수행하는 데 전산 시스템은 필수였다. 하지만 그런 업계의 종사자들이 전산 시스템 전문가일 리 없으므로 S사 같은 전문 IT 회사들이 전산 시스템을 구축해 주고, 시스템 유지보수 및 운영 업무까지 맡아서 해 주는데, 그러한 일을 ITO IT Outsourcing 라고 불렀다. 강남사랑병원의 전산 시스템은 1994년경에 구축되었고, 이후 시스템 구축을 맡았던 S사에서 시스템 운영 인력을 남겨 정보지원팀에서 근무하고 있는 것이었다. 물론 ITO를 하지 않고 자체 전산실 직원을 뽑아 시스템을 운영하는 병원들도 많이 있었다. ITO는 직운영보다 비싸기 때문이었다.

"제안서는 거의 다 썼어요. 이제 박 부장님이 병원에 제안하고 수주되면 파일럿 프로젝트를 진행할 겁니다. 태섭 씨는 제안서 마무리 작업을 함께 하게 될 거고. 이후에는 우리와 함께 파일럿 프로젝트를 진행하게 될 거예요."

프로젝트룸이 아직 마련되지 않아 정보지원팀의 빈자리에서 제안서를 작성하고 있다고 했다.

첫날부터 난관이었다. 점심 먹고 오후에 가볍게 검토해 보라며 권 대리가 메일로 보내 준 문서는 MS Word였다. 대학에서 HWP 프로그램만 사용했던 태섭은 프로그램도 낯설었지만, 100페이지에 달하는 제안서를 보고는 놀라지 않을 수 없었다. 그야말로 하얀 것은 종이요, 검은 것은 글자였다.

오후 5시가 되자 정보지원팀 직원들이 하나둘씩 퇴근을 하기 시작했다. 신입 교육 때 들은 대로 S사는 '85제 근무'를 하고 있었다. 8시 출근과 5시 퇴근, 더 과거에는 '74제'를 했었다고 한다. 그래서 4시 퇴근 이후 공부할 사람은 공부하고, 운동할 사람은 운동해서 자기 계발을 하라는 것이 회사의 취지라고 했지만, 출근 시간 7은 지켜지는데 퇴근 시간 4는 지켜지지 않아 7시 출근, 밤늦게 퇴근이 많아졌다고 했다. 결국 직원들의 원성이 높아지자 제도를 85제로 바꿨다는 후문이다.

"태섭 씨, 오늘은 먼저 퇴근하고 내일부터 열심히 해 봅시다. 내일은 김 대리도 오니까 함께⋯." 권 대리가 눈을 찡긋한다. 100페이지 제안서가 마음에 걸려 편하지 않은 심경으로 태섭은 사무실을 나와 지하철을 타고 고시원으로 향했다. 그날 밤, 알 수 없는 짓누름에 잠을 이루지 못했던 태섭은 그렇게 또다시 고시원 옥상에서 낯선 달을 바라보며 마음을 다스리고 있었다.

다음날 일찍 출근한 태섭은 아직 출입증이 만들어지지 않아 정보지원팀 앞에서 일찍 출근하는 직원을 기다리고 있었다. 복도 저 끝에서 출입증을 빙글빙글 돌리며 키가 큰 사람이 문을 열고 들어가기에 얼른 태섭이 쫓아 들어갔다.

"누구예요?"

묘하게 경상도 사투리도 아니고 서울말도 아닌, 중간쯤 섞인 말투로 왜 따라 들어오냐는 듯 눈을 치켜뜨며 묻는다.

"어제 이쪽 프로젝트로 배정받은 신입사원입니다."

두 손을 공손히 모은 태섭의 모습을 보며,

"아, 그 뭐더라, 윤⋯ 태섭 씨?"

"네, 맞습니다."

"반가워요, 나는 김우택이야."

김우택 대리가 만면에 웃음을 띠며 태섭의 손을 덥석 잡아 반강제 악수를 한다.

"내가 어제 휴가였어. 일찍 출근했네."

초면부터 반말이었지만 왠지 마음이 편해지는 말투였다.

"잘 부탁드립니다, 선배님"

"아니지, 내가 잘 부탁해야지."

어제 권민호 대리가 진중하고 사무적이었다면, 오늘 김우택 대리는 시원시원하고 호탕한 느낌이었다. 김 대리의 자리는 권 대리 옆이었고, 그 옆이 태섭의 자리였다.

"민호 오면 커피 합시다. 근데 태섭 씨는 코딩 잘해요?"

태섭은 코딩이 뭔지도 모르는 IT 풋내기였다. 프로그램을 만드는 일, 프로그램을 짠다고도 말하는데 그것은 프로그램이 기능을 하도록 소스 코드를 작성하는 일이었고, 이것을 코딩이라고 불렀다. 사용자가 조회 버튼을 클릭하면 조회 조건들을 받아서 데이터를 조회해 오도록 만드는 일, IT 세계에서는 그것을 코딩이라고도 말하고 프로그램 개발이라고도 말했다.

눈만 껌벅거리며 대답하지 못하고 있는 태섭에게 우택은 괜찮다며, 자신도 원래부터 개발자는 아니었다고 머리를 젖혀 웃음 띤 얼굴로 마치 나보다 못한 놈이 와서 선배 노릇 좀 할 수 있게 되었음을 기뻐하는 듯 웃었다. 태섭도 따라 희미하게 웃었다.

제안서는 태섭의 IT 지식이나 스킬과 무관하게 차곡차곡 알차게 채워져 병원에 전달되었다. 이후 강남사랑병원과의 금액 협상을 통해 정식 프로젝트로 계약되었다. 그리고 그들은 정보지원팀 사무실을 떠나 본관 지하 2층의 프로젝트 룸으로 자리를 이동하게 되었다.

'강남사랑병원 건강검진센터 파일럿 프로젝트'

공식 프로젝트 명칭은 그러했다. 건강검진센터를 운영하는 업무를 전산화하는 프로젝트였다. 이미 기존에 사용하고 있는 시스템이 있었으나, 시스템을 오픈한 지 오래되었고, 더 이상 기능을 추가하기 어려운 경우 이렇게 프로젝트를 통해 시스템을 완전히 바꾸게 된다.

강남사랑병원에는 건강검진센터 말고도 여러 진료과가 있었는데, 이번 건강검진센터 파일럿 프로젝트의 성과를 보고 병원 전체 시스템을 변경할 것인지 판단하기 위한 프로젝트였다. 전체 시스템 프로젝트 전에 일부분을 미리 해 보는 프로젝트. 그러한 프로젝트를 '시범 사업'이라고 말하는데, 전문적이고 우아하게 보이기 위해 '파일럿 프로젝트 pilot project'라고 불렀다.

본격적인 파일럿 프로젝트가 시작되면서 프로젝트 룸도 만들어졌지만, 제일 중요한 인력도 보강되었다. 프로젝트 전체를 관장하는 PM Project Manager 과 PL Project Leader 그리고 실제 시스템을 개발할 개발자들이 확정된 것이었다. PM과 PL은 S사 정규직으로 부장급과 과장급 인력이 투입되었는데, PM과 PL은 아무래도 강남사랑병원 고위층들에게 주요 보고를 해야 했기 때문에 연륜과 경험이 많은 인력으로 구성되었으며, 이들은 코딩이라고 말하는 개발은 하지 않는다. 프로젝트를 진행하면서 인력 관리, 일정 관리, 비용 관리 등의 업무를 수행하면서 개발자들이 개발을 잘 진행할 수 있도록 앞에서 리딩한다.

개발자도 추가되었는데, 제안서 작업을 진행했던 S사 정규직 권민호 대리, 김우택 대리, 윤태섭 사원과 파트너 업체 프리랜서 3명으로 구성되었다. IT 프로젝트는 회사의 정규직원들로만 진행되지 않는다. 정규직과 파트너 업체 인력을 섞어서 진행하게 되는데, 이는 비용도 낮추고 정규직이 가지고 있지 못한 분야의 전문 IT 기술을 파트너 업체 특급 개발자를 통해 얻는 것이었다. 그렇게 PM과 PL, 개발자 여섯 명으로 구성된 파일럿 프로젝트가 태섭의 첫 프로젝트가 되었다.

"오늘 킥오프 행사 있습니다. 센터장님과 주요 보직자분들 모시고 건강검진센터 회의실에서 진행 예정인데 끝나고 석식도 예정되어 있어요."

PM 박 부장은 그리 크지 않은 키에 약간 허리가 굽어 있었고, 말에 무게가 있었으며 인자한 상이었고, 말수는 그리 많지 않은 것이 산전수전 다 겪어 본 듯한 분위기를 자아내고 있었다. 프로젝트룸에서 각자의 자리를 배정받아 장비를 세팅하던 팀원들은 알았다는 듯 고개를 끄덕이고는 하던 세팅을 마저 진행하고 있었다. 아직은 서먹한 분위기였다. 프로젝트라는 것이 서로 아는 사람들로만 팀이 구성되지는 않는다. 서로 경험했던 프로젝트가 다르고, 투입되었던 프로젝트 일정들이 서로 다르기 때문에 운 좋으면 함께했던 팀원들을 다시 만날 수도 있겠지만, 대부분은 그때그때 투입 가능한 인력들이 팀을 이루기 때문에 서로 모르거나 친분이 두텁지 못한 경우가 다반사였다.

"권 대리, 김 대리, 태섭 씨, 잠깐 나 좀 봅시다."

엄유식 PL이 팀원 중 정규직을 따로 불러내어 커피 자판기가 있는 사무실 복도 끝, 지하 2층에서 외부로 나가는 출입문 쪽으로 불러낸 후 자판기에 동전을 넣고 있었다.

"두 사람은 공공 프로젝트 했었다지?"

목소리가 유난히 부드러운 엄 PL이 자판기 커피를 꺼내어 건네주며, 권 대리와 김 대리에게 친근하게 물어본다.

"우택이하고 같이 국세청 프로젝트 끝내고 왔습니다."

"거기 프로젝트 아직 안 끝나지 않았나?"

"우리가 하던 부분은 다 끝났어요."

김 대리가 경상도 사투리 반, 서울말 반을 섞어 큰 목소리로 말했다.

"있다가 알앤알R&R 협의할 건데, 저기 있는 파트너 세 사람은 모두 특급 개발자들이야, 어렵게 소싱해 왔어."

파트너사 소속의 프리랜서 세 사람, 박장우 과장, 박명준 과장, 김선우 과장 모두 개발 경력 10년 이상의 특급 개발자들이라고 한다. 보통 파트너사 개발자는 비용 측면에서 이익을 내기 위해 중급 또는 고급 개발자들을 받기 마련인데, 파일럿 프로젝트이다 보니 고객사인 강남사랑병원에 실력을 어필할 필요가 있었다. 원래 S사에는 의료 전문 정규직 개발자들이 많이 있었는데, 지금은 강북의 K병원과 대구 J병원 프로젝트를 진행 중이었고, 프로젝트 막바지라서 그 인력들을 빼 올 수 없어 공공 프로젝트를 마친 권 대리와 김 대리 그리고 신입사원인 태섭이 파일럿 프로젝트에 투입된 상황이었다.

"권 대리, 김 대리가 올해 4년 차지? 많이 배우고, 잘해 보자고. 윤태섭 씨는 좋은 기회니까 열심히 배워요."

엄 PL은 공공 프로젝트를 십수 년간 참여했었다고 했다. 소싯적에는 개발도 많이 했었고, 신의 손이라고 불리기도 했었다고 하는데, 지금은 주로 프로젝트 관리만 하고 있다고 했다. 그는 크지 않은 키에 여리고 부드러운 목소리가 아마도 고객과 협의할 때 분위기를 부드럽게 만드는 능력이 있나 보다. 듣는 사람들의 마음을 편하게 만드는 능력이 있었다.

"네, 열심히 해야지요."

호쾌한 김우택 대리가 유쾌한 표정으로 말했다.

R&R Role & Responsibility 협의, 역할과 책임에 대한 협의이며, 이 협의에 따라 향후 개인별 업무가 결정되는 매우 중차대한 협의였다. 각자의 역량에 맞게 업무를 분장하는 것이 프로젝트 성패의 중요한 요소였으며, 능력 있는 PM과 PL일수록 용병술이 뛰어난 법이었다.

"아직 우리 인력들이 개발 경험이 많지 않으니까 박장우 과장이 메인 화면과 아키텍처 쪽, 판정 쪽을 맡아 주세요. 그리고 박명준 과장은 금융 쪽 프로젝트 경험이 많으시니 돈 계산하는 수납 쪽을 맡아 주시고, 김선우 과장은 알고리즘을 잘하니까 수진 상황 쪽을 맡아 줬으면 좋겠어요."

엄 PL은 개발자들을 이미 속속들이 꿰고 있었으며, 그들이 어떤 일을 해야 하는지 계획을 가지고 있었다. 협의는 무리 없이 술술 진행되었으며, 다들 불만 없이 마무리되었다.

강남사랑병원의 건강검진센터는 크게 예약 접수 업무와 수납, 수진 상황, 결과 상담, 판정 업무로 나뉘어져 있었다. 각각이 메인 업무라 할 수 있었고, 해당 업무를 지원하는 전산 시스템이 있었다. 개발 경험이 15년 가까이 되는 박장우 과장이 로그인 화면과 전체적인 아키텍처, 그리고 판정 업무를 맡았고, 그다음으로 개발 경험이 많은 박명준 과장이 수납 업무, C 프로그램의 달인이라는 김선우 과장이 수진 상황 업무를 맡았으며, 권 대리는 예약 접수 업무를, 처음부터 개발팀 소속이 아니었기에 개발 경험이 그리 많지 않은 김 대리가 결과 상담 업무를 맡았다. 태섭은 신입사원이라서 각종 마스터 데이터 관리 업무를 맡게 되었는데, 마스터 데이터 관리 업무란 예약 정원 마스터, 검사실 마스터, 건강검진 패키지 마스터 등 핵심 업무에 기초가 되는 데이터들을 관리하는 프로그램 개발이었다. 사실상 한 번 데이터가 잘 들어가 있으면 오류 날 일이 거의 없는 위험성이 낮은 업무를 배정받게 된 것이었다.

"자, 오늘은 정리하고 킥오프 행사하러 갑시다. 바로 석식 장소로 이동할 거니까 마무리들 하세요."

킥오프 행사 장소는 건강검진센터 내 회의실이었는데, 30여 명쯤 앉을 수 있는 고급스러운 회의실이었다. 행사 20분 전에 회의실에 도착하여 발표 자료와 빔 프로젝터를 테스트하고는 박 PM과 엄 PL만 중앙의 자리에 앉고 개발자들은 뒤쪽 좌석에 배석하여 참석자들을 기다리고 있었다. 얼마 뒤 병원의 킥오프 행사 참여자들이 속속 회의실로 들어서기 시작했다. 세련된 디자인의 하얀색 가운은 의사들이었고, 베이지색 복장의 일반 직원들 그리고 옅은 블루 계열의 옷은 건강검진센터의 중간 관리자들이었다.

이미 입고 있는 옷에서부터 그들의 계급은 나누어져 있었다. 병원은 의사, 간호사, 병리사, 검사 기사, 약사, 영양사 등의 여러 전문 직종이 함께 어우러져 생활하는 곳이었고, 그들 나름의 무리를 이루어 삶을 살아가고 있었다. 가장 안쪽 가운데 앉은 머리가 희끗희끗한 의사가 센터장이었는데, 센터장이 가장 늦게 도착하여 가운데 자리를 차지하고 앉자 건강검진센터 박 실장이 킥오프 행사의 시작을 알렸다.

건강검진센터의 소개가 있었고, 각 주요 업무 보직자들의 소개가 있었다. 그리고 박 실장의 진행에 따라 박 PM이 건강검진센터 파일럿 프로젝트의 목적과 일정, 기대 효과를 천천히 여유 있게 발표하였고, 발표가 끝나자 다시 박 실장이 마이크를 이어받았다.

"우리 병원 시스템이 구축된 지 7, 8년 정도 되었습니다. 병원에서 전체적으로 시스템을 새로 구축한다고 하는데, 그 전에 우리 건강검진센터를 먼저 시범 구축하겠다고 합니다. 그래서 이분들이 들어오셨어요. 정지영 선생, 처음에 우리 센터 시스템 구축할 때 기억나지요? 우리 그 일을 다시 해야 합니다."

정지영 선생은 기억하고 싶지 않다는 듯 머리를 흔들며 말했다.

"그때 생각하면 정말 아찔한데, 그걸 꼭 우리 센터에서 먼저 해야 하나요? 그때는 어려서 멋모르고 했었어요."

정지영 선생은 건강검진센터 원무과 직원이었다. 수진자들을 많이 상대해서 그런지 싹싹했고, 말투 또한 기분 나쁘지 않은 투덜거림이었다.

"그걸 정 선생이 안 하면 누가 해? 내가 정 선생 믿고 우리가 먼저 해 보겠다고 했어."

갑작스러운 센터장의 장난기 섞인 말투에 킥오프 분위기가 나쁘지 않았다. 병원은 직급으로 호칭하기도 했지만 주로 '선생님'이라는 호칭을 많이 사용하고 있었다. 잘 모르면 그냥 다 선생님이라고 부르면 되었다.

"우리 센터가 그래도 국내 최고의 건강검진센터라고 우리는 생각하고 있소. 우리만의 생각인지는 모르겠소만, 그러면 거기에 걸맞은 시스템을 갖추고 수진자들에게 최상의 서비스를 제공해야지. 이번에 아주 획기적으로 바꿔서 사방팔방 소문을 냅시다. 나는 여러분들만 믿어요."

그렇게 말하고는 센터장이 좌우를 지긋한 눈빛으로 천천히 바라보다가 태섭과 눈이 마주쳤다.

"거기 선생, 이번에 들어온 개발팀 분이신가?"

"네? 네."

태섭이 당황하며 얼떨결에 대답했다.

"우리 시스템 잘 만들어 줄 수 있지요? 방금 전에 발표하신 부장님이야

수년간 다져진 연륜이 있으셔서 잘 포장해서 말씀하셨겠지. 저기 저 선생은 상당히 젊어 보이는데 아직 때 묻지 않은 저 선생의 다짐을 한번 들어 봅시다."

센터장은 팔짱을 끼고 의자를 뒤로 젖히며, 너의 이야기를 들어 보겠다는 듯 히죽 미소를 띠며 태섭을 바라봤다. 순간 태섭은 몸이 뻣뻣하게 굳어 가고 있음을 느꼈다.

"센터장님, 우리 윤태섭 사원은 입사한 지 얼마 되지 않은 신입사원입니다. 아직 개발 경험이 많지는 않습니다만 열심히 하는 친구입니다."

아직 개발 경험이 많지 않은 것이 아니라 한 번도 개발해 본 적이 없는 태섭이 엉뚱한 행동이나 말을 하기 전에 박 PM이 얼른 나서 허허실실 작전으로 상황을 마무리하려고 하였으나, 센터장의 장난기를 멈추지는 못했다.

"들어 봅시다. 신입사원이라는 저 친구의 이야기를…."

킥오프 행사에서 나이가 가장 어려 보이는 태섭을 안 그래도 궁금해하던 차에 잘되었다 생각하는 건강검진센터 직원들 얼굴에 짓궂은 미소들이 번졌고, 박 PM과 엄 PL은 설마 크게 실수하지는 않겠지 하는 마음으로 태섭에게 불안한 눈길을 던지며 말했다.

"윤태섭 씨, 다짐이 있으면 한번 말씀해 보세요."

태섭은 누가 봐도 동안이었다. 대학 시절 휴학을 했었기에 졸업 동기, 입사 동기들보다 한 살 많았으나 오히려 어려 보였고, 머리 스타일도 빗어 넘기거나, 젤을 발라 고정시키지도 않아서 고등학교 때의 머리 스타일 그대로, 소위 말하는 '학생 머리'를 하고 있어 더욱 어려 보였다. 태섭이 졸업한 지도 얼마 되지 않았고 최근 고시원 생활을 하게 되면서 머리를 감고 드라이로 말리지도 않은 자연 그대로의 머리 스타일이었으니, 딱 학생 같아 보였을 것이었다. 하지만 태섭도 IMF 끝물에 엄청난 경쟁률을 뚫고 S사에 입사한 신입사원이었다. 태섭이 뻣뻣해진 몸을 추스르고 자리에서 조용히 일어나 침착한 어조로 천천히 말했다.

"저는 강남사랑병원 건강검진센터가 우리나라 최고의 건강검진센터라고 생각합니다. 그리고 제가 입사한 S사도 우리나라 최고의 IT 개발 회사라고 생각합니다. 최고와 최고가 만난 거라고 생각합니다. 하지만 서로를 배려하지 않는 최고와 최고가 만나면 불화를 만들고, 서로를 배려하는 최고와 최고가 만나면 명품을 만들며, 배려하는 최고와 열정적인 개발자가 만나면 혁신을 만들어 낼 거라 생각합니다. 저는 이미 열정적인 개발자입니다. 배려하는 최고가 되어 주신다면 혁신을 이루겠습니다."

회의장에 10분 같은 3초의 침묵이 흘렀다.

"허, 그 친구…."

센터장의 얼굴에 사심 없는 웃음이 피어났고, 회의실이 박수로 가득했다. 태섭이 공손하게 허리를 깊숙이 숙여 인사를 하자 여기저기 직원들이 자기들끼리 귓속말을 하며 눈웃음을 나눈다.

"자, 이 여세를 몰아 킥오프 기념 석식 장소로 이동하시겠습니다."

진행을 맡았던 박 실장이 분위기에 맞춰 자연스레 킥오프 행사 종료를 알렸다. 석식 장소는 병원 근처의 한우 전문점이었다. 생각했던 대로 건강검진센터는 수익이 좋은 부서였다. 당시 일반 회사들의 회식이라 하면 대부분 삼겹살에 소주가 묵시적인 룰처럼 되어 있던 때였다. 하지만 건강검진센터의 회식은 기본이 꽃등심이었다. 센터장의 건배사를 시작으로 박 PM의 화답하는 건배사 그리고 이어지는 파도타기… 2000년대 초반 회식 문화가 그러했었다.

프로젝트가 본격적인 궤도에 오르고 있었다. 제안서에 제안했던 내용을 토대로 개략적인 일정이 수립되었고, 각 단계별 상세 계획들이 세분화되었는데, 그들은 이렇게 작업을 세분화하고 상세화하는 과정을 WBS Work Breakdown Structure 라고 불렀다.

수립된 일정에 따라 현재 시스템을 운영 중인 정보지원팀 담당자가 주요 업무와 시스템에 대해 설명해 주었고, 내부 논의를 거쳐 신시스템 아키텍처를 결정하기로 하였다. 기존 시스템, IT 업계에서는 그것을 레거시 시스템 legacy system 이라고 불렀는데, 건강검진센터의 레거시 시스템은 1990년대 중반에 오라클 Oracle 에서 출시한 '디벨로퍼 developer 2000'이라는 개발 툴 Tool 을 사용하여 개발된 상태였다. 화면과 데이터베이스를 직접 연계한 2-tier 구조로 개발되어 있었는데, 요즘에는 이런 2-tier 구조로 개발하지 않는다. 데이터를 대량으로 요청하는 작업 하나가 시스템 전체를 다운 down 시킬 수 있는 위험한 구조라서 최근에는 중간에 부하를 분산해 주는 미들웨어를 두어 3-tier 구조로 개발한다. 그러니까 건강검진센터 시스템은 개발 당시에는 획기적이었겠지만 지금 시점에서 볼 때 대형 병원에는 맞지 않는 아키텍처였던 것이다.

개발팀은 현재 강북의 K병원 프로젝트에 사용하고 있는 아키텍처를 준용하기로 하였다. K병원 프로젝트가 마무리되면 개발팀 본대가 강남사랑병원으로 투입되어 전병원 시스템을 개발할 예정이기 때문이었다. K병원 프로젝트에서 사용하고 있는 아키텍처는 당연히 3-tier 구조였다. 화면은 델파이 Delphi, 미들웨어는 D사 솔루션, 서버 프로그램은 프로씨 Pro*C, 데이터베이스는 오라클 Oracle 을 사용하고 있었는데, 모두들 그 구조가 바람직하다고 동의했다. 다만 미들웨어만 D사 솔루션에서 티맥스 TMax 로 변경하자고 했는데, 비용적인 문제였다. 지금은 반대지만 당시 D사 솔루션은 티맥스보다 많이 비쌌다.

델파이라는 화면단 개발 툴도 디밸로퍼 2000과 같이 90년대 중반에 볼 랜드 Borland 사에서 만들어진 개발 툴이었는데, 디밸로퍼와는 다르게 지속 적으로 개량되어 왔고 개발하기에도 편한 통합 환경인 IDE Integrated Development Environment 를 제공하고 있었다. 물론 2001년 당시 4GL Fourth-generation programming language, 4세대 언어 로는 델파이 외에도 비주얼 베이직 Visual Basic, 폭 스프로 FoxPro 등 다양한 언어와 툴들이 있었으나 그중에서도 델파이의 기 능이 막강했다. 하지만 태섭은 그것들이 무엇인지 들어도 알 수 없었고, 용 어들이 너무 생소하여 들은 용어를 그대로 말로 뱉어 낼 수도 없었으며, 다 른 사람들의 대화에 끼어들지도 못하고 있었다.

7월의 어느 날, 지면을 덮고 있던 안개가 여린 햇살에 서서히 걷히고 있 었고, 부드러운 햇살이 강북 K병원 2층 개발팀 사무실 창의 블라인드 사이 로 비집고 들어와 사무실을 서서히 밝히기 시작하고 있었다. 의자를 뒤로 젖혀 몸을 기댄 채 아무렇게나 되는 대로 자고 있던 거구의 두길상 대리는 눈꺼풀을 괴롭히는 아침 햇살을, 모기를 쫓듯 두꺼운 손을 들어 휘휘 저어 보지만, 햇살은 손짓에 도망가는 모기가 아니었다. 눈살을 찌푸리며, 실눈 을 게슴츠레 뜨고 아직 어둠이 다 가시지 않은 사무실을 둘러본다.

'배고프다.'

S사의 의료 부문 IT 개발자들은 1999년 말에 강북의 K병원과 대구의 J병 원을 동시에 수주하여 투입되었다. 수년간 의룟밥을 먹은 기라성 같은 의 료 전문 개발자들이 그 수를 나누어 두 병원 프로젝트를 동시에 진행하게 되었는데, 하나의 병원 시스템 구축도 쉽지 않은데 동시에 두 개의 프로젝 트를 진행한다는 것이 큰 리스크로 여겨졌다. 그러나 당시에는 52시간 근 무 제한도 없었고, 월화수목금금금의 회사 생활이 만연해 있던 때라 개발

자를 갈아 넣으며 프로젝트를 진행해 가고 있었다. 지금은 프로젝트 마무리 단계라서 앞으로 사용자 교육과 통합 테스트, 리허설을 거쳐 2001년 말에 시스템을 오픈할 예정이었다. 두 대리는 K병원 프로젝트에서 간호 시스템 개발을 담당하고 있었는데, K병원에는 간호사가 천 명이 넘었다. 그것은 요구 사항을 내는 사람이 천 명이 넘는다는 의미였으며, 프로그램이 잘못되어 욕을 먹게 될 때 한두 마디씩만 욕해도 수천, 아니 수만 번의 욕을 먹게 되는 그런 시스템의 개발자라는 의미였다.

초점을 잃은 듯한 눈으로 고개를 젖혀 천장을 바라보며, 두 대리는 본능적으로 팔을 내려 책상 서랍을 열고는 부스럭거리는 봉지를 꺼내 쳐다보지 않고 왼손으로 봉지를 받쳐 들고, 오른손으로 안에 든 건빵을 꺼내어 천장을 향해 벌어져 있는 입에 넣는다. 두 개씩, 세 개씩, 주먹 한 움큼씩….

K병원 프로젝트 투입 전, 국군의무사령부 프로젝트 때 밤마다 수고한다며 간호장교가 가져다준 건빵에 맛이 든 두 대리는 K병원 프로젝트 개발을 위해 투입되었을 때 근처 가게를 뒤져 건빵을 서랍 가득 준비해 둔 터였다.

'목마르다.'

무거운 몸을 일으켜 슬리퍼를 대충 신고 어기적어기적 정수기 앞으로 간 두 대리는 정수기 일회용 컵이 없는 것을 보고 눈썹을 찡그리고는 다시 자리로 돌아가 1.5L 생수통을 들고 가서 삼분의 일쯤 받아 벌컥벌컥 마신다.

쉼 없이 다 마신다. 그에게는 그저 작은 생수병으로 보일 뿐이었다. 그러고는 다시 반 통쯤 물을 받아 자리로 돌아가면서 혼잣말로 뭐라는지 모르게 중얼거린다.

"그러니까, 그걸 포기하지 못하겠다는 말이지?"

두 대리는 자리로 돌아와 운동화로 갈아 신고, 프로젝트 사무실 문을 열고 나가 K병원 정문 쪽으로 향했다.

추리닝 차림이었다.

며칠 동안 집에도 가지 않았고 머리도 감지 않아 군데군데 까치집이 있었으며, 장시간 앉아서 일하는 직업의 특성상 배가 불뚝 나와 있었는데, 거구의 몸으로 어슬렁어슬렁 걸어가며 가끔 한 손으로 배를 두드리고 있었다. 나이가 젊었을 뿐 노숙인이라 봐도 이상하지 않을 상태였지만 태연히 병원 정문으로 다가가 벤치에 무릎을 올리고 쪼그리고 앉아 햇볕을 쬐고 있었다. 벤치가 작아 보였다.

"지금 이럴 때가 아닌데, 이걸 포기 못 해? 욕심쟁이, 내가 해 주나 봐라. 시간 남아도 안 해, 잠이나 더 자지."

아침 6시 반이었지만 7월의 햇살은 쪼그리고 앉아 있는 두 대리의 온몸에 따스함을 전해 주고 있었다. 이른 아침이었지만 하루가 빨리 시작되는 병원의 직원들은 하나둘씩 출근을 하고 있었고, 병원 정문 옆 벤치에 쪼그리고 앉아 있는 거구의 두 대리를 힐끔거리며 병원 안으로 들어가고 있었다. 두 대리는 눈을 감은 채 하늘을 향해 머리를 들어 따사로운 햇살을 온몸으로 느끼고 있었다. 마치 누군가가 봐 주기를 바라기라도 하는 듯이.

"어머, 선생님. 우리 개발자분 아니세요? 여기서 뭐 하고 계세요? 어머, 어제 퇴근 못 하셨어요?"

'걸려들었다!'

두 대리는 천천히 고개를 돌리며 눈을 떴다. 언제나 일찍 출근하는 K병원 간호 본부장이었다. 덩치가 큰 이상한 사람이 병원 정문 옆에서 쪼그리고 앉아 햇볕을 쬐고 있어 힐끔힐끔 쳐다보다가 간호 시스템 개발자임을 알아보고는 놀라서 묻는다. 쪼그리고 앉아 있던 두 대리는 마치 놀란 듯, 서둘러 벤치에서 일어나 두 손을 앞으로 모으고 허리를 깊숙이 숙여 인사한다.

"간호 본부장님, 안녕하세요."

깊숙이 숙인 뒷머리에 까치집이 너저분했다. 자세는 공손하였으나, 외형은 불손하기 그지없었다. 추리닝에 운동화, 떡 진 머리와 깎지 않아 너저분한 수염, 그리고 튀어나온 배까지, 깡통 하나만 들고 있었더라면 거지도 상거지 차림이었다.

"통합 테스트 전까지 간호 추가 요구 사항 개발을 끝내야 하다 보니 며칠 집에 들어가지 못했습니다. 생각보다 추가 요구 사항들 영향도가 커서 병동 메인 화면도 다시 손 봐야 해서 어려움이 좀 있습니다."

초점 잃은 눈빛과 여유롭게 흐느적거리던 자세는 어디론가 사라지고 없었고, 측은지심을 불러일으키는 불쌍한 옷차림과 모성애를 자극하는 묘한 고양이의 눈빛, 번뇌에 빠져 있는 듯 가라앉은 말투까지, 본부장은 마치 자신이 한 젊은이를 괴롭히고 있는 것 같은 느낌을 지울 수 없었다.

"추가 요구 사항이 그렇게 많아요? 누가 낸 거지요? 그거 안 하면 오픈 못 할 정도로 중요한 건가요?"

여유롭게 꽃 사이를 날아가는 나비를 처연한 표정으로 바라보던 두 대리는 한숨을 한 번 쉬고는 힘없이 말한다.

"최초 요구 사항들은 모두 개발했습니다. 그런데 테스트하시다 보니 이런 기능들이 있었으면 더 좋겠다 싶은 추가 요구 사항들을 많이 내셨습니다. 일부는 꽤 좋은 생각들이어서 반영을 해 드렸는데, 써 보면 써 볼수록 더 좋은 생각들을 내시는지라 개발 속도가 따라가지 못하고 있습니다. 하지만 뭐, 몸이 축나더라도 최대한 개발해 드려야지요."

"아이구, 이러다가 사람 잡겠네. 알았어요. 내가 확인해 보고 해결해 드릴 수 있는 것은 해결해 드릴게요."

"마음도 아름다우신 본부장님, 늘 감사드립니다."

눈망울을 글썽이며, 거구의 두 대리가 거대한 아침 햇살의 그림자를 만들며 더욱 공손하고 깊게 허리를 숙여 떡진 뒷머리를 의도적으로 보여 준다. 간호 본부장은 희미한 미소를 짓다가 손목의 시계를 흘끗 보고는 이내 병원 건물 쪽으로 발걸음을 옮겼고, 두 대리는 깊숙이 허리를 숙인 채로 미소 짓고 있었다.

본부장이 몇 시에 어느 출구를 경유하여 출근하는지는 이미 오래전에 파악해 둔 상태였고, 본부장이 자신을 알아볼 수 있도록 최근에는 몇 번 직접 찾아가 시스템 설치도 해 주고, 주요 화면들을 열어 설명도 해 준 터였다. 할 일을 마친 두 대리는 다시 배를 두드리며 흥얼거리면서 여유롭게 사무실로 향했다. 프로젝트 말기에는 늘 추가 요구 사항이 발생하기 마련이었다. 병원 입장에서는 프로젝트팀이 있을 때 기능을 하나라도 더 요구해야 했고, 프로젝트팀 입장에서는 어떻게든 일정 지연 없이 프로젝트를 마무리하고 철수할 수 있도록 노력해야 했다. 추가 요구 사항을 잘못 받았다가 오픈 일정이 늦어지거나, 1차 오픈 이후 남아서 개발을 하게 되면 그 모든 것은 비용으로 남게 되고 프로젝트 성과에 악영향을 미치게 되어 있었다.

두 대리는 보기와는 다르게 개발 속도가 매우 빠르고 꼼꼼해서 최초 요구 사항은 이미 다 처리한 데다가 간호 시스템 외에 다른 시스템도 기웃거리며 도움을 주고 있을 정도였다. 그리고 추가 요구 사항도 대부분 다 개발해 주었는데, 혈액종양내과에서 올라온 독특한 추가 요구 사항은 두 대리 입장에서 개발하기 어려운 것이 아니라 개발해 주기 싫은 요구였다.

"특정 간호사가 시스템에 로그인하면 기록 화면에 의사분들 일정이 보이고, 필요시 그분들께 미리 등록한 양식이나 문구로 일괄로 메일을 보낼 수 있도록 해 주세요."

"다른 분들이 로그인할 때는 필요 없으시고요?"

"네, 특정 간호사만 사용할 수 있어야 해요."

"그러면 그 간호사분 사번을 소스 코드에 박아야 하는데, 그런 방식의 개발은 지양하고 있습니다, 선생님. 그런데 그 대상 간호사 선생님은 누구세요?"

"저예요."

두 대리는 어이가 없었다. 자기만 사용할 기능을 만들어 달라는 말이 아닌가. 속에서부터 끓어오르는 욕을 미소와 눈 떨림으로 가까스로 참아 내고 있었으며, 내심 절대 해 주지 않으리라 마음먹으면서 요구 사항 리스트에 추가해 관리하고 있었는데, 요청한 김 간호사가 잊지 않고 언제 개발해 주느냐고 지속적으로 물어 오고 있었다. 하지만 두 대리가 간호본부장을 만난 그날 오후 혈액종양내과 김 간호사의 개인적인 요구 사항은 기각되었다.

태섭은 주변 선배들에게 물어물어 PC에 델파이를 설치하고, 울트라 에디트 UltraEdit 를 설치하고, 토드 Toad 를 설치했다. 무엇에 쓰는 물건인지는 일단 차차 알아가기로 하고 주변에서 이뤄지는 일들을 관찰하기 시작했다. 본격적인 요구 사항 도출 및 분석 단계였다. 파일럿 프로젝트는 6월에 시작했고, 11월 말에 오픈하는 일정이었는데, 일반적인 프로젝트 관점에서 보면 짧은, 번갯불에 콩 구워 먹는 프로젝트였다.

"예약 화면에 수진자 번호를 키인 Key-In 하고 조회 버튼을 클릭하면, 수진자의 수진 이력이 팝업으로 떠서 우리가 미리 파악할 수 있도록 보여 줘야 해요. 그리고 신규로 건진 예약을 잡거나 아니면 기존에 예약된 건을 수정할 수 있게 선택할 수 있어야 해요. 지금 시스템은 여러 개의 화면을 띄워야 해서 수진 번호를 여러 번 입력하는데, 좀 번거로웠어요."

예약 접수 업무를 담당하고 있는 권민호 대리는 정지영 선생의 말에 귀

기울이며 듣다가 주요 사항들을 엑셀 파일에 기록하고 있었다.

"그러니까, 수진자의 이력을 보여 주고 신규 또는 수정을 선택할 수 있어야 한다. 그러면 신규 예약을 잡을 때는 무슨 정보를 보여 줘야 해요?"

"신규라면 먼저 건진 패키지 정보를 보여 주고, 수진자가 원하는 일자에 해당 패키지 케파capacity, 정원가 되는지 확인할 수 있어야 하고요. 검사를 추가하실 건지 확인해서 추가 검사를 넣어야 해요. 내시경 하실 때 수면으로 하실 거면 패티딘pethidine이나 미다졸람midazolam을 추가할 수 있어야 하거든요. 혈액 검사도 일반 혈액이나 일반 화학 검사는 기본 검사지만 그 외 면역 검사나 미생물 검사는 추가 검사예요."

대충 반은 알아듣고 반은 잘 모르겠으나 일단 눈을 감고 고개를 끄덕끄덕한다.

"윤태섭 씨, 패키지 케파나 패키지 내 기본 검사, 추가, 선택 검사 마스터는 윤태섭 씨가 만들 화면들이야."

"네. 네?"

장시간의 요구 사항 설명에 집중력을 잃어 가고 있던 태섭의 눈이 커진다. 프로그램 개발도 몰라, 건진 센터 업무도 몰라, 첩첩산중에 지도와 나침반도 없이 홀로 길을 헤매고 있는 나그네 꼴이었다.

일정에 따라 요구 사항 도출 및 분석이 끝났을 무렵, 태섭이 5개월 동안 개발해야 하는 화면이 50개 정도로 정리되었다. 개발팀 전체는 약 400여 개 정도였는데, 태섭의 화면은 대부분 단순했고, 다른 개발자들의 화면은 업무별로 난이도가 서로 달랐는데, 권민호 대리와 박명준 과장의 화면들이 특히나 복잡하고 많은 기능이 들어있었다. 델파이 프로그램 언어를 처음 접하는 태섭은 프로그램 설치 후 무엇을 해야 할지 몰라 망설이고 있었고,

권민호 대리는 이전에 논의했던 예약 업무 시 요구 사항을 어떻게 화면에 반영해야 하는지 인상을 쓰며 화면을 그려 보고 있었다.

"윤 사원, 델파이는 처음이지?"

델파이는커녕 개발이 처음이라고 말하고 싶었고, 델파이는 아폴로 신전이 있는 고대 도시 이름이 아니냐고 묻고 싶다.

박명준 과장은 델파이를 많이 써 봤고 아주 좋은 개발 툴이라고 이야기했다.

"델파이는 볼랜드 Borland Software Corporation 에서 개발한 언어인데, 파스칼 Pascal 베이스야. OOP Object Oriented Programming, 객체지향 프로그래밍 와 GUI Graphical User Interface, 그래픽 사용자 인터페이스 가 강력하지. 태섭 씨도 금방 배울 수 있을 거야."

사방이 적이었다. 건진 센터 선생들은 선생들대로 태섭이 알 수 없는 의료 용어들로 의사소통을 하고 있었고, 개발자들은 또 태섭이 알아들을 수 없는 IT 용어들로 태섭을 괴롭히고 있었다.

"화면은 이렇게 만들어."

박명준 과장이 자신의 조그만 노트북에서 델파이를 실행시킨 후 화면의 다양한 옵션에서 새로운 폼 New Form 을 선택하더니 그 위에 버튼 모양의 컴포넌트를 올리자 버튼이 만들어졌고, 입력창을 올리자 에디트 박스가 만들어졌다. 뚝딱뚝딱하는 사이에 그럴싸한 화면 하나가 만들어졌다.

"쉽지? 델파이가 이렇게 쉬워. 그냥 쓱쓱 만들 수 있거든. 물론 버튼을 클릭했을 때의 기능들은 소스 코딩을 해야 하지만, 옛날에 C나 C++, 파스칼, 코볼 뭐 이런 걸로 화면 하나 만들려면 하세월이었어. 델파이는 정말 편하고 좋아."

박명준 과장이 한 참 델파이 예찬론을 펼치고 있을 때, 엄 PL이 끼어들었다.

"개발 가르쳐 주기 전에 네이밍 룰부터, 표준부터 가르치는 게 좋겠어요. 막 개발했다가 나중에 다 바꾸는 사태가 벌어지지 않도록."

개발 표준이란 개발 시 개발자들이 지켜야 하는 코딩 규칙을 말한다. 이러한 개발 표준에 의해 개발하지 않으면 개발 완료 후 유지보수 할 때 어려움이 많게 된다. 태섭은 거의 모든 것들에 무지했다. 프로젝트 일정에 뒤처지지 않으려면 열심히 해야겠다고는 생각했지만, 무엇을 열심히 해야 할지 알지 못했다.

무지의 지無知의 知, 진정한 현명함이란 자신의 무지를 자각하는 것에서부터 출발한다는 소크라테스의 말에 따르자면 태섭은 자신의 무지를 절실히 자각하고 있으니 이 또한 현명함이 아닌가.

프로젝트가 본격적으로 시작되고 요구 사항 도출 및 분석을 거치면서 설계 작업에 들어가기 시작했다. 요구 사항들을 시스템에 어떻게 반영할 것인지에 대한 설계인데, 화면 설계, 보고서 설계, 테이블 설계 등을 통해 개발할 화면이나 출력할 보고서를 어떤 레이아웃으로 만들 것인지 설계한다. 이때 화면을 통해 입력되는 데이터들을 어떤 방식으로 저장할 것인지 테이블 설계를 통해 개발 방향을 정하게 된다.

태섭도 서투르지만 델파이를 통해 더듬더듬 화면을 구성하여 사용자에게 화면을 보여 주고 수정하고를 반복해 가며 화면 하나하나를 확정해 가고 있었다. 선배들과 비교할 바는 아니지만 날이 지날수록 태섭의 개발 속도가 빨라지고 있었고, 신입사원이라고 얕잡아보던 건진 센터의 실무자들도 태섭의 화면과 구현된 일부 기능들을 보며 서서히 개발자로서 인정해 가고 있었다.

8월에 들어서면서 무더운 여름과 함께 본격적인 개발이 진행되고 있었다. 프로젝트 룸으로 찾아오는 건진 센터 실무자들이 늘어났고, 개발되고 있는 화면을 보면서 여기서는 어떤 기능이 되어야 한다거나, 테스트해 봤더니 어디서 오류가 나더라 등의 의견들을 교환하고 있었다. 태섭도 건진 패키지 마스터 담당자와 함께 개발 중인 화면을 보면서 협의를 하고 있었다.

"지금 화면에서는 건진 패키지를 새로 만들 때 일일이 처음부터 만들어야 해요. 기존 패키지를 복사해서 필요한 부분만 변경하고 싶은데, 그런 기능이 없어요. 화면 여기쯤에 패키지 복사 버튼 같은 게 있었으면 좋겠어요."

건강검진센터에는 남성 기본, 여성 기본 패키지를 기본 패키지로 운영하고 있으며, 그 외 심장 정밀, 폐 정밀, 부인암 건진, 은퇴자 건진, 결혼 전 건진 등 그 패키지 종류만 수백 개에 달했으며, 수진자들의 취향에 맞게, 때로는 시대의 흐름에 맞게 건강검진 패키지를 운영하고 있었다. 각 패키지마다 검사 가짓수도 달랐고, 수검 주기도 달랐으며, 당연히 수가도 달랐다. 이러한 패키지 정보를 관리하는 마스터 화면을 태섭은 며칠 전부터 만들고 있었는데, 실무 담당자와 이야기하면 할수록 기능이 하나하나 늘어나고 있어 화면 개발을 끝낼 수가 없었다. 당초 요구 사항 도출 단계에서는 없었던 요구들이 개발을 진행하면서 지속적으로 쏟아져 나오고 있었던 것이었다. 그리고 그러한 현상은 비단 태섭뿐 아니라 개발팀의 모든 개발자가 겪고 있는 현상이었고, 시스템 구축 사업에서는 언제나 발생하는 어려움 중 하나였다.

"아니, 뭐 볼 때마다 달라져요?"

김우택 대리가 건진 결과 상담 화면을 담당자와 함께 보면서 추가된 요구 사항에 볼멘 소리를 하고 있었다.

"제가 언제 여기서 이렇게 보여 달라고 했어요? 결과 상담 화면에서는 유소견 결과가 보이는 게 중요해요."

"지난번에는 결과 다 보여 주고, 결과 옆에 유소견 여부를 'Y'나 'N'으로 보여 달라고 하셨잖아요. 그래서 그때 새로 항목 만들고 정보를 조회해서 보여 드린 건데…."

"아니에요, 정상 결과는 필요할 때 클릭해서 보면 되고, 일단 유소견이 먼저 보여야 상담이 빨리 끝나요."

결과 상담과 판정 쪽 업무를 담당하고 있는 박주연 간호사는 단호한 자세로 김우택 대리를 몰아붙이고 있었고, 김우택 대리는 고개를 절레절레 흔들었다.

"그러면 말씀하신 대로 해요. 나중에 또 바꾸시기 없기예요."

하지만 그 요구 사항은 나중에 실제 프로그램을 사용하는 실무자들에 의해 변경되고 말았고, 박주연 선생은 나몰라라 했다.

태섭은 밤마다 늦게까지 책을 보았다. C 프로그래밍이 무엇이고 어떻게 소스 코드를 만들어야 하는지, 델파이에는 어떤 기능이 있고 어떻게 코딩해야 하는지를 느리지만 지속적으로 공부하였으며, 이렇게 쌓아 가다 보면 언젠가 자신도 개발을 잘할 거라 생각하고 있었다. 책을 보면 볼수록 컴퓨터가 어떻게 작동하는지, 어떤 소스 코드가 효율적인 소스 코드인지를 깨달을 수 있었고, 개발에 재미가 붙기 시작하고 있었다.

코딩은,
프로그램 개발은,

소스 코드 작성은 마약과도 같았다.

세상에는 자기 뜻대로 되지 않는 일들이 너무나 많았다. 태섭에게 있어 연애는 여자친구의 유학으로 중단된 상태였고, 보다 넓고 편안한 잠자리를 원했지만 아직도 고시원에서 생활하고 있었으며, 가족들과 좋은 시간을 보내고 싶었지만 원주에 갈 시간조차 없었다. 인생사 마음대로 되는 것은 없었고, 언제나 허를 찔리며 원하는 바와는 엉뚱한 방향으로 흐르기 일쑤였다.

하지만 개발은 달랐다.

원하는 대로 로직이 흘렀으며, 잘못 코딩하면 잘못 코딩된 대로, 잘 코딩했다면 잘 코딩된 대로 프로그램은 그렇게 구동되었고, 들인 시간만큼 정직하게 개발이 진행되었다. 태섭은 건진 패키지 관리 프로그램을 1차 완료하고, 검사실 마스터 관리 화면 개발에 들어갔는데, 건진 실무자들이 말하지 않아도 상식적으로 필요한 조회 조건과 정보들을 예상하였고, 사용자 입장에서 사용이 편리하도록 개발을 진행하고 있었다.

늦은 밤, 고요함 속에서 타이핑 소리만이 정적을 갈랐다.

이제 몇 개월.

태섭은 개발자란 멋진 직업이라고, 개발이란 개발 언어, 개발 툴이라는 친구들과의 대화이며, 지금 자신은 델파이라는 친구를 통해 사용자의 요구 기능을 만들어 내고 있다고 생각하고 있었다. 이왕이면 화면을 예쁘게 구성하고, 구성된 화면 요소요소에 필요한 정보들을 정제하고 가공하여 가독성 높게 보이도록 하는 것, 데이터베이스에서 원하는 정보를 빠르게 찾아내어 원하는 형태로 포맷을 변경하여 가져오는 것, 이러한 모든 일이 태섭은 매우 행복하고 만족스러웠다. 비록 이제는 8시 출근 10시 퇴근의 연속이었지만 그 시간들은 모르는 사이에 훌쩍 지나갔고, 코딩 삼매경에 빠지다 보면 어느덧 퇴근 시간이었다.

"이제 정리들 합시다. 오늘만 날이 아니에요. 체력 안배들 해야지."

엄 PL은 코딩을 하지는 않았지만 언제나 가장 늦게까지 남아 있었는데, 개발 현황을 정리하거나 앞으로의 일정 계획을 변경하는 등 개발 외에 프로젝트 관리 업무를 수행하고 있었다.

"태섭 씨, 개발하는 거 어때?"

함께 지하철을 향해 걸어가며 엄 PL이 가방을 어깨에 다시 메면서 물었지만 딱히 대답을 기다리지는 않았다.

"개발은 개발자의 사상과 철학이 담기게 되어 있어. 그래서 처음 개발을 시작할 때부터 생각을 가지고 개발을 해야 해. 잘못하면 난개발하게 되고, 스파게티 소스가 만들어지지. 한 번 그렇게 개발한 개발자들은 늘 그런 식으로 개발을 하게 돼. 코딩 스타일이라고 하는데, 세 살 코딩 버릇 여든까지 가거든."

엄 PL도 왕년에 C 프로그램과 코볼 프로그램을 제법 잘 짰었다고 했다. 프로젝트는 늘 인력이 부족했고, 부족한 인력을 개발자의 엉덩이로 해결했다고 했다. 그래서 근무 시간이 보통 하루에 12시간이 넘어갔고, 프로젝트 오픈 시점에는 밤을 새우기 일쑤였다고 했다. 그런 개발자들의 삶을 누구보다 경험을 통해 잘 알고 있었기에 먼저 퇴근하지 못하는 엄 PL이었다.

태섭은 누구보다 잠이 없었고, 한 우물만 파는 것에 조예가 깊었다. 늦은 퇴근 후 고시원으로 돌아온 태섭은 언제나 책을 펼쳤다. 기침이 줄기차게 날 때도, 콧물이 흐를 때도, 술에 취해 얼굴이 빨개져 있을 때도 그는 새벽까지 책을 살폈다.

개발서뿐 아니라 문학, 에세이, 역사서 등 종류를 가리지 않았다. 책은 언제나 그를 비난하지 않았고, 격려했다. 책 속에는 지금의 태섭보다 더 어려운 상황도 많았으며, 그 속에는 길이 있었고, 방향을 알려 주었다. 그리고 마음의 안식을 가져다주었다. 언제부터인가 태섭의 출근은 6시였다. 누구도 강요한 사람은 없었으나, 태섭은 이른 아침 고시원을 나와 6시에 사무실로 출근했다. 고시원에 PC가 없기도 하였거니와 해야 할 일들이 밀린 것도 사실이었지만 태섭이 6시에 출근하는 이유는 따로 있었다.

적막감,

이른 아침 일찍 출근해서 사무실에 들어설 때 고요함 속의 적막감, 마치 잠들어 있는 듯 꺼져 있는 모니터, 비어 있는 책상과 의자들, 모든 것이 평온했다. 태섭은 그 적막감을 좋아했다.

어려서부터 집 주변의 산을 오를 때 아무도 없는 이른 아침에 오르는 산을 그는 매우 좋아했었다. 하지만 그러한 그에게도 슬럼프는 찾아왔다.

"태섭 씨, 잠깐만 나 좀 봐."

개발 현황을 점검하던 엄 PL이 태섭을 불렀다.

"요즘 개발하면서 힘든 거 있어? 일정보다 개발이 빨랐는데, 점점 일정에 뒤처지는 것 같아. 힘든 거 있으면 알려 줘. 내가 해결해 줄 수 있는 거면 해결해 줄게."

PL이 개발자의 개발 일정을 다그치는 것은 당연한 일이며, 반드시 해야 할 일 중 하나였지만 잘해 나가고 있던 태섭이 마음 상할까 걱정하며 엄 PL이 조심스럽게 물었다.

"개발량이 많아질수록 개발 진행이 좀 버겁기는 합니다. 팔목이 좀 시큰거리기도 하고…."

태섭은 하루에 업무 협의를 제외하고는 모두 개발에 집중하고 있었으니, 하루에 족히 10시간 이상 개발을 하고 있다는 이야기였고, 키보드 자판을 두드리고 있다는 뜻이었다. 점점 손목이 아파 왔고, 키보드를 두드리기가 부담스러워지고 있었다. 이러다 보니 막상 로직을 구상해도 소스 코드를 작성하는 데 시간이 소요되었고, 개발 생산성은 떨어지고 있었다.

"초반인데 손목이 벌써 아파? 너, 그걸 다 치고 있냐?"

태섭이 개발하는 모습을 초점을 잃은 눈동자로 물끄러미 바라보고 있던 김선우 과장이 태섭의 모니터를 심드렁하게 바라보면서 물었다.

"네?"

"너 그걸 이제까지 다 타이핑하고 있었냐고?"

태섭은 프로씨Pro*C로 된 신규 서비스 프로그램을 코딩하고 있었다.

"네, 이번에 신규 화면 만들면서 신규 서비스 짜고 있는데요."

"미쳤다. 너 지금까지 계속 그러고 있었어? 그걸 쓸데없이 뭐하러 타이핑하고 있냐?"

태섭은 신규 서비스의 시작을 알리는 서비스에 대한 설명과 라이브러리 include 부분, 각종 변수 선언 등을 타이핑하고 있었다. 김선우 과장이 피곤한 몸을 의자에서 일으켜 태섭에게 걸어오더니 의자에 앉아 있는 태섭의 어깨에 손을 올리고는 태섭의 귀 옆까지 고개를 낮추어 속삭이듯 말했다.

"너, 러시아 사람이지? 말해 봐, 페인트공."

태섭은 무슨 말인지 몰라 눈을 깜빡였다.

"어떤 책에서 봤는데, 아무튼 그 책에 나오는 러시아 페인트공 같아, 너."

정확하게 기억은 나지 않는다며 김선우 과장이 들려준 러시아 페인트공의 이야기는 이러했다.

러시아에 어떤 페인트공이 있었다고 한다. 페인트공은 첫날 300야드를 페인트칠했다고 한다. 그러자 페인트공을 고용한 고용인이 일반 페인트공은 하루에 100야드밖에 페인트를 칠하지 못한다면서 매우 훌륭하다고 칭찬했다고 한다. 다음 날 페인트공은 150야드를 페인트칠했다고 한다. 고용인은 어제보다는 못하지만 그래도 남들보다 뛰어나다면서 칭찬했다고 한다. 다음 날 페인트공은 50야드를 페인트칠했다고 한다. 고용인은 마음에 들지 않았으나 그동안의 성과가 있으니 투덜거리면서 일당을 지급했다고 한다. 다음 날 페인트공은 10야드밖에 페인트칠을 하지 못했다고 한다. 그러자 고용인은 도대체 무엇이 문제냐며, 형편없다고 화를 냈다고 한다. 그러자 그 러시아 페인트공은 고개를 숙여 절레절레 흔들며, "어쩔 수 없었어요. 페인트 통이 점점 멀어지는 걸요."

"그걸 매번 다 타이핑하고 있었구나."

태섭은 항상 신규 화면이나 신규 서비스 개발을 시작할 때 바로 개발을 시작하지 않았다. 신성한 마음으로 시작하기 위하여, 먼저 화장실에 들러 비누를 묻히고 손을 비벼 깨끗하게 닦은 후, 한 장만으로도 충분하다는 문구가 쓰여 있는 핸드타월을 한 장만 뽑아 물기를 완전히 잘 닦아 낸 다음 소스 코드 최상단에 프로그램의 아이디와 이름, 개발 시작 일자와 개발자명, 화면의 목적 등을 주석으로 타이핑하였는데, 이는 모두 개발 표준 가이드 문서에 그렇게 하도록 규정해 놓은 사항들이었다.

"내 노트북 키보드 자판을 봐."

한심하다는 눈초리로 김선우 과장이 태섭에게 느릿느릿 말한다. 태섭은 김선우 과장의 노트북을 바라보았지만 무엇을 보라는 것인지 알 수 없었다. 게슴츠레 뜬 김선우 과장이 히죽 웃으며 말했다.

"진정한 개발자의 코딩은 '복붙'이야."

김선우 과장 키보드 자판의 제일 왼쪽 아래에 있는 Ctrl 키가 다른 키들에 비해 닳아 있었고, 영문 'C' 키와 'V' 키가 다른 키들에 비해 유난히 닳아 있었으며, 심지어 'C' 키는 'C' 글자가 닳아서 잘 보이지 않을 정도였다. 그런데 그 현상은 박명준 과장의 노트북도 동일하게 나타나 있었고, 박장우 과장 또한 세 개의 키가 다른 키들에 비해 유난히 닳아 있었다.

"Control 누른 상태에서 C 클릭하면 복사하기, Control 누른 상태에서 V 클릭하면 붙여넣기, 설마 이걸 모르는 건 아니지? 이거 모르면 죽어야지."

그랬다, 개발자의 개발 생산성은 '복사하기'와 '붙여넣기'의 실력과 비례했다. 특급 개발자일수록 잘 만들어진 소스 코드들을 많이 확보하고 있었고, 이러한 소스들의 재사용을 얼마나 잘하느냐에 따라 개발 속도가 결정되었다. 물론 독이 약이 되고, 약이 독이 되는 이야기이기도 했다. 잘 만들어진 소스 코드는 재활용을 통해 개발 속도를 높일 수 있었으나, 버그가 숨어 있는 소스의 재활용은 버그도 함께 심어지는 역효과가 있었다. Ctrl C, V 외에도 특급 개발자들은 자동 소스 코드 생성 프로그램들도 다양하게 가지고 있었다. 그동안 프로젝트들을 수행하면서 모아 놓은 노하우들의 집합체였다.

"태섭 씨, 이거 써 봐. 변수명과 변수 사이즈만 지정해 주고 실행시키면 자동으로 서비스 프로그램 템플릿을 만들어 주는데, 조금만 수정하면 돼."

그동안 수 시간을 들여 타이핑하던 소스 코드들이 수 초 만에 자동 생성되는 모습을 보면서 태섭은 웃어야 할지, 울어야 할지 알 수 없었지만, 분명한 것은 쓸데없는 부지런함만으로는 이 세계에서 살아남을 수 없다는 것이었다.

K병원의 프로젝트는 개발이 어느 정도 마무리되면서, 내일부터 통합 테스트가 진행될 예정이었다. 통합 테스트를 위해 실무 담당자들과 협의를 거쳐 테스트 시나리오를 작성하였고, 엊그제부터 테스트 시나리오대로 시

스템이 잘 작동하는지 개발자들은 늦은 밤까지 점검하고 있었다. 두 대리는 선배들의 눈치를 보며 퇴근하지 못하고 있는 후배들을 회의실로 불러 사비를 털어 사다 놓은 과자를 나누어 주며 프로젝트 말기에 투입된 후배들을 안쓰러운 눈빛으로 한 명 한 명 천천히 눈을 맞추며 말했다.

"곧 통합 테스트 기간이다, 다들 잘 경험해라. 아무리 준비해도 아수라장을 면할 수 없을 게다."

"선생님, 여기 수진방 생성이 안 돼요."

건강검진센터 파일럿 프로젝트도 어느덧 통합 테스트 단계로 접어들고 있었다. 핵심 업무 개발자들은 프로젝트 룸에서 전화 대기를 하고 있었고, 태섭은 통합 테스트 룸에서 현장 지원을 하고 있었다. 그동안 태섭도 본인이 맡았던 각종 마스터 화면을 모두 개발 완료한 후 단위 테스트를 마친 상태였고, 핵심 화면을 개발하는 선배들로부터 화면들에 대한 사용법을 배우고 익혔기에 현장 지원이 가능한 상태였다.

"내시경 검사를 안 넣으셨는데요."

"어머, 그렇네요. 아, 방 생성됐다."

건강검진센터 파일럿 프로젝트의 통합 테스트는 안정된 상태에서 진행되고 있었고, 특급 개발자들의 고급 스킬에 따라 개발 완성도가 높아 크게 문제없이 진행되고 있었다.

"문제없지?"

"어? 나오셨어요? 프로젝트 룸에 안 계시고?"

프로젝트 룸에 있어야 할 김선우 과장이 태섭의 어깨를 툭 친다.

"전화가 와야 대응을 하지. 잘 되는 것 같아 나와 봤어."

자신감이었다. 내 프로그램에는 문제가 없을 거야. 있어 봐야 사용자가 잘 몰라서 문제라고 생각하는 거겠지 하는 자신감. 김 과장은 그럴 만했다. 김 과장은 C 프로그램의 달인이었고, 수진 상황 프로그램을 개발한 개발자였다. 수진 상황 프로그램은 일반 프로그램과 달리 복잡한 알고리즘의 프로그램이었는데, 예를 들어 수진자가 복부초음파 검사를 실시한 후 다음에는 어느 검사실로 가야 할까? 그 답을 김 과장이 프로그래밍했다. 해당 수진자의 남아 있는 검사와 현 위치에서 각 검사실까지의 거리, 현재 검사 대기 인원수, 검사별 예상 소요 시간 등을 계산하여 어느 검사실로 가야 가장 짧게 대기할 수 있는지 알고리즘으로 구현했다. 알고리즘은 건진 실무자가 그동안의 운영 경험을 구두로 전달했고, 이를 프로그래밍한 것이었다. 그러니까 아이디어는 강남사랑병원 건강검진센터의 노하우, 프로그램 개발은 김 과장이 되는 것이었다. 아이디어가 있다고 해서 모두 프로그래밍되는 것은 아니었다. 그만큼 개발자의 역량이 되기 때문에 가능한 일이었다.

"태섭아, 저기 저 선생이 지금 검사실에서 검사 종료 버튼을 클릭할 거잖아. 종료 버튼을 클릭함과 동시에 내 수진 상황 프로그램이 구동되거든. 내가 만들어 낸 애기들이 각 경우에 수를 따져서 다음 가야 할 곳을 자동으로 알려 주게 되지. 최적화해 놔서 속도도 빨라."

김 과장은 본인이 개발한 프로그램을 자신의 자식처럼 여기는 사람이었다. 그래서 그는 개발할 때 평소의 냉소적인 성향과는 다르게 소스 코드 하나하나를 주의 깊게 코딩했었다.

김 과장과 태섭의 옆으로 엄 PL이 다가왔다.

"이상해, 지금까지 아우성 없는 통합 테스트는 없었는데, 왜 이렇게 조용하지. 이럴 리가 없는데."

입이 방정이었을까, 아수라장의 서막이 열리고 있었다

그날 밤, 태섭은 홍수처럼 쏟아져 나온 결함들을 하나하나 해결하면서 동료들과 함께 늦은 밤을 맞이하고 있었다. 답답한 마음을 다잡고자 태섭은 개발자들의 열기로 데워진 프로젝트 룸을 나와 지하에서 병원 1층으로 올라왔다. 1층에는 업무가 끝난 넓은 원무 창구가 있었고, 업무가 끝난 지 한참 지난 늦은 밤인지라 조명들이 반쯤 꺼져 있었다. 창구 앞에 여러 대의 대형 TV들과 대기석들이 있었는데, 삼삼오오 환자들과 환자의 가족으로 보이는 사람들이 모여 앉아 TV를 보면서 두런두런 이야기꽃을 피우고 있었다.

원무 창구를 지나 건물 밖으로 나가고 있는데, 어린아이가 복도에서 공을 쫓아 아장아장 걸어오고 있기에 태섭이 공을 주워 아이에게 건넸다. 아이는 이제 두 살쯤 되었을까, 건넨 공을 앙증맞은 손으로 잡으며 태섭의 얼굴을 물끄러미 바라보다가 꺄르르 웃고는 엄마에게로 달려갔다. 병원도 삶의 일부였다. 누군가에게는 아파서 잠시 들르는 곳일 수도, 또 누군가에게는 생과 사의 갈림길에 놓인 곳일 수도 있겠지만, 직원들이나 장기 재원 환자들에게 있어 병원은 삶의 한 페이지였다.

건물 밖으로 나온 태섭은 천천히 걸어 해담터로 향했다. 해를 담은 자리, 누가 지었는지 참 낭만적인 이름이었다. 비록 늦은 밤이라서 해를 볼 수는 없었지만, 그 이름만으로도 잠시나마 마음이 포근해짐을 느낄 수 있었다. 해담터 위로 아이러니하게도 달이 떠 있었다.

달에 혜란의 얼굴이 겹쳤다.

오혜란.

태섭이 3학년 2학기로 복학했을 때 그녀는 거기 있었다. 물리학과 97학번에는 여학우가 세 명 있었는데, 그중 한 명이었다. 우연히 같은 물리 실험

조가 되어 함께 오실로스코프의 파형을 조절했고, 분광기를 통해 빛의 특성을 분석하였으며, 태양열 패널을 이용하여 축전지를 만들다가 서로에게, 양성자가 음전하를 끌어당기듯 그렇게 이끌렸다. 함께 강의를 들었고, 도서관에서 공부하였으며, 학교 식당에서 밥을 먹었다. 삶이 여유롭지 못했던 태섭은 변변한 데이트 한 번 주도하지 못했다. 도서관에서, 학과방에서 물리학 세계를 논했고, 기말시험에 대한 준비를 하며 함께 시간을 보냈지만, 이런 상황에서도 혜란은 한마디 불평을 말하지 않았다.

졸업할 때까지 둘은 모두 성적 우수 장학금을 받았다. 데이트가 곧 공부였으며, 공부가 곧 데이트인 캠퍼스 커플이었다. 마지막 학기에 태섭은 취업을 택했고, 혜란은 유학을 택했다. 태섭과 달리 혜란의 어머니, 김 사장은 사업을 하고 있었는데, 졸업 후 1년 어학연수, 2년 석사 과정으로 3년을 계획하고 있었다. 그렇게 혜란은 태섭의 곁을 떠났다. 다시 돌아올 테니 기다리라거나 돌아올 때까지 기다릴 테니 잘 다녀오라거나 그런 약속은 서로 없었다. 유학을 떠나던 날 태섭은 혜란과 김 사장 그리고 함께 유학을 가기로 한 혜란의 여동생까지 차에 태워 인천국제공항으로 향했었다. 떠나가는 가족들의 뒷모습을 우두커니 바라보며 태섭은 혜란을 다시 만날 수 있을지 확신할 수 없었다.

지난번과 달리 K병원 리허설은 속도를 내고 있었다. 개발자도, 리허설에 참여한 K병원의 실무자들도 여러 번 반복을 통해 어디쯤에서 오류가 발생할지, 어떻게 우회하여 사용하면 되는지에 대해 어느 정도 깨달음이 공유되어 있었으며, 개발자들도 전화를 받으면 어디쯤에 오류가 있겠구나 예상하고 보완하는 속도가 점점 빨라지고 있었다. 아직도 독특한 환자 케이스에서는 간간이 오류가 발생하고 있었으나, 회를 거듭할수록 발생 빈도는 낮아지고 있었다.

두 대리는 리허설 와중에도 여유가 있었다. 지난번 의무사령부 프로젝트에서 두 대리는 간호 시스템 담당자가 아니라 처방 시스템 담당자였다. 그래서 의사들이 처방을 어떤 방식으로 내리는지 훤히 알고 있었고, 이렇게 내려진 처방들에 대해 간호 시스템에서 어떻게 처리되어야 하는지 미리 알고 테스트를 꼼꼼하게 한 터였다.

그는 입사 7년 차, 직급으로는 대리였는데 항상 여유 있는 표정과 거대한 풍채에서 풍기는 성숙미, 그리고 7년 차다운 프로그램 개발 실력으로 개발팀에서는 S급 인재였다. 여유로운 표정과 유쾌한 말투와 달리 그는 스스로에게 가혹할 정도로 잔인한 사람이었으나, 아무도 알지 못했다. 그는 본인이 업무적으로 잘 알지 못하는 것들에 대해 참지 못했고, 스스로 만들어 내는 프로그램 오류에 견디지 못했다. 언제나 남들보다 더 많은 시간, 더 많은 협의, 더 많은 개발을 통해 완성도를 높였는데, 그 기준은 본인의 마음에 들어야 하는 것이었다. 사용자가 다 되었다고 인정해도 본인의 기준에 만족스럽지 못하면 개발을 끝내지 않았다.

두 대리의 간호 시스템은 리허설에서 완벽함을 선보였다. 오류는 거의 없었으며, 요청한 기능 외에도 두 대리 생각에 있으면 편할 것 같은 다양한 편의 기능을 개발해 두었기에 리허설에 참여했던 간호사들의 감탄을 자아내었다. 그 소식을 전해 들은 두 대리는 배를 두드리며 당연하다는 듯 미소를 짓고 있었다.

수차례의 리허설이 마무리되고 오픈 전 최종 사용자 교육이 진행될 예정이었다. 1차 사용자 교육은 이미 통합 테스트 전에 이루어졌지만, 오픈 전 마지막 사용자 교육을 통해 오픈 직후 사용자 혼란을 최소화하고자 하는 것이었다. 처방 시스템 개발자는 바쁜 의사들의 일정을 감안하여 각 진료과를 돌아다니며 사용자 교육을 진행하였고, 두 대리가 개발한 간호 시스템은 사용자가 가장 많은 시스템이라서 강당에서 다섯 차례에 걸쳐 사용자 교육이 진행될 예정이었다.

"선생님들, 메인 화면에서 보시고 싶은 정보가 없어 번거로우셨지요? 자, 많은 정보를 담아 놨습니다. 처방은 기본 처방과 검사 처방, 약 처방 순으로 구역을 나누어 조회하도록 했고요. 액팅과 액팅 취소 및 약 반납을 마우스 클릭 또는 마우스 우클릭 메뉴를 통해 기능을 구현해 두었습니다."

많은 사람이 이미 1차 교육을 통해 알고 있던 사실이었지만, 교육을 처음 받는 간호사들은 새로워진 시스템을 반기며 좋아했다. 두 대리는 여유롭게 전문 의료 용어를 섞어 써 가며 간호사들을 상대로 설명을 이어 갔고, 반응은 신선했다.

"주치의나 스탭*분들이 가끔 이상해 보이는 검사 결과에 대해서 검사실에 확인해 보라고 하시잖아요. 본인들이 직접 해도 되는데 말이죠."

두 대리도, 참석한 간호사들도 얼굴에 미소가 번진다.

"근데 막상 전화하면 통화가 잘 안되고, 계속해서 전화해야 하고, 통화가 되어도 어떤 검사인지 서로 소통하기 쉽지 않고 그러셨지요. 그래서 검사 결과 화면에 '검사 결과 문의' 기능을 두었습니다."

평소 그런 문제들로 어려움을 겪던 간호사들의 눈이 초롱초롱했다.

"결과 문의하기를 클릭하면 해당 검사실로 정보가 전달되고 검사실에서 확인 내역을 입력하면, 이렇게 색깔이 바뀌면서 답변이 왔음을 알려 줍니다. 가끔 Chemistry Profile이나 CBC SET 검사 결과가 이상한 것들 문의하

---

* 스탭(Staff): 교수, 전문의, 부교수, 과장 등 병원의 정규 의료진을 호칭한다. 보통 '스태프'로 발음하지 않고, '스탭'으로 발음한다.

시잖아요. 전화하시지 마시고, 시스템으로 문의를 남겨 놓으세요. 하시던 일 하시다가 색깔 바뀌었을 때 확인해 보시면 되겠습니다."

설명과 함께 두 대리가 양팔을 쫙 벌리며 박수를 유도하였고, 간호사들이 그 모습에 깔깔대며 우레와 같은 박수로 화답했다. 익살스러운 개발자처럼 보였지만 편리한 기능에 간호사들은 아낌없는 반응으로 답했고, 두 대리는 거침없고 자신감 넘치는 태도로 마치 일타 강사처럼 간호사들의 분위기를 주도하고 있었다.

강남사랑병원 병원장실에 병원장과 건강검진센터장, 실장 그리고 박 PM이 회의 탁자를 앞에 두고 앉아 있었다. 리허설과 최종 사용자 교육이 모두 완료된 상황이었고, 일부 리허설에서 발생했지만 아직 처리하지 못한 결함과 추가 요구 사항이 남아 있는 상태였다.

"그래서, 오픈을 할 수 있는 상태인가요?"

병원장이 좌중을 돌아보며 낮은 톤으로 건강검진센터 센터장을 바라보며 묻고 있었다.

"제가 보기에 큰 문제는 없는 것 같은데, 박 실장께서는 어떻게 생각하세요?"

"지난주까지 5차 리허설을 마쳤는데, 직원들은 일부 결함만 처리되면 크게 문제가 없을 거라는 의견입니다."

"아직 결함이 남아 있나요?"

센터장의 눈썹이 꿈틀대며 박 PM에게 묻는다.

박 PM이 가죽 소파 등받이에 등을 대지 못하고 곧게 편 채 조용한 어조로 대답한다.

"지금까지 리허설을 하면서 결함이 135개 발생했습니다. 그리고 현재까지 111개가 처리되었고, 24개 결함이 남아 있습니다만, 주요 결함은 모두 해결된 상태입니다. 마이너한 결함들만 우선순위에 밀려 남아 있는 상태인데, 이것도 조만간 다 처리할 예정입니다. 당연히 오픈 전에 처리됩니다."

"그러면, 결함 처리하고 나면 다시 리허설을 해야 하나요?"

"아닙니다. 실무자들 선에서 테스트를 다시 진행하고 문제가 없다고 판단되면 해결된 것으로 간주합니다."

"속도는? 써 보니 어때요?"

병원장이 다소 누그러진 목소리로 박 실장을 바라본다.

"저도 직접 리허설에 참여했습니다만 전반적으로 빠르고 기능이 편리하다는 평입니다. 리허설 이후 테스트하면서 써 보다 보니 추가 요구 사항들이 좀 발생했는데, 개발팀에서 일부는 해 주기로 해서 직원들이 개발팀을 아직 들락거리고 있습니다."

병원장이 깍지 낀 두 손으로 턱을 받치며 곰곰이 생각하는 듯 뜸을 들이다가,

"뭐, 오픈에 문제없다는 이야기네요. 오픈합시다."

그렇게 강남사랑병원 건강검진센터 파일럿 프로젝트 오픈 결정 협의는 완료되었으며, 오픈 일자는 2001년 11월 24일 토요일 새벽 5시로 정해졌다. 당시에는 토요일도 오전 근무를 하는 그런 시대였다. 그래서 오후 건진이 없는 토요일에 오픈하여 시스템을 운영해 보고 문제가 발생하는 부분에 대해서는 토요일 오후와 일요일을 통해 모두 보완한 후, 월요일에 본격적으로 시스템을 사용하자는 의도였다.

보통 대형 프로젝트의 경우 데이터 마이그레이션*에 수 시간 소요되고,

---

* 데이터 마이그레이션(Data migration): 구시스템의 데이터를 신시스템으로 이관하는 작업.

시스템 오픈에 따른 업무적 위험도가 매우 크기 때문에 주말이 아닌 구정 또는 추석 연휴를 이용하여 오픈하는 경우가 많았다. 하지만 건진 파일럿 시스템은 규모가 크지 않았고 유사시 시스템이 아닌 수기로 건진 업무를 돌린다는 계획으로 토요일 새벽을 오픈 일정으로 정한 것이었다. 리허설 및 최종 사용자 교육이 완료되었고 오픈까지는 일주일 정도의 시간이 있었다. 개발팀은 결함 및 추가 요구 사항을 개발하는 데 여념이 없었고, 오픈 하루 전에 모든 개발이 완료되었다.

"이봐 윤 사원, 마음 놓지 마. 오픈하면 또 한 번 난리 난다. 지난번 통합 테스트, 리허설 때 기억나지?"

박명준 과장이 커피의 진한 향기를 맡으며 간만의 여유를 즐기고 있었다.

"지금까지 프로젝트 하면서 이렇게 일정에 딱딱 맞게 개발해 본 적이 없어. 왠지 불안해, 항상 마지막 날까지 밤을 새우며 개발했었는데…."

"제 생각에… 그건 말이죠."

김선우 과장이 의자를 돌려 자세를 고쳐 앉으며 초점 잃은 눈으로 박 과장을 쳐다보며 말한다.

"멤버가 좋았어요. 얄미운 그녀들도 잘해 줬고."

김 과장은 건강검진센터의 수진 상황 업무 실무자들을 '미녀'라고 불렀는데, '미워할 수 없는 얄미운 그녀들'이라는 뜻이라고 했다. 개발해 주면 해 줄수록 무지막지한 추가 요구 사항들을 내놓았고, 화가 날 만할 때쯤에는 프로그램 칭찬과 함께 과자와 음료수, 응원의 메시지 등 수진자들을 응대해 온 경험을 살려 김 과장을 들었다 놨다 들었다 놨다 했었다. 당하는 줄 알면서도 김 과장은 많은 밤을 새우며 개발에 매진했었다. 기분 나쁘지 않게 압박하는 그녀들, 정말 미워할 수 없는 얄미운 그녀들이었다. 반면에 끝까지 결과 상담 업무 담당자들과 싸우던 김우택 대리는 프로젝트 중간에 퇴사하겠다는 말을 달고 살았다.

"아, 내가 이런 요구 사항을 개발하느니 차라리 관둔다. 너무 경우가 없어. 아니 꼭 화면이 이뻐야 돼? 기능만 되면 되는 거 아니야?"

라고 했다가,

"내가 정말 여까지만 개발하고 관둔다. 가서 차나 팔아야지, 내가 뭐 해 먹겠다고 잘하지도 몬하는 개발을 하고 앉아 있나 모르것다."

그리고 테스트니 리허설이니 교육을 하고 나서는,

"와, 미친다. 교육하는데 요구 사항 낸다. 내가 정말 몬 산다. 때려치고 말지."

그렇게 김우택 대리는 프로젝트 오픈을 앞두고 있었고, 예약 접수 메인 화면을 맡았던 권민호 대리는 프로젝트 시작 때 비해 살이 쭉 빠져 있었다. 대리 진급 이후 처음으로 맡은 핵심 개발자 역할을 하느라 누구보다 마음 고생이 많았지만, 꼼꼼하고 부지런한 성격 탓에 그 어렵다는 예약 접수 업무를 큰 오류 없이 개발 완료할 수 있었다. 건진 센터의 예약 접수 담당자들도 나이에 비해 주의 깊고 꼼꼼한 권 대리 성격 탓에 어려워들 하고 있었지만, 할 요구는 다 하는 그들이었기에 서로 존중하고 있었다.

K병원의 오픈 일자도 결정되었다. 당초 해를 넘겨 2002년 구정 연휴 때 오픈하는 일정으로 진행되고 있었으나, 기라성 같은 의료 전문 개발자들이 개발 일정을 당겼고, 어수선하기는 하였지만 통합 테스트와 리허설이 잘 마무리되어 조기 오픈을 결정하게 되었는데, 오픈이 빨라지면 회사는 이익이 높아지기 때문에 전략적으로 조기 오픈을 K병원에 요구하게 되었다. 오픈 일자는 2001년 12월 22일 토요일로 결정되었는데, 12월 23일이 일요

일이고 25일 화요일이 크리스마스인 관계로 사이에 끼인 12월 24일 외래 진료를 반으로 줄이고 시스템의 안정성을 확보하겠다는 전략이었다. 오픈이 약 한 달쯤 남은 상황이었다.

"오늘 강남사랑병원 건강검진센터 파일럿 프로젝트는 오픈했다고 합니다. 크게 무리 없이 오픈이 진행되었고, 이제 우리도 한 달 뒤에 오픈할 예정입니다. 마지막 남은 한 달 동안 개발 잘 마무리될 수 있도록 하고, 미리미리 산출물도 작성을 시작하세요."

K병원 최 PM이 전체 개발자들을 대상으로 일정 브리핑을 하고 있었다.

"한 달 뒤에 오픈을 하게 되면 우리는 바로 강남사랑병원 본원 차세대 시스템 구축 프로젝트를 연이어 진행할 예정입니다. 그러니까 12월 22일에 오픈하고 안정화 기간에는 일부 인력만 남고 철수하여 강남사랑병원으로 이동할 예정입니다."

개발자들은 보통 프로젝트가 종료되면 본사로 복귀하여 교육도 받고, 휴가도 다녀오고 하는 여유의 시간을 갖는 것이 일반적인데, 종료되자마자 또 다른 프로젝트로 바로 투입된다는 소식을 듣고 다들 한숨부터 내쉰다.

남은 한 달 동안 추가 개발 및 데이터 마이그레이션 테스트가 진행되었으며, 산출물 작성도 함께 진행되었다. 프로젝트를 종료하고 철수할 때 개발팀은 프로그램 소스 코드와 함께 프로그램을 설명하는 프로그램 사양서, 프로그램 리스트, 화면 레이아웃과 정의서, 테이블 레이아웃과 정의서 등 문서로 된 산출물들을 출력하여 K병원 정보전략팀에 바인더로 넘겨주어야 했는데, 두꺼운 바인더로 수십 개의 바인더가 만들어질 예정이었다.

엄 PL이 개발팀 전체 회의를 진행하고 있었다.

"산출물은 이번 달까지 작성 마무리하고, 1월 초에 출력하여 바인더로 만들어 제출할 예정입니다."

"와, 결국 이런 날이 오네요. 안 끝날 것 같더만."

김우택 대리가 이제는 좀 밝아진 얼굴로 말했다.

"그리고, 지난주에 예정대로 K병원 차세대 프로젝트는 오픈했습니다. 이제 오픈한 지 5일 정도 지났으니 원복은 어려울 테고, 오픈하고 잘 버텨 냈다고 봐야죠. 1월까지 안정화 기간을 거치고 2월부터는 아마 강남사랑병원으로 하나둘씩 넘어올 거예요."

강남사랑병원 건강검진센터 파일럿 프로젝트가 11월에 잘 오픈되었고, 이어서 12월에 K병원 차세대 프로젝트가 오픈되었다. K병원 차세대 프로젝트에 참여했던 인력들은 오픈 후 안정화 기간을 거쳐 순차적으로 K병원에서 철수할 예정이었다.

강남사랑병원 건강검진센터 파일럿 프로젝트는 11월에 오픈했지만 공식적인 프로젝트 종료일은 1월 말이었다. 오픈 후 안정화 기간을 2.5개월로 잡은 것이었는데, 오픈 후 간간이 발생하는 결함이나 추가 요구 사항 개발과 산출물을 정비하는 시간이었다. 첫 번째 프로젝트 마무리 단계에서 태섭은 개발이 어느 정도 적성에 맞다는 생각이 들었다. 낯설고 어려웠던 개발 툴들이 이제는 친숙하고, 마음에 드는 장난감처럼 느껴졌으며 그동안 살아오면서 마음대로 되지 않았던 경험들에 비해 프로그램 개발, 코딩은 태섭이 원하는 대로 할 수 있다는 데에 크나큰 매력을 느꼈다. 프로그램을 개발하고 컴파일하다가 발생한 오류를 스스로 잡았을 때, 의도치 않았던 화면의 오류를 집중력을 최대로 발휘하여 해결했을 때, 또한 사용자들이 원하는 기능을 밤을 새워 가며 개발해서 그들에게 설명하고 그들이 기뻐하는 모습을 보았을 때, 그리고 되돌아오는 그들의 격려와 감사는 태섭에게 삶의 기쁨을 안겨 주었다. 이제는 고시원 옥상이 아닌 늦은 밤 병원에서 바라보는 달도 예전과 달리 한층 더 밝아진 듯했다.

새해가 밝고 1월 중순의 어느 날, 병원의 한쪽 주차장 부지에 있던 공사 현장 사무소 건물 앞으로 대형 탑차가 들어서고 있었다. 그 공사 현장 사무소는 주차장을 없애고 암 센터 건물을 짓기 위해 들어선 현장 사무소였는데, 암 센터 건설이 지연되면서 예전부터 비어 있던 현장 사무소였고, 2층짜리 가건물이었다. 엄 PL을 비롯한 개발팀 사람들은 점심을 먹은 후 병원 주위를 천천히 산책하고 있었는데, 주차장에 세워져 있는 차들을 피해 천천히 현장 사무소 앞마당으로 들어서는 탑차를 바라보고 있었다.

"와, 엄청 크네요. 공사를 시작할 건가 봐요."

태섭이 탑차의 묵직한 엔진 소리에 놀라며 말했다.

"내가 말하지 않았었나? 저기가 차세대 프로젝트 개발실이야. 2월부터 본격적으로 K병원 차세대 프로젝트팀들이 프로젝트 끝내고 투입될 예정이거든."

자갈이 깔려 있는 현장 사무소 앞마당으로 들어선 탑차에서 두 명이 내리더니 탑차의 뒷문과 옆문을 개방하기 시작했고, 잠시 뒤에 승용차 한 대가 탑차 옆쪽으로 들어섰다. 그리고 서너 명의 사람들이 작업복 차림으로 내렸다.

"저기가 개발실이에요? 현장 사무소가?"

"저 현장 사무소가 1년 전인가 지어진 것 같은데, 지금은 공사를 안 해서 1층을 쓰라고 내줬나 봐."

"추울 것 같은데."

1월의 찬바람에 옷깃을 여미며 김우택 대리가 한마디 했다. 작업자들이 현장 사무소 1층 문을 양옆으로 활짝 개방하고 고정하더니, 열린 탑차의 짐칸에서 책상과 의자를 내리기 시작했다. 탑차에서 한 명이 책상과 의자를 내리기 편하게 한쪽으로 밀어 놓으면 다른 두 사람이 탑차에서 책상과 의자를 내려 현장 사무소 문 안쪽으로 옮겨 주었고 현장 사무소 안쪽에서 세 사람이 책상과 의자를 현장 사무소의 구석구석으로 배치시키고 있었는데, 숙련된 작업자들임이 느껴지는 군더더기 없고 머뭇거림 없는 동작들이었다. 책상과 의자뿐 아니라 회의용 탁자, 소파, 정수기, 문서 파쇄기 등이 순차적으로 내려졌고, 내려지는 대로 사무실 어딘가에 착착 정리되고 있었다.

"다 정리되면 있다가 한번 가 봅시다."

그렇게 말하는 엄 PL의 얼굴에 왠지 모를 그늘이 드리워지고 있었다.

"태섭 씨, 그동안 잘해 줬어. 첫 프로젝트라 어려움이 많았을 텐데 말이야. 초심을 잃지 말고 앞으로도 잘해 주기를 바랄게."

크지 않은 키에 마른 체형, 부드러운 말투의 엄 PL이 점심 산책 이후 태섭을 따로 불러내어 자판기 커피를 함께 마시고 있었다. 태섭에게 있어 엄 PL은 보호자 같은 존재였다. 개발 업무 분장 때부터 신입사원에게 무리되지 않도록 업무량을 안배해 주었고, 가끔 현업 실무자가 과도한 요구를 해 올 때면 어디선가 엄 PL이 나타나 업무 협의를 주관하고 적절한 수준에서 양쪽 모두 마음 상하지 않도록 중재하는 역할을 해 주었다. 프로젝트 말기 단위 테스트, 통합 테스트, 리허설 단계에서 엄 PL은 침낭을 들고 출근을 했었는데, 마지막 개발자가 퇴근할 때까지 사무실에 남아 야식을 챙겨 준다거나 어려움을 들어준다거나, 요구 사항을 개발하기 위한 아이디어들을 함께 고민해 주는 일들을 엄 PL은 언제나 흔쾌히 해 주었다. 그리고는 사무실에서 잠들기 일쑤였다.

"내가 PL이라서 개발은 함께해 주지 못하지만, 아픔은 함께해 줄게. 내가 요구 사항 많은 현업을 때려 줄 수는 없지만, 너와 함께 얻어터지고, 함께 울어줄 수는 있어."

엄 PL이 늘 늦게까지 남아 코딩하며 한숨을 쉬는 태섭의 어깨에 손을 살 포시 올리고는 해 주던 말이었다. 그런다고 개발에 도움이 되는 것은 아니 었지만, 왠지 누군가 내 고민을 함께 걱정해 주고, 일이 잘못되더라도 내 편 에 서 줄 것 같은 느낌은 엄 PL에 대한 친숙함과 존경심을 갖게 만들기에 충분했다.

"누구야? 누가 우리 태섭이를 괴롭혔어. 이름만 말해! 내가 가서 혼내 주 고 올 테다."

과장된 듯한 엄 PL의 행동만으로도 개발자들 모두 마음 한편이 푸근해 지곤 했었다. 우여곡절이 없었던 것은 아니지만 그래도 파일럿 프로젝트가 잘 마무리되었고, 앞으로 있을 본 프로젝트에서도 함께할 생각을 하며 태 섭은 자신이 운이 좋다고 생각하고 있었다.

"나는 원래 공공 프로젝트 출신이야. 지금까지 관세청, 철도공사, 전산원 … 이런 프로젝트들을 해 왔었는데, 이번에 공공 프로젝트가 당장 없었고, 의료 프로젝트가 터졌는데, 의료 개발팀 사람들은 두 개 병원 프로젝트에 투입되어 있었던지라 나랑 박 PM 님이랑 들어 왔던 거야."

엄 PL이 종이컵의 마지막 남은 커피를 입에 털어 넣으며 언젠가 한 번 했 었던 이야기를 되새기고는 달달함을 느끼는 듯 잠시 말을 멈췄다.

"박 PM 님은 곧 명퇴하실 것 같아. 우리 회사가 좀 그래. 50대 초중반이 되면 결정을 해야 해. 나야 뭐, 아직 40대니까 좀 더 시간이 있겠지만, 박 PM 님은 이번 프로젝트가 마지막이 될 것 같아. 그동안 박 PM 님하고 프로젝트 많이 했었는데, 마음이 좀 짠해."

달달한 자판기 커피를 마시며, 달지 않은 이야기를 하고 있었다. 신입사원이었던 태섭으로서는 뭐라고 장단을 맞추어야 할지 알 수 없어 듣고만 있었다.

"그리고, 나는 이제 본사로 복귀할 거야."

말없이 조용히 듣고 있던 태섭이 귀를 의심했다.

"네? 여기 프로젝트 안 하시고요?"

"말했잖아, 나는 공공 출신이라고, 곧 의료 출신 개발자들이 들어올 거야. 나랑 박 PM 님, 그리고 김우택 대리는 본사 복귀 예정이고, 프리랜서들도 철수 예정이야. 권 대리랑 태섭 씨, 두 사람만 차세대 프로젝트에 참여하게 될 거야. 사실 박 PM 님이랑 나는 의료 개발팀에서 안 받는 게 맞지."

엄 PL이 빈 종이컵을 우그러뜨리며, 억지웃음을 짓는다. 시스템을 통합하고, 요구하는 대로 시스템을 만들어 주는 프로젝트, 그것을 SI System Integration 프로젝트라고 했고, 구축된 시스템을 유지보수하고 운영하는 것을 SM System Maintenance 이라고 불렀다. S사의 의료 SI 개발팀은 수년간 병원 프로젝트를 수행해 왔었다. 일반 산업군과 달리 의료 프로젝트는 시스템 복잡도와 업무 용어의 전문성으로 개발자들의 진입장벽이 타 산업군에 비해 높았다. 도서관 프로젝트의 경우, 우리는 일반적으로 어떤 일들이 일어날지 예상할 수 있고, 도서관 업무를 수행하면서 사용하는 용어들도 일반 생활 용어와 크게 다르지 않아 개발자라면 누구든 뛰어들 수 있는 분야였다.

하지만 금융계와 의료계는 상황이 달랐다. 금융의 경우는, 은행이든 증권사든 보험사든 어려운 용어들을 사용했다. 개발자들은 용어부터 설명을 듣거나 업무 프로세스에 대해 공부를 해야 했으며, 대용량 데이터를 보유하고 있어 개발 스킬도 높은 수준으로 유지해야 하는 산업군이었다. 선물,

옵션, 파생상품, 단리, 복리 계산에 보험금 지급 로직 등 생각만 해도 쉽지 않은 분야다.

의료 분야도 유사했다. 의사, 간호사, 약사, 기사 등 전문직 종사자들의 언어는 일반 개발자들이 알아듣기 어려웠다. 무엇보다 사람의 생명을 다루고 있는 시스템이다 보니 24시간 운영되는 시스템이었으며, 거의 모든 데이터가 민감 정보였다. 또한 신속성을 요구하는 시스템이었고, 대용량의 데이터로 구성되어 있어 쉽게 개발하기 어려운 산업 분야였다. 그렇게 수년간 의료 SI 프로젝트만을 수행해 온 부장급, 차장급, 과장급 의료 전문 개발 인력들은 공공 출신의 박 PM과 엄 PL을 순순히 받아들이지 않았을 것이었다.

"박 PM 님, 엄 PL 님 그동안 고생 많으셨습니다. 이제 본사 복귀하셔서 공공 뜰 때까지 좀 쉬시면 되겠네요. 그리고 인력들도 다 데리고 복귀하시면 되겠습니다."

본 프로젝트 투입 전, 예정 PM과 사업 관리 한 부장이 박 PM과 엄 PL을 만나 향후 프로젝트 진행 방향에 대해 논의하고 있었다.

"뭐, 우리야 복귀한다고 쳐도 개발자들은 필요하지 않겠어요?"

박 PM이 예정 PM과 눈을 마주치지 않으며 개발자들이라도 프로젝트에 참여시켜 달라고 차분하게 말하고 있었다.

"파일럿과 차세대 시스템 구축 사업은 차원이 다릅니다. 저희들 여력이 안 돼서 여기 해 주신 거 감사하게 생각하고 있습니다. 하지만 여기까지입니다. 이제부터는 저희가 알아서 하겠습니다."

개발자들이 본사에 복귀해서 쉬는 것이 개인적으로 나쁘지는 않겠지만 가득률*이 떨어져 개인 고과에는 좋지 못했기에 박 PM와 엄 PL은 정규 개발자 일부라도 남기고 싶었다. 읍소 아닌 읍소 끝에 정규직 중 핵심 개발자였던 권 대리와 신입사원이었던 태섭만 차세대 프로젝트에 참여시키기로 결정되었다. IT 업계에서 개발 프로젝트는 수도 없이 많이 발생했고, 만남과 헤어짐은 당연한 일이었다. 하지만 태섭으로서는 받아들이기 어려운 결정이었으나, 다른 개발자들은 어쩔 수 없다는 듯 고개를 끄덕였을 뿐이었다. 마치 언제나 그래왔었고 당연하다는 듯.

"자, 철수 일정 공지합니다. 3단계 철수를 진행할 예정입니다. 1차는 1월 초, 2차는 1월 말, 3차는 2월 말까지 해서 모두 철수합니다."

K병원 개발팀에서 철수 일정이 공지되었다. 신입사원들과 비핵심 업무를 맡았던 개발자들이 1차로 철수한다. 그리고 핵심 업무지만 결함이 모두 처리되었고 추가 요구 사항이 없는 개발자가 2차로 철수할 예정이었으며, 핵심 업무이면서 결함이 아직 남아 있거나 추가 요구 사항을 개발해 주기로 되어 있거나, 빨리 철수하면 현업 실무자들이 불안해할 핵심 인력들이 가장 나중에 철수하도록 되어 있었다.

두길상 대리는 3차 철수 대상으로 되어 있었는데, 그렇다고 간호 시스템에 결함이 남아 있거나 추가 요구 사항을 개발해 주기로 한 것이 남아 있어서는 아니었다. 간호부의 강력한 요청 때문이었는데, 끝까지 남겨 달라거나 아예 병원 직원으로 채용해 달라는 간호부의 요청이 있었던 터였다. 하지만 S사의 S급 인재였던 두 대리를 병원 직원으로 넘겨줄 수는 없었으므

---

* 인력을 프로젝트에 투입하여 수익을 획득하는 정도. 프로젝트에 투입되지 못한 유휴 인력이 많은 경우 가득률이 떨어진다.

로 3차 철수 대상으로 남겨두었던 것이었다. 두 대리는 딱히 할 일은 없었지만 매일 병동을 돌아다니면서 간호사들에게 시스템을 설명해 주거나, 간호사들이 챙겨 주는 음료수와 간식들을 받아 사무실 동료들에게 나눠 주었으며, 다음 프로젝트 대상인 강남사랑병원에 대해 사전 조사를 하고 있었다. 의사 수, 간호사 수, 병상 수 등은 병원의 규모를 파악하기 위함이었고, 주변 식당, 편의시설, 교통편 등은 다음 프로젝트에서 본인 삶의 질을 가늠해 보기 위한 조사였다.

신정이 지나고 건강검진센터 파일럿 프로젝트팀은 공식적으로 해체되었다. 행정적으로 프로젝트가 종료된 것이었다. 환송회가 있었고, 다들 다음에 또 어느 사이트에서 볼지 모르지만, 그때도 함께하자는 전혀 믿음이 가지 않는 약속들을 던지며 씁쓸한 밤을 보냈다. 엄 PL은 개발자 한 명 한 명 악수를 해 가며 끝까지 함께하지 못한 것이 미안한 듯 아쉬움을 표현했다. 환송회가 있던 다음 날, 권 대리와 태섭은 본관 지하 프로젝트 룸에서 암 센터 예정 부지에 있는 현장 사무실 1층으로 PC와 개인 물품들을 옮겼다. 아직은 비워져 있는 사무실이었지만 자리는 투입될 프로젝트 인력들을 포함하여 이미 지정되어 있는 상태였는데, 책상이 족히 70여 개는 넘어 보였다. 태섭은 그동안 열 명도 안 되는 작은 프로젝트에서 이제는 진정 대형 프로젝트에 참여하게 되었다는 현실에 마음 한편 전율을 느꼈다. 또다시 새로운 프로젝트에서 어떤 업무를 맡고 어떤 현업들과 협의를 하고, 어떤 동료들과 개발을 수행하게 될지 두려움과 설렘이 함께 느껴졌다. 그리고 그러한 생각들은 어느새 박 PM, 엄 PL, 김 대리와 프리랜서 개발자들에 대한 그리움을 덮어 주고 있었다.

K병원 프로젝트 1차 투입 인력들이 2002년 1월 7일 첫 출근을 하기로 되어 있었다. 태섭은 1월 6일 일요일에 아무도 없는 새로운 프로젝트 개발실에 출근했다. 하얗게 쌓인 눈을 밟으며 주차장을 지나 현장 사무소로 들어섰을 때 햇살이 현장 사무소를 내리 비추고 있었고, 사무실 문을 열고 들어갔을 때 창문으로 따사로운 햇살이 들어와 사무실의 온기를 높여 주고 있었다. 태섭은 그동안 하늘을 볼 수 없었던 본관 지하 프로젝트 룸에 있었기에 이렇게 햇살이 들어오는 개발실이 여간 마음에 드는 것이 아니었다. 창문 없는 고시원, 창문 없는 사무실에서 이제 '하나는 창문 있는'으로 바뀌었으니, 왠지 모르게 개발이 잘될 것 같은 기분이었다. 자신의 책상을 물티슈로 구석구석 닦고 앉아 서랍을 괜히 한 번씩 열어 본다. 모두 새것이었다. 지난번처럼 병원에서 지급한 누군가 사용하던 책상이 아니라 프로젝트에서 대형 탑차에 실어 옮겨 와 배치한 최신식 책상이었다. 아마도 리스겠지만 아무려면 어떤가? 이제 얼마간은 태섭의 손때가 묻어날 테고 태섭과 함께 프로젝트를 수행할 책상이 아닌가.

태섭은 책상이 자기 몸이라도 되는 듯 책상에 엎드려 냄새를 맡아 본다. 나무 모양이었지만 나무 향이 나지는 않았다. 지난 금요일날 가져다 설치했던 PC를 부팅해 본다. 개발자 PC답게 부팅 패스워드와 윈도우 패스워드가 모두 걸려 있었다. PC에는 파일럿 프로젝트 때 설치해 두었던 델파이 Delphi, 울트라에디트 UltraEdit, 넷텀 NetTerm, 토드 Toad 와 골든 Golden 이 잘 설치되어 있었는데, 이번 프로젝트에서도 사용하게 될 태섭의 수족 같은 개발 툴들이었다. 이제 내일부터 사무실에 새로운 선배들과 동료들로 가득 찰 것을 생각하며 태섭은 의자를 뒤로 젖히고 햇살을 느끼고 있었다.

물을 뿌리면 눈이 되어 떨어질 것 같은 추운 날이었다. 태섭은 고시원에서 새벽같이 일어나 출근 준비를 했다. 그새 늘어난 겨울옷들을 보면서, 이제 거취를 옮기면 한 번에 이동하기 힘들겠다는 생각을 하며 지하철로 향했다. 지하철역에서 내려 강남사랑병원까지, 병원 입구에서 후문 주차장 쪽에 있는 현장 사무소의 개발실까지는 1㎞가 넘었다. 신입사원의 패기라고는 하지만 태섭은 장갑이나 귀마개도 없이 영하 10도가 넘는 기온에도 아랑곳하지 않고 시원한 초가을날 산들바람을 느끼며 출근하듯 태연스럽게 눈길을 걷고 있었다. 구태여 찬바람을 피하려고 건물 안쪽을 통해 후문 쪽 주차장으로 가지 않고, 건물 바깥쪽으로 빙 둘러 개발실로 향하고 있었다.

태섭이 개발실에 도착한 시간은 7시가 되기도 전이었다. 아무도 없는 불 꺼진 빈 사무실에 들어서 불을 켜기 전 어스름하고 고즈넉한 적막감을 느끼며 자리에 앉아 여유를 즐기는 것이 태섭의 작은 행복 중 하나였다. 하지만 태섭이 현장 사무소 근처에 도착했을 때 사무실 창문을 통해 이미 불이 켜져 있는 것이 보였다. 아침 여유는 실패라고 생각하며 조심스럽게 철제 현장 사무소 1층 문을 열고 천천히 들어섰다. 불은 켜져 있었지만 사무실이 넓어 누가 출근해 있는지 바로 알아차리기는 어려웠다. 태섭은 조심스럽게 자기 자리로 향했다.

"너는 누구니?"

사무실 제일 안쪽 끝자리에서 누군가 일어서며 태섭을 바라본다. 몸이 굉장히 날렵해 보이는 머리가 희끗희끗한 노신사였는데, 눈빛이 예사롭지 않게 형형했고 목소리는 가늘고 빨랐다.

"어느 파트니?"

"안녕하세요. 저는 건진 파일럿에 참여했던 신입사원 윤태섭이라고 합니다."

태섭이 양손을 다소곳이 모아 말했다.

"아, 앞전에 했던 파일럿 프로젝트."

알 수 없는 실망이 노신사의 표정에 스친다.

"부지런하구나."

노신사는 조용히 다시 자리에 앉아 무엇을 하는지 키보드 두드리는 소리와 마우스 딸깍거리는 소리가 간간이 났다. 태섭도 자리에 앉아 PC를 부팅하고, 확인하지 못한 메일들을 확인하고 있었는데, 그렇게 두 사람만 사무실에 30여 분 이상 있었지만 아무 말도 없었다.

85제 근무를 저주하며 개발자들이 하나둘씩 출근하고 있었다. 출근하는 사람들은 안쪽에 앉아 있는 노신사에게 모두 인사를 하고는 사전에 공지된 자기 자리로 가서 앉았다.

"안녕하세요, PM 님."

사람들의 인사 소리를 통해 그 노신사가 이번 프로젝트의 PM인가 보다 하고 태섭은 생각했다. 8시가 지났을 무렵 사무실에 출근한 사람은 대략 20여 명 정도였다. 강북 K병원 1차 철수 인력이 대략 30여 명 정도였는데, 현장 사무소 개발실이 전체 개발자 투입 시 부족하여 일부 인력은 강남 사랑병원 ITO를 하고 있는 본관 2층 사무실에 자리를 마련했다. 10여 명은 본관 2층 사무실로 출근한 모양이었다.

"잠시 주목해 주세요."

얼굴이 크고 키가 크며, 목소리가 다부진 사업 관리 한 부장이 얼마 되지 않는 출근한 사람들을 불러 모았다.

"여기가 앞으로 우리가 1년 반 정도 지낼 개발실입니다. 다들 잘 아시겠지만 오늘 이후, 1월 말, 2월 말에 걸쳐 전체 개발 인력이 강북 K병원을 철수할 예정입니다. 본격적인 프로젝트는 모두 철수해야 시작하겠지만, 먼저 투입된 우리는 레거시^{Legacy} 분석부터 진행할 예정입니다. 최 PM 님, 한 말씀 하시죠."

뒤에서 눈을 감고 고개를 끄덕이며 듣고 있던 노신사가 천천히 눈을 뜨고 앞으로 나섰다.

"그동안 K병원에서 여러분들 얼마나 고생이 많았습니까? 이번에는 좀 고생을 덜 했으면 좋겠어요. 하지만 규모로 보면 K병원보다 강남사랑병원이 더 큽니다. 아마 요구 사항도 더 많을 것이고, 화면 수도 더 많을 거예요. 최대한 K병원 프로그램을 재활용할 수 있도록 여기 병원 시스템 분석 잘하시고 협의도 잘했으면 합니다. 저와 한 부장은 K병원도 왔다 갔다 해야 하니까 각 파트별 선임들이 여기 시스템과 K병원 시스템 간 갭^{Gap} 분석 잘할 수 있도록 노력해 주세요."

누군가 물었다. 병원 시스템이 다 똑같은 거 아니냐고. 그리고 누군가는 말했다. 병원 시스템 하나 개발하고 나면 다른 병원 개발은 거저먹는 거 아니냐고. 논리적으로 맞는 말이었다. 병원 업무가 다 거기서 거기 아닌가. 하지만 실상은 달랐다. 병원의 규모와 특성에 따라 요구되는 기능이 달랐고, 적용되는 법, 제도, 고시에 따라 화면이 달라졌다. 병원은 의원이나 보건소와 같은 1차 병원이 있었고, 우리가 알고 있는 일반 병원과 종합병원 같은 2차 병원이 있었으며, 복지부 장관이 지정하는 상급 종합병원, 3차 병원이 있었다. 각 분류에 따른 병원에 따라 적용되는 법과 수가가 달랐고, 직원 규모도 달랐다.

S사의 의료 개발팀은 주로 400병상 이상의 중대형 병원과 상급 종합병원 시스템 개발을 전담하였는데, 어느 곳도 동일한 시스템은 없었다. 그동안 서울뿐 아니라 전국의 종합병원과 대학병원들을 수차례 개발해 온 S사

였지만 동일한 프로젝트는 하나도 없었으며, 언제나 오픈 직전까지 고전을 면치 못했었다. 경험이 많지 않았던 초기에는 오픈이 지연되어 개발 인력을 더 투입시켰었고, 오픈 이후 문제가 많아 원복 후 오픈 일정을 재조정하는 경우도 있었다. 그렇게 의료 개발 경험과 실력을 다져 온 S사는 이제 국내에 몇 안 되는 HIS Hospital Inofrmation System 개발 업체로 성장해 왔던 것이었다. 그리고 그 많은 S사의 의료 프로젝트 중심에 최 PM이 있었고, 머리 희끗희끗 가장 먼저 출근해 있던 노신사가 최 PM이었다.

최 PM은 그 오랜 기간 의료 프로젝트만 수행해 온 노장이었고 명장이었다. 프로젝트 관리 능력이 뛰어났는데, 특히나 의사, 간호사 등 의료진에게 믿음과 신뢰를 주는 뛰어난 능력이 있었다. 또한 S사 경영진에도 그동안 의료 개발팀의 역량을 잘 어필해 왔으며, 언젠가 의료 개발팀의 노하우로 HIS 솔루션을 만들어 제품화하고 우리나라 전 병원에 설치할 수 있도록 할 것이며, 나아가 전 세계 병원에 우리의 솔루션을 확산해 나가겠다는 크나큰 포부를 밝히며 입지를 굳혀 나가고 있었다. 그를 중심으로 의료 개발자들은 똘똘 뭉쳤고, 우리나라 여러 대형 병원 프로젝트를 동시에 수주하여 멀티로 프로젝트를 진행하고 있었다.

1차로 철수하여 강남사랑병원으로 투입된 인력 중에는 태섭의 동기들이 몇 명 있었다. 최 PM의 일장 연설이 끝이 나고 자리에 앉아 앞으로 어떤 업무를 맡게 될까 생각하고 있던 태섭에게 누군가 다가와 어깨를 툭 치더니 말한다.

"태섭 씨, 우리 차 한잔할까요?"

태섭은 깜짝 놀라며 그를 따라나섰다.

"나는 김민성이라고 해요. 여기에 우리 동기가 한 명 있다고 하던데, 태섭 씨 맞지요?"

친근하고 부드러운 어투였다.

"아, 맞아요. 제가 윤태섭입니다. 만나서 반가워요."

언제 알았는지, 파일럿 프로젝트 개발팀이 자주 애용했던 사무실 옆 작은 동산으로 태섭을 이끌었다. 그리고 거기에는 세 명이 더 모여 주변을 살피고 있었는데, 모두 동기들이라고 했다. 그들은 K병원 프로젝트 말기에 투입되었다고 했다. 그러니까 태섭이 강남사랑병원으로 투입되기 직전에 K병원으로 투입되었던 것인데, 입사 기수는 같고 차수는 빨랐던 동기들이었다. 동기들의 표정은 그리 밝지 않았다. 만나자마자 개발팀에 대한 볼멘소리들이었다.

"아 진짜, K병원에서 거의 매일 늦게 퇴근하고 힘들었는데, 바로 이 병원으로 보낼 줄은 몰랐어. 본사에서 좀 쉬다가 보낼 줄 알았지."

성격이 밝고 말을 재미있게 하는 방효숙 사원이 불만을 이야기하고 있었지만 즐거운 투로 사람들을 바라보며 이야기하고 있었다. 그들 사이에서는 이미 동기로서 서로 말을 편하게 하고 있었는데, 태섭은 일단 듣고만 있었다.

"나는 분명 이 PL 님이 프로젝트 끝나면 본사로 복귀시켜 준다고 했었거든. 그런데 그냥 이리로 발령을 내 버리셨네, 참 나…."

어른스러워 보이는 박정은 사원이 자신은 속았다는 듯 말하고 있었다.

"내가 얼핏 들었는데, 한번 의료 쪽을 개발하기 시작하면 다른 쪽으로 안 놔준다는데? 의료 쪽 개발이 좀 힘든가 봐. 다들 안 온다고 해서 잘 모르는 신입사원을 보내서 키우는 거래."

제일 나이가 많아 보이는 전상우 사원이 다른 사이트의 동기들에게서 들었다며 말했다. 그런데 전 사원의 말과 비슷한 이야기를 태섭도 들었던 적이 있었다. 건진 파일럿 프로젝트를 시작하고 얼마 지나지 않아 박장우 과장이 태섭에게 했던 말이었다.

"태섭 씨, 파일럿 프로젝트하고 나서 의료에 뼈를 묻는 거 아니에요? 여기 한번 발들이면 나가기 어렵다던데. 사용자들도 전문직이라 상대하기 어렵고, 프로그램도 복잡하다고, 업계에 소문나서 웬만한 개발자들은 잘 안 와요. 세 군데는 가지 말래. 병원, 학교, 법원."

병원에는 의사, 간호사 전문직이 있었고, 학교에는 박사, 교수들이 있었고, 법원에는 판사, 검사가 있었다. 개발 업계에서는 이들의 요구 사항 협의가 가장 어렵다고 알려져 있었다. 모두 전문직이고, 똑똑한 사람들이었다. 서로의 논리가 있어 요구 사항이 상충하는 경우 양보하지 않았다. 서로의 논리를 펴서 상대방을 이기려고 했고, 근거자료와 논문을 들이대며 자신의 요구가 옳음을 증명하려고 했으며, 인맥을 동원하여 자기 생각을 관철시키려고 했다. 개발자들은 그 사이에서 이렇게 개발했다가 저렇게 개발했다가 지속적인 재개발을 해야 했으며, 어느 한쪽에서는 칭찬을 듣지만 반대쪽에서는 무능력한 개발자라고 욕을 먹어야 했다. 급기야는 프로그램에 로그인하는 사용자에 따라 기능이 달라지도록 하드 코딩을 하는 지경에까지 이르고 있었다. 전 사원의 이야기를 들었을 때 태섭은 박장우 과장의 말이 그냥 재미로 한 말이 아니었음을 깨닫고 있었다.

"근데, 윤태섭 씨, 개발은 많이 해 봤어요? 여기서는 뭘로 개발했어요?"

전상우 사원이 의미심장한 눈빛으로 물었다.

"저는 파일럿 프로젝트에서 마스터성 단순 화면들만 개발했어요. 델파이 Delphi와 프로씨 Pro*C를 사용했고 여기는 오라클 DB를 사용하고 있어요."

"아, 우리랑 아키텍처는 똑같네요."

일전에 박 PM과 엄 PL이 차세대 프로젝트를 감안하여 박장우 과장과 함께 K병원과 동일한 아키텍쳐를 수립한 상태라서 개발 환경은 동일했다. 상우는 의료 행정 쪽 개발 지원에 참여했었고, 효숙은 일반 행정 쪽 개발 지원에 참여했었으며, 정은과 민성은 진료 지원 쪽 시스템 중 하나씩을 보조 개발했었다고 말했다. 네 사람 모두 K병원 프로젝트에서는 메인 개발자가 아니라 지원하는 보조 개발자 역할이었는데, 이번 프로젝트에서는 메인 개발자를 해 보라며 각자의 사수들이 대구 J병원으로 지원을 나갔다고 하는데, J병원의 오픈 일은 2002년 6월경이었으므로 이번에 모두 엄마 잃은 기러기처럼 혼자서 업무를 맡아 해 나가야 할 판이었다. 서로의 어려움을 토로하며, 동병상련을 느낀다. 비슷한 개발 능력, 비슷한 상황, 공감할 수 있는 어려움과 스트레스, 그러한 것들이 동기애를 만들고 서로를 격려하며 적응해 나가는 것이었다. 모두 나이가 달랐는데, 전상우 사원이 가장 많았고, 윤태섭, 김민성, 박정은, 방효숙 순이었다. 나이 차이는 있었지만, 서로의 걱정과 불안과 스트레스를 공유하며 편한 동기가 되자고 약속했다.

온 세상이 하얗게 얼어붙은 1월의 어느 날, 두 대리는 K병원 개발실에서 눈을 떴다. 이제는 85제를 준수해도 될 정도로 시스템이 안정화되었고, 오픈 후 한동안 빗발쳤던 문의 전화도 뜸해진 시점이었지만, 두 대리는 어제도 밤을 새워 코딩하다가 새벽녘에서야 잠시 눈을 붙인 터였다. 190㎝의 장신에 건빵을 즐기다 보니 건빵 같은 몸매가 되어 100kg을 바라보고 있었다. 두 대리는 콧노래를 흥얼거리며, 어젯밤에 빨아서 회의실 의자에 걸쳐 두었던 수건을 들어 냄새를 맡아 보고는 꽉 다문 입에 고개를 절레절레 흔들며, '역시 수건은 햇볕에서 말려야 하는데' 하며, 목에 두른 채 칫솔에 치약을 묻혀 화장실로 향했다.

꽃 피는 봄이 오면

내 곁으로 온다고 말했지

노래하는 제비처럼

언덕에 올라 보면

지저귀는 즐거운 노랫소리

꽃이 피는 봄을 알리네

  윤승희의 「제비처럼」을 흥얼거리며 간만에 머리를 감고 양치질을 하면서 찬물밖에 나오지 않는 현실에 한숨을 쉬었지만, 그래도 두 대리는 하루하루가 즐거웠다. 오늘은 간만에 말끔한 모습으로 8서 병동을 방문할 예정이었다. 머릿속에 8서 병동의 꼼꼼한 권 간호사의 미소가 그려지고 있었다. 추리닝을 면바지로 갈아입고, 재킷을 걸치고는 흥얼거리는 박자에 맞춰 발을 뗀다. 8서 병동은 당연히 본관 8층의 서측 병동이었는데, 권민정 간호사는 그 병동의 일 잘하는 젊은 간호사였다. 병동 업무에 해박했던 권 간호사가 요구 사항도 많이 냈었고, 바쁜 업무 중에도 시간을 내어 테스트에 참여하여 많은 의견들을 주었다. 그녀는 뭐 하나 그냥 넘어가는 법이 없이 꼼꼼하게 테스트하였고, 일반 사용자들은 잡아내기 어려운 세심한 오류를 잘도 잡아냈다. 두 대리는 동생 같은 권 간호사를 '(꼼)꼬미 선생'으로 불렀는데, 본인도 싫지 않은지 그 별명을 그냥 받아들였다.
  "아이고, 우리 꼬미 선생 데이 근무 시작하셨나? 오늘은 왠지 더 꼼꼼해 보이네?"
  두 대리가 잘 닦은 이를 환하게 드러내며 웃었다.
  "어? 웬일이세요? 프로젝트 끝나서 철수하신 줄 알았는데, 제가 오늘 데이 근무인 건 또 어떻게 아시고?"

"내가 꼬미 선생 근무 스케줄이야 꿰고 있지."

나이트 근무자로부터 카덱스를 통해 인수인계를 받은 권 간호사가 데이 근무를 막 시작하려는 참이었다. 두 대리는 병동 스테이션 PC의 마우스를 잡고 마술을 부리듯 마우스 포인터를 빙글빙글 돌리며 말했다.

"잘 봐요, 병동 메인 화면에 환자별로 주치의 정보를 보여 주잖아. 자, 이렇게 주치의 이름 위에 마우스를 올리면…."

두 대리가 마우스를 움직여 주치의 이름 위에 마우스 포인터를 올리자, 주치의 전화번호가 풍선 도움말 형태로 보여졌다. 그리고 마우스 포인터를 다른 곳으로 옮기자 이내 사라졌다. 권 간호사의 입가에 미소가 번졌다. 프로젝트 초기에 권 간호사가 두 대리에게 이야기했던 불평 중 하나였다. 병동 환자들에게는 주치의가 배정된다. 병동 환자 회진은 경험 많은 교수급 의사들이 봐주는데, 그들을 '지정의'라고 부른다. 지정의들은 환자 회진을 돌면서 환자의 상태를 확인하고 필요한 처방을 내릴 수 있도록 병동 전공의들에게 지시한다. 그 전공의를 '주치의'라고 부른다 _{용어를 반대로 사용하는 병원들} _{도 있다}. 주치의들은 업무가 많아 항상 병동에 상주하고 있는 것이 아니기 때문에 환자 상태가 갑자기 변했을 때 주치의에게 연락해야 하는데, 간호사들이 교대근무를 하다 보니 연락처 인계를 빠뜨리는 경우가 많았고, 연락처를 찾느라 늦어지는 경우가 종종 발생했었다. 권 간호사는 주치의 연락처를 시스템에서 바로 보여 주면 안 되냐는 요청을 했었는데, 그냥 메모지에 써 놓으면 되지 않느냐는 말과 함께 최종 기각됐었다.

권 간호사가 마우스를 빼앗아 주치의 이름 위에 마우스 포인터를 올려 본다. 풍선 도움말이 뜨면서 주치의 연락처가 보이는 것을 확인하고는, 눈이 거꾸로 된 초승달이 된다.

"번호 맞네요."

초승달이 두 대리를 향하며 미소를 전한다.

"당연하지, 번호가 틀리면 꼬미 선생이 가만있겠어? 까칠하게 따지겠지."

두 대리는 잠시 말을 멈췄다가 권 간호사를 다정스레 바라보며 낮은 목소리로 속삭였다.

"이 기능은 아직 아무도 몰라. 그리고 나는 이 기능을 아무한테도 알려 주지 않고 떠날 거야. 꼬미 선생이 좋아하는 사람들한테만 알려 줘. 내가 꼬미 선생에게 주는 마지막 선물이야."

권 간호사가 두 손을 모으며 환한 미소를 짓는다.

"센스쟁이 두 대리님, 너무 감사해요."

두 대리는 권 간호사의 환한 미소에 밤새 코딩했던 기억이 추억으로 바뀌고 있음을 깨닫는다.

"꼬미 선생, 그동안 고마웠어요."

권 간호사가 갑자기 생각난 듯 급하게 냉장고로 뛰어가 샌드위치를 꺼내 들고 와서 두 대리에게 건넨다.

"감사해요, 제 마음이에요."

두 대리는 샌드위치를 받아 들고는 천천히 뒤돌아 손을 흔들며, 다음 선물 대상자인 11동 병동 장 간호사를 향해 출발했다. 그런 두 대리의 뒷모습을 권 간호사는 몇 초간 조용히 바라보다가 환자에게 주사를 액팅하기 위해 병실로 뛰어갔다.

현장 사무실 한편에 높은 파티션으로 급조하여 만들어진 회의실에 최 PM과 사업 관리, 업무 파트별 PL들이 모여 업무 협의를 하고 있었다. 개발 조직은 의사와 간호사의 업무를 개발하는 진료 간호 파트, 검사 기사, 약사,

병리사 등의 업무를 개발하는 진료 지원 파트, 환자의 진료비와 보험공단 청구, 적정성 평가 등의 업무를 개발하는 원무 보험 파트, 병원 내 행정직의 업무를 개발하는 경영 관리 파트로 구분되어 있었으며, 그 외 서버, 데이터베이스, 스토리지 등 하드웨어를 관리하는 인프라 파트가 있었다.

"데이터베이스는 기존 시스템과 동일하게 오라클로 갑시다. 그래야 데이터 마이그레이션도 수월하니까."

지금은 더 많지만, 그 당시에도 많은 데이터베이스 솔루션들이 있었다. Oracle corporation의 오라클, IBM의 DB2, SAP의 Sybase, MySQL AB의 MySQL지금은 오라클사로 인수되었음 등 다양한 데이터베이스 솔루션들이 있었는데, 각 데이터베이스 솔루션들은 데이터를 어떻게 관리하고, 어떤 기능들을 제공하며, 어느 정도의 성능을 제공하느냐에 따라 개발사들이 선택하게 되어 있었다.

당시 오라클 데이터베이스는 전 세계적으로 가장 많이 사용되고 있는 관계형 데이터베이스였으며, 라이선스 비용도 가장 비쌌다. 강남사랑병원처럼 대형 병원들은 가격보다는 시스템의 안정성과 성능에 더 주안점을 두기 때문에 가장 비싸고 성능 좋은 오라클 데이터베이스를 쓰고 있었는데, 이번 프로젝트에서도 사용하게 될 예정이었다.

"아키텍처는 K병원과 동일하게 갑시다. 화면단은 델파이로 개발하고, 미들웨어는 D사 솔루션, 서버 프로그램은 프로씨Pro*C를 사용했으면 하는데, 의견들 어떠신지?"

아키텍처 쪽을 맡고 있는 이 부장이 그동안 개발팀에서 늘 써 왔던 3-Tier 구조의 아키텍처를 제안했고, Tier별 개발 솔루션을 델파이, D사 솔루션, 프로씨Pro*C로 제안했다.

"그런데 요즘 D사 솔루션이 너무 비싸고, 기술 지원도 잘 안 해 줘. 그동안 우리가 그것 때문에 얼마나 고생했니? 이번에 그놈들 경각심을 좀 줘야겠어. 게다가 건진 파일럿 프로젝트에서도 미들웨어는 티맥스를 썼다고 했잖아."

최 PM이 눈을 가늘게 뜨고는 인상을 쓰며 지난 기억을 떠올렸다. 미들웨어는 화면단과 서버단 프로그램을 중간에서 중재해 주는 솔루션인데, 어느 한쪽 서버로 요청이 몰리지 않도록 부하분산 Load Balancing을 해 주는 솔루션이며, 서버단으로부터 받은 대량의 데이터들을 화면단으로 전달해 주는 솔루션이었다. 당시에 글로벌하게 가장 많이 쓰이고 있는 미들웨어는 D사 솔루션이었는데, 성능은 가장 우수하였지만 외산 솔루션이다보니 우리나라에서는 기술 지원이 잘 안되는 경우가 종종 있었다. 지난번 K병원 프로젝트 때 솔루션 결함을 신고했지만 해결이 안 되어 고생을 했던 터라, 최 PM은 D사 솔루션 선정을 꺼리고 있었다.

"그 건진 파일럿에서 적용했다는 티맥스 TMax 요? 우리나라 미들웨어 솔루션? 아직 마켓 셰어도 약하고, 대규모 사이트에 적용된 레퍼런스를 찾기가 어렵습니다."

지금이야 티맥스소프트 TMaxSoft 사의 티맥스 TMax 나 제우스 JEUS 가 국내 시장 대부분을 차지하고 있지만, 당시에 미들웨어 솔루션 티맥스는 D사 솔루션의 후발 주자로 국내 시장 점유율이 높지 못했다.

"티맥스 애들도 대형 사이트 레퍼런스가 필요할 거야. 그쪽에 연락해서 전폭 지원해 달라고 요청해 봐."

최 PM은 이번 기회에 거의 독점하고 있다시피 한 미들웨어 시장의 D사 솔루션을 버리고 국산 솔루션인 티맥스와 협업하면 적어도 기술 지원은 더 잘해 줄 거라고 판단하고 있었다. 그렇게 델파이 Delphi - 티맥스 TMax - 프로씨 Pro*C 로 3-Tier 아키텍처를 구성하였고, 데이터베이스는 오라클로 협의가 되었다. 아키텍처가 일단락되자 개발자 지정에 들어갔다.

"강남사랑병원은 강북 K병원보다 병상 수도 많고, 외래 환자, 응급 환자도 더 많아. 의사들의 권한도 막강하고 원무와 보험심사 쪽도 만만치 않다고 들었어."

"일단 여기는 간호보다는 처방 쪽에 더 우선순위를 둬야 할 것 같아요."

진료 간호 파트 정 PL은 사전 조사된 정보와 PM의 의견을 고려하여 처방 개발자를 지정하려 하고 있었다.

"K병원 처방 개발자를 그대로 지정하면 되지 않을까요?"

"좀 약하지 않아?"

"정 PL, 이번 처방 개발자는 정규직 중에 한 명으로 하는 게 좋지 않을까? 어떻게 마무리는 되었지만 지난번 프로젝트 때 민 과장… 사용자 교육 때, 통합 테스트 때 출근 안 했잖아. 개발을 잘하는 건 알겠는데, 근태가 확실하지 않은 사람은 컨트롤이 힘들어."

PL들 중 나이가 제일 많은 이 PL이 파트너 소속 민 과장의 우려스러운 점을 지적하였고, 본인이라면 이번 기회에 처방 담당자를 바꿀 것이라는 의견을 제시했다.

"근데 민 과장이 아니면 강남사랑병원 규모의 처방 시스템을 감당할 사람이 있을까요?"

"정 PL, 뭘 걱정해. 두 대리가 있는데."

원무 보험 파트의 곽 PL이 당연하다는 듯 두 대리를 추천했고, 모두들 그게 최선이라고 동의했다. 정 PL은 간호 시스템도 중요하다며 두 대리는 간호 시스템을 개발해야 한다고 주장하다가, PM과 PL들의 권유를 받아들여 처방 개발자로 두 대리를 지정했다. 아직 K병원에서 철수도 하지 않은 두 대리는 이미 강남사랑병원 처방 시스템 개발자로 내정된 것이었다.

"아, 그런데 파일럿 프로젝트에서 넘어온 인력들은 어떻게 할 거야?"

"그 대리 하나, 사원 하나요? 의료 인력도 아니고, 건진 파일럿 프로젝트를 했다지만 병원 업무도 잘 모를 거고, 개발도 잘 모를 텐데."

"그래서, 누가 데리고 쓸 거야? 이번에 잘 키워서 의료 인력으로 흡수해야 하지 않겠냐? 가뜩이나 의료 인력들이 다른 쪽으로 도망가는데."

최 PM은 자꾸만 다른 부서로 이탈하는 의료 인력들을 안타까워하며, 어떻게든 의료 개발자를 확보하려고 노력하고 있었다. 하지만 난해한 의료 용어와 끊임없이 변경되는 요구 사항, 방대한 개발량 등으로 의료 개발자들은 보다 쉽고, 대중성 있는 웹 개발 부서나 연구소 등으로 이탈하고 있었다.

"이 PL, 네가 좀 데려가서 키워."

의사나 간호사가 사용하는 핵심 업무는 어려울 테니, 최 PM은 만만한 진료 지원 파트에 이들을 떠넘길 심산이었다.

"또 저예요. 저희 파트가 무슨 인력 양성소입니까? 맨날 저만 괴롭혀요."

"이놈아, 내가 너 아니면 누굴 믿겠냐? 그냥 잔말 말고 네가 해."

"그러면 고통 분담 좀 합시다. 우리가 신입사원 가르칠 테니 진료나 원무에서 그 대리 한 명 데려가요."

서로 눈치만 보고 있던 PL들이 서로의 어려운 점들을 토로하다가 권 대리는 진료 간호 파트에서 맡기로 결정되었다. 수년간 함께해 온 그들은 앞에서 궁시렁거리면서도 함께 손발을 맞춰 나가고 있었다. 그렇게 권민호 대리와 윤태섭 사원은 도매금으로 진료 간호 파트와 진료 지원 파트로 헤어지게 되었고, 업무가 달라 소원해지게 된다. 하지만 십수 년 뒤에 두 사람은 다시 같은 부서, 같은 사무실에서 함께 근무하게 된다.

태섭은 진료 지원 파트에 배정된 이후 병리 시스템 개발을 맡게 되었는데, 병리 시스템은 진료 지원 파트 내에서도 가장 작은 업무에 속했다. 그만큼 그들은 태섭에게 기대하는 것이 없었다.

"너는 뭐 맡았어?"

언제나 밝고 명랑한 효숙이 즐겁고 유쾌한 투로 서로 어떤 업무를 맡게 되었는지 물었다.

"나는 약국 시스템을 개발하라는데, 자신 없다."

"나는 환자 검사."

민성과 정은은 태섭과 같은 진료 지원 파트였는데, 민성은 약국 시스템, 정은은 환자 검사 시스템 개발을 맡게 되었다. 진료 지원 파트는 의사의 진료 행위를 지원하는 파트로서 환자 검사, 검체 검사, 건강검진, 약국, 병리, 당뇨, 재활, 영양급식, 감염 관리 등의 업무로 이루어져 있었다. 그중 환자 검사, 검체 검사, 건강검진과 약국 시스템이 진료 지원 파트의 핵심 업무라고 했다. K병원 프로젝트부터 참여했던 동기 두 명은 핵심 업무를 맡은 것이었다. 효숙과 상우는 모두 경영 관리 파트였고, 일반 행정 및 의료 행정의 개발자로 지정되었다.

"와, 태섭이 좋겠다. 병리 시스템은 할 만하지."

태섭은 자신이 진료 지원 파트의 마이너한 업무를 맡게 된 것에 한편으로는 안도하면서도 마음이 개운치는 않았다.

"나는 K병원에서 약국 시스템 개발하던 강 과장님하고 좀 친했었거든. 엄청 복잡하더라고. 분마다 조제 정보 생성 프로그램이 돌아야 하고, 조제 라벨 출력해야 하고, 약 처방 감사해야 하고, 저녁때는 약 재고 맞춰야 하는데다가 약국은 24시간 도니까, 밤이나 새벽에도 불려 다니시고 엄청 고생하셨잖아. 결국 K병원 끝내고 다른 사이트로 도망가셨어."

민성은 의기소침한 말투로 밑밥을 깔고 있었지만 사실 약국 시스템은 사원급이 혼자 맡을 만한 시스템은 아니었다. 경력자가 맡아야 했지만, 상당수 개발자들이 K병원 프로젝트를 끝내고 J병원으로 지원을 가거나 아예 의료 쪽 개발을 떠났는데, 의료 개발이 타 산업군에 비해 복잡한 것도 있었겠고, 업무 강도가 높았던 이유도 있었겠고, 처우도 그다지 좋지 못한 것도 있었겠고, 사용자들이 까다롭다는 이유도 있었을 것이었다. 사람이 없다 보니 사원급인 김민성 사원이 약국 시스템을 맡게 되었는데, 진료 지원 이 PL은 은근히 민성과 정은이 걱정되고 있었다.

"사실 나는 환자 검사 업무가 뭔지도 몰라. 나는 프로젝트 거의 말기에 투입됐었잖아. 그 전에 도서관 프로젝트 제안서 작업에 투입되었다가 수주 실패하고 K병원으로 간 거였어."

정은은 K병원 프로젝트에 마지막으로 투입된 신입사원이었다. 조용하고 신중했던 정은은 나름대로 분위기가 있었다. 대화를 나눠 본 사람들은 모두 박정은 사원이 사원답지 않게 무게감 있고 안정감 있다고들 말했다. 이 PL이 환자 검사 시스템을 맡긴 것은 진중한 정은의 성격에 따른 것이었을 테다. 효숙과 상우도 본인들의 업무가 무엇인지 모르기는 매한가지였다. 전임자와 친했던 민성을 제외하고, 지금 상황에서는 모두들 본인들의 업무 규모나 난이도, 개발량을 몰랐고 그래서 마음이 편했다. 아무도 다가올 거대한 파고波高를 예상하지 못하고 있었다.

2월 말이 되면서 K병원 3차 철수가 진행되었고, 모든 개발자가 K병원을 철수하게 되었다. 두 대리는 마지막 날 K병원 간호부로부터 꽃다발과 선물을 받는데, 유례없는 상황이었다. 간호 시스템을 아주 잘, 만족스럽게 개발해 주었다며 간호 본부장과 팀장들이 칭찬을 아끼지 않았다. 간호부에서 나름 인기인이었던 두 대리는 그의 팬들과 주요 보직자들에게 정중히 허리

숙여 인사하며 언제든 불러 주시면 달려오겠다는 마지막 허풍을 떨며, 석양에 카우보이가 말을 타고 유유히 사라지듯 K병원을 떠났다. 아주 큰 그림자를 만들며.

떠나면서 K병원에서 갈고 닦은, 간호사 마음을 사로잡은 편의 기능을 머릿속에 기억하며 강남사랑병원에서는 확장판으로 편의 기능의 편의 기능을 개발해 주고 이번에는 배우자까지 만드리라 마음먹고 있었지만, 추후 본인이 처방 개발자로 내정된 사실을 알고는 모두가 미쳤다고 생각할 때까지 큰소리로 웃었다고 한다.

본격적인 강남사랑병원 차세대 시스템 구축이 진행되고 있었다. 현재 운영되고 있는 레거시 시스템 분석과 업무 분석을 통해 이해를 높이는 것, AS-IS 시스템 분석이라고 불렀다. 개발자들은 각 시스템과 업무에 대한 설명을 강남사랑병원 ITO 소속의 정보지원팀 담당자들로부터 1차 설명을 듣고 이후 병원 현장을 방문하여 현장 실무 담당자들로부터 2차 설명을 들었으며, 레거시 시스템의 프로그램 소스 코드를 통해 3차 분석을 진행하게 되었다. 태섭도 병리 업무에 대하여 정보지원팀 담당자에게 설명을 듣게 되었는데, 정보지원팀 담당자는 검체 검사와 병리 시스템을 함께 담당하고 있다고 했다.

"사실 병리 시스템은 작아요. 검체 검사가 메인이지."

태섭도 시스템을 따라 작아지는 느낌이었다. 하지만 업무 설명을 들으면서 태섭은 병리 시스템이 결코 작지 않음을 느꼈다. 레거시 병리 시스템은 화면만 100개가 넘었고, 출력물은 40여 개, 데이터를 저장하는 테이블이 40여 개였다. 건강검진센터 파일럿 프로젝트에서 태섭이 6개월간 개발한 화면은 50여 개였고, 출력물은 없었으며, 태섭이 관리했던 테이블은 고작

20개 미만이었다. 또한 그동안 개발했던 화면들은 모두 마스터성 화면이라서 기능이 단순한 편이었으나 병리 시스템은 검체 접수, 바코드 출력, 육안 검사 결과 입력, 외과병리, 세포병리, 특수병리 검사 결과 입력, 각종 이미지 등록, 부검 결과 보고서 등 복잡한 로직과 출력물들이 즐비했다. 이런 시스템이 작고 마이너한 시스템이라니, 혼란스러웠던 태섭은 자꾸만 다른 세상으로 떠나려 하는 정신을 다잡으려 주먹을 꼭 쥐고 담당자의 말에 귀를 기울이려 노력하고 있었다.

"업무 설명은 이 정도로 하고, 일단 소스를 줄 테니 소스를 보고 업무를 이해하세요. 내일은 병리 검사실에 방문해서 선생님들께 인사도 드리고, 실제 업무하시는 모습을 보면서 이해도를 높이도록 합시다."

정보지원팀 담당자는 두 시간 정도 설명을 하고는 피곤하다는 듯 서둘러 마무리하고 사라졌다. 태섭은 설명하면서 들었던 동결절편이니, 파라핀 블록이니, 세침흡입이니, 무슨 소린지 알아들을 수 없었고 이것이 작은 업무인지, 혹시 업무를 주면서 큰 업무라고 하면 스트레스받을까 봐 그냥 작은 업무라고 표현한 것은 아닌지 혼란스러워하고 있었다. 잠시 뒤에 몇 개의 메일로 나뉘어 전달되어 온 소스 파일들은 기존 시스템에서 개발된 디벨로퍼 소스였는데, 태섭의 PC에 디벨로퍼 프로그램이 설치되어 있지 않아 소스를 볼 수도 없었다. 산 넘어 산이었다. 아니, 산 넘어 낭떠러지였다.

방효숙 사원이 동기들에게 SOS를 쳤다.

'야, 다들 모여 봐.'

날이 추웠다. 점심시간 이후 사무실 옆 작은 동산으로 모인 동기들의 얼굴은 며칠 전에 비해 더욱 어둡고 무거워져 있었다. 활달하고 유쾌했던 효숙은 말수가 급격히 줄어들어 있었고, 상우와 정은도 말수가 없기는 마찬가지였다. 민성만 이미 이럴 줄 알고 있었다는 듯 걱정거리를 쏟아 내고 있었다.

"복잡한 줄은 알고 있었는데, 복잡한 것만 문제가 아니었어. 개발해야 하는 화면이 300개가 넘고, 보고서도 150개가 넘고, 테이블은 250개가 넘어. 게다가 지금은 2-Tier 구조라서 서비스가 없지만 3-Tier로 개발하려면 서비스가 천 개는 될 것 같아. 어떡하냐? 이걸 혼자 어떻게 해."

정은은 민성의 푸념을 묵묵히 듣고 있다가 공허한 표정으로 말했다.

"환자 검사는 화면이 몇 개인지도 모르겠어. 400개는 넘는 것 같더라고. 그리고, 나는 아직 델파이도 설치하지 못했어. 3월인데 마음은 한겨울이야."

"나랑, 상우는 화면만 1,000개가 넘는 것 같아. 보고서도 200개가 넘고, 테이블은 400개. 이걸 다 어떻게 개발하라는 건지 모르겠어."

3월 초의 쌀쌀한 날씨였지만 아무도 추운 줄 몰랐다. 열띤 얼굴들을 하고 앞으로 어떻게 헤쳐 나가야 할지 누군가 알려 주기를 바라는 마음이었지만, 그들끼리는 해결할 수 없는 일이었다. 그제서야 태섭은 병리 시스템이 그저 작고 마이너한 시스템이라는 사실을 인정하지 않을 수 없었다. 개발 로직의 복잡함은 차치하더라도 개발량에서 이미 다른 동기들이 맡고 있는 시스템에 비할 바가 아니었다.

"우리 확 도망가 버릴까?"

민성의 말투에 장난기보다는 안쓰러움이 묻어 있었다. 차가운 날씨 속에 서로의 어려움을 토로한 동기들은 그나마 위안이 되었는지, 아니면 차가운 날씨 덕에 열기가 식은 것인지, 일단 해보자며 의지를 다지면서 사무실로 발걸음을 옮겼다.

문제는 사방팔방에 있었다. 잘하고픈 의지와는 상관없이 전후좌우 위아래에 장애물들이 존재하였고, 하나 넘으면 그 너머에 더 큰 장애물이 있어 옴짝달싹할 수 없는 상태, 열심히 할 수도 그렇다고 손을 놓고 포기할 수도 없는 현실. 태섭은 지금 그런 상태였다.

병리 업무를 이해하기 위해 현재 시스템을 테스트해 보기로 하였다. 우여곡절 자신의 PC에 병리 시스템을 설치하였고, 테스트 환경으로 접속하여 병리 시스템을 하나하나 열어 보면서 화면 구성을 이해해 보려고 하고 있었다. 아니, 눈에 먼저 익숙해지고자 지속적으로 화면들을 열었다 닫았다 반복하고 있었다. 그리고 정보지원팀 담당자가 설명해 준 내용을 상기하며 병리 검체 접수 화면을 띄워 보았는데, 도대체 화면이 어떻게 작동되는지 알 수 없었고, 무수히 많은 버튼들, 조회 버튼, 수술 내역 버튼, 접수 버튼, 바코드 출력 버튼, 검체 인수 버튼 등 저 버튼들의 기능 하나하나를 개발해야 된다고 생각하니 아뜩해짐을 느꼈다.

'잘 해낼 수 있을까, 그나마 제일 작은 업무라는데….'

태섭은 건진 파일럿 프로젝트를 마무리할 때 코딩에 자신이 붙어 있었고, 건진 업무에 대해서는 어느 정도 자신이 있었기에 새로운 프로젝트에 투입되어도 잘 해낼 수 있을 거라는 종잇장처럼 얇은 지식을 가진 신입 개발자의 얄팍한 생각을 가지고 있었다. 눈앞이 캄캄했고 어떻게 해야 할지 방향을 잡을 수 없었으며, 더 두려웠던 점은 병리 시스템을 혼자서 개발해야 한다는 사실과 물어볼 선배가 없다는 점이었다. K병원에서는 병리 시스템을 파트너사 개발자 혼자 개발했고 프로젝트 오픈 이후 다른 사이트로 투입되었다는 이야기만 들은 터였다.

그날 밤 태섭은 오랜만에 고시원 옥상에서 달을 바라보고 있었다. 답답한 마음을 아는지 모르는지 달은 변함없이 세상을 비추고 있었다. 자신만

만했던 마음도, 열심히 하면 된다는 의지도, 적성에 맞는다는 생각도 부질 없었다. 당장 내일 하루를 어떻게 보내야 할지 막막했다. 오늘처럼 모름의 연속이라면 낭패였다. 화면 프로토타입을 4월 초에 현업 실무자를 대상으로 설명해야 하는 일정이었기에 초조함과 막막함이 마음을 조여 왔다.

태섭은 달을 보며 해담터에서 떠올렸던 혜란을 생각했다. 졸업 후 인천 국제공항에서 혜란은 유학을 떠났고, 태섭은 그녀의 뒷모습을 묵묵히 지켜봤다. 3년 유학을 계획하고 떠난 혜란에게 태섭은 간간이 연락을 했었다. 머나먼 조지아주 애틀랜타만큼이나 전화는 멀게 느껴졌었다. 혜란과의 전화 통화에 대화는 그리 많지 않았지만 서로의 마음을 확인할 수는 있었다.

"잘 지내고 있어? 우리 못 본 지 꽤 오래되었다."

"나는 잘 지내고 있어, 오빠. 보고 싶어."

"어디 아픈 곳은 없고? 밥은 잘 먹고 있어? 음식은 입에 맞아?"

"오늘 햄버거를 반이나, 콜라는 거의 다 남겼어. 오빠와 함께였으면 다 먹었을 텐데. 문득 깨달았어. 여기는 한국이 아니고, 오빠가 곁에 없다는 것을⋯."

'우리 다시 만나겠지?' 태섭은 물어보지 못했다.

어제 토요일, 태섭은 늦은 저녁 9시경 퇴근했었는데 다른 개발자들도 마찬가지였다. 사용자 프로토타입 설명회가 한 달 남짓 남은 시점이었다. 일요일이지만 편히 쉴 수 없었던 태섭은 꼭두새벽에 잠이 깼고, 숨을 쉴 수 없어 그냥 출근하기로 마음을 먹고 고시원을 나섰다. 다행히 지하철 운행이 시작한 시각이었고 몸은 피곤하지만 잠들 수 없는 정신을 지하철에 실었다. 그리고 사방이 고요한 도로를 따라 사무실로 향했다. 아무도 없는 사무실의 고요한 적막감, 그 느낌을 받고 싶었다. 사무실 문을 열고 들어선 태섭은 불을 켜기 전에 고요함을 한동안 느끼고 있었다. 소리 없는 고요함은 태섭에게 안정감과 집중력을 선사하고 있었다. 그런데, 어디선가 고요함을 방해하는 소리가 있었다. 크지는 않지만 분명히 들리고 있었다.

'뭐지? 누가 PC를 켜 놓고 갔나?'

불을 켜고 자리로 걸어가고 있는데, 소리가 점점 커졌다. 가만히 귀를 기울여 들어보니 규칙적이고 안정된 코 고는 소리였다. 그리 크지는 않았지만 확실히 들리고 있었다.

'이 시간에?'

이렇게나 이른 일요일에 누군가 사무실에 있을 거라고는 전혀 예상하지 못한 태섭은 넓은 사무실을 둘러보았다. 그리고 책상에 엎드려 자고 있는 거대한 몸집의 사람을 발견했다. 태섭은 조용히 자리에 앉아 PC를 부팅하고는 어제 봤던 프로그램들을 하나하나 다시 띄워 보고 있었다.

"아, 뭐야? 이 시간에."

눈이 부셨는지 눈살을 찌푸리며 두꺼운 손으로 빛을 가리듯 차양을 만들어 자리에서 일어난 사람이 사무실을 둘러본다.

"정말 누가 출근했네. 몇 시야? 7시도 안 됐잖아."

그러고는 다시 엎드려 잔다. 태섭은 조용히 화면들을 보면서 그동안 많이 익숙해졌음을 느꼈지만, 여전히 이 화면들이 어떻게 작동되는지는 알 수 없었다. 엊그제 이 PL이 파트원들을 불러 모아 놓고 했던 말들이 생각났다.

'그냥 다 개발하려고 생각하지 말고, K병원에서 개발한 화면을 기반으로 현재 시스템에 추가로 있는 기능들을 개발할 생각을 해. 그냥 개발 못 해. 내년 2월에 오픈하려면 소스 코드를 재활용해야 된다. 명심하고, 현재 시스템하고 K병원 시스템 기능들을 비교해.'

K병원에도, 강남사랑병원에도 병리 시스템은 있었다. 두 시스템을 비교하여 기능적 차이를 분석하는 것을 그들은 갭 Gap 분석이라고 불렀다. 강남사랑병원 시스템에만 있는 기능은 K병원 시스템에 추가하면 되고, K병원 시스템에만 있는 기능은 제거하는 방법으로 개발 기간을 단축하자는 의도였다. 물론 대전제는 두 병원 시스템 기능을 모두 잘 알고 있어야 한다는 것이었는데, 불행하게도 태섭은 두 병원 시스템 모두 알지 못했다. 게다가 K병원 병리 시스템은 델파이로 개발되어 있어 소스 코드를 볼 수 있었지만 강남사랑병원의 시스템은 디벨로퍼로 개발되어 있어 소스 코드를 분석하기도 어려웠다. 출근했지만 몰려오는 위기감과 초조함에 피가 머리로 몰려 두통을 느낄 때쯤이었다.

"너는 뭐냐?"

언제 왔는지 책상에 엎드려 자고 있던 사람이 태섭의 등 뒤에 와 있었다.

"안녕하세요, 신입사원 윤태섭이라고 합니다."

태섭은 자리에서 일어나 꾸벅 인사를 했다.

"못 보던 놈인데, 어디서 왔냐?"

"저는 건강검진센터 파일럿 프로젝트를 끝내고 바로 투입된 신입사원입니다."

"음, 그래? 부지런하네. 나는 두길상이라고 해."

"반갑습니다, 선배님. 잘 부탁드립니다."

"그래? 그러면 나랑 아침이나 먹으러 갈까?"

그렇게 태섭은 두길상 대리와 함께 아침을 먹기 위해 병원 구내식당으로 향했다. 취업 후 서울에 올라온 뒤로 아침을 밥 먹듯이 거른 태섭에게 아침 식사는 낯설었다.

"너는 무슨 업무를 맡았어?"

"저는 진료 지원 파트의 병리 시스템을 맡았습니다."

"아깝다, 부지런한 놈 같은데. 나를 주지. 맨날 누구를 키우라고 말만 하고 사람은 안 주지."

알 수 없는 말들을 중얼중얼하며 병원 구내식당에 도착한 두 대리는 태섭에게 식권을 내민다.

"앞으로 잘해 보자."

넉넉한 풍채와 웃는 얼굴에 태섭은 그동안 느끼지 못했던 고마움과 푸근함을 느낀다.

"감사합니다, 선배님."

아침을 저녁처럼 배식판에 잔뜩 담은 두 대리는 어슬렁거리며 밖이 보이는 창문 옆에 자리를 잡았고, 태섭은 맞은편에 앉았다.

"잘 돼냐?"

크게 밥을 한 숟가락 입에 넣고, 반찬 칸을 넘치도록 가져온 비엔나소시지 세 개를 한 젓가락으로 잡아 입에 넣으며 두 대리가 물었다.

"아직 잘 모르겠습니다. 현재 시스템도 모르겠고, K병원 시스템도 모르겠고, 첩첩산중입니다."

"솔직하네."

천천히 씹으며 게슴츠레하게 눈을 만들어 태섭을 의심스럽게 바라본다.

"왜 이렇게 일찍 출근했어? 그것도 일요일에?"

"잠이 안 옵니다, 선배님."

고개를 숙이고 태섭이 소시지에 김치를 둘러 입에 넣고는 두 대리의 불룩한 뺨을 물끄러미 바라본다.

"뭣 땜에?"

"4월에 사용자 대상 프로토타입 설명회를 한다는데 아무것도 모르겠습니다.”

“그거야, 프로토타입인데 뭐. 실제 개발된 걸 보여 주는 게 아니고, 이렇게 개발될 거라고 이런 기능들을 제공할 예정이라고, 화면 껍데기만 만들면 돼. 내부 로직은 없어도 돼.”

두 대리가 귀엽다는 듯 씨익 한 번 웃고는 신기에 가까운 젓가락질로 김치 위에 스크램블 에그와 소시지를 올려 한꺼번에 입안으로 넣는다.

“무슨 기능들이 있는지도 잘 모르겠습니다. 테스트도 어렵고… 테스트하려면 처방이 필요한데, 처방도 없고.”

두 대리가 태섭을 바라보지 않은 채 한 번에 먹으려는지 밥을 한 덩이로 뭉치면서 말했다.

“보통 신입사원들은 무조건 잘하겠다고 하지. 무슨 어려움이 있는지도 모른 채 열심히 하겠다고 하고, 밤을 새워서라도 꼭 해내겠다고도 하지. 그리고 막판에 가서 죄송하다고 해. 너처럼 처음부터 어렵다고 하는 놈은 또 처음 보네.”

뜨끔했다. 생각해 보니 모르겠다는 말만 열심히 하고 있는 자신을 깨달았다.

“선배님도 저 같은 때가 있으셨을 텐데, 어떻게 극복하셨는지 궁금합니다.”

“당돌하네.”

두 대리가 미소를 지으며, 태섭의 눈을 꿰뚫어 본다. 뚱뚱하고 푸근한 인상의 두 대리에게서 냉철함이 스친다.

“모든 것은 소스 코드가 말해 주지. 현업 실무자들이 모르는 사실도 소스 코드에 있어. 그들은 그들의 경험과 기억 속에서 화면 기능을 말하지만 우리는 모든 것이 명시되어 있는 소스 코드를 가지고 있지. 처음에는 업무적으로 밀리겠지만 소스 코드 분석이 끝나고 나면 내가 더 많이 알게 되어 있어. 나는 너 때 그 소스 코드 분석에 무한대의 시간을 쏟았어."

두 대리가 먹던 것을 잠시 멈추고 창밖을 바라본다. 침묵이 흘렀다. 주변에서는 의료진들이 아침을 먹으며 툴툴거리는 소리가 잔잔한 배경음악처럼 흐르고 있었다.

"그리고 소스 코드는 너의 실력도 말해 주지. 네가 작성한 소스 코드가 너의 실력이고, 너의 성격이야. 소스 코드에는 너의 가치관이 담기게 되어 있어. 그러니까 너도 지금은 소스 코드를 파 볼 때야. 소스 코드 분석이 싫다면 너는 개발자가 아닌 거야, 일반인일 뿐이지."

며칠 뒤, 태섭은 디벨로퍼 개발 가이드북을 구입했다. 모든 것은 소스 코드가 말해 주듯이, 모든 해결책은 책 속에 있음을 태섭은 옛날부터 알고 있었다. 그걸 읽고도 모르면 또 다른 책을 사서 보면 되고 그렇게 관련 분야 다섯 권쯤 책을 읽으면 전문가스러워진다는 사실을 태섭은 이미 오래전부터 알고 있었다. 다만 기술 서적이라서 책이 두껍고, 여유롭게 읽고 있을 시간은 없었으므로 태섭도 두 대리처럼 책 읽는 데에 무한대의 시간을 쏟아보기로 했다.

"퇴근 안 하냐?"

"해야 할 일이 있어서 늦을 것 같습니다."

"아직 초반이야, 너 벌써부터 그러면 버릇돼."

그냥 미소만 지을 뿐, 태섭의 머릿속에는 1주일 내 책을 완독하고, 1주일 내 현행 병리 시스템 소스 코드를 분석하여 마지막 2주 동안 병리 프로토타입 화면을 만들어 현업 실무자들에게 설명해야 한다는 나름의 계획을 가지고 있었다. 그러려면 무한대의 시간을 쏟아부어 빨리 책을 읽어야 했지만, 디벨로퍼 개발 가이드북은 소설책이 아니었기에 속도가 나지 않았다. 자정이 지나고, 사무실에는 태섭과 두 대리만 남아 있었다. 끙끙대며 책을 파고 있는 태섭과 달리 두 대리는 흥얼거리며 뭔가를 하고 있었다. 저녁은 먹었지만, 슬슬 배고픔과 피곤함이 몰려오고 있었다.

"너 책 보냐? 이거 무슨 책이야?"

분명 거대하고 뚱뚱하며 우둔해 보이는 체형이었지만 어느새 두 대리는 소리 없이 태섭의 뒤에 와 있었다. 태섭이 보던 책을 뒤집어 책 제목을 보던 두 대리는,

"아쭈, 요놈 봐라, 아주 싹수가 파랗네."

두 대리가 해맑게 웃었다.

"야식 먹으러 갈까?"

이 시간에 어디로 야식을 먹으러 가나 싶어 눈을 땡그랗게 뜨고 두 대리를 쳐다본다.

"지금요?"

"나 저녁을 일찍 먹어서 배고파. 야식 먹으러 가자."

마지못해 태섭은 자리에서 일어났고, 두 대리가 추리닝에 파카를 둘러 입는 것을 놀란 눈으로 바라보고 있었다.

"야, 너도 밤새울 거면 좀 편하게 입고 해라. 와이셔츠에 양복바지라니, 밤새우는 사람의 기본이 안 돼 있어. 아주 복장이 불량해."

그때만 해도 정장이 보편적 회사원 복장이었고 개발자도 그러하였다.

먹자골목으로 가야 하나 싶었는데, 병원 구내식당으로 향하는 두 대리를 보며 태섭은 의아해했다.

"뭘 그렇게 봐, 구내식당 가서 야식 먹어야지."

병원에서 유일하게 건강검진센터만 근무시간이 7시에서 4시까지였다.

그래서 건강검진센터 직원들은 야식을 이용할 필요가 없었고, 그랬기에 태섭은 파일럿 프로젝트를 하는 동안 병원에서 야식을 운영하는지 모르고 있었다.

"병원의 장점이 뭐냐, 조·중·석식에 야식까지 운영한다는 거 아니냐. 이용해 줘야지."

두 대리는 말년 병장처럼 양 주머니에 손을 꽂고 추위에 몸을 웅크린 채 종종걸음을 쳤다. 지난 주말 아침에 먹었던 자리에 똑같이 두 사람은 식판에 야식을 담아 와 앉았다. 역시 두 대리는 저녁 같은 야식을 담아 왔고, 태섭도 엉겁결에 두 대리를 따라 평소보다 많은 양을 담아 왔다.

"잘되고 있냐?"

"생각보다 진도가 느려요. 근데, 선배님은 뭐 하고 계신 거예요?"

"처방 시스템 소스 코드 보고 있지."

"디벨로퍼도 잘 아세요?"

"당연히 모르지, 그걸 내가 써 본 적이 없는데."

"그런데 소스 코드 분석은 어떻게 하세요?"

"응, 거기서 거기야. 개발 언어라는 게 다 거기서 거기야. 신텍스 syntax 만 다르지, 다 비슷해."

어느 수준의 개발자가 되면 대충 보면 알 수 있다고 한다. C언어이든 델파이든 디벨로퍼든 신텍스라고 말하는 문법만 다를 뿐, 유사한 방식과 구조라는 의미였고, 처음 접하는 언어로 개발하기는 어렵지만 이미 개발되어 있는 소스 코드는 어느 정도 분석이 가능하다는 의미였다. 야식을 먹고 사무실로 돌아온 두 대리는 태섭의 병리 소스 코드를 함께 보면서 소스 코드가 의미하는 바를 알려 주었다. 화면에서 입력된 변수를 받아 SQL 쿼리를 통해 데이터를 산출하고, 산출된 데이터를 화면에 뿌리는 일련의 과정들,

입력된 변수를 SQL 쿼리를 통해 데이터베이스에 저장하고 재조회를 통해 변경된 내역을 보여 주는 일련의 과정들을 알기 쉽게 설명해 주었다. 화면과 화면 간 데이터 연계 방식과 화면에서 사용되는 각종 입력창, 버튼, 그리드 Grid 등의 컴포넌트 사용에 대한 설명을 청산유수처럼 설명하는 모습 속에 뚱뚱함과 우둔함은 없었다. 예리함과 섬세함, 지식과 경험의 풍요로움만이 있었다.

프로토타입 설명회가 2주 정도 남은 어느 날, 아침 조회가 끝나자마자 잠깐 보자는 문자가 날아왔다. 전날도 새벽 세 시쯤 사무실에서 잠을 청했던 태섭은 꾀죄죄한 모습이었는데, 다른 동기들도 크게 다르지 않았다. 그동안 사무실에서 서로 지나치면서도 제대로 인사도 하지 못할 정도로 얼이 빠진 상태들이었다.

"나는 이제 못 하겠어."

언제나 신중하고, 가볍지 않았던 정은이 피곤에 지친 모습으로 느리게 말을 꺼냈다.

"너무한 것 같아. 우리는 신입인데, 업무 분장이 잘못된 거 아니야?"

활기찼던 효숙도 눈 밑의 다크 서클이 광대뼈까지 내려온 듯 매우 지쳐 보였다.

"내가 다른 부서 동기들한테 물어봤는데, 이 정도는 아니래. 우리 델파이 교육이나 SQL 교육 같은 거 받아 본 적도 없잖아. 너무 무모한 것 같아. 맨땅에 헤딩도 정도가 있어야지."

상우도 의기소침하여 땅바닥을 바라보며 푸념을 내뱉는다. 민성은 말하기도 피곤하다는 듯 핼쑥한 얼굴로 잠자코 듣고만 있었고, 태섭도 지난주에 퇴근한 날이 퇴근하지 않은 날보다 적은 상태였기에 체력적으로 힘든 상태였다. 그날 동기들은 추운 날씨에도 불구하고 한동안 씁쓸한 인생을 논했다. 취업만 하면 퇴근할 때 가볍게 술 한잔하고 취미생활을 즐길 수 있을 거라는 환상 따위, 현실에는 없었다. 8시 출근 9시 퇴근이 자리 잡고 있었고, 본격적인 개발이 시작되면 파일럿 프로젝트 때 그러했듯이 퇴근 시간은 10시, 11시, 12시가 될 것이었다. 동기들끼리 모여도 힘이 나지 않았다.

그다음 날 정은과 효숙, 상우는 최 PM과 면담을 요청하였고, 신입사원으로서의 어려움과 업무 분장의 불만을 토로하였다. 면담 이후 최 PM은 PL들과 논의하여 신입사원들의 업무를 줄여 줄 수 없는지에 대해 논의하였으나 어려운 상황이었다. K병원 프로젝트 종료 이후 단계적 철수 시점에 대부분의 인력은 강남사랑병원 프로젝트로 투입되었지만, 일부 인력은 대구의 J병원 프로젝트 마무리 지원을 위해 그쪽으로 투입되었다. 그리고 J병원 프로젝트가 종료되면 강남사랑병원으로 개발 인력들이 모이기로 되어 있었는데, 부천의 S병원 차세대 프로젝트가 추가 수주되면서 개발 인력들이 S병원으로 대거 투입될 예정이었다. 인력 계획에 차질이 생기면서 할 수 없이 신입사원들에게도 시스템 하나씩 배정된 것이었다.

더 이상 해결책이 보이지 않았던 태섭의 동기들은 최후의 결심을 하게 되었다. 정은과 효숙은 어렵게 입사했음에도 불구하고 퇴사를 결정했고, 상우는 아는 사람이 있었는지 발 빠르게 그 어렵다던 타 부서 전배를 성공했다. 퇴사와 전배는 신속하게 진행되었고, 프로토타입 일정상 환송회도 없었다. 동기들이 떠나기 전, 우울한 분위기에서 동기들끼리 점심을 먹었다. 이런 회사인지 몰랐고, 이렇게 업무 강도가 말도 안 되는지 몰랐다고 하소연했다. 이번 프로젝트를 성공적으로 끝내 봐야 어디선가 또 밤을 새우고 있을 거라 말했고, 선배들도 말을 안 할 뿐이지 다들 그만두고 싶어 하더라고 말했다. 결혼해서 자식들 낳아 어쩔 수 없이 회사에 매이기 전에 결정해야 했다고, 이런 식의 삶이라면 결혼도 못 할 것 같아 결정해야 했다고 한탄과 설움을 쏟아 냈다. 아무도 점심을 다 먹지 못했다.

봄이 되었지만 동기들의 퇴사와 전배는 마음속 황량함을 더해 주고 있었다. 세 명의 동기가 떠나고, 민성과 태섭만 남게 되었다. 동기들의 퇴사와 전배에 동요될 것을 우려한 선배들과 PL들이 민성과 태섭에게 일찍 퇴근하라고, 쉬엄쉬엄하라고 억지 미소를 지으며 눈치를 보고 있었다. 하지만 이틀 뒤, 인력 변동에 따른 업무 재분장이 있었다.

"태섭 씨, 요즘 어떠니? 많이 힘드니?"

이 PL이 태섭을 불러 조심스럽게 말을 꺼내고 있었다.

"업무를 잘 몰라서 헤매고 있지만, 어쨌든 프로토타입 일정에 맞추려고 노력하고 있습니다."

"병리 시스템은 신입사원이 시작하기 좋은 업무야. 그렇다고 쉽다는 이야기는 아니고, 개발량이 많은 편은 아니라서 신입사원이 의료 개발자로 입문하기에 좋은 시스템이지. 그런데 상황이 좀 바뀌었어. 박정은 사원이 잘해 줄 거라 믿었는데, 힘에 부쳤는지 퇴사했네. 아쉬운 일이야. 환자 검사 시스템은 여러 부서와 협업할 수 있는 좋은 시스템인데 말이지."

이 PL이 잠시 말을 멈추고 미간에 잔뜩 주름을 잡으며 숨을 크게 들이쉬었다.

"그래서 내부적으로 협의를 해 봤는데, 태섭 씨에게 병리 시스템은 좀, 그러니까 그게…."

태섭은 이 PL이 무슨 말을 하려는 것인지 알 수 없어 눈만 깜빡거리고 있었다.

"다소 아쉽다는 의견들이 있었어. 그래서 이번에 환자 검사 시스템을 맡아 주었으면 해. 병리는 J병원 프로젝트에서 파트너 개발자 한 명을 빼 올 예정이야. 그 친구에게 맡기고, 태섭 씨는 환자 검사 시스템을 맡아 줬으면 좋겠어."

태섭은 잠시 무슨 의미인지 깨달을 시간이 필요했다. 언젠가 정은이 이 야기했던, 화면 4백 개가 넘는다던 시스템을 말하고 있는 것이었다. 엊그 제 두 대리로부터 병리 시스템 소스 보는 법을 배웠고 이제 좀 제대로 분석 하고 프로토타입 화면을 만들려던 태섭의 계획이 한순간 재가 되어 하늘하 늘 날아가고 있음이 느껴졌다. 그리고 2주 뒤에 프로토타입 사용자 설명회 가 예정되어 있었다.

업무가 바뀌면서 태섭은 검체 검사 개발 담당자 옆자리로 옮기게 되었 다. 그래 봐야 같은 사무실의 이쪽에서 저쪽으로 옮긴 것뿐이었지만, 분위 기가 사뭇 달랐다. 검체 검사 담당자는 신호재 사원이었다. 같은 사원이기 는 했지만 1년 선배였고 나이가 많이 들어 보였다. 키는 작은 편이었지만 어깨가 넓고 근육이 발달하여 우람한 체형이었다. 나중에 안 사실이었 지만 신호재 사원은 태섭보다 세 살 많았고, S사에서 운영하는 프로그램 코딩 아카데미에서 최우수 교육생으로 선정되어 S사에 입사하게 된 실력파였으 며, K병원에서는 환자 검사 시스템을 단독으로 개발했었다고 했다.

환자 검사 시스템 권한을 받은 태섭은 자리에 앉아 조용히 로그인을 해 보고는 병리 시스템과 달리 메뉴가 매우 많음을 깨달았다. 언뜻 봐도 병리 시스템보다 두 배는 많은 화면 메뉴였다.

"반가워요, 태섭 씨."

신호재 사원이 박정은 사원이 앉아 있던 자리에 앉은 태섭을 반겼다.

"잘 부탁드립니다, 선배님."

"뭘, 같은 사원끼리."

호재의 얼굴에 깊은 웃음 자국이 남는다.

"이전에 신호재 씨가 환자 검사를 개발했었잖아. 앞으로 잘 좀 가르쳐 줘."

이 PL이 두 사람의 대화에 끼어들어 호재의 어깨에 손을 올리며 말하고는 태섭을 불러 함께 정보지원팀에 가자고 했다.

"인력 변동이 생겨서 박정은 사원 대신 윤태섭 사원이 환자 검사를 맡기로 했어요."

이 PL이 현재 시스템을 운영하고 있는 정보지원팀 진료 지원 과장과 환자 검사 시스템 운영 담당자에게 태섭을 소개하고 있었다. 현재 환자 검사 시스템을 운영하고 있는 담당자는 이윤희 대리였는데, 개발팀 담당자가 신입사원에서 다시 신입사원으로 바뀐 것을 보고 어이없어하는 눈치였다. 개발팀에서 개발을 끝내고 프로젝트를 철수하게 되면 정보지원팀 담당자가 소스 코드를 받아 운영하게 되어 있었기 때문에, 신입사원의 소스를 받게될 이윤희 대리는 지금의 이 상황이 썩 마음에 들지 않았다. 그렇다고 당사자 면전에서 싫은 소리를 할 정도로 모질지는 못했지만 답답한 마음이 표정에 배어나고 있었다.

"당장 2주 뒤가 프로토타입 설명회인데, 인제 와서 담당자를 바꾸시면 어떻게 하나요. 준비는 다 되셨나요?"

이윤희 대리의 숨기지 못한 날 선 질문이 이 PL에게 날아들었다.

"걱정 안 해도 돼요, 이 대리. 요즘 신입사원들 실력이 좋아요. 2주면 충분하죠. 일단 K병원 환자 검사 시스템으로 프로토타입을 진행할 거고, 이후 요구 사항을 받아서 잘 개발할 거예요. 그러니 앞으로 이 대리하고 김 과장이 많이 도와주세요."

불안해하는 이윤희 대리와 달리 김명우 과장은 무슨 코미디 시트콤을 보고 있는 듯 희미하게 웃고만 있었다. 태섭은 아직 환자 검사 시스템 소스는 커녕 화면도 하나 제대로 열어 보지 못한 상태였고, 업무 프로세스는 더더구나 모르는 상태였기에 지금의 이 대화가 난감하기 그지없었다.

"퇴근 안 하냐?"

9시가 되자 다들 슬슬 퇴근하기 시작했지만, 태섭은 자리를 뜰 수 없었다. 이대로 퇴근해 봤자 고시원에서 온갖 험한 생각들로 쉴 수도, 잠들 수도 없을 것이 뻔했기 때문이었다. 프로토타입 설명회에서 시스템과 업무를 몰라 더듬거리는 자신의 모습에 대한 상상과 불만 가득한 현업들에 대한 상상, 현업 실무자의 알 수 없는 질문을 받고 어쩔 줄 몰라 난처해할 상상, 개발자 바꿔 달라고 아우성치는 현업과 정보지원팀 사람들에 대한 상상 등, 군대에서도 겪어 보지 못했던 강력한 스트레스가 태섭의 온몸을 휘감아 돌며 정신을 혼미하게 만들고 있었다.

"퇴근 안 하냐고?"

두 대리가 얼마 남아 있지 않은 사무실 저편에서 태섭에게 큰소리로 묻고는 배를 긁적거리고 있었다.

"선배님, 존경스럽습니다. 이런 가시밭길을 걸어오셨군요."

무슨 뜬금없는 말이냐며 눈을 동그랗게 뜨고 바라보던 두 대리가 피식 웃더니 말한다.

"아닌데, 나는 지금까지 편하게 즐기면서 살아왔는데! 꽃길만 걸었는데!"

"저도 존경합니다, 선배님. 미치겠어요."

민성도 퇴근을 못 하고 있었다.

"인생이 뭐 그렇지, 즐겁다고 생각하면 즐거운 거고, 힘들다고 생각하면 힘든 거지. 태섭아, 너 업무 바뀌었다며? 그거 내가 추천한 거다."

두 대리가 그렇게 말하고는 재미있다는 듯 키득거린다.

"내가 우리 쪽 인력 데려가고 태섭이를 진료 쪽으로 달라고 했는데, 거절 당했어. 그건 안 된대. 그러면 환자 검사를 시켜도 되지 않겠냐고 했지."

태섭은 망연자실했다. 믿었던 선배가 자신을 구렁텅이로 밀어 넣었다고 생각하니, 세상에 믿을 놈 하나 없다는 생각이 자연스레 떠올랐다. 기껏 병리 시스템 좀 분석해 볼까 싶었는데, 다 엎어지고 이제 생판 모르는 환자 검사 시스템을 분석해야 했다. 그런데 태섭은 그 '환자 검사'라는 말 자체부터 무슨 말인지 모르고 있었으니 답답하기 짝이 없었다. 민성은 태섭과 서로 등을 맞대어 앉은 자리였는데, 몇 시간째 혼자 끙끙거렸는지 의자에서 일어나 기지개를 크게 켜고는 며칠째 조제 정보 생성 로직을 보고 있는데 도무지 알 수 없다며 투덜대고 있었다.

"민성아, 병동, 외래, 응급 조제 정보 생성 로직들은 절대 죽으면 안 되는 약국 시스템의 핵심 로직이야. 소스도 몇천 라인인데, 당연히 어렵겠지. 그거 이해하면 약국 시스템 절반은 이해한 거야."

두 대리가 격려하듯 말하자, 민성이 격하게 공감하는 눈빛으로 두 대리를 바라보다가 오늘은 먼저 퇴근하겠다며 우울하고 무거운 얼굴로 가방을 챙겨 사무실을 나갔다.

"여기는 너무 화면을 쪼개 놨네. 업무 하나 하려면 화면을 몇 개를 열어야 해? 불편하겠어."

두 대리가 의자를 뒤로 젖히며 팔을 뒤로 뻗어 기지개를 켜면서 말했다.

"두 대리님은 K병원에서도 처방 시스템을 개발하셨던 거죠?"

태섭이 환자 검사 화면에서 눈을 떼지 않고 물었다.

"아니, 나는 거기서 간호 시스템을 개발했었지."

"그러면 두 대리님도 K병원 처방 시스템에 대해서는 잘 모르시겠네요?"

태섭이 화면에서 눈을 떼고 의아하다는 표정으로 멀리 있는 두 대리를 쳐다봤다.

"나는 K병원 프로젝트 이전에 했던 국군 의무사령부 프로젝트에서 처방 시스템을 개발했어. 대충 알아. 근데 너, 환자 검사 시스템 설명은 들었냐? 너 옆자리에 있는 신호재 씨 환자 검사 잘 알아. 이전 담당자였거든. 호재 씨 코딩 잘해. 그래서 이번에 검체 검사 시스템 맡은 거야. 검체 검사는 원래 연차 있는 대리급이나 과장급이 개발하거든, 데이터도 대용량이고… 호재 씨가 코딩을 잘하니까 맡긴 거야."

태섭은 낮에 신 선배를 힐끗거리며 봤었는데, 신 선배도 표정이 그리 밝지는 못했다. 그도 검체 검사 시스템을 처음 맡고 고심하고 있을 것이라 생각했었다.

"의사가 처방 화면에서 영상의학과 MRI나 CT 처방을 내리면 네가 개발할 화면에서 검사실 사람들이 처방을 예약, 접수하고, 검사 실시하고 검사실 소속 의사가 결과를 입력하게 되는 거지. 내시경 검사를 내리면 내시경 검사실 사람들이, 핵의학 처방을 내리면 핵의학 검사실 사람들이 예약, 접수, 실시, 결과를 입력하는 거야. 그러니까, 너와 나는 공생 관계인 거지. 의사가 처방 내리고 다음 진료 때 네가 개발할 화면에서 입력된 결과가 없으면 진료를 못 봐. 그러니까 사명감을 갖고 잘 개발해라."

다시 두 대리는 처방 소스 분석에 빠져들었는지 말이 없었다. 태섭은 내일 신 선배에게 업무를 물어봐야겠다고 생각하고 있었다. 왠지 정보지원팀 환자 검사 담당자인 이 대리에게는 물어보고 싶지 않았다.

프로토타입 설명회 3일 전, 태섭은 정보지원팀 담당자에게 불려 갔다. 시간이 얼마 없다 보니, 강남사랑병원 환자 검사 시스템보다는 K병원 환자 검사 시스템을 더 많이 분석한 상태였고, 신 선배에게 물어 어느 정도 개략적인 업무는 이해했으며, 이해가 어려운 부분은 소스 코드로 업무를 이해하고자 노력한 상태였다. 불안한 눈빛으로 태섭을 바라보던 이 대리는 설명회를 어떻게 할 것인지 논의하자고 했지만, 사실 태섭은 설명회를 어떻게 진행할 것인지에 대해 아무런 생각이 없었다.

"시스템에 접속해서 화면 띄워 놓고 함께 보면서 설명하면 되지 않을까요?"

"그거야 그렇죠, 그런데 현업 선생님들이 지금 시스템에서 사용하는 특화된 기능들이 신규 화면 어디에 있는지 물어보실 텐데 그런 것들을 알고 계신지, 그리고 신규 화면의 특장점을 어필해야 하는데 알고 계신지를 묻는 거예요."

타 부서 후배에게 존칭을 써 가며 이야기하고는 있었지만, 질문은 녹록하지 않았다. 태섭은 강남사랑병원의 특화 기능도 알지 못했고, K병원 특장점도 알지 못했다.

"어떻게 하지? 태섭 씨가 모를 수밖에 없는 상황을 이해는 하겠는데, 현업 선생님들이 그냥 넘어갈지 걱정되네요. 영상의학과 장 선생님이나 신경과 검사실 김 선생님, 핵의학과 석 선생님, 이분들은 이 바닥에서 전문가시고 IT도 많이 아시는 분들이라 이번 차세대 프로젝트에 거는 기대도 크셔서 질문이 많을 텐데…."

이 대리의 울상에 태섭은 어제 책상에서 쪽잠을 자며 꾸었던, 환자 검사 개발자에서 쫓겨나는 꿈을 떠올렸다. 사방팔방에서 왜 우리에게 신입사원을 배정했냐, 저 개발자를 바꿔라, 도대체 알고 있는 게 뭐냐 등 비난의 파도 속에 소리 없이 고개를 숙이고 있던 자신의 모습을 삼인칭 시점으로 위에서 내려다보는 꿈을 꾼 터였다. 마치 시한폭탄을 가슴에 품고 언제 터질까를 걱정하는 듯하였다.

"일단 저에게 신시스템을 설명해 보세요."

이 대리가 진지한 얼굴로 태섭을 바라보며 말했다.

"지금, 여기서요?"

태섭이 눈을 껌벅이며 다시 물었다.

"느닷없이?"

"네, 지금 여기서요. 당장요."

속이 쓰려 왔다. 걱정으로 속이 쓰린 것인지 아이들 다루듯 하는 모습에 속이 쓰린 것인지 알 수 없었으나, 태섭은 PC에서 프로토타입용 환자 검사 시스템에 접속했다.

"제가 오늘 이런 일이 있을 줄 모르고 테스트용 처방을 안 내려 놨네요."

환자 검사 시스템은 환자에게 처방이 발생한 후 사용되는 시스템이라서 처방이 필수로 필요했다. 태섭은 며칠 전 밤에 두 대리로부터 테스트를 위한 처방 내리는 방법을 사사받은 상태였기에 바로 준비는 가능했다.

태섭은 불편하기도 했지만 한편으로는 안쓰럽기도 한 이 대리를 한번 힐끗 보고는 차분하게 처방 화면을 열어 처방을 내린 후 K병원 환자 검사 시스템을 열어 외래 환자의 예약부터 접수, 검사 실시, 결과 입력까지 설명을 이어 나갔다. 20분 남짓의 시간이 소요되었고, 이 대리의 안도 섞인 숨소리가 들렸다.

"좋아요, 제가 질문을 해 볼게요. 조영제 부작용을 등록하는 화면은 어디 있나요?"

태섭은 CT나 MRI 검사 시 조직이나 혈관이 잘 보이도록 조영제를 투여 후 검사한다는 사실을 모르고 있었고, 일부 환자들은 조영제 투여 후 가려움증이나 두드러기 또는 경련 등의 부작용이 발생한다는 사실도 몰랐으며, 현재 시스템에서 그러한 조영제 부작용 정보를 등록하는 기능이 있는지도 몰랐다. 하지만 태섭은 알고 있었다. 며칠 전부터 의미도 알지 못하는 화면들에 익숙해지기 위해 반복적으로 열어 보다가 조영제 부작용 등록 화면을 열어 봤었다. 하지만 그 화면이 무엇을 의미하는지는 알지 못했었다.

"아, 조영제 부작용 등록이요. 여기 있습니다."

태섭은 능숙하게 메뉴에서 조영제 부작용 등록 화면을 열었다. 너무 태연스럽게 화면을 열어서였을까, 이 대리는 조영제가 무엇인지에 대해서는 묻지 않았다.

"그렇군요, 조영제 부작용 화면은 다른 병원들에도 당연히 있을 거라 생각했어요. 혹시 관심 환자 등록 화면도 있나요? 우리 병원에서는 검사자분들이 특이 케이스 환자분들의 결과를 Follow Up^{후속 조치} 할 수 있도록 관심 환자로 등록하는 기능이 있어요. Concern Patient라고도 불러요."

그동안 태섭이 환자 검사 시스템의 각 화면을 수십 차례 열어 보았지만 관심 환자라는 단어로는 화면이 없었다.

"애석하게도 그런 기능은 현재 없습니다. 프로젝트 진행하면서 필요한 기능들은 개발하면 되지 않을까요?"

이 대리는 잠시 생각에 잠긴 얼굴로 말없이 사무실 천장의 조명을 바라보다가 다소 편안해진 숨을 내쉬면서도 여전히 우려스러운 것들이 많은지 걱정 보따리를 하나씩 풀어 낸다.

"환자 검사 시스템의 주요 사용자는 영상의학과 검사실이지만 그 외에도 핵의학과, 신경과, 내시경, 알레르기 센터, 재활의학과, 안과, 이비인후과, 정신과, 비뇨기과 검사실에서도 사용하고 있어요. 업무는 다 유사해 보이지만 각 검사실마다 예약과 접수하는 방법이 조금씩 다르고 검사를 실시하는 방법도 달라요. 각 검사실마다 관리하는 지표들도 서로 달라서 통계 화면도 제각각이고, 검사 결과 판독하는 방식도 서로 조금씩 다릅니다. 기존 시스템의 기능들을 잘 파악하셔야 신시스템에 누락되는 기능 없이 잘 개발될 거예요."

이 대리의 미간에 주름이 잡힌다. 본인이 말하고 있는 사실들이 실제로 잘될 거라는 확신이 없었으며, 본인이 프로젝트 개발자라 할지라도 쉽지 않은 일이라 생각하고 있는 모양이었다. 게다가 환자 검사 시스템 개발자로 배정된 사람이 신입사원이고 한 명밖에 없으므로 어떻게든 이 개발자를 잘 가르쳐서 개발시켜야 나중에 시스템 인수 후 본인이 고생을 덜 할 거라는 생각에 걱정은 좀체 머리에서 사라지지 않고 있었다. 그나마 다행스러운 일이라면 박정은 사원 대신 배정된 윤태섭 사원이 오늘 생각보다는 시스템 설명을 잘하고 있다는 것이었지만, 그렇다고 개발까지 잘할 거라는 생각은 하기 어려웠다. 환자 검사 시스템은 개발량이 많았고, 새로운 요구사항도 적지 않을 것으로 예상되고 있어 이 대리는 이 어려움을 어떻게 헤쳐나가야 할지 고민이 많은 상태였다.

"설명회에서 본인 소개할 때 제발 그, 신입사원이라는 말은 빼세요. 그래봤자 좋을 거 하나도 없으니까."

프로토타입 사용자 설명회는 2주간 진행될 예정이었는데, 업무 담당자별로 각 업무의 주요 보직자와 실무자들을 대상으로 진행될 예정이었다.

태섭은 주 중반 이후 6회에 걸친 설명회 일정으로 잡혀 있어서 월요일부터 시작하는 두 대리와 신 선배의 프로토타입 설명회를 참관하기로 했다. 두 대리는 처방 시스템 담당자라서 강남사랑병원의 의사들을 대상으로 설명회를 진행하기로 되어 있었는데, 2주일 동안 각 진료과를 돌아다니며 20여 차례의 설명회를 진행하도록 되어 있었고, 설명회 시간도 어느 진료과는 아침 6시 반, 어느 진료과는 점심시간, 저녁 8시 등 의사들의 일정을 맞추느라 설명회 시간대가 널뛰기를 하고 있었다.

첫 설명회는 소화기내과 의사 대상이었고 시간은 12시, 점심 시간대였다. 의사들의 시간을 배려하여 점심시간을 이용한 설명회였으며, 고급스러운 샌드위치가 준비되어 있었다. 먹으면서 설명 듣고, 끝나면 바로 진료 보러 가라는 의미였다. 오랜만에 두 대리가 양복 차림으로 설명회를 진행하기 시작했다. 프로토타입용 시스템을 구동하며 마치 본인이 의사라도 된 듯이 여유 있게 외래 환자 진료 케이스를 설명하고 있었다.

"우리의 목적은 신속하게 환자 상태를 파악하고, 최적의 처방을 내려 환자 상태를 케어하는 데에 있습니다. 그래서 시스템도 의사 중심의 시스템으로 개발해야 한다고 생각합니다."

나도 당신들과 같은 의사로 빙의해서 개발을 할 것이고, 당신들의 어려움은 모두 알고 있다는 듯한 표정의 두 대리는 자신감이 넘쳤다. 진료과장, 의국장, 교수급 의사들과 전공의들이 참석하였는데 분위기는 엄숙하고 근엄했으며, 진중한 분위기였다. 하지만 그것에 주눅들 두 대리가 아니었다. 결국 당신들은 나에게 경의를 표하지 않을 수 없을 것이라는 몸짓과 표정으로 말을 이어 나가기 시작했다.

"현재 쓰고 계신 시스템을 들여다봤습니다. 나쁘지 않았습니다. 속도도 빨랐고, 다양한 정보도 제공되고 있었습니다. 그리고 화면 짜임새도 좋았습니다. 과연 강남사랑병원의 명성에 맞는 시스템이었습니다. 하지만 손이 많이 가는 시스템이었습니다. 환자의 상태를 파악하기 위해 결과 화면을 포함한 여러 화면을 보셔야 하고, 처방을 내리기 위해 여러 정보성 화면들을 별도로 띄워서 보셔야 하는 구조로 되어 있었습니다. 처방 한번 내리기 위해 선택 버튼이며, 확인 버튼, 입력 버튼을 적어도 다섯 번, 여섯 번은 클릭하셔야 하는 구조였습니다. 그동안 너무 번거롭지 않으셨습니까? 우리에게 시간은 늘 절대적으로 부족합니다. 그래서 저는 이런 기능의 처방 시스템을 제안 드리고자 합니다."

형식적으로 또는 의무적으로 참석했던 의사들이 자세를 고쳐 앉기 시작했고, 두 대리는 시스템을 열어 외래 환자를 선택 후 각종 처방 내림 옵션들을 설명하며 화면을 시연하기 시작했다. 외래 환자를 선택함과 동시에 자동으로 조회되는 검사 결과 화면과 자동으로 입력되는 환자의 이전 처방, 처방 화면이 뜰 때 세트 SET 처방을 먼저 볼 것인지, 환자의 전 처방을 볼 것인지, 슬립 SLIP 처방을 볼 것인지에 대한 조회 우선순위 옵션, 전 처방을 자동으로 복사할 것인지 말 것인지에 대한 처방 자동 복사 옵션, 처방을 입력한 순서별로 조회할 것인지, 처방 분류별로 조회할 것인지에 대한 처방 조회순서 옵션 등 상황 파악과 사용 편의를 위한 기능들이 많이 있었다. 설명을 듣고 있는 의사들은 딱히 좋다는 내색도, 싫다는 내색도 하지 않았지만 모두들 눈빛이 빛나고 있었다.

"요즘은 모니터가 좋아져서 화면을 크게 쓰시는 분들이 많이 계십니다. 그러다 보니 조회 버튼은 저기 우측 상단에 있고, 저장 버튼은 제일 하단에 있어서 마우스를 여기서 여기까지 끌어 클릭하셔야 합니다. 이상하게도 항상 필요한 버튼을 찾으면 마우스 반대편에 위치해 있지요. 그래서 단축키를 지정해 놓았습니다. 처방 화면에서 엔터키를 입력하시면 언제나 처방 검색창으로 포커스가 이동합니다. 엔터키 클릭 후 바로 처방을 검색해서 입력하시면 되십니다. 헤파린 Heparin을 덱스트로즈 Dextrose와 묶거나 소듐 클로라이드 Sodium Chloride와 묶어서 처방하시는 경우가 많으실 텐데, 키보드의 Control 키와 B 키를 클릭하시면 바로 묶음 처방으로 만드실 수 있습니다. 다량의 혈액 검사 처방을 내리시면서 검체 코드 변경이 필요하실 때 일일이 변경하시기 번거로우셨다면 Control 키와 S 키를 클릭하시면 일괄로 변경이 가능하십니다. 여러 처방 입력 후 용량, 용법이라든가 처방 특기 사항, 검사 희망일, PRN 처방 여부 등 세부 사항 변경하시려면 일일이 변경하시느라 고생 많으셨지요? 약 처방이든 검사 처방이든 처치 처방이든 한꺼번에 드래그해서 Control 키와 A 키를 클릭해 보십시오. 처방 분류별로 일괄 입력할 수 있는 창이 떠서 동시에 수정하실 수 있습니다."

두 대리가 청명한 날씨의 고요한 계곡에서 물 흘러가듯 청산유수와 같이 설명을 이어 가고 있었다. 처방 화면뿐 아니라 환자의 투약 이력 화면, 약 처방과 검사 처방 정보 조회 화면, 내려진 처방에 대한 진행 상태 확인 화면 등 의사들이 공통적으로 궁금해할 만한 내용들 중심으로 설명을 진행해 나갔다. 단축키 설명 부분과 처방 분류별 정보 조회 화면을 설명할 때에는 전공의들의 낮은 환호 소리가 들리기도 했다. 짧은 시간 두 대리의 스피디하면서도 의사스러운 시스템 설명을 마쳤을 때, 침묵으로만 일관하던 교수급 이상의 의사들은 서로를 바라보며 무엇인가 의견을 주고받고 있었다. 설명 회장이 소란스러워지자 의국장이 자리에 앉은 채 묵직한 어조로 말했다.

"의심스럽고 궁금한 사항들이 꽤 있는데, 다들 진료 준비를 하러 가야 해서 자세하게 묻지는 못하겠네요. 앞으로 그런 시간이 있을 거라 생각하고, 오늘은 이쯤 하시지요. 근데 그거 이미 다 그렇게 개발되어 있는 거지요?"

"아닙니다, 교수님. 이제 개발을 해야 합니다. 지금까지 보여 드린 화면은 그저 콘셉트 화면에 불과합니다. 그리고 교수님들의 불편하신 점에 대해 함께 논의하고, 함께 개발해 나갈 예정입니다."

"설명하신 대로 개발하셔야 할 겁니다."

의국장이 설명회장을 빠져나갔고, 다른 의사들도 손목시계를 보며 황급히 자리를 비웠다. 함께 참석했던 정 PL이 두 대리에게 수고했다며 어깨를 두드렸다.

"이 정도 침묵이면, 반응 나쁘지 않은데?"

정 PL이 얼굴에 미소를 띠우며 두 대리에게 말했다.

"생각보다 반응이 좀 약한데요. 좀 더 버라이어티하고 드라마틱하게 설명해야겠어요."

두 대리는 설명회를 즐기는 듯한 태도였다. 태섭이 보기에 두 대리는 이미 반은 의사가 되어 있는 듯했으며, 덩치만큼이나 넘볼 수 없는 큰 산처럼 느껴졌다.

두 대리의 처방 시스템 설명회 다음날, 태섭은 신 선배의 검체 검사 시스템 설명회를 참관했다. 검체 검사 시스템은 진단검사의학과, 핵의학체외, 알레르기체외 검사실에서 사용하는 시스템이라서 여러 검사실의 사용자들이 참석해 있었다. 설명회 시작 전 분위기는 처방 시스템의 의사들과는 사뭇 달랐다. 대부분 임상 병리사 출신의 검사실 사람들은 서로 가족 같은 분위기로 끈끈했다. 검체 검사 시스템을 사용하고 있는 검사실은 환자의 혈액이나 소변, 대변, 객담 등의 검체를 받아, 내려진 검사 처방에 대한 결과 값을 산출하는 것이 주 업무였는데, 대부분이 장비를 이용하여 자동화가 되어 있었다. 마치 공장처럼 24시간 돌아가는 검사실에서 주간, 야간 근무로 나누어 삼삼오오 무리를 이루고 친분을 쌓아 가고 있었다. 채취된 검체로 여러 검사를 실시하기 위해 파이펫팅 pipetting 하고, 분주하고 검사장비에 걸어 검사가 끝나면 사용된 검체들을 정리하여 보관 검체실로 옮기는 등 단순, 무한 반복 작업을 함께하며 그들은 가족이 된다.

"지금부터 검체 검사 시스템에 대한 프로토타입 설명회를 시작하도록 하겠습니다."

어수선한 분위기 속에서 신호재 사원이 낮고 중후한 목소리로 좌중을 압도하자 분위기는 금세 고요함으로 바뀌었다. 호재는 사원급이었지만 나이가 많았고, 머리숱이 적어 외모가 족히 사십 대 초반 정도로 보였기에 사용자들은 경험 많은 의료 전문 개발자라고 생각하고 있었을 것이다. 아무도 사원 3년 차라고는 생각하지 못하고 있었을 것이다. 물론 호재의 개발 능력은 전문가급이었다.

"환자분의 처방을 확인 후 채혈 접수를 하시게 되면 함께 접수된 처방들을 파악하여 필요한 바코드가 출력됩니다. 오토 라벨러와 연동된 PC라면 혈액 보틀 Bottle 에 바코드가 자동으로 부착되어 나올 것입니다. 혈액 보틀이 준비되면 환자분으로부터 채혈하시게 되는데, 채혈 후 보틀을 트랙에 올리시면 TLA Total Lab Automation 시스템을 따라 자동으로 검사 장비 주변으로 이동되고, 검사자가 검체 접수 및 워리스트 Worklist 작성 후 장비에 검체를 거시면 검사 후 장비로부터 발생하는 결과를 자동으로 인터페이스하여 결과 입력 상태로 만들어 줍니다. 물론 수작업 검사도 가능하며, 인터페이스 되어 올라온 검사 결과에 대해서도 수정이 가능합니다. 입력된 결과 검증 후 일괄로 선택하셔서 중간 보고 또는 최종 보고 하시게 되면 진료과에서 검사 결과 조회가 가능하게 됩니다."

호재의 설명에는 무게감이 있었다. 언제나 신중한 성격이었으며, 코딩

스타일도 한 줄 한 줄 가지런하게 코딩하였고, 누가 봐도 가독성이 높은 소스 코드를 생산해 내고 있었다. 또한 평상시 개발자 커뮤니티 검색에도 게을리하지 않아 효율적이고, 완성도 높은 소스 코드를 작성하였고, 오류도 거의 발생시키지 않는 훌륭한 개발자였다. 현재와는 다른 검체 검사 시스템의 개괄적인 설명을 들은 검사실 사람들은 신기하다는 듯 웅성거리더니, 누군가 손을 번쩍 들고 궁금한 점을 묻는다.

"개인 설정 같은 기능은 없나요? 요즘 외국의 랩Lab 시스템들은 개인별 맞춤 기능이 있어서 화면을 자기 취향대로 세팅할 수 있다는데, 지금 우리 시스템에는 그런 게 없어서 매번 화면 띄울 때마다 우리 검사실 선택해야 하고, 실수로 화면 닫았다가 다시 열면 또 우리 검사실 선택해야 하고, 조회 순서도 우리는 임상소견 정보가 중요한데 저 뒤쪽에 있어서 불편하거든요."

진지한 표정으로 질문을 듣고 있던 호재는 잠시 뜸을 들였지만 이미 예상했던 질문이었다.

"네, 여러 병원을 개발하다 보면 최근 들어 프로그램 자동화와 개인화에 대해 많은 관심들을 가지고 계신 것 같습니다. 그래서 여기 환경설정 화면이 있습니다. 환경설정에서 자신의 위치 정보, 그러니까 A동에서 근무하시는지 B동에서 근무하시는지 미리 세팅해 두시면 추후 거기에 맞는 검사실들이 조회됩니다. 또한 워리스트 작성, 검사 실시, 결과 입력 화면에서 검사실을 세팅하시고 쓰시다가 화면을 닫으시면 마지막으로 세팅했던 검사실을 다음번 화면 뜰 때 자동으로 세팅하도록 되어 있습니다. 그 외에도 출력 설정을 통해 다른 PC의 프린터로 출력한다든가, 스피드 버튼 설정으로 자주 쓰시는 화면들을 미리 구성해 놓으시면 빠르게 필요한 화면을 띄우실 수 있습니다. 다만 문의 주신 사항 중에 그리드 조회 순서 조정 기능은 현재 없습니다만, 추후 요구 사항 접수 시에 요청해 주시면 검토해 보도록 하겠습니다."

'와, 화면이 컬러풀해졌다.', '그러면 앞으로 검사실을 매번 지정하지 않아도 되겠네.', '우리 개발자 여러 병원을 개발했나 봐, 아는 게 많네.' 등 호재의 진지하고, 전문가다운 답변에 만족스러웠는지 다들 신기한 듯 한마디씩 했다.

"지금 화면보다 큼직큼직하고 색깔도 화사해졌네요. 그러면 현재 있는 기능들은 다 되는 것이고, 우리가 더 필요한 기능들을 요청하면 그 기능들을 개발해 주시는 거지요?"

진단검사의학과 검사실 박 실장이 설명을 진행한 호재와 함께 참석해 있는 개발팀을 번갈아 보며 물었다.

"네, 실장님. 최대한 해 드려야지요. 하지만 일단 선생님들의 요구 사항을 받고 나서요, 반영할 요구 사항과 그렇지 못한 요구 사항을 함께 협의합니다. 간혹 SF적인 요구 사항을 내시는 선생님들이 종종 있어서요, 그런 요구 사항들은 나중에 한 100년 뒤에 다시 불러 주시면 개발해 드릴 것을 약속드립니다만, 이번에는 협의하에 기각할 수도 있습니다."

진료 지원 이 PL이 흰소리를 해 가며 호재를 지원 사격했다. 여기저기서 웃음소리가 들리며, 설명회 분위기는 훈훈해지고 있었다.

"그런데요, 나중에 요구 사항이 생기면 어떡해요? 그것도 받아 주시는 거죠?"

핵의학과 검사실 사용자가 질문하자, 다들 그럴 수 있겠다는 듯 고개를 끄덕이며 호재를 바라봤다. 당연히 그런 일은 프로젝트에서 비일비재하게 일어나는 현상이었다. 요구 사항 도출, 분석, 설계, 개발, 단위 테스트, 통합 테스트, 리허설, 오픈의 단계로 진행되는 프로젝트에서 추가 요구 사항은 언제든지 튀어나올 수 있었다. 리허설을 하는 와중에도, 심지어 오픈 이후에도 추가 요구 사항은 발생하였고 이러한 추가 요구 사항 때문에 개발을 하니 못 하니, 일정이 지연되니 마니 논란이 많이 있어 왔었다. 하지만 그렇다손 치더라도 시작부터 얼마든지 가능하다고 이야기할 수는 없는 노릇이었다.

"요구 사항이 변경되거나, 추가되면 프로젝트 오픈 일정에 지장을 주기 때문에 원칙적으로 요구 사항 도출 단계가 지난 이후에는 더 이상의 요구 사항은 받지 않습니다."

원칙론자 호재는 눈을 질끈 감고 잘라 말했다.

"아니, 그러면 진짜로 중요한 요구 사항이 나중에 발생하면 어쩐대유? 그러면 그거는 거시기 개발 안 해 주는 건가유?"

놀라고 급했는지, 검사실의 검사 기사가 찐한 사투리가 묻어 나는 말투로 묻는다.

"와, 형님. 당황하니까 사투리 나오네? 그거 충청돈가? 평소에 사투리 안 쓰시잖아요?"

검사실 사용자들은 순수했다. 그들에게는 어떠한 정치와 계략도 없었다. 착하고 진실된 사람들, 강남사랑병원 검사실 사람들은 그랬다.

"아, 이놈아! 그렇게 중요헌 거면 우선적으로다가 요청을 했었어야지, 이놈아. 안 중요허니께 안 헌 거 아니냐?"

한바탕 좌중이 웃음바다다.

"에, 뭐. 추가 요구 사항은 없는 것이 원칙입니다. 그런데 뭐, 꼭 그런 것은 아니고 잘해 드려야지요. 다만 추가 요구 사항 공수가 너무 크다거나, 타 부서와 연관된 요구 사항들이라면 솔직히 말씀드려서 좀 어려울 수 있습니다. 그건 그때 가서 말씀하시지요."

이 PL이 원만히 수습하기 위해 나서서 말했다.

"우리 이문환 선생이, 아니지 지금은 이문환 PL이라고 불러야지?"

진단검사의학과 박 실장이 이 PL을 보며 확인하듯 눈빛을 교환한다.

"지금 우리 시스템, 육칠 년 전에 이문환 선생이 개발한 거야. 그러니까 이번에도 잘 개발해 주시겠지. 너무 걱정들 하지 마시고, 요구 사항 내라고 할 때 각 검사실별로 잘 취합해서 내도록 하고 테스트 요청하면 바로바로 해 드리고…."

그때까지 호재도, 태섭도 몰랐다. 진료 지원 이 PL이 당연히 개발자 출신인 것은 알고 있었지만, 강남사랑병원 검체 검사 시스템 개발자였다는 사실은 설명회를 하면서 처음 알게 되었다. 그런데 이 PL은 왜 자신이 검체 검사 개발자였음을 미리 알려 주지 않았을까? 태섭은 궁금했지만 묻지 않았다.

태섭의 프로토타입 설명회가 있기 전날, 걱정이 많은 이 대리에게 다시 한번 시달림을 당한 후 개략적인 설명회 진행 순서를 문서로 작성해 두고 평소보다 이른 밤 9시에 퇴근했다. 얼핏 생각해 보니 이틀에 한 번꼴로 퇴근하고 있었다. 아직 개발 단계가 아니었기에 대부분의 선후배 동료들은 6시 정도에 퇴근하고 있었지만, 태섭은 그러지를 못했다. 일찍 퇴근한다고 기다리는 가족이 있는 것도 아니었고, 고시원 공용 공간에서 TV를 볼 것도 아니었고, 만날 애인이 있는 것도 아니었기에 빨리 퇴근할 이유도, 의지도 없었다. 몇 번 나중에 그러지 못한 것을 후회할까 봐 일찍 퇴근해 본 적도 있었지만, 고시원에서 내내 걱정과 불안을 떨쳐 버릴 수 없었기에 늦게 퇴근해서 바로 잠들어 버리는 것이 낫겠다 싶었다.

암 병원 부지 임시 현장 사무소를 개발실로 사용하고 있었기에 태섭은 집으로 가는 지하철을 타기 위해서 역까지 1km를 넘게 걸어야 했다. 암 병원 부지를 나와서 응급실을 경유하여 본관 건물을 지나 병원 정문을 나서서 지하철역까지 한참을 걸어가야 했다. 날씨가 점점 따뜻해지고 있어 다행이라고 생각하며 응급실 옆을 지나고 있었는데, 응급실 앞에 구급차가 서 있었고 급하게 환자를 구급차에서 내려 응급실 안쪽으로 이동시키고 있었다. 그리고 함께 온 보호자인지, 눈물을 닦으며 쫓아 들어가고 있었다.

그 모습을 멍한 눈빛으로 바라보던 태섭은 그제야 여기가 병원이고, 사람의 생명이 오가고 있는 곳임을 떠올렸다. 대학교 1학년 때 태섭도 뇌졸중으로 쓰러진 아버지를 등에 업고 엘리베이터가 없는 5층 아파트에서 뛰어 내려가 응급실로 향했던 기억이 났다. 그때 아버지는 평소에 준엄했던 모습이 아니었다. 힘없이 축 늘어져 있었고, 의식이 없었으며, 매우 가벼웠다. 우여곡절 원주 기독병원 응급실에 도착했을 때 다급하게 응급조치를 취하던 의료진이 떠올랐다. 그리고 태섭의 아버지는 그 병원에서 생을 마감했다. 갑자기 태섭은 아등바등 살고 있는 지금의 자신을 돌아보고는 실소를 흘렸다.

'그렇게 한순간에 가실 것을 무엇을 그리 힘들게 사셨을까, 세 남매 먹여 살리시느라 고생만 하시다가 오십 대 초반에 돌아가셨으니….'

태섭은 돌아가신 아버지도 사회 초년 시절에 지금의 자기와 같이 여기저기서 치이고, 힘들게 사셨을 것을 생각하면서 그 시절 언제나 반항적으로 아버지에게 대들던 자기 모습에 회한이 들었다. 그러고는 문득 현재 자신의 삶을 생각해 본다. 이렇게 계속 생활할 수 있을까? 지금이야 혼자니까 이렇게 살 수 있다지만, 이런 삶의 형태로 결혼은 할 수 있을까? 태섭은 현재의 자기 삶이 맞는 것인지 걱정이 들었다. 얼마 전 퇴사했던 동기의 말이 떠올랐다. 이번 프로젝트를 성공적으로 끝내 봐야 어디선가 또 밤을 새우고 있을 거라던 그 말, 선배들도 말을 안 할 뿐이지 다들 그만두고 싶어 하더라던 그 말….

태섭의 머릿속은 복잡했지만 하늘의 달은 한결같았다. 어느덧 그 낯선 달이 익숙하고 따뜻한 달로 느껴지기 시작했다. 쌀쌀한 늦봄의 청명한 달, 애틀랜타에서 혜란도 보고 있을 저 달, 이제 일 년이 다 되었으니 어학연수를 끝내고 석사를 시작할 즈음이었다. 이유를 알 수 없는 한숨이 차가운 입김을 만들어 내고 있었다.

환자 검사 시스템 프로토타입 설명회 시작 20분 전에 태섭은 설명회장에 미리 도착하여 PC를 점검하고 있었다. 그리고는 발표할 순서를 출력한 문서를 보며 머릿속으로 이미지 트레이닝을 하고 있었다. 이 PL이 환자 검사 시스템은 메인 시스템 중 하나라며 지원을 위해 함께 참석하였고, 총 5회 중 3회의 설명회를 진행한 신호재 사원이 함께 참석해 주었는데, 호재는 이전 프로젝트에서 환자 검사 시스템 개발자였기에 태섭으로서는 마음한편이 든든했다.

잠시 뒤에 현재 환자 검사 시스템 담당자인 정보지원팀 이 대리와 김 과장이 설명회장 제일 뒷자리로 가서 앉았다. 시간이 가까워지자 영상의학과, 핵의학과, 신경과, 내시경, 알레르기, 안과, 이비인후과, 정신과, 비뇨기과 검사실 사용자들이 하나둘씩 도착하고 있었다.

"어머, 선생님. 오랜만이다. 잘 지내셨어요?"

각 검사실 사람들이 들어오다가 정보지원팀 이 대리를 보고는 인사를 한다. 분위기를 보니, 평소 이 대리에 대한 검사실 사람들의 신뢰가 두터워 보였고, 검사실 사람끼리도 서로 인사하며 반가움을 표현하고 있었다. 시스템을 사용하는 검사실이 많아서 설명회장이 가득 찼고, 일부 사람들은 자리가 없어 벽 쪽에 서 있었는데, 족히 칠팔십 명은 넘어 보였다. 시간이 되자 수많은 눈이 태섭을 바라보고 있었다. 이런 느낌이었을까, 태섭은 두 대리와 신 선배를 생각하며 설명회를 시작했다.

"안녕하십니까, 환자 검사 시스템 담당자 윤태섭입니다. 지금부터 환자 검사 시스템 프로토타입 설명회를 시작하도록 하겠습니다."

신입사원이라는 말은 빼 버린 태섭은 미리 구성해 놓은 설명회 시나리오에 따라 로그인 후 환자 처방에 대한 예약과 접수, 검사 실시, 결과 입력 화면과 방법에 대해 차근차근 설명했다. 마우스 포인터가 떨리지 않도록 신경 써 가며, 중요한 부분을 설명할 때는 천천히 사용자들의 반응을 봐 가며 완급을 조절하였고, 고음이 나지 않도록 음성 톤을 낮게 유지하면서 필요 시에만 강약을 두어 집중력을 잃어버리지 않도록 노력하며 설명을 이어 나갔다.

"지금까지 환자 검사 시스템에 대해 설명을 드렸습니다. 잘 아시겠지만, 각 검사실에 따라 화면은 소폭 달라집니다만 전체적인 콘셉트는 설명 드린 바와 같습니다. 자, 그러면 지금부터 질의응답 시간을 갖도록 하겠습니다."

현재 쓰고 있는 화면과 많이 바뀌었기에, 다들 약간은 당황한 기색이었다.

"우리가 원래 쓰던 화면들은 이제 못 쓰는 건가요?"

누가 봐도 선하게 생긴 신경과 검사실의 여자 선생이 손을 들고 물었는데, 마치 지금 사용하고 있는 시스템에 정이 많이 들어 보낼 수 없다는 듯한 표정이었다.

"네, 선생님. 이제 헤어질 때가 되셨습니다. 대신 그것만큼 멋진 시스템을 만들어 드리겠습니다."

모두들 미소 짓는다. 검체 검사 시스템 사용자들과 마찬가지로 환자 검사 시스템 사용자들도 검사하는 대상은 다르지만 각 검사실에서 서로 가족같이 지내는 사람들이었다. 검체 검사 시스템이 검체를 대상으로 검사를 진행한다면, 환자 검사 시스템은 환자를 대상으로 검사를 진행한다. 그래서 검체 검사보다는 환자 검사 시스템 사용자들의 서비스 마인드가 더 높았다. 검체 검사 시스템 사용자들은 표정이 없고 말투도 투박하지만 행동에 정이 많이 배어 있다면, 환자 검사 시스템 사용자들은 항상 미소를 지으며, 말씨도 부드럽고 친절했다.

"검사 예약 변경할 때랑 검사 실시 취소할 때, 왜 변경했는지, 누가 변경했는지 이력을 남기는 기능은 없나요? 지금은 이력이 없어서 환자분이 누가 변경했냐고 물으시면 정보지원팀에 전화해 봐야 하거든요."

영상의학과 검사실 선생이 현재 시스템에는 없는 기능을 물었는데, 태섭은 신시스템에 그러한 기능이 있는지 모르고 있었다. 태섭은 앞줄에 앉아 있던 신 선배를 쳐다봤는데, 신 선배는 손가락으로 엑스 자를 그리고 있었다.

"환자분들로부터 그런 문의를 많이 받으시나요?"

"영상의학과는 꽤 있어요. MRI, CT 검사는 늘 밀려서 예약을 변경하면 한참 뒤로 밀리거든요."

"우리 내시경 검사실도 마찬가지예요. 우리도 그런 문의 전화가 꽤 있는데, 지금은 잘 대응을 못 하고 있어요."

우리도 그래요, 아 그런 문의 전화 많지요. 여기저기서 다들 많다고 한마디씩 거든다.

"그렇군요. 여기는 병원이 크니까 그런 상황들도 있을 수 있겠네요. 당장 기능이 없어도 요구 사항을 내시면 개발 가능합니다."

요구 사항을 내면 개발해 준다는 말에 다들 신기해하면서 아이들처럼 해

맑은 미소를 짓는다.

"저기요, 혹시 검사할 때 인공 심장박동기나 인슐린 펌프같이 인체 삽입물이 있는 환자분들에 대해 알람을 주실 수도 있나요? MRI 검사할 때 이런 게 있으면 큰일이거든요. 물론 우리가 항상 사전에 확인은 하고 있지만요."

"환자분들 특이사항을 서로 공유할 수 있는 방법은 없나요? 예약, 접수에서 파악한 환자의 특이사항을 검사실이나 판독실로 알려 줘야 하는 경우 전화를 해야 하는데, 항상 통화가 바로 되는 게 아니라서 이게 생각보다 힘들거든요."

"내시경 검사 실시 화면에 환자의 진단 정보도 좀 보였으면 하는데, 그런 것도 가능한가요?"

요구 사항도 전염된다. 한 사람이 요구 사항을 내고 긍정적인 답변을 받으면 옆에서 듣고 있던 사람도 갑작스레 꼭 필요하지는 않지만 평소 생각하던 요구 사항들이 생각나기 마련이었다. 별도의 요구 사항 취합 기간이 있었음에도 불구하고 지금 이야기하지 않으면 왠지 안 될 것 같은 불안감, 그리고 왠지 이야기하지 않으면 손해를 보는 것 같은 느낌들. 그동안 시스템을 유지보수 하고 있던 이 대리는 다소 민망한 표정을 지으며, 경쟁적으로 쏟아 내는 선생들을 바라보고 있었다.

"아니, 선생님들. 그동안 어떻게 사용하고 계셨대요? 이렇게 하고 싶은 것들이 많으셨으면서?"

태섭이 분위기를 정리하려는 듯, 미소를 보이며 참석한 검사실 사용자들을 천천히 바라본다. 악의 없는 검사실 사용자들의 모습에 태섭은 생각했던 것보다 긴장되지는 않았다. 오히려 어떻게 하면 이들에게 하나라도 더 잘해 줘서 그 순수하고 맑은 웃음을 함께 나눌 수 있을지 진실된 마음뿐이었다.

"오늘은 신시스템 콘셉트에 대한 설명을 위한 자리입니다. 이제부터 선생님들과 함께 우리의 차세대 시스템을 만들어 갈 예정입니다. 제가 모르는 것이 많아 선생님들께 많은 질문을 드리더라도 너무 귀찮아하지 말아 주세요. 많이 알려 주시면 알려 주실수록 선생님들의 그 한 많은 요구 사항 제가 풀어 드리겠습니다."

차세대 신시스템 콘셉트에 대한 프로토타입 설명회가 완료되고 프로젝트를 주관하는 강남사랑병원 정보전략팀에서 바로 주요 보직자들에게 요구 사항을 제출해 달라는 메일을 일괄 발송했다. 요지는 앞으로 요구 사항 도출 기간에 현재 시스템에서 불편했던 사항들을 어떻게 개선했으면 좋겠는지 정리해서 제출하면 검토를 통해 가능한 범위 내에서 차세대 신시스템에 반영하도록 하겠다는 내용이었다. 그동안 프로젝트팀은 현재 시스템의 기능들을 검토하여 차세대 시스템에 어떻게 반영할 것인지에 대한 분석 및 설계 작업을 진행하고 있었고, 업무적 설명이 필요한 부분에 대해서는 실사용자에게 요청하여 업무 협의를 진행하고 있었다. 현재까지 투입된 강남사랑병원 차세대 프로젝트 개발팀 인력은 대략 60명 정도였는데, 일사불란하게 시스템을 분석하며 실무 사용자와 협의하고 개발을 위한 설계 작업을 진행하고 있었다. 매주 요구 사항 리스트가 도착했고, 개발팀에서는 요구 사항 정의서를 만들었는데, 요구 사항 ID, 요구 유형, 출처, 요청자, 중요도, 반영 결과 등을 관리하고 있었다.

태섭이 지난 건강검진센터 파일럿 프로젝트에서도 느꼈던 대로 요구 사항은 그야말로 암호문이었다. 하나하나 세부적인 협의를 통해 명세화하고 개발 방법까지 도출해 내야 하는 어려운 과정이었다. 그렇게 태섭이 맡은 환자 검사 시스템은 요구 사항이 343개였다. 기간 내에 개발이 가능한가 싶을 정도로 많은 요구 사항이었으며, 협의를 해 보니 요구 사항 하나에 여러 요구 사항이 묶여 있어 실제로는 훨씬 더 많았다. 태섭으로서는 설명회 때 언급했던, '한을 풀어 드리겠다'가 아니라 자신의 한이 쌓일 지경이었다. 하지만 이런 현상은 태섭뿐 아니라 다른 개발자들도 마찬가지였기에 개발팀 분위기는 점점 무겁고, 침묵하는 분위기로 젖어 들고 있었다.

"우리가 안 그런 적 있었냐? 하나하나 해결해 나가면 되지. 너무 걱정들 하지 마라."

이 PL이 우중충한 파트 분위기를 바꿔 보려는 듯 어렵게 말을 꺼냈다.

"개발할 때 되면 개발자들 더 소심할 거야. 그러니까 일단 현 시스템 분석하고, 요구 사항을 분석해 두자고. 나중에 투입된 인력들도 개발할 수 있도록."

다른 사람이 나보다 더 요구 사항이 많을 거라는, 나보다 더 복잡한 요구 사항일 거라는, 나보다 개발할 게 더 많을 거라는 서로의 어려움을 위로 삼아 한 발짝씩 앞으로 나아가고 있었다. 차세대 프로젝트에서 요구 사항 관리는 매우 어려운 분야였다. 오죽하면 '요구공학'이라는 학문 분야까지 생겼겠는가. 요구 사항은 마치 살아 있는 생명체처럼 항상 변경되고, 추가되어 그 덩치를 키우기 마련이었다. 그래서 최근에는 요구 사항을 픽스Fix하는 과정이 있어 더 이상의 요구 사항은 거부하거나 추가 비용을 요구하는 지경에까지 이르렀으나, 2000년대 초반만 해도 그런 문화는 아니었다. 오로지 개발자 개인 능력과 희생으로 추가 요구 사항을 대부분 받아 주는 분위기였고, 받아 주지 못하면 무능력한 개발자라고 치부되는 때였다.

태섭은 요구 사항 343개에 대하여 일일이 요청자를 찾아 설명을 듣고 정리하는 나날을 보내고 있었다. 물론 단순한 요구 사항들도 있어 쉽게 정의

서와 분석서를 작성할 수 있는 요구 사항들도 섞여 있었으나, 대부분은 무슨 요구인지 알 수 없는 것들이 많아 하나하나 협의를 통해 이해할 수밖에 없었는데, 그렇게 이해에 이해를 거듭해 가면서 환자 검사 업무에 대한 이해도를 높여 가고 있었고, 또한 사용자들과의 친분도 쌓아 가고 있었다.

요구 사항 정의와 분석이 완료되었을 때, 환자 검사 요구 사항은 500여 개로 늘어나 있었다. 프로젝트 개발 기간이 대략 1년, 하루에 하나 이상의 요구 사항을 처리해야 끝낼 수 있는 분량이었기에 태섭은 고민하지 않을 수 없었다. 사용자들이 제출한 요구 사항 외에도 현재 시스템이 가지고 있는 기능들도 모두 신시스템에 반영해야 했기에 개발량은 상상을 초월했다.

"이거 어쩌죠? 시작도 하기 전에 지치는데요."

민성이 함께 점심을 먹으러 갔던 호재와 태섭을 바라보며 한숨을 내어쉰다.

"너무 걱정하지 마. 알잖아, 한 땀 한 땀 개발하다 보면 언젠가 끝나잖아."

호재가 무거운 마음을 숨기지 못한 채 체념하듯 힘없이 말했다. 호재는 이번에 검체 검사 시스템을 맡아 개발하게 되었는데, 처음 맡는 시스템이라서 아직 업무를 완벽하게 알지는 못한 상태였다. 게다가 검체 검사 시스템 외에 공통 시스템도 맡고 있어 업무가 태섭과 민성보다도 훨씬 많았다. 호재는 점심 식사 후 병원 건물을 나와 개발실로 사용하고 있는 임시 현장 사무소로 걸어가다가, 길옆에 흐드러지게 피어 있는 개나리를 보며 말했다.

"이 와중에 예쁘구나."

태섭은 환자 검사 시스템의 근간이 되는 마스터 화면들부터 개발을 시작했다. 검사실 마스터, 검사 코드 마스터, 예약 캐파 마스터, 결과 예문 마스터 등 대부분의 마스터 화면들은 업무에서 활용되는 기초 데이터들을 관리하는 화면들이기 때문에 개발은 단순했다. 마스터 화면들을 먼저 만들어 기초 데이터들을 입력해 두어야 나중에 개발될 예약 접수, 실시, 결과 입력 화면의 테스트가 가능했으므로 보통 마스터 화면부터 개발하는 것이 일반적이었다. 개발 생산성과 납기 단축을 위해 K병원 차세대 시스템 소스를 재활용하고 있었는데, 생각은 좋았으나 실제 재활용에는 많은 무리가 있었다. 마스터 화면에서 관리되는 정보들이 달랐고, 적용되는 방식도 달라 많은 부분 소스 코드를 수정해야 했는데, 그럴 바에는 아예 새로 개발하는 것이 낫겠다는 생각을 태섭은 하고 있었다. 건진 파일럿 프로젝트 때는 마스터 관리 화면만 개발했었는데, 이제는 중요하고 복잡한 화면들이 많이 있었기에 빨리 마스터 화면 개발을 완료해야 하는 입장이었다. K병원 화면에서 불필요한 항목들을 제거하고, 필요한 항목들을 추가한 후 서비스에서 SQL 쿼리를 이용해 가져온 데이터들을 하나하나 매핑해 가며 화면에 정보를 배치하는 작업을 진행하였는데, 가져온 삼사십여 개 데이터를 화면의 항목 하나하나에 매핑하여 지정해 주는 작업은 어렵다기보다는 지루하고 단순하며 시간이 많이 드는 작업이었다. 태섭은 자신이 쓸 화면이라 생각하고 하나하나 테스트하면서 필수 기능과 편의 기능들을 추가하였는데, 뒤에 거대한 개발거리들이 남아 있었음에도 불구하고 코딩 삼매경에 빠져 머릿속의 복잡한 고민들을 떨쳐 버리고 있었다.

"야, 키보드질 좀 하는구만."

두 대리가 짙은 그림자를 드리우며 태섭의 뒤에서 모니터를 바라보면서 배를 두드리고 있었다. 태섭이 깜짝 놀라 뒤돌아 두 대리를 바라보았는데,

두 대리 머리 옆으로 저 멀리 보이는 벽에 걸린 시계가 밤 11시를 가리키고 있었다. 사무실에는 이미 모든 개발자가 퇴근한 상태였고, 두 대리와 태섭만 남아 있었다. 생각해 보니 아까 민성이 태섭에게 퇴근 안 하냐고 물었던 기억이 어렴풋이 났지만, 뭐라고 대답했었는지는 기억나지 않았다.

"아주 코딩 삼매경에 도낏자루 썩는 줄 모르는구먼."

검사 코드 마스터 화면의 일부만을 개발했을 뿐인데 어느새 밤 11시였다.

"쉬엄쉬엄해, 프로젝트는 마라톤이야. 초반에 달리다가 쓰러지면 동료들만 코피 터진다."

"벌써 시간이 이렇게 된 줄 몰랐습니다."

"퇴근할 거면 지금 퇴근해야 해."

지하철 막차가 11시 40분경에 있었는데, 지금 출발해야 느긋하게 지하철역에 도착할 수 있는 시간이었다. 하지만 태섭은 이왕 물오른 김에 더 달려 보고 싶었다.

"포기해야겠네요."

태섭이 어깨를 늘어뜨리고 책상 밑으로 팔을 내리며 한숨을 쉰다.

"뭘? 인생을? 벌써?"

두 대리가 너 뭐냐? 하는 표정으로 태섭의 뒤통수를 바라보자 태섭이 의자에서 뒤돌아 두 대리를 올려다봤다.

"아니요, 오늘 퇴근이요. 퇴근 포기입니다."

두 대리가 피식 웃는다.

"네가 무슨 퇴포자냐? 요즘 자주 포기한다, 너. 그러다가 버릇된다고 내가 얘기했지? 내가 처음부터 사무실 지박령이었는 줄 아냐? 너처럼 하루이틀 퇴근 안 하다가 이 지경에 이른 거야. 너, 버릇 들기 전에 퇴근해."

두 대리는 자신이 안쓰러운 것인지, 태섭이 안쓰러운 것인지 알 수 없는 묘한 고양이의 슬픈 눈으로 태섭을 바라보며 말했다.

"두 대리님, 근데 두 대리님은 왜 퇴근을 안 하세요? 두 대리님 댁이 어디
세요? 결혼은 아직 안 하셨지요?"

"갑자기 무슨 호구조사를…."

두 대리가 잠시 무언가 생각하는 듯하더니 얼굴에 미소를 띠며 태섭에게
물었다.

"너, 내가 어디 사람일 것 같냐?"

두 대리가 어느새 장난스러운 눈빛으로 태섭을 바라본다.

두 대리는 사투리를 전혀 쓰고 있지 않았다. 그렇다고 서울 사람이라고
하기에는… 아직 미혼일 텐데 서울 사람이라면 부모님과 함께 살고 있을
것이고, 그렇다면 제때 퇴근했을 것이라는 생각이 들었다. 그러므로 두 대
리는 혼자 자취를 하고 있을 것이고, 사투리를 거의 사용하지 않는 지방 출
신일 거라 생각했다. 강원도 원주 출신인 태섭도 거의 사투리를 사용하지
않고 있었으니까 말이다.

"음, 경기도? 강원도분 아니실까요?"

"틀렸어, 나 서울 토박이야. 왜? 촌놈으로 보이냐?"

틀릴 줄 알았다는 듯 두 대리는 얇은 눈을 만들어 태섭을 째려본다.

"아니, 그러면 부모님과 함께 사시는 거 아니에요? 이렇게 퇴근 안 하시
면 걱정하시는 거 아니세요?"

"처음에야 걱정하셨었지. 지금은 IT 업을 이해하셔서 괜찮아. 원래 IT 개
발이 순수 노가다 업무잖아. 3D 업종을 넘어선 4D 업종. 몰랐냐?"

태섭은 모르고 있었다. 프로그래머 또는 개발자라 불리는 직업이 멋있어
보였고, 건진 파일럿 프로젝트를 통해 프로그램을 내 마음대로 개발할 수
있어 좋았고, 개발된 기능에 환호하는 사용자들의 모습에도 만족스러웠다.

하지만 두 대리는 프로그램 개발이 4D 업종이라 말했다. 힘들고^{Difficult}, 더럽고^{Dirty}, 위험한^{Dangerous} 일이며, 꿈도 앗아가는^{Dreamless} 업종이라는 것이었다. 개발이 힘들다는 것은 이해하겠는데, 왜 더럽냐고, 왜 위험하냐고, 왜 꿈도 앗아가는 일이냐고 물었지만 두 대리는 겪어 보면 이해하게 될 거라고만 말했다.

본격적인 개발이 시작되면서 모든 개발자가 화면 개발과 자체 테스트를 거쳐 사용자들과 연락하여 개발된 화면을 보여 주며 요구한 기능이 맞는지 소규모 단위 검증 단계가 병렬적으로 진행되고 있었다. 개발실은 테스트와 검증을 위해 찾아온 현업 사용자들의 출입이 잦아졌고, 곳곳에서 무리를 지어 개발자를 사이에 두고 개발된 화면을 보거나 의견을 교환하는 일들이 많아지고 있었다.

"아이고 선생님, 요구 사항 반영 내역을 확인하러 오셔서 추가 요구 사항을 내시면 어떡해요."

"글쎄, 와서 보니까 화면도 많이 이뻐지고, 넓어져서 좋네요. 그런데 여기서 다른 정보들도 있었으면 좋겠다는 생각이 갑자기 드는 걸 어떡해요. 해 주시면 아주 좋을 것 같아요. 해 주실 거죠?"

약국 시스템을 개발하고 있는 민성의 표정이 울상이다. 민성이 약품 코드 마스터 화면을 개발하여 담당 약사에게 설명하고 있었는데, 그 자리에서 산제 불가, 믹스^{Mix} 불가 정보를 추가하자고 의견을 낸 것이었다.

"가끔 의사들이 가루약으로 만들면 안 되는 약들을 산제 처방하거나, 섞으면 안 되는 약제들을 믹스 처방으로 내린다니까요. 생각해 보세요. 캡슐약을 가루약 처방으로 내리면 어떡해? 캡슐약은 일부러 캡슐로 싸서 장까지 가서 녹으라고 만든 약인데 어떻게 가루약으로 줘요. 여기 정보로 추가

해서 처방을 잘못 내리려고 하면 경고창이 뜨도록 해 주세요."

약제부 선생님의 부드럽고 천진난만한 표정에 민성은 할 말을 잃는다. 대부분 약사들은 성격이 온화했다. 그 많은 약에 대한 효능과 용법, 이상 반응, 주의 사항과 금기 사항들을 공부하고, 조제법을 배우고 실습하며 대학 생활 내내 도서관에서 보냈을 것이었다. 그래서 그런지 성격들이 모나지 않았다. 그리고 남자보다는 여자 약사들이 더 많았기에 남자 약사들도 여자 약사들 사이에서 중성화되어 가는 듯 말씨도 부드러웠고, 표정이나 몸가짐도 부드러웠다. 영상의학 검사실이나 신경과 검사실 여자 직원들이 남자 직원들을 따라 거칠어지는 것과는 딱 반대 현상이었다.

"선생님, 마스터 화면에서 그런 정보를 관리하더라도 처방 내릴 때 경고 팝업은 처방 시스템에서 개발해 주어야 해요. 선생님과 제가 할 수 있는 일이 아니에요."

"그러면 제가 처방 시스템 쪽에 요구 사항을 낼게요. 그러려면 우리가 먼저 그 정보들을 관리해야겠네요. 여기다가 그 정보들을 넣어 주세요."

약제부 선생님이 그윽한 미소를 지으며 민성을 지그시 바라봤다. 대부분 약사들은 성격이 온화했다. 하지만 집요했고, 포기할 줄을 몰랐다. 당장 뜻을 이루지 못하더라도 자신의 기억 저장고 저편 어딘가에 저장해 두었다가 언제든 다시 끄집어내어 반드시 뜻을 이루고야 말았다.

"일단 선생님, 먼저 요청하신 요구 사항들부터 개발하고 나중에 시간이 되면 그때 다시 이야기하시죠."

민성이 여지를 남기며 이야기를 마무리 짓고자 했다.

"네, 그러시죠. 제가 잊지 않고 꼭 다시 말씀드릴게요. 개발하시느라 고생이 많으시네요."

만족한다는 듯 해맑게 웃고 있는 약제부 선생님의 온화한 미소를 바라보

며 민성은 언젠가 학창 시절에 봤던 미저리와 올가미라는 영화가 생각났
다. 온화함과 친절함 속 잔인함이 번뜩였던 그 영화들….

　개발실 문이 열리더니 다부지고 단아한 모습의 여선생이 가슴에 두꺼운
책을 양팔로 감싸안고 조심스럽게 문 안으로 들어서고 있었다. 개발자들과
각 업무 부문 현업 선생들의 테스트와 설명으로 소란스러운 개발실에서도
집중력을 잃지 않은 눈빛으로 주위를 둘러보더니, 보험 시스템 개발자인
김태성 과장을 찾아내고는 그리로 천천히 한 걸음씩 다가가고 있었다. 태
섭은 혼자서 개발과 자체 테스트에 심취해 있었는데, 여선생이 지나갈 때
왠지 모를 한기를 느꼈다.
　'뭐지? 이 기운은?'
　무엇 때문인지는 알지 못했고, 옆을 지나친 여선생이 있었는지도 알지
못했다. 다만 무언가 개발실 공기를 휘젓고 있는 것만 같은 느낌을 받았을
뿐이었다.

　"이전에 설명해 드렸던 요구들은 화면에 반영되었나요?"
　그 여선생, 보험심사팀 이진아 대리였다. 보험심사팀의 업무는 다양했지
만 그중에서도 특히 의사들이 내린 처방을 심사하여 국민건강보험 공단에
청구하는 업무가 중요한 업무 중 하나였다. 환자의 진단과 맞는 처방들이
내려졌는지, 중복된 처방은 없는지, 국가로부터 비용을 받을 수 있는 급여
처방이 올바르게 내려졌는지 등을 심사하는 업무였는데, 대부분 간호사 출
신들이었다. 외래 또는 병동 업무를 수행하면서 경험이 많고, 눈썰미가 좋
으며, 일 처리가 깔끔한 사람들로 구성되어 있었다. 그중에서도 나이는 어
리지만 심사 업무에 해박했고, 열의를 가지고 있었던 이진아 대리가 차세

대 보험심사 시스템 전산 코디로 지정되어 개발팀과 함께 일하고 있었다.

"오셨어요, 선생님. 벌써 시간이….

김 과장의 말꼬리가 흐려지고 있었다.

"오늘 오후 세 시에 보여 주신다고 해서 왔어요."

이 선생이 건강보험 급여 기준이 담겨 있는 두꺼운 책을 무릎에 다소곳이 내려놓으며 화면으로 눈길을 돌렸다.

"음, 그게요. 아직 좀 부족하기는 하지만 제가 설명해 드리겠습니다."

김 과장이 K병원에서 개발된 통합 심사 화면을 띄우고는 화면 구성을 설명하면서 심사자의 역할을 시연하여 보여 주고 있었는데, 이 선생의 표정이 점점 굳어지고 있었다.

"과장님."

그러고는 침묵이 흘렀다. 소란스러운 개발실 속의 침묵은 고요했다.

"제가 어제도 말씀드렸지만, 강북 K병원 시스템 수준으로 우리 병원에 맞추시려고 하시면 안 돼요. 싹 밀어 버리고 새로 개발하시는 것이 좋을 거라고 제가 어제 분명히 말씀드렸잖아요. 미련을 갖지 마세요. 그 화면으로는 절대 안 돼요. 호랑이를 산책시키려는데 개 목줄로 되겠어요?"

이진아 선생의 목소리는 청아하고 낭랑했다. 고성이 아니었음에도 개발실의 소란스러움 속을 뚫고 멀리까지 또렷하게 퍼져나가는 목소리였다. 그리고 차분했다.

"선생님, 너무 걱정하지 마세요. 저희가 선생님들 요구 사항 모두 이 화면에 녹여 넣을 거예요. 당장 디자인이나 구성이 마음에 들지 않으실 수 있겠지만 나중에는 익숙해지실 거예요."

입술이 바짝 마른 김 과장이 난감해하면서 이 선생에게 짜증을 가라앉히며 이야기하고 있었지만, 이 선생은 등을 곧게 세워 앉은 자세로 나쁜 짓을 한 학생을 나무라는 선생님의 눈빛으로 김 과장을 침묵 속에 바라보고 있었다.

"그러니까, 제 말은 아직 개발 초반인데, 걱정이 너무 많으시다는 겁니다. 하루하루 개발이 진행될수록 선생님 마음에 드실 거예요."

이 선생의 표정에는 변화가 없었고, 눈도 잘 감지 않았으며 여전히 말없이 김 과장을 쳐다보고 있었다. 덥지 않은 날씨에도 김 과장의 뒷목에는 식은땀이 흐르고 있었다.

"그러니까, 조금만 더 기다려 보시고, 그때 가서도 마음에 들지 않으시면 그땐 제가 정말 싹 밀어 버리고 다시 개발할게요."

이 선생의 침묵은 잔소리보다 아프게 느껴졌고, 김 과장의 입술은 미세하게 떨리고 있었다.

"그러니까, 제가 여러 병원의 보험심사 시스템을 개발해 봐서 잘 알고 있습니다. 일단은 저에게 맡기시고, 나중에 평가하셔도 늦지 않으십니다. 심사하시는 데 문제없게 만들어 드린다니까요."

소란스러운 개발실 속 침묵은 더욱 잔인했다.

"알겠어요."

이 선생은 설명을 위해 가져왔던 두꺼운 책을 무릎에서 다시 들어 올려 안으며 자리에서 조용히 일어났다. 그러고는 더 볼 것도 없다는 듯 문을 향해 걸어 나가려다가 김태성 과장을 돌아보며 말했다.

"결국, 시간이 필요하신 거군요. 과장님의 생각이 틀렸다는 것을 깨달을 수 있는 시간."

김 과장의 표정에 고통이 지나간다.

"선생님, 그냥 가시게요? 일부라도 화면을 보시고 가시는 것이…."

"과장님 원하시는 대로 빨리 개발해 보세요. 그래야 빠르게 실패하실 테니."

이 선생은 김 과장의 반응을 기다리지 않고 차분한 걸음걸이로 개발실 문을 조용히 열고 나갔다.

보험심사 시스템은 복잡하고 거대한 시스템이었다. 외래 환자, 입원 환자, 응급 환자의 진료비 중 일부는 환자에게 받고 일부는 건강보험공단에 청구하여 받도록 되어 있었다. 그래서 자체 심사를 거쳐 건강보험공단에 청구하면 건강보험 심사평가원에서 세부 심사를 거쳐 이상이 없는 경우 공단으로부터 비용을 지원받게 되어 있었는데, 잘못된 진단의 잘못된 처방, 약물 남용, 중복 검사 등의 케이스가 발견되는 경우 비용을 삭감 받게 되어 있었다. 따라서 병원의 심사 시스템이 잘 만들어져 있어야 공단으로부터 삭감되는 비율을 줄일 수 있었다. 모든 병원에는 보험심사팀이 있었는데, 어느 병원이 공단으로부터 삭감을 덜 받느냐가 각 병원 보험심사팀의 자부심이었다.

이 선생이 나가자 김 과장은 안도인지, 한탄인지 모를 긴 숨을 내어 쉬며 의자를 뒤로 젖혀 앉았다. 보험심사 시스템 개발자는 모두 세 명이었는데, 김태성 과장이 메인 개발자였고, 두 명의 서브 개발자들이 있었다.

"괜찮으십니까, 과장님."

곁에서 모든 상황을 곁눈질로 보고 있던 박 대리와 임 사원이 김 과장을 위로하기 위해 다가왔다.

"야, 저거 이 선생 몇 살이라고 했었지?"

임 사원이 프로젝트 초기 첫 회의 때 있었던 소개를 떠올리며 말했다.

"지난번에, 쥐띠라고 하셨었던 것 같은데요. 그래서 부지런한 성격이시라고…."

"나 대학생 때 초등학생쯤이었구먼. 뭘 저렇게 독야청청이냐. 못 해 먹겠다."

하지만 그 일은 시작에 불과했다. 김 과장, 박 대리, 임 사원이 개발하는 보험심사 화면 하나하나 좋지 못한 피드백을 받았고, 개발된 화면을 조목조목 따져 가며 보험심사 시스템 개발자로서의 전문성에 대한 의심의 눈초리를 높여 가고 있었다. 업무 지식으로는 이 선생을 넘어설 수 없었던 개발자들은 협의 시간이 고통스러웠고, 이 선생의 개발자에 대한 하대하는 태도는 나날이 심해지고 있었다.

"과장님, 정말 답답합니다. 이런 식의 화면 구성으로는 세부 심사가 어려워요. 지금 시스템도 심사하는 데 시간이 많이 드는데, 과장님께서 개발하신 화면으로는 어림도 없어요. 도대체 화면을 몇 개를 띄워야 하는지 보세요. 한 화면에서 짜임새 있게 보여 주셔야 돼요. 이 화면을 심사팀에 설명하면 아마 난리 날 겁니다."

김 과장은 속이 쓰리고 야속했다. 다른 병원에서는 문제없이 잘 사용하고 있는 시스템이었는데, 어디서 잘 알지도 못하는 어린 심사자가 전산 코디로 선정되어 그동안의 김 과장 경험을 이렇게도 무시한단 말인가. 김 과장은 이 선생과는 안 되겠다고 생각했다. 결국 김 과장은 원무 보험 파트 곽 PL에게 면담을 신청했고, 보험심사 현업 전산 코디를 바꿔 줄 것을 요청했다.

"개발에 도움이 안 돼요?"

곽 PL은 원무 보험 파트의 거의 모든 시스템을 개발했었던 실무형 PL이었으며, 성격이 조용조용했고, 모든 개발자에게 반말을 쓰지 않는 훌륭한 인품의 PL이었다.

"도움이 안 된다기보다는 타협이 잘 안됩니다. 사사건건 트집입니다. 프로그램을 처음부터 새로 개발하자고 하는데, 핵심 프로그램이기는 하지만 우리가 그 프로그램만 개발하는 것도 아니고 개발할 게 많은데, 너무 힘듭니다."

김 과장이 속내를 털어놓으며, 곽 PL에게 도움의 눈길을 보냈다.

"그러면 제가 내일 김 팀장님을 만나 볼게요. 전산 코디를 바꿀 거면 빨리 바꾸는 게 낫지요."

김 과장은 곽 PL의 이야기를 듣고 한시름 놓게 되었다. 하지만 다음날 보험심사팀 김혜선 팀장을 만나고 돌아온 곽 PL은 불편한 심경으로 김 과장을 불렀다. 이 선생에 대한 김 팀장의 신뢰가 매우 두터웠고, 이 선생만큼 보험심사의 전반적인 업무를 아는 사람도 드물다고 들었으며, 다들 심사 업무에 바빠서 대체할 사람이 없다는 김 팀장의 의견을 전했다. 곽 PL이 이 선생과 소통이 잘되지 않아 프로젝트 일정에 문제가 발생할 수도 있음을 말했을 때 김 팀장은 이 선생조차 설득하지 못한다면 보험심사팀 전체는 어림도 없는 일이라고 했다고 한다. 결국 곽 PL은 현재 개발되고 있는 통합 심사 화면에 대한 이 선생의 집착이 너무 심한 것 같으니, 지금까지 개발된 현황과 향후 개발 콘셉트를 심사팀 전체에 다시 한번 설명하고 그 방향에 무리가 없다면 이 선생의 의견을 무시하고 개발을 진행하겠다는 의지를 전달했다고 했다.

"지난번 설명회 때보다 더 상세한 설명회를 해야 해서 부담스럽기는 한데, 이번에 잘 설득해서 이 선생의 의견이 전체의 의견은 아니라는 것을 좀 확인시켜 줍시다."

그렇게 보험심사 개발자들은 역풍을 맞으며 오르막길을 힘겹게 달려가고 있었다.

밤 10시가 넘자 민성이 초췌한 몰골로 자리에서 일어서며 초점 없는 눈빛으로 태섭을 바라봤다.

"오늘도 안 가?"

"응, 내일도 안 가."

"고시원 사장이 좋아하겠다."

"잘돼 가고 있냐?"

"아니, 미치겠어."

"나도."

"우리 언제 술 마실래?"

"언제?"

"개발 다 끝나면….'

"마시지 말자는 말이네."

"그런가….'

민성과 태섭의 대화는 길지 않았다. 가슴 속 근심이 대화를 잡아먹는 듯했다. 가방을 든 민성이 바닥에 끌릴 듯 힘없이 개발실을 나서고 있었다.

"민성이 가냐?"

힘없이 고개를 돌려 두 대리를 바라보고는 꾸벅 인사를 하고 나간다.

"태섭아, 바람 쐬러 가자."

두 대리와 태섭은 늦은 밤 습관처럼 개발실 옆 환자들을 위해 산책로가 꾸며진 작은 공원을 자주 거닐었다. 동기들이 많았을 때 함께 만나던 장소였는데, 이제는 태섭과 민성밖에 남지 않은 터라 두 대리와 올 때 외에는 좀처럼 오지 않게 된 공원이었다. 공원에는 공원으로 올라가는 높지 않은 계단이 있었고, 공원 중간중간에 쉼터와 가벼운 운동 기구들이 설치되어 있었다. 가로등이 드문드문 있어 고즈넉한 분위기를 자아내고 있었다.

"개발 재미있지?"

두 대리가 벤치에 앉으며 옆에 앉으라고 눈짓했다.

"네, 재미있어요. 그런데 이 속도로 개발하다가는 시간이 턱없이 부족할 것 같아요."

실제로 태섭은 개발이 재미있었다. 소스 코드를 만들고 컴파일을 하고, 프로그램을 구동시켜 데이터를 입력하고 조회하는 일련의 과정들이 재미있었다. 원하는 위치에 원하는 형태로 데이터를 보여 주고, 오류를 잡고, 이런 작업들에 묘한 애착과 희열이 있었다.

"개발자의 핵심은 품질과 납기야. 오류 없이 제시간에 개발을 완료하는 것이 훌륭한 개발자의 덕목이야."

프로그램의 품질은 무엇과도 바꿀 수 없는 개발자의 자존심이고, 납기는 프로젝트의 생명이라고 했다. 둘 중 어느 것 하나 버릴 수 없는 핵심 요소라고 했다. 사용자의 요구 사항도 제대로 반영하지 못하고, 프로그램에 오류도 많으면 저품질의 쓰레기 프로그램이라고 했다. 테스트 시에 발견되지 않은 오류가 운영 상황에서 발생하게 되면 그 오류를 잡기 위해 상당한 시간이 소요될 것이고, 그동안 현장의 업무는 지연될 것이라고 했다.

"하지만 관계도 중요해. 사용자들과의 관계, 그들의 어려운 점을 파악하고 사용하기 편하게 개발해 주는 거. 개떡같이 얘기해도 찰떡같이 개발해 주는 거. 그들과 신뢰를 쌓고 서로를 위해 주는 거. 그런 게 필요해. 너무 프로그램 개발에만 몰두하지 말고, 그들과 많은 대화를 해야 해. 그러니까 엉덩이로만 일하지 말고, 발품을 팔아야지. 검사실도 자주 가 보고, 어떻게 검사하는지, 장비는 어떻게 사용하고 있는지, 결과는 어떻게 입력하고 있는지. 그런 것들을 이해해야 해. 그들의 업무를 이해해야 개발을 잘할 수 있어."

상큼한 바람이 공원의 나무들을 스치면서 나뭇가지들이 부딪히는 소리가 낮게 들려왔다. 항상 장난기로만 가득했던 두 대리의 얼굴에 옛 추억을 회상하는 듯 상념에 빠진 얼굴이었다.

"사위지기자사±鳥知己者死, 선비는 자기를 알아주는 사람을 위해 목숨을 바친다고 했다. 그들이 나를 알아주면 나도 최선을 다해 그들에게 보답해야지."

태섭이 두 대리의 옆모습을 물끄러미 바라봤다. 작은 공원에 앉아 있는 큰 산의 모습이었다.

"벌써 시간이 이렇게…."

김태성 과장이 화들짝 놀라며, 방음이 전혀 되지 않는 개발실 파티션 회의실로 들어가서 노트북에 설명회용 프로그램을 띄워 준비를 했고, 한 무리의 여선생들이 개발실로 들어와 회의실로 우르르 몰려갔다. 그리고 곽 PL과 보험심사 개발자들도 회의실로 들어갔다. 역시나 방음이 되지 않는 회의실은 문제가 많았다. 태섭은 방금 전에 들어온 사람들이 보험심사팀 사람들임을 회의실 밖으로 들려오는 소리를 통해 알게 되었다.

"농담이죠? 이런 화면으로 심사를 하라고요? 처음에 이렇게 보여 주시고 나중에 짜잔 하고 멋진 화면으로 우리를 놀래키시려는 거죠?"

"심사하는데 무슨 화면을 이렇게 많이 바꿔 가면서 봐요. 한 화면에서 다 봐야지."

"우리 17인치 모니터 써요. 예전의 14인치 모니터 아니에요. 왜 이렇게 화면에 공간을 남겨요?"

"통합 심사 화면에서 재료도 추가하고, 상병도 확인할 수 있어야지요. 필요하면 변경하는 기능도 있어야 하고요, 이게 뭐 이래요?"

"아니, 바쁜 사람들 불러놓고 이러셔도 되나요? 난 또 개발이 끝나서 부른 줄 알았더니…."

"이진아 선생, 이 지경이 되도록 뭐 했어요? 자기는 이렇게 진행되고 있는 거 알고 있었지? 그런데 그냥 보고만 있었던 거야?"

회의실 밖으로 보험심사팀 심사자들의 목소리가 여과 없이 들려오고 있었다. 밖에서 개발하던 개발자들 모두 회의실 눈치를 보며 소곤대고 있었다. 곽 PL이 변명하듯 무슨 말인가를 하고 있었지만 그 소리는 밖으로 흘러나오지 않았고, 이후 유쾌하지 않은 시니컬한 웃음소리들이 개발실을 채웠다. 모두들 표정이 어두워지고 개발실에는 키보드 타이핑하는 소리만 들려오고 있었다. 그리고 모두들 생각하고 있었다. 오늘은 보험심사 개발자들이지만 내일은 내가 될 수도 있다는 것을….

어제 있었던 보험심사 시스템 콘셉트 설명회로 보험심사 개발자들뿐 아니라 개발실 내 모든 개발자의 기분이 가라앉아 있었다. 어제 설명회 이후 곽 PL은 최 PM에게 상황을 보고하고 인력 충원을 요청했고, 김 과장을 포함한 보험심사 시스템 개발자들은 맨땅에서 새로 개발할 것에 대하여 마음의 준비를 하고 있었다. 보험심사팀 전산 코디는 변경되지 않았으며, 이 선생은 어제 회의가 파국을 맞고 개발실을 떠나갈 때 잠시 뒤를 돌아 김 과장을 미소 띤 얼굴로 쳐다보며 돌아갔었다.

개발실에는 대책회의가 진행되고 있었다.

"어쩔 거냐? 곽 PL. 우리가 추가 인력이 어디 있어? 인력도 없지만 추가인력 투입한다고 일이 해결되겠어? 저 코디부터 설득해야 되지 않겠냐?"

최 PM도 어제 개발실 안쪽 자리에 있었고, 가끔씩 들려오던 고성과 히스테릭한 웃음소리를 들어 내용을 어느 정도 파악하고 있었다. 거센 사용자들의 항의와 비난에 최 PM도 위기 의식을 느끼고 있었다.

"인력이 없으면 없는 대로, 심사 화면을 이번에 새로 개발해서 요구 사항을 다 들어주지요, 뭐. 안 될 게 뭐가 있겠습니까? 원하는 대로 해 주면 되지요. 우리가 너무 K병원 화면에 얽매여 있는 것도 사실 문제이기는 합니다."

곽 PL은 처음부터 강남사랑병원은 규모와 업무 방식이 달라서 전면 재개발을 주장했었다. 강남사랑병원 시스템 최초 오픈 당시에 곽 PL이 원무 보험 쪽 개발에 참여했었기 때문에 독특한 이 병원의 시스템을 어느 정도 알고 있었던 것이다. 그렇게 보험 쪽 시스템은 처음부터 새로 개발하는 방향으로 결정되었다. 하지만 그렇다고 해서 이 선생의 태도가 바뀐 것은 하나도 없었다. 단호하고 냉정한 요구 사항, 복잡하고 개발하기 쉽지 않은 요구 사항에 대한 타협 없는 태도, 일정 지연에 대한 거침없는 비난까지, 보험 개발자들은 날이 갈수록 피폐해져 가고 있었다.

"잔인하다, 잔인해. 어떻게 한 번을 안 져주냐. 숨을 쉴 수가 없다. 악성 유저, 악성 유저, 저런 악성 유저가 없다."

김 과장과 개발자들은 이 선생과 협의만 하고 나면 진이 다 빠지고 개발 의욕을 상실하고 있었다. 다른 개발자들도 이 선생이 개발실에 나타나면 눈치를 볼 정도였다.

"두 대리야, 잠깐 나 좀 보자."

최 PM이 열심히 코딩하고 있는 두 대리를 조용히 불러 개발실 밖으로 데리고 나갔다.

"두 대리야, 너 이진아 선생 이야기 들었지?"

최 PM이 이제는 푸릇푸릇 가지에 싹이 돋고 있는 나무를 바라보며 두 대리에게 물었다.

"그 보험심사 선생이요?"

개발실 사람들치고 이 선생을 모르는 사람은 없었다.

"그래, 보험 애들이 이 선생 때문에 아주 피떡이 된 것도 알고 있지? 하도

밝혀서."

두 대리가 씨익 웃으며, 그런가요? 한다.

"네가 좀 어떻게 해 봐라. 너 그런 거 잘하잖아. 같이 이야기도 해 보고, 밥도 먹고, 어려운 점도 물어보고…."

"제가요? 제가 왜요? 저는 보험 개발자도 아닌데요."

"이놈아. 처방 개발하려면 보험심사하고도 친해야지. 처방 화면에 보험심사 요구 사항이 얼마나 많으냐? 그러니까 너도 좀 책임 의식을 갖고 도와야지."

의사가 처방 화면에서 처방을 내릴 때 보험심사팀의 요구에 따라 체크하는 로직이 많았다. 처방 내릴 때 관련 상병이 입력되어 있지 않으면 관련 상병을 넣으라는 안내 팝업, 각종 검사 처방 시 보험 인정 기준 안내 팝업, 환자 연령 제한에 따른 보험 기준 안내 팝업 등 상당수의 체크 로직이 보험심사팀의 요구에 의해 처방 화면에 개발되어 있었다. 그래서 상세 기준 파악을 위해서 두 대리는 보험심사팀과 협의를 진행할 예정이었는데, 아마도 협의 대상은 이 선생이 될 것이었다.

"때가 되면 만나겠지요."

두 대리는 무표정하게 최 PM에게 대답했다.

"보험심사팀 요구 사항부터 먼저 진행해. 그리고 잘 좀 해 주고, 두 대리 너만 믿는다."

말을 던지고 개발실로 들어가는 최 PM의 뒷모습을 두 대리는 별걸 다 떠넘기는군 하는 시큰둥한 표정으로 바라보다가 파란 하늘을 올려다본다. 너무나도 평온한 파란 하늘이었다.

태섭은 마스터 관련 화면들을 1차 개발 완료하고 환자 검사 시스템의 핵심 화면 중 하나인 예약 접수 화면을 개발하려 하고 있었다. 지난 한 달간 마스터 관련 화면 40여 개를 1차 개발한 것이었는데, 하루에 화면 하나 이상을 개발한 것이었다. 하지만 1차 개발에 불과했는데, 나중에 다른 화면을 개발하다가 마스터 정보가 추가로 발생하면 다시 보완해 주어야 했기 때문에 1차 개발 완료라고 표현했다. 실제로 그런 일들을 비일비재하게 발생하기 때문에 프로젝트가 끝날 때까지 끝난 게 아니었다. 예약 접수 화면을 개발하기 위해 태섭은 K병원 예약 접수 화면에 강남사랑병원의 예약 접수 화면 기능들을 추가하고, 요구 사항 기간에 요청된 사항들을 화면에 추가한 상태였는데, 정보량이 매우 많았다. 그동안 개발한 마스터 관련 화면들과는 비할 바가 아니었다.

프로그램이 크다, 작다, 이러한 규모를 판단하는 방법에는 여러 가지가 있었다. 프로그램 소스 코드 라인 수로 판단하는 LOC Lines of Code, 프로그램의 기능 개수로 판단하는 기능 점수 FP Function Points, 사용자 요구 사항의 유즈 케이스로 판단하는 객체 점수 Object Points 등이 있었는데, 최근에는 기능 점수 FP로 많이 산정하지만, 당시에만 해도 가장 단순하고 직관적인 LOC로 하고 있었다. 화면에 있는 소스 코드 라인 수와 화면에서 사용하는 서비스의 소스 코드 라인 수를 더하면 그 프로그램의 규모인 것이었다. 태섭이 개발한 마스터 관련 화면들은 대부분 500라인 내외의 프로그램들이었고, 화면이 40여 개 정도 되었으니, 대략 2만 라인의 소스 코드를 만들어 낸 것이라 추정할 수 있었다. 물론 대부분이 복사하기와 붙여넣기로 이루어진 것이었다. 하지만 예약 접수 화면의 소스 코드는 2만 라인이 넘었으니, 태섭이 예약 접수 화면을 개발하면서 머리가 아팠던 것은 당연한 현상이었다. 예약 접수 화면이 마스터 관련 화면들 전체를 합한 것보다 더 큰 규모의 화면이었던 것이었다. 그런데 나중에 안 사실이지만 두 대리가 개발하고 있는 의사 처방 화면의 소스 코드는 30만 라인이 넘는 화면이었으니, 두 대리 또한 인고의 노력으로 개발했을 것이었다.

이제 막 예약 접수 화면을 개발하기 위해 화면을 구성한 태섭은 한숨부터 나오고 있었다. 한 화면에서 제공해야 할 정보들이 너무나 많았고, 화면에서 요구하는 기능 버튼들도 너무 많았으며, 그러한 정보와 버튼들이 검사실에 따라 다이나믹하게 변신을 해야 했다. 자신도 모르게 한숨이 여러 번 있었는지, 옆에 있던 호재와 뒤에 있는 민성이 태섭을 바라본다.

"왜? 뭐가 잘 안돼?"

호재는 말이 많지 않았다. 필요할 때만 말했으며, 언제나 도움이 되는 말들을 했다.

"예약 접수 화면 개발하려니까 까마득합니다."

태섭이 모니터에서 눈을 떼지 않고, 푸념하듯이 호재에게 말했다.

"예약 접수 화면 개발하면 환자 검사 반은 개발한 거지. 예약 접수 화면이 핵심 중에 핵심 화면이니까."

전임 환자 검사 시스템 개발자답게 호재가 경험을 살려 태섭에게 말하면서도, 손은 계속 코딩을 하고 있다.

"와, 부럽다. 나는 아직 병동 조제 정보 생성 배치 프로그램만 3주째 짜고 있는데, 이게 끝이 안 나네."

민성이 반은 정신이 나가 있는 듯 초췌한 얼굴에 흐느적거리는 말투로 태섭에게 말했는데, 민성은 물어볼 전임 담당자도 없었다. 그도 답답했는지 매일 퇴근하기 직전에 자리에서 머리를 쥐어뜯다가 퇴근하곤 했다.

"나도 검체 검사가 처음이라 진도가 잘 안 나가네."

언제나 든든하게만 느껴졌던 호재도 말은 하지 않았지만 혼자 끙끙 앓고 있는 듯했다.

언젠가 호재와 함께 퇴근하던 태섭은 지하철 안에서 적잖이 놀란 적이 있었다. 평소보다 일찍, 밤 9시에 퇴근하여 함께 3호선을 탄 두 사람은 지하철 텅텅 빈 자리에 나란히 앉았다. 태섭은 고시원이 있는 선릉역으로 가야 했기에 몇 정거장 안 되는 교대역에서 갈아타야 했고, 호재는 대화역 근처에 살고 있어 3호선 끝까지 한 시간 넘게 타고 가야 한다고 했다. 일단 지하철을 한 시간 넘게 타야 한다는 것에 태섭은 놀랐다. 사실 한 시간 반이면 태섭이 고속버스 터미널에서 버스를 타고 강원도 원주 태섭의 집에 가는 시간이었다. 그 시간을 매일 호재는 출퇴근을 하고 있었던 것이다. 9시에 퇴근했지만 호재는 한 시간 넘게 지하철을 타고 가서 다시 집까지, 11시는 되어야 집에 도착했던 것이었으며, 8시까지 출근하기 위해 집에서 5시 반에는 나와야 했을 것이었다. 하지만 그보다 더 놀라웠던 사실은….

호재는 노트북을 가지고 다녔는데, 지하철 자리에 앉자마자 노트북 가방에서 노트북을 꺼내어 부팅하더니 소스 코드를 작성하기 시작했다.

"내가 집이 멀어서 좀 일찍 퇴근하잖아. 그래도 개발 일정은 맞춰야 해서 출퇴근할 때 코딩을 하고 있어."

태섭은 그런 호재가 존경스러웠다. 밤 9시에 퇴근하면서 미안해하는 신 선배, 그러고도 지금까지 단 한 번도 아침에 지각한 적 없었던 신 선배, 그래서 그는 매번 회식 자리에서 술을 마시지 않았던 거였구나….

"이게 딱 맞아. 코딩하고 컴파일하면 배터리를 많이 먹는데, 대화역에 도착할 때쯤 배터리가 딱 다 돼."

히죽 웃는다. 태섭은 생각했다. 신 선배는 밤새 충전한 노트북을 메고 출근길에 대화역에서부터 또 코딩을 하며 배터리가 다 될 때쯤 목적지에 온 것을 눈치채겠구나. 그리고 나도 몇 년 뒤에 신 선배처럼 일반적인 근무시간으로는 해결할 수 없을 정도의 개발 볼륨을 떠맡겠구나. 그렇다면 먼저 떠난 상우와 효숙과 정은이의 생각이 맞았던 것일까.

　태섭은 오늘도 퇴근을 포기하고 예약 접수 화면을 개발하고 있었다. 화면 상단에 조회 버튼 하나, 화면 하단에 예약지 출력, 일정 예약, 비일정 예약, 예약 취소, 접수, 접수 취소 등 배치해야 할 버튼이 십여 개쯤 되었다. 이쯤 되면 화면 제일 하단은 버튼으로 가득 차게 된다. 버튼별 폭도 버튼 명칭에 맞게 들쭉날쭉하게 만들어야 배치가 가능한 수준이었다. 화면의 조회 조건은 환자 번호 또는 환자명이었는데, 환자 번호로 조회할 때는 명확한 번호니까 바로 조회하면 되지만, 환자명이 조건으로 입력되는 경우는 동명이인이 많으므로 어떤 환자인지 창을 별도로 띄워 성별과 나이, 전화번호 정보를 보여 주고 선택하도록 해야 했다. 최종 선택된 환자를 조건으로 환자의 미실시된 검사 전체를 리스트로 보여 주어야 했고, 해당 환자의 외래 진료 정보와 다른 검사 처방 정보, 있을지도 모를 약 처방과 재활 치료 정보를 우측 정보창에 보여 주어야 했다. 그리고 화면 하단의 버튼 위쪽에 해당 검사 처방을 내린 의사와 검사 희망 일자, 급여 구분, 검사 시행을 위한 전처치 약품 정보, 처방 시 진단명과 임상 소견 등을 제공해야 했으며, 요구 사항으로 들어왔던 환자에 대한 예약실과 검사실 정보 공유용 환자 특기 사항 입력란을 제공해야 했다. 그렇게 화면을 구성해 놓은 후 태섭은 답답함에 한숨이 절로 나왔다. 이 작은 화면에 이렇게나 많은 정보를 때려 넣으려니 글자 크기는 물론 각 정보 창들이 작아질 수밖에 없었고, 화면만 봐도 갑갑함을 느낄 수밖에 없었다. 문득 시계를 보니 새벽 1시를 바라보고 있었다. 고개를 들어 사무실을 둘러보니 두 대리 외에는 모두 퇴근한 상태였는데, 두 대리는 누군가와 통화를 하고 있었다.

"그랬어? 진짜? 야, 너무했네, 너무했어. 그래서?"

두 대리는 새벽 1시에 누구와 통화하고 있는 것일까? 태섭은 궁금했다. 두 대리가 예전에 그랬듯 태섭도 자리에서 일어나 살금살금 두 대리 자리로 소리 없이 다가가고 있었다.

"응, 잘했어. 가끔 그럴 때도 있어야지."

두 대리는 책상 왼쪽에 있는 전화기에서 수화기를 당겨 어깨에 끼고 통화하고 있었고, 손으로는 열심히 소스를 코딩하고 있었다. 거구의 두 대리에게 장난감 같은 조그마한 수화기였다. 솥뚜껑만 한 저 큰 손으로 어떻게 오타 없이 타이핑이 가능한지 신기하기만 할 뿐이었다.

"그래서 이 메시지 띄우는 게 맞냐? 그런데 이런 문구로 팝업 띄우면 의사들이 싫어하지 않을까? 무슨 말인지 잘 모르겠어. 그거야 너희들이나 알아먹는 문구지. 우리 같은 사람은 읽어도 뭔 말인지 몰라."

누군지는 모르겠으나, 두 대리는 열심히 통화하면서 소스 코드를 짜고 있었다.

"그러니까, '골밀도 검사의 실시 간격이 1년을 초과한 경우에만 보험 인정 기준입니다. 그 외 삭감 대상입니다. 그래도 처방 내림 하시겠습니까?' 이렇게 넣으란 말이지? 뭐, 이거 나 같으면 내용 읽어 보지도 않고 그냥 '예' 누르겠구먼."

전화기에서 뭐라고 크게 소리치는지 두 대리가 어깨를 움찔한다.

"나 이과야, 안내 문구 잘 못 만들어. 니들이 해 달라는 대로 문구 넣을 거야. 나한테 뭐라 하지 마. 성질머리 하고는…."

친분이 있는 현업인지 친구처럼 농담을 주고받으며 통화하고 있었다. 신기한 것이, 귀로 전화하면서 손으로는 열심히 코딩을 하고 있다는 것이었다.

"알았어, 그래. 고마워. 나중에 밥 한번 하자, 잘 자."

두 대리는 수화기를 내려놓고 어깨를 왼쪽 오른쪽 한 번씩 올리고 내리고를 반복하다가 뒤에 어른거리고 있는 태섭을 발견하고는 화들짝 놀란다.

"깜짝이야, 놀랐잖아."

태섭이 예전에 두 대리가 뒤에서 그랬던 것처럼 씨익 웃으며, 두 대리의 어깨를 주물주물 한다.

"어이 시원하다. 근데 지금 몇 시지? 아, 뭐야 1시 넘었잖아. 태섭아, 야식 먹으러 가자. 야식 1시 반까지야."

두 대리는 얘랑 통화만 하면 기본이 30분이라며 투덜투덜 신발을 갈아 신고, 책상을 뒤적여 야식권을 챙겨 일어선다. 날씨가 이제는 많이 풀려서 가벼운 복장으로 개발실을 나와 별관을 거쳐 본관 구내식당으로 향했다. 오늘의 야식 메뉴는 현미 보리밥에 육개장, 옛날 소시지전, 매운 콩나물무침, 양상추 샐러드와 석박지였다.

"앗싸, 옛날 소시지. 내가 무지 좋아하는데."

두 대리는 옛날 소시지전을 식판 한쪽이 넘치도록 담다가 밥을 담는 부분까지 침범해서 담는다. 태섭은 '돼지가 돼지를 먹네요'라고 말하려다가 말고 두 대리 앞에 자리를 잡는다.

"그런데, 아까 그 전화는 누구세요? 이 야심한 새벽에… 현업 분이신 것 같던데, 무지 친하신 것 같던데요?"

태섭이 아까부터 묻고 싶었던 말을 이제서야 묻는다.

"친구 하기로 했어."

두 대리가 밥과 함께 소시지전 세 개를 입에 넣고 우물우물 대답했다.

"네? 누구요?"

"너 몰라? 이진아 선생?"

"예? 누구라고요?"

태섭은 자기도 모르게 젓가락으로 집었던 소시지를 툭 떨어뜨린다.

"이진아 선생님이요? 그 보험심사 악성 유저?"

"응."

두 대리는 육개장에서 고기와 고사리를 숟가락으로 한가득 낚아 입으로 완벽하게 넣고 있었다.

"그그그… 이진아 선생님이요? 그 얼마 전에 보험심사 개발자들을 공포에 떨게 만들었던, 그 선생님이요?"

태섭은 아까 전화를, 두 대리가 친한 친구에게 반말하는 듯했던 그 전화를, 밤 12시 넘어 새벽 1시까지 이어졌던 그 전화를 생각했다.

"응."

두 대리의 밥숟가락은 언제나 그득했고, 묘기에 가까웠으며, 게다가 한 치의 흘림도 없이 한입에 쏙 다 들어가는 것이 신기할 정도였다. 그 많던 밥도 몇 숟가락 만에 뚝딱이었다.

"그 친구가 알고 봤더니, 스마트하더라구."

두 대리는 얼마 전에 최 PM으로부터 비밀 지령을 받은 후 다른 요구 사항보다 보험심사 요구 사항을 먼저 개발하기로 하고는 보험심사팀에 협의를 요청했다고 한다. 그러고는 두 대리 성격상 본인이 보험심사 사무실로 가겠다고 했고, 사무실을 방문했더니 아니나 다를까 이진아 선생이 두 대리를 맞이했다고 한다. 두 대리도 이 선생의 소문과 그날 회의실 사건을 직접 겪었기에 미리 조심할 만도 했지만, 전혀 개의치 않고 협의를 진행했다고 한다. 30여 분쯤 협의를 진행하면서 두 대리는 이 선생이 논리적이고, 합리적이며, 이해력이 빠르다고 생각했다고 한다.

"선생님, 스마트하시네요."

두 대리가 머릿속으로 생각하던 말이 자신도 모르게 툭 튀어나왔다고 했다.

"네?"

이 선생은 두 대리의 느닷없는 말에 다소 당황하는 듯했고, 두 대리는 그런 모습에 이 사람 그냥 순수하게 열심히 사는 사람이구나 하고 생각했다고 한다.

선수는 선수를 알아보는 것인지, 이 선생도 두 대리에게는 고성도 짜증 섞인 말투도, 냉랭한 태도도 없었다고 했다.

"그러니까, 틀린 말이 하나도 없더라고. 처방 화면에 요청한 요구 사항들도 모두 논리적이고, 합리적이었어. 그리고 일부 내가 몇 가지 요구 사항에 대해 이상한 점을 이야기했더니 금새 이해하고, 사유를 명확하게 설명해주더라고. 내가 납득이 가게끔 말이야. 그렇게 보면 시끄러웠던 그 보험심사 시스템… 그 친구 말대로 처음부터 다시 개발하는 게 맞겠다는 생각이 들더라고. 그 친구가 프로토타입 설명회 때 심사 시스템을 빨리 캐치하고 그렇게 처음부터 주장한 거지. 그 친구 말이 맞아. 그리고 의사 처방 시스템도 처음부터 다시 개발하고 있어. 이 병원은 생각보다 규모도 크고 업무도 세분화되어 있어서 K병원 시스템으로는 감당하기 어려울 것 같거든."

두 대리는 벌써 야식을 거의 다 먹은 상태였다. 태섭은 멍하니 두 대리의 말을 듣고 있었다.

"내가 나이도 비슷한 거 같은데, 친구 하자고 했지. 나중에 보니까 나보다 한 살 어리더라고. 그 나이에 그 정도 업무 지식은 쉽지 않은데, 에이스가 맞는 것 같더군. 혼자 산대. 궁금한 거 있으면 언제든지 전화하라길래 전화해 봤는데, 받데. 다 먹었으면 가자."

그렇게 두 대리와 이 선생은 친구가 되었고, 태섭은 두 대리의 친화력에 감탄하며 소시지전을 반이나 남겼다.

　호재는 말이 없었다. 민성은 무표정하고 초점 없는 눈빛으로 삼겹살을 뒤집고 있었고, 태섭은 맥주잔에 소주와 맥주를 말고 있었다.

　저녁을 먹으러 나왔던 세 사람은 약속이라도 한 것처럼 땅바닥을 쳐다보면서 마치 각자 밥 먹으러 나온 사람들인 듯 아무 말 없이 개발실을 나와 신호등을 건너서 늘 먹던 먹자골목 순대국밥집으로 향하고 있었다. 걸으면서 하는 코딩이었다. 각자의 머릿속에는 요구 사항을 어떻게 프로그램에 반영할지, 필요한 데이터를 어느 테이블에서 끌어와야 할지, 발생한 오류를 어떻게 해결해야 할지 생각하고 있었고, 일주일째 동일한 장소, 동일한 메뉴로 점심과 저녁을 해결하던 그들은 학습된 발걸음으로 목적지를 향해 걸어가고 있었다. 그러다가 앞서가던 민성이 걸음을 멈추었고, 뒤따라가던 호재와 태섭이 민성과 부딪히고는 걸음을 멈춰서 다크 서클 가득한 눈으로 민성을 바라봤다.

　"밥 먹기 싫어요."

　계속 먹던 순대국밥이 질렸다는 것인지, 배가 고프지 않아서 저녁을 먹기 싫다는 것인지, 밥 대신 다른 것을 먹자는 것인지 알 수 없었으나 민성의 눈빛은 세상을 달관하고 더 이상 살아 봐야 아무 의미 없다는 듯한 눈빛이었다.

　"저도요."

　태섭도 마찬가지였다. 아무것도 먹고 싶지 않고, 아무것도 하고 싶지 않은 무기력한 상태. 프로그램 개발은 해도 해도 끝이 없고, 개발해야 할 프로그램들이 산적해 있으며, 이미 개발해 놓은 프로그램들도 다른 프로그램을 개발하다 보니 다른 요구 사항이 생겨 돌아가서 재작업을 해야 하는 무한 루프 상태, 끝났다고 생각한 프로그램의 개발이 끝나지 않은 상태, 그들은 그 끝없는 개발 무한 루프에 빠져 식욕도, 삶의 의욕도 잃어 가고 있었다.

"나도 그래."

호재는 소문대로 코딩의 달인이었다. 개발 속도가 다른 개발자와 비교도 되지 않을 만큼 빨랐고, 오류 발생률도 낮았으며, SQL 쿼리 튜닝도 수준급이어서 프로그램 성능도 좋았다. 하지만 기본적으로 맡은 개발량 또한 다른 개발자와 비교도 되지 않을 만큼 많았으며, 빠른 코딩에 비례하여 추가 요구 사항 증가 속도도 빨랐다. 뭔가 기능이 되는 모습을 본 현업 사용자들은 그들의 무궁무진한 아이디어를 쏟아내고 있었다. 개발할수록 개발할 것들이 늘어나는 기이한 현상을 만들어 내고 있었던 것이다.

"술 마실까?"

모두들 알고 있었다. 술을 마시면 오늘 저녁 개발할 시간을 날릴 것이고, 얼마 안 되는 체력도 바닥을 드러낼 것이며, 집으로 가는 길이 더욱 멀게 느껴질 것이라는 사실을… 하지만 그들은 말없이 순대 국밥집을 지나 '돈가네'로 향했다.

"그동안 쭉 이렇게 살아오신 거예요?"

태섭이 글라스 잔에 소주와 맥주를 1:3 비율로 섞으며 딱히 누구를 쳐다보지 않고 물었다.

"더 심한 적도 많았어. 지금은 그나마 프로젝트 기간이 길잖아."

호재는 냅킨을 뽑아 태섭이 술을 섞으며 흘린 테이블의 술을 조용히 닦는다.

"도대체 프로젝트 기간과 인력은 누가 결정하는 거예요?"

개발해야 할 화면이 300여 개, 서비스가 수천 개에 이르는 약국 시스템을 맡은 민성이 눈에 힘을 주며 말했다.

"영업과 개발팀 윗분들께서 하시지. 영업에서 병원 프로젝트 수주를 위해 경쟁 업체들이랑 수주전을 벌이면서 비용은 낮아지고 기간은 짧아지지. 견적서를 제출하기 전에 예정 PM을 만나 그만큼의 기간과 비용으로 프로젝트가 가능한지 의견을 물어보고 제출하는데, 프로젝트를 실주하면 예정 PM은 프로젝트가 없어지는 거니까 견적 금액이 낮아도 가능하다는 의견을 낼 수밖에 없어. 그나마 최 PM님은 영업과 싸워서 기간도 늘리고 금액도 높인 거야. 우리나라에는 아직 대형 병원 전문 개발사가 많지 않기 때문에 최 PM님의 전문성을 영업에서도, 고객사에서도 인정한 거지."

"그런데 왜⋯."

그런데 왜 이렇게 프로젝트가 힘들게 진행되는 것인지 태섭은 이해할 수 없었다.

"우리 회사도 영리회사야. 수익을 남겨야 하잖아. 물론 그래서 우리 같은 땅 개들이 고생하는 거지만 어쩌겠냐."

삼겹살이 추가되고 소맥이 돌아가자 한탄의 깊이가 깊어지고 있었다.

"조제 정보 생성, 그 수천 라인 프로그램을 거의 3주 정도 걸려 개발해서 돌렸더니 잘 실행되더라고요. 현업 선생님들도 화면에서 생성된 조제 정보들이 잘 보이신다고 하셨고요. 그런데 그 정보지원팀 약국 시스템 담당자가 속도가 느리다, 소스 코드 들여쓰기가 안 맞다, 변수명이 틀렸다 하면서 자꾸 딴지를 걸어요. 현업도 아니면서 자꾸 요구 사항도 내고⋯ 미치겠어요."

민성의 얼굴은 이미 발그레해 있었고, 한마디 한마디에 한이 서려 있었다.

"우리야 프로젝트 끝나고 떠나면 그만이지만 정보지원팀 사람들은 남아서 그 시스템을 유지보수 해야 하잖아. 당연히 우리가 개발하는 프로그램에 감 놔라 배 놔라 할 수 있지, 어쩌겠냐."

호재는 개발자라기보다 모든 것에 달관한 사람 같았다. 모든 것을 이해하고 모든 것을 잘해 나갔다. 깨달음과 이해의 경지, 그리고 코딩의 경지에 이른 호재였다.

"개발이 끝이 없어요, 선배님. 벌써 5월인데, 매일 삽질하고 재코딩하고, 요구 사항 또 추가되고….'

아무도 술을 권하는 사람은 없었다. 하지만 술은 말 그대로 술술 넘어가고 있었다. 태섭은 옛날에 왜 아버지가 그렇게 술을 드시는지 이해하지 못했었다. 아버지는 술에 취해 집에 들어오는 때가 많았는데, 그럴 때마다 목적어 없는 '열심히 해라'라는 말을 하셨었다. 결국 그 술 때문에 간이 나빠졌고, 뇌졸중으로 쓰러졌을 때 바로 수술을 할 수 없었다. 간이 회복되어야 수술할 수 있다던 의사의 말을 무색하게 ICU에서 때를 기다리던 태섭의 아버지는 2차 뇌출혈로 명을 달리하게 되었다. '그 시절 아버지도 힘드셨겠구나, 그래서 술로 잊고 싶으셨겠구나.'라고 어렴풋이 생각하게 되었다. 호재는 술을 마셔 마음대로 되지 않는 눈을 꿈뻑이며 자신의 손가락을 쳐다봤다.

"내가 요즘 지문이 없어지고 있어. 손가락 관절 마디마디도 아프고….'

사실 태섭도 본격적인 개발이 시작되고부터 손가락이며, 손목뿐 아니라 뒷목도 저릿저릿하고 있었다.

"이거 우리 이러다가 병신 되는 거 아닙니까?"

민성이 냉소를 던지며 한탄스럽게 말했다.

"전쟁이라도 났으면 좋겠다. 개발 못 하게….'

"프로젝트가 끝나기는 할까?"

"언젠간 끝나겠지, 그리고 또 다른 프로젝트 들어가서 똑같이 개발하고 있겠지. 인생이 exit 없는 while 문이다.'

"우리 잊어요. 어떻게 되겠지?"

간만에 민성이 건배를 제의했고, 다 같이 될 대로 되라는 식으로 잔을 들어 가득 담긴 소맥을 비웠다. 그 순간 태섭은 두 대리의 말이 생각났다. 그 4D라고 말했던….

'원래 IT 개발이 순수 노가다 업무잖아. 3D 업종을 넘어선 4D 업종. 몰랐냐?'

힘들고 Difficult, 더럽고 Dirty, 위험한 Dangerous 일이며, 꿈도 앗아가는 Dreamless 업종이라고 했던 그 4D.

하루에 10시간 이상 자리에 앉아 끝도 없는 개발에 힘들고 Difficult, 현업과 정보지원팀 사람들의 끊임 없는 요구 사항과 질타에 더럽고 Dirty, 손가락 마디마디 관절의 고통과 손목, 뒷목의 고통을 유발하는 개발은 위험했으며 Dangerous, 이 프로젝트를 탈출한들 다른 프로젝트에 투입되어 똑같은 삶을 반복해야 하는 꿈 없는 현실 Dreamless, 태섭은 그때 두 대리의 말을 아주 조금은 이해할 수 있을 것 같았다.

남아 있는 삼겹살을 모두 굽고, 남아 있던 소주와 맥주를 모두 마신 세 사람은 이제 될 대로 되라는 식으로 '돈가네'를 나와 사무실로 향하고 있었다. 저녁 10시가 넘은 시간이었다. 올 때는 몰랐던, 길가에 꽃들이 흐드러지게 피어 있었고, 밤하늘에는 반달이 구름과 어우러져 묘한 분위기를 자아내고 있었다. 계획상 오늘까지 무슨 화면을 다 개발해야 하는데 택도 없겠다는 둥, 내일 현업 사용자에게 무슨 화면을 보여 주기로 했는데 망했다는 둥, 개발 들어갈 화면 레이아웃 작성해서 메일로 보내 주기로 했는데 아직 시작도 못 했다는 둥, 오늘은 손가락이 아파 더는 타이핑을 못 하겠다는 둥, 이대로 세상이 멈춰 버렸으면 좋겠다는 둥 서로의 상황이 더 최악임을 내기라도 하는 듯, 그렇게 술에 취해 길에서 한탄하며 사무실로 향하는 발걸음은 하염없기 그지없었다.

"야, 네가 드디어 음주 코딩을 하는구나."

집이 먼 호재와 잠은 무조건 집에서 자야 한다는 민성을 퇴근시킨 후 태섭은 불그스레한 얼굴로 자리에 앉아 끝없는 코딩의 세계에 빠져들고 있었다. 두 대리가 멀리 자리에서도 태섭의 붉은 얼굴이 보이는지 입가에 미소를 지으며 말했다.

"아까 이 PL이 너희 세 명 저녁 먹으러 갔다가 안 오니까 엄청 걱정하더라. 너희들 도망갈까 봐."

촉박한 일정과 과중한 업무 스트레스로 개발하다가 잠적하는 개발자들이 꽤 있었다. 그렇게 며칠씩 잠적해서 출근도 하지 않고, 연락도 받지 않다가 어느 날은 출근하여 멀쩡히 개발을 다시 이어 나가는 개발자가 있는가 하면, 프로젝트 거의 말기에 통합 테스트할 즈음 더 이상 못 하겠다고 통보하고 안 나오는 개발자들도 있었다. 그런 경우 남아 있는 개발자들이 나누어 일을 더 떠안든가, 아니면 한 명에게 몰아서 떠넘긴다든가, 새로운 인력을 투입시켜야 하는데, 짧은 기간 내 익숙하지 못한 업무를 개발해야 하므로 모두 쉽지 않은 방법들이었다. 그래서 프로젝트에서는 인력 관리가 매우 중요한 관리 항목 중 하나였고, PM과 PL 등 관리자들이 특별히 신경 쓰는 항목이었다.

"괜히 사고 치지 말고 퇴근해라."

두 대리가 슬리퍼를 끌면서 생수통을 들고 정수기로 향하며 태섭에게 말했다.

"옛날에 누가 술 먹고 코딩하다가 운영시스템에서 처방 코드 마스터를 홀라당 날려 먹었었지. 그때 뭐, 아주 볼만했다. 그 야간에 전화 빗발치고, PM하고 PL들 출근하고… 운영팀 인프라 담당자들 다 나와서 하루 전 백업본 데이터 내려서 아침이 오기 전에 복구하느라 아주 다이내믹한 새벽을 보냈었지."

두 대리가 이제는 지난 옛날 기억을 떠올리며 희미하게 미소를 짓는다.

"두 대리님, 개발은 잘되십니까?"

태섭이 키보드에서 손을 떼지 않고, 붉어진 얼굴로 두 대리를 물끄러미 바라보며 물어봤다.

"그냥 쉬엄쉬엄하는 거지. 언젠가 끝나지 않겠냐?"

두 대리는 낮에 주로 회의를 했다. 요구 사항은 1차, 2차 분석을 했더라도 결국 막상 개발을 시작하려고 하면 또 다른 의문 사항들이 발생하기 마련이었다. 모든 것이 확인 대상이었다. 하나하나 해결해 나가기 위해서는 case by case 쉴 새 없이 회의를 해야 했다. 그렇게 회의를 하고 나면 회의록을 쓰거나 메일을 써서 회의 내용을 공유하고, 근거 자료를 만들어야 했으니 낮에는 사실상 개발할 시간이 많지 않았다. 그러한 개발자의 삶 속에서 모두들 힘들어하고 일정에 쫓기고 있을 때에도 누구보다 요구 사항이 많았던 두 대리는 태연하고, 평온했으며, 가끔은 즐기기까지 하는 듯 보였다.

"개발하면 할수록 요구 사항이 늘어나요. 다른 화면으로 넘어가기가 쉽지가 않아요."

태섭이 푸념하듯 내뱉었다.

"가끔은 입을 다물어 봐. 그리고 행복은 거절의 기술이라는 말이 있잖아. 필요하면 거절해야 해. 모든 것을 다 해 줄 수는 없어."

평소 사용자뿐 아니라 다른 개발자의 부탁도 거부 없이 모두 들어주던 두 대리의 입에서 저런 말이 나올 줄 몰랐다는 듯 태섭이 실소를 짓는다.

"언제나 희생이 미덕은 아니라잖아, 귀는 열되 입은 닫는 게 유리해."

"그러신 분이 없는 요구 사항도 만들어서 해 주시는 건가요?"

태섭이 어이가 없어 두 대리에게 따지듯 물었다.

"이놈아, 나는 능력이 되잖아. 나에게는 무한대의 시간이 있어. 의지가 없는 거지, 시간이 부족한 건 아니거든."

그 무한대의 시간을 만들기 위해 두 대리는 그렇게 매일 퇴근을 포기하고 있었다. 두 대리는 회사에서 인정받는 S급 인재였고 해결사였지만, 여자 친구도 없었고, 정기적인 모임도 없었고, 가족들과 함께 생활하지도 않고 있었다. 도대체 누구를 위한 무한대의 시간인지 태섭은 이해하지 못했다.

두 대리가 사무실 전화기를 들더니 어디론가 전화를 걸고 있었다. 11시 30분. 그러고 보니 두 대리에게 여자 친구가 생긴 건지도 모르겠다고 태섭은 생각하고 있었다.

"그럼 그럼, 다 개발해 놨지. 너 오면 보여 주려고. 언제든지 와. 딱 마음에 들게 개발해 놨으니까. 뭐 더 필요한 것 없어?"

입을 다물라더니, 귀만 열라더니, 거절이 행복의 기술이고, 희생이 미덕은 아니라더니 저렇게 말하고 있는 두 대리를 바라보며 태섭은 고개를 절레절레 흔들었다.

"네가 이해해라. 우리가 뭘 알겠냐? 그래도 김 과장님이 보험 쪽은 오래 하셔서 많이 아시는 거야. 그분이니까 그 정도 하시는 거야. 니가 한번 초짜한테 걸려 봐야 진짜 속 터짐이 뭔지 알 텐데."

두 대리가 전화기를 어깨에 걸치고 키보드를 두드리며 이 선생과 야심한 밤의 대화를 즐기고 있었다. 이 선생은 오늘도 낮에 있었던 보험 시스템 개발자들과의 회의에서 속이 터졌는지 두 대리에게 하소연하는 모양이었다. 삭감률이 매우 낮은 강남사랑병원 보험심사 시스템은 난이도가 극악 레벨이었다. 김 과장이 보험 시스템만 수년을 개발해 오던 개발자였음에도 시스템의 복잡함에 혀를 내두르며 개발에 애를 먹고 있었다. 매의 눈을 가진

이 선생의 예리함에 개발하는 족족 허술한 부분이 포착되었고, 업무적 조언이라는 미명아래 잔소리와 쓴소리가 난무했다. 당연히 보험 개발자들의 사기는 저하되었고 이 선생과의 회의 시간이 다가오면 다들 의기소침해지는 현상에까지 이르렀다. 그런 이 선생을 두 대리는 이야기를 들어주며, 프로그램 개발 내역도 확인하고 있었으니 참으로 대단한 내공의 개발자임에 틀림없었다.

"음, 좋은 현상이야. 아주 잘 마무리되겠어."

40여 분간의 통화를 끝내고 두 대리가 혼잣말을 했다.

"에? 뭐라고요?"

태섭은 두 대리가 야식을 먹으러 가자고 말한 건가 싶어 되물었는데, 딱 야식 먹으러 갈 시간이었다.

만월(滿月)

꿈속에 살다 온
그가
차디찬 내 손을 잡고
끝도 모를 길로
함께 가자 한다.

만월滿月이었다. 달이 밝아 가로등이 없어도 길이 훤히 보이는 밤이었다. 바람도 이제는 시원하게 느껴질 정도로 추위는 사라져 있었다.

"나는 이런 분위기가 너무 좋아."

두 대리가 밝은 달을 바라보며 시원한 바람을 느끼고 잠시 멈춰 서 있었다.

"고요한 밤과 시원한 바람과 곁에 후배 놈 하나. 어찌 이보다 더 좋을 수 있겠는가!"

태섭과 야식을 먹고 개발실로 돌아가는 길에 두 대리는 그림 같은 야경에 넋을 놓고 바라보고 있었다.

"우리 잠깐 저 벤치에 앉아 있다 가자."

응급실 쪽에 앰뷸런스가 도착했는지 불빛이 번쩍거리고 있었다. 이 순간 또 누군가는 생과 사를 넘나드는 시간일 것이었지만, 두 대리와 태섭에게는 그들의 젊음을 불태우고 있는 순간이었다.

"두 대리님 애인 없으시지요?"

구름 사이를 느리게 지나가는 달을 보며 태섭이 두 대리에게 물었다.

"왜 없어. 개발이 내 애인이지. 내 마음대로, 내가 하는 대로 잘해 주는 내 절친이자 애인이지."

"에이, 그런 거 말고요. 진짜 애인."

"때가 되면 있겠지. 지금은 있어도 신경 쓸 겨를이 없으니까. 있어 봐야 서로 힘들 뿐이지."

두 대리는 귀를 기울여 나뭇잎 스치는 소리를 눈을 감고 들으며 마음의 평화를 얻고 있었다.

"그러는 너는? 너는 있어?"

태섭은 혜란을 떠올렸다. 지금쯤 거기는 점심때쯤이겠구나….

"저는 있어요, 애인. 아니, 여자친구."

"그래?"

놀란 눈으로 두 대리가 태섭을 보다가 거짓말하지 말라는 듯 눈을 가늘게 뜨고 되물었다.

"정말이야? 그럴 리가 없는데, 너의 생활 패턴을 보면."

"지금은 외국에 있어요. 유학 갔거든요."

"유학? 몇 년 남았는데?"

"이제 1년 조금 넘었으니, 2년 정도 남았을걸요."

"가끔 들어와?"

"아니요. 거기가 어딘데 들어와요. 열심히 공부해야지. 항공권도 엄청 비싸던데."

"너는 찾아가 봤고?"

"아니요, 가끔 통화만 해요."

두 대리가 다리를 꼬면서 피식 웃는다.

"됐다. 그냥 앞으로 애인 없다고 해라. 그게 무슨 애인이냐?"

시원한 바람이 두 사람의 외로운 마음을 아는 듯 부드럽게 쓰다듬고 지나갔다.

"서로 다시 만나자는 다짐의 맹세는 했고?"

태섭의 마음 한구석이 무너져 내리는 듯했다.

"맹세 같은 건 안 했는데, 우리는 대학 때부터 사귀었어요. 2년 정도 사귀다가 유학 갔으니까… 제가 그 친구 어머님도 만나 뵈었거든요. 그러니까, 우리는 그냥 맹세 같은 거 하지 않아도 당연히….'

말을 더듬고 있었다.

"그게 말이 된다고 생각하냐? 너 학사지? 그 친구는 석사돼서 돌아오겠네? 아니 박사까지 하고 올지도 모르지? 아니지, 박사하고 뭐 하러 돌아와. 그냥 거기서 자리 잡고 살면 되지. 이놈아, 개발자라는 놈이 논리적으로 나오는 결론에 왜 그렇게 비논리적으로 행동하냐?"

'그럴 리 없어요.'라고 말하고 싶었다.

매주 강남사랑병원 정보전략팀에 개발 현황 주간 보고가 이루어지고 있었고, 매월 프로젝트 추진단에 월간 보고가 진행되고 있었다. 병원의 시니어 교수가 프로젝트 추진단의 단장을 맡고 있었고, 여러 젊고, IT에 밝은 교수들이 정보화 전담 교수로 프로젝트에 참여하고 있었다.

"5월 월간 보고드리겠습니다."

최 PM이 추진단장과 교수 및 강남사랑병원의 주요 관계자들을 대상으로 월간 보고를 시작하고 있었다.

"오픈까지 대략 10개월 정도 남아 있는 시점입니다. 5월 초부터 본격적으로 각 파트별로 분석, 설계된 요구 사항을 개발하기 시작했고, 현재 진척률은 10% 정도 보이고 있습니다."

최 PM이 보고 자료를 가리키며 진척률을 보고하고 있었다. 현재 진척률뿐 아니라 총 요구 사항과 현재까지 반영된 요구 사항, 파트별 주요 이슈 사항들을 천천히 설명하고 있었다.

"프로젝트팀이 올해 2월까지 요구 사항을 취합하여 분석, 설계를 거쳐 5

월부터, 그러니까 이제 약 1개월 정도 개발을 진행해 왔습니다. 10개월 남은 시점에 10% 진척률은 어찌 보면 잘 진행되고 있는 것처럼 보여질 수 있겠지만, 사실 개발 초반에는 업무의 기초가 되는 비교적 평이한 화면을 개발하기 때문에 개발 시간이 많이 들지는 않습니다. 오히려 이제부터 시작될 핵심 프로그램들은 화면 하나하나에 정말 많은 시간이 들어가게 됩니다. 거기다가 오픈까지는 10개월 정도 남아 있지만, 오픈 전에 단위 테스트, 통합 테스트, 사용자 교육과 리허설 기간을 고려한다면 사실상 올해 말까지, 그러니까 약 7개월 내에 개발을 끝내야 하는 상황입니다. 프로젝트 일정상 지연이 발생하고 있다는 의미입니다."

최 PM이 그동안의 경험으로 현재 일정이 지연되고 있음을 추진단에 호소하고 있었다.

"그러면 제시간에 오픈하기가 힘들다는 말씀이십니까?"

추진 단장이 무거운 입을 열어 최 PM을 바라보며 물었다.

"그동안 우리가 여러 프로젝트를 진행해 왔습니다. 그래서 시간이 지날수록 개발자들의 개발 생산성이 높아져서 점점 빠르게 개발한다는 사실을 알고 있습니다. 그런데, 그것은 중요한 한 가지 조건이 지켜질 때입니다."

좌중에 침묵이 흘렀다. 최 PM은 서두르지 않고 천천히 추진 단장과 정보화 전담 교수들 그리고 강남사랑병원의 주요 관계자들을 둘러보았다.

"요구 사항이 변경되거나, 추가되지 않는다는 조건하에서는 현재의 일정이 그리 나쁜 상황은 아닙니다. 오픈 일정에 맞출 수 있습니다. 그러나 요구 사항이 추가되거나 변경되면 오픈 일정은 지켜지기 어려울 수 있습니다."

최 PM은 자리에 있는 듯 없는 듯 개발실에서 개발자와 현업 담당자들의 회의와 테스트 상황을 늘 주의 깊게 듣고 있었다. 그러고는 요구 사항이 추가되거나 변경되는 경우가 많음을 무거운 마음으로 헤아리고 있었다.

"상세 협의를 하다 보면 요구 사항은 늘 변경되고, 새로이 발생하게 되어 있는 거 아닙니까?"

병원의 정보전략 최 대리가 변경 및 추가 요구 사항은 프로젝트의 생리 아니냐는 듯이 최 PM에게 의견을 개진했다.

"네, 맞습니다. 그럴 수 있지요. 어느 프로젝트에서나 늘 있어 왔던 일입니다. 다만, 강남사랑병원은 그 정도가 다릅니다. 현재 투입되어 있는 우리 인력이 관리 인력 포함해서 65명 투입되어 있고, 6월에는 5명 추가해서 70명, 7월에는 75명 투입될 예정이고, 개발 피크 상황에서는 90명까지 투입될 예정입니다만, 그래도 예상보다 변경이나 추가가 너무 많습니다. 중요한 요구 사항들은 이미 요구 사항 취합 단계에서 대부분 도출되었을 겁니다. 지금 추가되는 요구 사항들은 대부분 개발된 화면을 보고 아이디어성으로 떠오른 편의 기능 개선 요구 사항들입니다. 이러한 요구 사항은 시스템 오픈 후 천천히 개발해도 늦지 않습니다."

최 PM이 더 이상의 추가 요구 사항은 받아줄 수 없다는 신념으로 혼신의 힘을 다해 추진단에 호소하고 있었다.

"집을 지을 때 건설사에서 발주사의 요구를 듣고 설계를 합니다. 지하 몇 층, 지상 몇 층, 방은 몇 개로 하고, 층마다 화장실은 몇 개로 하고, 바닥은 무슨 재질로 하고, 벽에 창은 어디로 내고… 이렇게 건축 설계를 하고 땅을 파서 기초를 다지고, 공구리를 치고 나면 더 이상 설계 변경은 어려워집니다. 발주사도 건물이 올라가는 게 눈으로 보이니까 그 상황에 지하로 한 층 더 파자는 말은 못 합니다. 그 시점에서 그 요구가 어떤 파장을 일으킬지 본인들도 눈으로 보이니까요. 프로그램 개발도 동일합니다. 다만 눈에 보이지 않는다는 점이 다르지요. 설계가 끝나서 개발하고 있는 시점은, 이미 지하는 다 팠고, 건물을 올리고 있다고 생각하시면 됩니다. 지금 시점에 땅을 더 파 달라고 요구하시면 저희로서는 납기를 맞추기 어려워집니다. 물론 그래도 우리는 최선을 다할 것입니다만…."

최 PM의 주름진 얼굴에는 그가 지금까지 의료 SI 업계에서 어떻게 살아 왔는지 보여 주는 듯 굵고 거친 주름들이 눈가에서 꿈틀거리고 있었다.

"PM 님의 의견, 잘 들었습니다. 점진적으로 조율을 해서 일정을 맞추어 나가도록 하는 게 좋겠습니다. 그쪽 회사나 우리 병원이나 프로젝트의 성공적 오픈이 중요하니까 잘 조율할 수 있도록 정보전략에서도 도움을 주세요."

추진 단장이 프로젝트를 실무적으로 주관하고 있는 병원의 정보전략을 바라보며 말했다.

"태섭아, 우리 재미있는 거 볼까?"

2002년 월드컵이 우리나라와 일본에서 동시 개최되었다. 아무리 프로젝트라지만 월드컵은 봐야 하지 않겠냐는 개발자들의 의견에 따라 얼마 전 TV가 개발실에 설치되었고, 병원의 유료 케이블이 연결되었다. 명목상은 병원 방송을 봐야 한다는 것이었기에 아침마다 아무도 보지 않는 병원 방송을 틀어 놓았다. TV가 설치될 때까지만 해도 다들 대한민국의 16강 진출을 기원하며, 생생한 생중계를 볼 수 있으리라 기대하고 있었다. 하지만 그런 희망은 TV 설치 하루 만에 좌절되었다.

본격적인 개발이 시작된 5월 이후 개발실은 밤낮없이 돌아가고 있었고, 현장 실무자들이 늘 개발실을 방문하고 있었다. 저녁 6시 넘어서까지 실무자들과 개발실에서 협의하는 개발자들을 서로 원망하면서 아무도 TV를 켜지 못했다. 개발실에서 월드컵을 볼 수 없었던 개발자들은 주변의 술집으로 삼삼오오 모여들어 응원의 목소리를 높였고, 이들을 찾아다니며 개발 일정을 채근하는 PL들의 마음은 스스로도 너무하다는 생각으로 무거울 수밖에 없었다. 이기면 기분 좋아 2차로 이어졌고, 지면 기분 나빠 2차로 이어졌다. 그러고는 다음날 후회하며 개발에 매진하는 개발자들이었다.

"이게 말이지, 병원 케이블이 연결되어 있어서 다양한 채널이 나온단 말이지. 병동에 설치된 케이블과 같은 거야."

함께 야식을 먹고 12시가 넘어서 돌아온 태섭은 밀려오는 식곤증을 불꽃 같은 코딩으로 이겨 내려고 하였으나, 두 대리가 TV 앞에 서서 채널을 돌리자 흥미로운 눈빛으로 바라보고 있었다. 애당초 두 대리와 태섭은 월드컵에 관심이 없었다. 두 대리는 리모컨으로 채널을 하나하나 처음부터 꼼꼼히 돌려 보고 있었다. 제일 앞에 채널에서는 병원 방송인 듯한 디자인의 화면이 준비 중이라고 떠 있었고, 채널을 돌리자 정규 방송들, 그 이후 채널은 케이블 사업자가 제공하는 다양한 방송 채널들이 있었다. 바둑, 축구, 야구, 드라마, 영화, 음악, 패션 채널 등 다양했는데, 두 대리는 모든 채널을 스캔해 가고 있었다. 두 대리의 자리는 TV 정면에서 5미터쯤 떨어진 자리였고, 태섭은 TV 옆쪽으로 5미터쯤 떨어진 자리였다. 그래서 태섭은 TV 화면을 직접 볼 수는 없었다. 두 대리 자리 뒤쪽 창의 유리에서 어른거리는 화면으로 TV를 대충 볼 수 있을 뿐이었다.

두 대리는 자리에서 리모컨으로 돌려도 될 텐데 굳이 TV 바로 앞까지 와서 돌리고 있었다. 배를 내밀고 왼손은 주머니에 찔러 넣은 채 표정과 자세는 고정하고 오른쪽 엄지만 까딱이며 주기적으로 리모컨을 클릭하고 있었고, 그 모습을 태섭은 책상에서 반쯤 몸을 돌려 반쯤 감긴 눈과 반쯤 열린 입으로 멍하니 바라보고 있었다. 뉴스 소리 잠깐, 음악 소리 잠깐, 누군가 요리를 설명하는 소리 잠깐, 많은 사람의 함성 소리 잠깐, 그러고는 정적이 흘렀다. 어디서 들어왔는지 모기 한 마리가 여유롭게 개발실을 휘휘 날아다니고 있었다. 잠시 뒤 들리는 두 대리의 주기적인 숨소리와 반쯤 돌려진 상태로 의자와 한 몸이 되어 있는 태섭의 고른 숨소리가 사무실을 채웠다.

2002년 한일 동시 개최 월드컵은 대한민국이 4강 진출 신화를 기록하며 화려하게 막을 내렸다. 그리고 개발자들의 평온한 삶도 함께 막을 내렸다.

"벌써 7월이야, 일정상 업무별로 30%~40%는 개발이 완료되어 있어야 해. 12월까지는 90% 개발이 완료되어 있어야 통합 테스트, 리허설을 거쳐 내년 2월 초에 오픈이 가능하잖아. 그런데 개발이 다들 지체되고 있어."

진료 지원 이 PL이 개발 진척 현황을 보며 우려하고 있었다. 물론 그러한 현상은 비단 진료 지원 파트만의 문제는 아니었고 다른 파트들도 일정이 지체되기는 매한가지였다. 태섭이 맡고 있는 환자 검사 개발 대상 화면은 400여 개로 늘어나 있었고, 지금까지 90여 개 화면을 개발한 상태였다. 정상적이라면 150여 개 화면의 개발이 끝나 있어야 하는 상황이었기에 태섭도 일정이 많이 지연되고 있었다.

"빨리빨리 치고 나가야지, 매일 요구 사항을 듣고 있으면 어떡하냐? 친분으로 일하지 말고, 일정으로 일해야지. 우리가 아마추어가 아니잖아, 이거 해 주세요 하면 이거 해 주고, 저거 해 주세요 하면 저거 해 주는 사람들이 아니란 말이야. 우리는 프로들이고 프로들은 계획과 일정에 따라 움직이는 거야. 마구잡이로 난개발하지 말고."

이 PL의 눈은 예리했다. 시간이 지나면서 현장의 실무자들과 친분이 쌓인 개발자들은 실무자들의 부탁을 외면하기 어려웠다. 프로젝트를 주관하는 강남사랑병원 정보전략팀에서 각 부서에 추가 요구 사항은 더 이상 불가하다는 입장을 공지했지만, 현장 분위기는 달랐고, 해야 할 일에 부탁한 일이 겹쳐 개발량은 지속적으로 증가했다. 당연히 진척률은 속도를 내지 못하고 있었다. 개발실의 열기는 점점 고조되고 있었다.

"안녕, 하십니까?"

대구 억양이 묻어 나는 이국적인 외모의 남자가 진료 지원 파트 이 PL의 자리로 찾아와 인사를 했다.

"두일아, 왔구나. 반갑다. 일은 잘 마무리하고 왔니?"

"후딱 끝내고 왔십니다."

박두일 사원이 대구 사나이의 기운을 물씬 풍기며 시원스레 대답했다. 이 PL 옆자리에 있던 호재가 두일을 보고 미소를 지었다.

"왔냐? 고생했다, 이제 고생하자."

두일이 호재를 보고 씩 웃는다.

"자, 주목. 박두일 사원이 우리 파트 개발 지원하러 왔어요."

눈썹이 짙어 이국적인 느낌을 주는 박두일 사원은 태섭과는 동기로 강북 K병원 프로젝트에 느지막이 투입되었다가 오픈 이후 대구 J병원 프로젝트에 투입됐었다. 그리고 J병원 시스템 오픈과 안정화 이후 많은 사람이 부천의 S병원으로 투입되었는데, 두일은 이 PL의 요청에 따라 강남사랑병원 프로젝트에 합류하게 되었다고 한다. 전공이 컴퓨터공학이어서 개발이 수준급이라고 했다.

"박두일 사원은 환자 검사와 공통 업무를 지원할 거니까, 호재 씨와 태섭 씨가 현재 상황 설명해 주고 함께 일할 수 있도록 하세요."

안 그래도 며칠 전 태섭 옆자리에 있던 병리 시스템 파트너 개발자가 자리를 옮기는가 싶었더니, 지원 나온 두일의 자리였던 것이었다.

"마, 반갑다. 잘해 보자."

두일은 태섭과 동기였으며, 나이도 같았다. IMF 시대에 취업이 쉽지 않아 어떤 방식으로든 1년을 쉬고 어렵게 입사한 회사의 동기였다.

"차 한잔하자."

태섭과 두일은 개발실을 나와 커피 자판기가 있는 별관 입구로 향했다.

"끝이 없다."

높낮이가 있는 왠지 정이 가는 사투리였다.

"K병원 할 때만 해도 진료 지원 선배들이 많아가 나름 할 만했는데, 여기는 선배들 다 도망가 삐고 없네. 개발은 정말 끝이 없구마. 니는 K병원에서 못 본 것 같은데 어디 있었나?"

"난 처음부터 이 병원으로 왔어. 건진 파일럿 프로젝트."

"아, 들웄다. 거기 동기 한 명 있다더니 그게 니였나? 앞으로 잘해 보자이."

두일의 얼굴은 그리 밝지 않았다. 그도 태섭과 같은 신입사원이었고, 인정받고 있는 개발자였지만 끝없는 개발에 묻혀 있다는 기분은 동일했을 것이었다. 두일은 환자 검사 시스템에 대한 이해도가 높았다. K병원에서 환자 검사 시스템 개발을 잠시 서포트했었다고 한다. 태섭의 설명을 듣던 두일은 본인이 검사 결과 입력 쪽을 개발하는 것이 좋겠다고 했다. 그렇게 환자 검사 시스템의 메인이 되는 예약 접수, 검사 실시, 결과 입력 부분 중 하나를 두일이 맡게 되었고, 태섭으로서는 다행이 아닐 수 없었다. 크게 한시름 놓는 듯싶었다. 이후 두일은 호재를 만나 공통 시스템 부분에 대한 설명을 듣고 일부 업무를 인수받았다.

무더위가 기승을 부리던 9월의 어느 날 밤이었다. 이 PL이 개발실을 잠시 비운 사이 네 명의 남자가 개발실을 나와 어둠 속에서 빠른 걸음으로 병원 뒷문을 통해 먹자골목으로 향하고 있었다. 개발실을 나오자마자 후덥지근한 바람이 온몸을 휘감았고, 얼마 지나지 않아 등에 땀이 맺히기 시작하는 듯하였으나, 아랑곳하지 않고 남자들은 신속하고 일사불란하게 도로 위 신호등을 기다리지 않고, 지하도를 통해 한순간도 멈춤 없이 목적지를 향해 전진했다. 그들이 도착한 곳은 우삼겹집이었다. 우삼겹집 앞에 도착한 네 사람은 혹시나 가게 안에 있을지 모를 선배들의 존재를 살핀 후 가게 안으로 들어섰다. 늦은 시간이라서 사람들은 그리 많지 않았다.

"여기 우삼겹 4인분, 소주 둘, 맥주 둘이요."

호재는 자리에 앉자마자 급하게 주문을 했다.

"이게 얼마 만이냐?"

그새 더 초췌해지고 살이 더 빠진 민성이 간만에 희미한 미소를 지으며 말했다. 두일이 투입된 것에 대한 축하 겸, 이제 고생이 시작될 두일의 위로 겸, 서로에 대한 위로의 자리였다. 호재가 진료 지원 사원 고참으로서 모두를 불러낸 것이었다.

"J병원은 잘 마무리하고 왔냐?"

"잘 마무리하고 왔습니다. 선배님은 잘되십니까?"

대구 사투리를 서울말로 바꾸기 프로젝트를 하고 있다는 두일의 말투에 아직은 고향이 묻어난다.

"나야, 뭐. 그냥 하는 거지."

호재의 대답에 힘이 없었다. 괜히 혼자 잔을 들어 소주를 조용히 원샷 한다.

"니는 약국 하겠네? 강 선배는 도망가뻤구마, 아니 도망가 버렸구나."

그래 봐야 높낮이에서 사투리가 묻어나고 있었다.

"야, 나 미친다. 강 선배 교통량 통제 프로젝트로 도망가서 내가 여기 약국 메인이야. 하다 보니 강 선배 도망간 거 이해가 가더라."

K병원에서 약국 시스템 메인 개발자였던 강 선배는 K병원 프로젝트를 끝으로 의료 개발은 더 이상 하지 않겠다고 선언했고, 인사팀 면담을 통해 공공 개발팀으로 전배했었다. 연차 있는 의료 전문 개발자들이 상당수 그렇게 의료를 버리고 떠나고 있었다.

"의료 프로젝트가 힘든 거죠? 그런 거죠?"

아무도 말이 없었다. 평소 술을 그다지 즐기지 않던 호재가 잔을 들자 다 같이 씁쓸한 잔을 든다.

"선배님, 애기는 많이 컸어요?"

호재는 기혼자였고, 어린 딸도 하나 있었다.

"응, 작년에는 요만했는데, 올해는 벌써 이만해졌더라고."

호재가 양팔을 좌우로 펼쳐 딸아이의 키를 가늠하며 말했다.

"1미터 넘겠는데요."

태섭이 벌써 그렇게 컸냐며 좌우로 펼친 팔을 눈대중으로 보고 말했다.

"그지. 이 정도면 1미터 넘겠네."

호재는 자신이 양팔을 보며 고개를 끄덕였다. 그 모습을 바라보던 민성이 고개를 갸웃거리며 말했다.

"그런데 선배님. 보통 애기들 키 물어보면 한 손으로 내 허벅지까지 오더라, 허리춤까지 오더라… 뭐 그렇게 표현하지 않나요? 양팔을 펼쳐서 표현하는 건 좀 이상하지 않아요?"

호재가 '아 맞네' 하는 표정으로 잠시 천장을 바라보더니 서글픈 표정으로 대답했다.

"그러고 보니 그렇네. 내가, 애 자는 모습만 봐서 그런가 보다."

에이, 씨. 네 사람은 잔을 들이켰다.

식욕도 떨어뜨릴 정도의 무더운 여름밤이었다. 11시가 되자 땀 흘리며 지하철역까지 걸어가야 할 것을 걱정하며 개발자들은 하나둘씩 퇴근하기 시작했다. 11시 반이 되자 고요함이 개발실을 감싸고 있었고, 에어컨 소리만 조용히 들려오고 있었다. 개발실에는 에어컨이 여덟 대나 있었지만 낮 시간에는 많은 개발자와 PC 열기로 그저 더위가 조금 가실 정도의 온도를 유지할 수 있을 뿐이었다. 혹여나 격한 회의라도 있으면 사람들의 열기가 올라 개발실 내에서도 팔을 걷어붙이고, 개인용 선풍기를 돌려 가며 있어야 할 정도의 무더위였다. 그 열기도 텅 빈 개발실이 되자 시원함으로 채워지고 있었다.

"엊그제 얘기했던 거 반영해 놨으니까 나중에 테스트해 봐. 뭐? 나를 뭘로 보고, 그 정도는 다 감안해 놨지. 자꾸 그러면 안내 메시지 끝에 너 연락처 넣는다. 아주 전화 받다가 죽고 싶냐?"

두 대리는 오늘도 이 선생과 한밤의 통화 중이었고, 태섭은 언제나 의도치 않게 전화를 엿들으며 개발에 매진하고 있었다.

"와! 그래? 좀 대단한데. 너에게도 그런 재주가 있었구나. 그래, 너 똑똑한 건 내가 인정한다. 성격 지랄 맞고, 키 작고, 얼굴 못생긴 거 빼면 에이스 맞지…."

태섭의 입가에 미소가 번진다. 두 대리의 말에는 거침이 없었다. 저렇게 말하고도 아무 문제 없는 관계, 그러고도 수일 내 또 서로 통화할 관계, 그렇지만 함께 밥 한번 먹지 않은 관계… 도대체 저들의 관계는 어떤 관계인지 태섭으로서는 이해하기 어려웠다.

"신고해라, 신고해. 나 잡혀가면 프로젝트 엉망되고, 의사들은 처방 못 내리는 거지. 야, 내가 그런 걸로 신고당했으면 벌써 잡혀갔겠지. 아무도 너 말 안 믿어 줄걸."

그럴 수 있었다. 공식적인 자리에서 두 대리는 격식을 갖춘 달변가였고, 진지함의 대명사였으며, 지적인 의료 전문 개발자였다. 전화 통화 중에도 언제나 멈추지 않는 손, 태섭은 궁금했다. 통화하면서 두 대리는 정말 제대로 된 코딩을 하고 있는 것일까? 전화에 집중하면서도 코딩이 가능한가? 태섭은 자리에서 일어나 두 대리의 자리로 천천히 향했다. 두 대리는 전화 통화에 심취했는지 태섭이 다가가는 것도 알아채지 못하고 있었다. 두 대리의 등 뒤에서 태섭은 두 대리가 전화와 코딩을 완벽히 해 내고 있는 모습을 보고 당황하지 않을 수 없었다.

"그래 알았어. 그래, 그래. 우리 언제 밥 한번 먹자. 그래 잘 자고, 내일 통화하자."

두 대리가 전화를 마치고는 콧노래를 흥얼거리며 코딩을 이어가다가 태섭을 발견하고는 미소를 짓는다.

"왔어? 애가 착하고 똑똑해, 게다가 부지런해. 그래서 아마 본인은 쌓이는 게 많았던 것 같아."

이 선생과 한밤의 통화가 이루어지고 얼마 후 원무 보험 개발자들은 업무 진행이 훨씬 수월해졌다고 했다. 그전과 달리 업무 협의와 프로그램을 테스트할 때 이 선생의 의견에서 가시가 사라졌고, 눈빛에서 날카로움보다는 안쓰러움이 더 많았으며, 필요할 때는 상세한 업무 설명까지 해 주고 있다고 했다. 아마도 두 대리가 원무 보험 개발자들의 어려움과 처절함을 전달하였기에 생긴 변화라고 모두들 미루어 짐작하고 있었다.

"두 분 이제 친구인 건가요? 애인인 건가요?"

태섭이 의뭉스럽게 두 대리를 떠 본다.

"얘가 나를 뭘로 보고, 나 얼굴 본다. 그냥 친구지. 아니, 프로젝트를 함께 하는 전우지."

두 대리가 하던 코딩을 멈추고 팔짱을 끼고는 몸을 뒤로 젖히며 흐뭇하게 미소를 짓는다.

그런 두 대리를 바라보며 태섭은 고개를 갸웃거리며 물었다.

"그런데 이진아 선생님이 못생긴 편인가요? 오히려 미인 쪽 아닌가요? 못생기지는 않았는데…."

흐뭇하게 웃던 두 대리의 입꼬리가 더욱 올라가며 눈마저 웃음 가득이다.

"아름다운 여인에게 아름답다고 말하는 수많은 남자들과 아름다운 여인에게 못생겼다고 말하는 한 명의 남자… 그 여인은 누구를 더 오래 기억할까!"

태섭은 어이없어 말을 잇지 못하며 실소를 흘린다.

"그것마저 전략이셨어요? 와, 제가 두 대리님의 깊은 뜻을 전혀 눈치채지 못하고 있었네요. 아무튼 두 분 통화하시는 거 보면 십 년 지기 친구이거나 연인 사이 같으세요."

"사실 세상의 모든 여자가 다 나의 연인이기는 하지."

두 대리가 이번에는 넓은 양팔을 좌우로 벌리면서 크게 웃는다.

"대단하십니다. 코딩하시랴, 전화하시랴, 세상의 모든 여자분들의 애인하시랴. 존경합니다, 선배님."

"걱정 마, 딱 보니 너도 연애는 못 하고 일만 하면서 입으로만 연애할 놈이다."

"아, 왜 그러세요, 악담을…."

두 대리는 태섭과 이야기하면서도 다시 손으로는 열심히 코딩을 하고 있었다.

"코딩은 잘되세요?"

"봐봐, 이게 처방 SET 화면인데, 의사들은 각자 노하우가 있어. 감기 증상일 때는 이런 약 처방, 고혈압 환자일 때는 저런 약 처방, 당뇨 환자일 때는 검사 처방과 약 처방. 이런 처방들을 환자가 올 때마다 매번 새로 입력하려면 번거롭잖아. 그래서 SET 처방을 만들어 두고 복사하거든. 어느 병원에나 있는 기능이야. 그런데 이 병원의 SET 처방 기능은 요구 사항이 좀 많아. 요구 사항에 깊이가 있다고나 할까. 이런 정도의 요구 사항은 그동안 써 보면서 성숙된 요구 사항들이지. 신규 병원들은 그냥 대충 SET 처방 기능 만들어 주세요, 하거든. 이렇게 규모가 있고 시스템을 잘 사용하는 의사들이 있으면 단순 기능에도 깊이가 달라져. 요구 사항 정의서의 깊이가 달라."

두 대리는 엑셀로 작성된 처방 SET 화면에 대한 요구 사항 정의서를 태섭에게 내밀었다. 요구 사항의 내용은 암호문이었다.

- 처방 SET는 트리Tree 구조로 구성되어야 한다.
- 트리의 단계는 제한이 없으며, 언제든 추가, 삭제가 가능해야 한다.

  예) 예방접종 SET 하위에 A형간염 SET, 일본뇌염백신 SET가 존재할 수 있으며, A형간염 SET 하위에 소아, 성인 SET가 각각 존재할 수 있다.

- SET의 제일 하위에는 실제 처방이 있는데, 전체 또는 일부 처방을 선택적으로 처방 화면에 복사할 수 있어야 한다.
- 제일 하위 SET 항목을 더블 클릭하면 SET 내 상세 처방이 조회되거나 옵션에 따라 조회 없이 전체를 바로 처방 화면에 복사할 수 있어야 한다.
- SET를 복사하면 하위의 SET도 함께 복사되어야 한다.
- SET를 삭제하면 하위의 SET도 함께 삭제되어야 하되, 하위 SET에 저장되어 있는 처방이 있다면, 정말로 삭제할 것인지 사용자에게 확인 메시지를 띄워야 한다.

- SET의 트리는 동시에 펼치거나 동시에 접을 수 있는 기능이 있어야 한다.
- 특정 처방을 검색하면, 해당 처방을 포함한 SET가 검색되어야 한다.

… 이하 생략 …

요구 사항 하나가 장편 소설이었다. 태섭은 혀를 내두르며 두 대리를 바라봤다.

"암호문 같은데요?"

"여기 사용자들 수준이 높아. 그래서 준비했지."

두 대리는 자신이 코딩한 프로그램을 컴파일하고 실행하더니 곧 처방 SET 화면을 띄웠다. 그러고는 트리 구조의 SET를 보여 주며 고개를 돌려 태섭을 보더니 잘 보라는 듯 씨익 웃었다.

"마우스로 더블 클릭하면 복사해 달라는 요구 사항이 있는데, 더블 클릭으로 복사하기 어렵잖아. 특히 연배가 높으신 교수님들은 더블 클릭 자체가 잘 안돼. 그래서 드레그 앤 드랍drag and drop 기능을 넣었어. SET를 마우스로 잡아끌어 처방 판에 옮기면 바로 처방이 복사되는 거지."

태섭은 허망했다. 자신은 기본 요구 사항 개발도 지지부진한 상태였는데, 두 대리는 요구 사항에 살을 붙여 개발하고 있었으니 태섭으로서는 당황스러웠다.

"아니, 어떻게 이런 부분까지 신경을 쓰세요? 두 대리님도 개발 건이 많으시잖아요? 시간 부족하지 않으세요?"

"시간? 만들면 되지. 내가 가진 건 돈과 시간과 뱃살밖에 없는데?"

도대체 두 선배의 깜냥은 어디까지란 말인가! 아무리 열심히 한들 내가 두 선배를 따라갈 수 있을까! 개발실은 어느새 시원함으로 가득 채워져 있었고, 두 대리의 표정은 장난스러움에서 진지함으로 바뀌어 가고 있었다.

"태섭아, 시간은 만드는 거야. 그리고 중요한 요구 사항에 집중하고 그다지 중요하지 않은 요구 사항은 버릴 필요가 있어."

이해할 수 없었다. 태섭은 아직까지 두 대리가 누군가의 요구 사항이나 부탁을 거절했다는 이야기를 들어 본 적이 없었다. 매번 말로만 대충해라, 요구 사항 거절하라고만 했지, 실제로 거절하는 모습은 본 적이 없었다. 태섭이 어이없다는 듯 말없이 두 대리를 바라보자 두 대리의 진지한 눈이 태섭을 바라봤다.

"코딩은 기술이고, 요구 사항 거절은 예술이야. 요구 사항을 기술로 해결할 것인지, 예술로 승화시킬 것인지는 너의 몫이야."

두 대리의 말이 천천히 태섭의 귀에 꽂히고 있었다.

"삶의 여유를 만들고 싶고, 행복해지고 싶다면…."

두 사람 사이에 정적이 흘렀고, 시원해진 개발실에는 에어컨의 낮은 소음만 들려오고 있었다.

"거절해야 해!"

이전에 두 대리로부터 들었던 이야기였지만 여전히 태섭은 이해하기 어려웠다. 어떻게 거절한단 말인가. 그리고 거절하라고 말하는 사람이 조금 전 그 SET 처방 화면의 요구하지도 않은 기능을 개발하고 있었던 것이 아닌가. 그런 선배가 태섭에게 거절을 권유하고 있었다.

"거절도 타이밍이야. 때가 되었을 때 거절해야 해. 상대를 배려하는 거절, 상대의 품위를 떨어뜨리지 않는 거절, 상대도 인정하는 거절, 상대와 합의에 의한 거절, 상대가 감동할 수 있는 거절. 그런 거절을 해야 해."

태섭은 무더위를 느끼지 못하고 있었다. 오히려 팔에 소름이 돋으며 전율을 느끼고 있었다.

"그런 거절을 하기 위해서는…."

두 대리의 말은 묵직했고, 울림이 있었으며, 왜 그가 그동안 해결사로 통하고 있었는지 깨닫게 해 주고 있었다.

"너에게 '삼실'이 필요해."

두 대리의 진지하고 깊은 눈이 태섭을 조용히 바라보고 있었다.

"진실, 성실, 절실… 거절에는 믿음과 신뢰가 필요하거든."

두 대리의 말이 태섭의 마음에 긴 여운을 남기고 있었다.

추석을 한 달쯤 남긴 어느 날이었다. 호재와 민성, 두일과 함께 태섭은 병원 구내식당에서 저녁을 먹고 개발실로 돌아가고 있었다.

"선배님, 검체 검사 개발은 잘돼요?"

두일이 원래 말이 많지 않았지만 요사이 부쩍 말수가 적어진 호재를 걱정하며 물었다.

"여기 검체 검사 시스템은 데이터가 너무 많아. SQL 쿼리를 짜면 속도가 느려. 그래서 생성한 인덱스가 벌써 10개가 넘어. 아직 개발할 게 많은데, 걱정이야."

환자 검사 시스템은 검사 처방이 그리 많지는 않았다. 하지만 검체 검사 시스템은 환자의 혈액이나 객담, 소변 등의 검체를 받아 다량의 SET 처방을 내리고, 내려진 처방은 SET가 풀리면서 환자 한 명당 수십 개의 검사 데이터가 발생하기 때문에 검사 건수가 환자 검사에 비할 바가 아니었다. 환자 검사의 검사 건수는 한 달에 수만 건에 불과하지만 검체 검사의 검사 건수는 한 달에 수십만 건에서 백만 건에 이르렀으니, 그 많은 데이터에서 필요한 데이터를 검색해 오려면 수준 높은 SQL 쿼리를 요했다.

"나도 힘들어."

옆에서 듣고 있던 민성이 본인도 힘들다며 칭얼댔다. 약 처방도 내원한 환자에게 여러 가지 약 처방이 내려지기 때문에 데이터량이 검체 검사보다는 덜했지만 다른 시스템들보다는 많았기에 민성도 시스템 성능에 신경을 쓰지 않을 수가 없었다. 게다가 검체 검사 시스템이야 환자에게 검체를 채취한 후, 다음번 진료 때까지 검사하면 되었지만 약 처방은 외래 환자, 응급 환자에게 바로 처방전을 발급해 주거나 약을 내어 주어야 했기 때문에 시스템 성능이 따라 주지 못하면 환자들의 불만을 야기했다. 자신의 시스템으로 인해 진료가 지연되거나 환자의 불편이 발생하는 상황은 개발자들에게 견디기 힘든 스트레스 중 하나였다.

서로의 어려움을 토로하며, 다른 시스템 문제로 오픈이 연기되기를 또는 병원의 예산이 부족하여 프로젝트를 드랍drop하기를 서로 기원하며 개발실로 향하고 있었다. 네 사람이 개발실에 거의 도착했을 즈음, 두 대리가 캐리어를 끌면서 개발실 문을 열고 나왔고, 서둘러 개발실 앞 주차장에 서 있는 은색 소나타 보조석에 몸을 실었다. 두 대리를 실은 은색 소나타는 미끄러지듯 주차장을 빠져나갔다.

"어? 두 대리님, 간만에 퇴근하시나?"

두 대리는 일주일에 한 번쯤 캐리어를 끌고 퇴근을 했다. 그리고 다음 날 세탁이 된 추리닝과 양말 몇 켤레, 수건 몇 개와 건빵이 든 캐리어를 끌고 출근하곤 했었다. 보통 오후 5시가 되면 보란 듯이 퇴근했었던 예전과는 달리 오늘은 늦은 시간에 서둘러 퇴근하는 모습이 예사롭지 않았다.

"경조사 생긴 게 아닐까?"

민성도 평소 같지 않은 두 대리의 모습에 걱정스러운 얼굴로 말했다. 그리고 다음 날 두 대리는 출근하지 않았다. 그리고 그다음 날도, 그다음 다음 날도 두 대리는 출근하지 않았다.

단순한 파티션으로 구분된 간이 회의실은 전혀 방음이 되지 않고 있었다. 어쩌면 일부러 회의 내용을 모두 들으라는 의도로 만들어졌을지도 모를 일이었다. 회의실 안에는 PM과 각 파트의 PL들이 무거운 분위기 속에 개발 일정 회의를 진행하고 있었다.

"곧 9월인데, 잘들 진행되고 있는 거냐?"

최 PM과 PL들은 수년 동안 동고동락을 함께한 전우 같은 관계였다. 전국의 병원을 돌아다니며 시스템을 개발했었는데, 과거에는 최 PM도 PL들도 모두 직접 개발을 했던 개발자들이었다.

"이게 제 마음 같지가 않아요. 그냥 제가 개발하고 싶은데…."

원무 보험 파트 곽 PL은 개발자 시절에 보험 시스템 전문가로 명성을 날렸던 개발자였다. 누구보다 개발 스킬도 좋았고, 업무도 깊이 있게 이해하고 있었기에 어느 병원 보험 담당자를 만나도 업무적으로 밀리지 않았던 개발자였다. 하지만 40대 후반으로 접어들면서 키보드 타이핑이 느려졌고, 남들보다 빨리 찾아온 노안으로 모니터의 글자가 잘 보이지 않았으며, 그동안의 고생으로 하루이틀만 밤을 새워도 다음날이 힘겨워지는 체력적 한계를 겪으면서 개발 업무에서 개발자를 관리하는 PL 역할로 업무를 전환하게 된 것이었다.

"진료 지원은…."

진료 지원 파트 이 PL이 인상을 잔뜩 쓰며 말을 이어 갔다.

"일정이 조금 지연되기는 했는데, 그래도 메인 화면들은 어느 정도 개발이 돼서 오픈 때까지는 될 거예요."

이 PL은 사실인지, 아니면 자신이 믿고 싶은 희망 사항을 말한 것인지 모를 말을 뱉어 내고는 회의실 탁자를 바라보며 최 PM의 눈을 피하고 있었다. 진료 간호 파트 정 PL과 경영 관리 파트 박PL도 최 PM의 눈을 피하며 현 상황이 쉽지 않음을 몸으로 표현하고 있었다.

"우리가 그동안 얼마나 고생해 왔냐. 그래도 우리, 한 번도 실패한 적 없었잖아. 이런 일 한두 번도 아니고, 언제 쉬웠던 프로젝트 있었냐? 쉬웠던 프로젝트 생각나는 사람 있으면 말해 봐."

PL들이 헛기침하며 말 대신 고개를 주억거렸다.

"너무 걱정하지 말고 언제나처럼 이겨 내자. 우리가 다 있는데 못 할 게 뭐가 있어?"

PL들이 면목 없다는 듯 한숨을 쉬었고, 최 PM이 그들을 다독거리며 말했다.

"그래서 이번 추석 연휴 때 출근은 어떻게 할래?"

자연의 아름다움이란 인간이 함부로 형용할 수 없는 아름다움이었고, 절기의 신비로움이란 인간이 대자연에 고개 숙일 수밖에 없도록 만드는 경이로움이었다. 그저 인간은 대자연을 빌려 사는 미생에 불과한 존재였음에도 각종 광물을 활용해 반도체를 만들었고, 이를 이용하여 컴퓨터를 만들었으며, 그것을 이용해 시스템을 만들어 개발자들을 힘겹게 하고 있었다. 흰 이슬이 맺힌다는 백로가 지나자 거짓말처럼 무더위는 가시고, 시원한 바람이 불어오기 시작했다. 계절은 천고마비의 화창한 가을로 접어들고 있었으나 개발자들의 마음속은 폭우를 동반한 천둥과 벼락으로 만신창이가 되어 가고 있었다.

"저기, 음… 다들 회의실로 모여 봐."

이 PL이 평소답지 않은 미적지근한 표정과 목소리로 파트원들을 회의실로 모았다.

"다들 잘돼 가고 있니? 요새 많이들 힘들지? 고생들이 많다."

다들 이거 왠지 큰일이 떨어질 것 같다는 표정으로 서로를 불안한 눈빛으로 바라보며 대답 없이 이 PL의 다음 말을 기다리고 있었다.

"개발이 참 쉽지가 않아, 그지? 요구 사항도 계속 바뀌고, 추가되고… 예전과 달라진 게 없어, 그지? 다들 고생들이 너무 많은 것 같아 내가 늘 안타깝고 미안해."

확실히 무언가 감당할 수 없는 일이 떨어지겠구나 하는 불안함을 갖게 만드는 이 PL의 말이었다.

"뭐 다른 건 아니고…."

갑자기 이 PL이 목소리를 낮추더니 파트원들을 둘러보며 조용히 이야기했다.

"혹시 다들 이번 추석 때 스케줄이 어떠니? 다들 고향에 가야 하지?"

'가야 하지?' 당연한 거 아닌가, 민족 대명절 추석인데… 그런데 '가지?'가 아니라 '가야 하지?' 우리나라 말은 어떻게 말하느냐에 따라 미묘한 차이를 만들어 내는 정말 훌륭한 언어임에 틀림없었다.

"혹시 안 가는 사람도 있니?"

이 PL의 목소리는 더욱더 낮아지고 있었다. 방음이 되지 않는 간이 회의실 밖에서도 들리지 않을 정도로 낮게 말하고 있었다.

"나는 이번 추석 때 프로젝트 일정도 지연되고 뭐, 그래서 추석 당일 오전만 쉬고 출근할 생각이야."

이제는 이 PL이 낮은 목소리와 함께 파트원들의 눈치를 살피고 있었다.

"그러니까, 혹시 추석 때 출근할 사람들 있으면 출근해도 된다고. 밥은 내가 사 줄게."

2002년 추석 연휴는 3일이었다. 그것도 금요일부터 일요일까지라서 사실상은 금요일과 토요일 오전만 공휴일이었다. 그때 당시는 임시 공휴일이나 대체 휴일 같은 것은 없었으므로 액면 그대로 금요일과 토요일 오전만 공휴일이었고, 토요일 오후와 일요일은 원래 휴일이었으니 아주 박한 추석 연휴였다. 그런데 이 PL은 추석 당일, 그러니까 토요일 오전만 차례 지내느라 쉬고 모두 출근하겠다는 이야기를 파트원들에게 에둘러 말하고 있었던 것이다. 고급 중식당에 와서 '개의치 말고 마음대로들 시켜, 나는 짜장면.'

이 PL도 파트원들에게 말하기 쉽지 않았으리라.

추석 연휴 첫날, 약속대로 이 PL이 점심때 강요는 아니었지만 부담에 못 이겨 모두 출근한 파트원들을 흐뭇한 표정으로 바라보며 짜장면과 탕수육을 시켜 주었고, 파트원들은 짜장면 한 젓가락에 한숨을, 탕수육 한 점에 설움을 섞어 나눠 먹었다. 그리고 오랜만에 태섭은 5시쯤 일찍 퇴근하여 고시원으로 돌아와 있었다.

직사각형 고시원 방, 기다란 왼쪽 벽을 따라 1인용 침대가 출입문부터 벽 끝까지 딱 들어맞게 있었고, 침대 끝에서 오른쪽 벽 사이에 딱 들어맞게 폭이 넓지 않은 책상이 있었다. 책상 위에는 잘 개어진 수건 몇 개와 양말이 올려져 있었고, 벽에는 몇 벌 안 되는 태섭의 옷들이 삼각형 옷걸이에 꿰어져 걸려 있었다. 하루걸러 하루 퇴근을 했던 태섭은 퇴근하는 날이 청소와 빨래를 하는 날이었다. 하지만 오늘은 약속이 있는 날이라서 청소와 빨래는 밤에 돌아와서 하겠다고 마음먹고 곧장 걸려 있던 새 와이셔츠를 옷걸이에서 내려 천천히 갈아입기 시작했다. 옆방 사람은 벌써 돌아와 침대에 누워 있는지 마른기침 소리와 함께 침대에서 돌아눕는 소리가 여과 없이 들려오고 있었다. 태섭의 사그락거리는 옷 갈아입는 소리도 옆방에서 들렸을 것이었다.

고시원을 나온 태섭은 방배역으로 향했다. 무지개 아파트, 아파트 단지에 들어서기 전, 태섭은 빵집에 들러 평소라면 사지 않았을 특이하고 비싼 빵을 골라 담고는 105동으로 향했다.

"왔는가?"

"네, 어머니. 그동안 안녕하셨어요?"

혜란의 어머니, 김정숙은 아파트에서 혼자 생활하고 있었다. 남편과는 이미 오래전에 사별한 상태였고, 연년생인 큰딸 혜란과 둘째 딸 영란을 동시에 미국으로 유학을 보낸 상태였다. 사업체를 운영하고 있던 그녀는 사실 사업가이기 이전에 현대문학에 등단한 시인이었으며, 한국시인협회 회원이었다. 어린 나이에 부모의 이혼으로 할머니의 손에 키워진 정숙은 늘 그녀의 어머니를 그리워했었다. 그녀의 어머니가 이혼 후 재혼한 집에는 이미 아들이 둘 있었는데, 재혼한 남자가 어린 정숙과 함께 사는 것을 탐탁지 않게 생각하여 그녀의 어머니는 정숙을 할머니에게 맡기고 떠났었다. 유채꽃이 필 무렵 한 번씩 딸을 보러 왔었기에, 10살도 되지 않았던 정숙은 유채꽃이 필 무렵이면 큰 길가에 있는 버스 정류장으로 나가 한나절씩 앉아 있곤 했었고, 버스가 올 때마다 기대에 찬 눈빛으로 버스를 바라봤지만 이내 사그라들기 일쑤였다.

그렇게 매년 유채꽃이 필 무렵 버스 정류장에서의 하염없는 어머니에 대한 기다림은 그리움이 되고, 그림이 되고, 글이 되었다가 시가 되었고, 그렇게 그녀를 시인으로 만들었을 것이었다. 누군가에 대한 그리움은 사랑하는 남편을 만나 두 딸을 낳으면서 새로운 희망으로 채워졌지만, 독일 출장 중 사고사를 당한 남편의 장례 이후 두 딸을 먹여 살려야 하는 삶의 냉혹함에 자신을 내던지며 안 해 본 것 없이 험한 세상을 헤쳐 나가기 시작했었다. 그리고 김 사장이 되었다.

"회사 생활은 잘하고 있는가?"

김 사장은 사회 초년생인 태섭을 보며, 자신의 과거 시절을 회상하는 듯 측은한 눈빛으로 바라봤다.

"네, 어머니."

명절 전에 인사를 드려야 할지 고민하던 태섭이 며칠 전에 어렵게 김 사장에게 전화를 했고, 김 사장은 흔쾌히 시간을 내주었다. 대학 시절 한 번, 졸업 후 혜란이 출국할 때 한 번, 그 이후 1년 반만의 만남이었다.

"가끔 혜란이와 통화는 하는가?"

"네, 그런데 최근에는 못 한 지 좀 되었습니다."

김 사장이 가져다준 오렌지 주스 잔을 바라보며 태섭은 혜란과 통화를 못 한 지 벌써 몇 개월이 넘었음을 기억해 내고 있었다.

"요즘 혜란이가 몸이 좀 좋지를 못해. 쉬고 있어."

계획대로라면 1년 어학연수를 마치고, 컴퓨터 사이언스학과에 입학하여 석사 과정을 두 학기째 듣고 있어야 할 시기였지만, 혜란과 영란 모두 어학 연수만 마치고 쉬고 있다고 했다. 크게 아픈 곳은 없는데 살이 자꾸 빠지고 온몸에 힘이 없어 학업에 집중하기가 어렵다고 했다. 사실 유학 떠나고 처음부터 몸이 좋지 않았었는데 좋아지겠지 하는 생각으로 어렵사리 어학연수 과정까지는 마쳤는데, 그 이후로도 나아지지 않아 좀 쉬어 보자고 했다는 것이다.

"내일 원주 가는가?"

"네, 오늘 밤이나 내일 아침에 가려고요. 갔다가 내일 저녁때 다시 와야 합니다. 모레 출근해야 하거든요."

"사회생활이 쉽지가 않지?"

"마음대로 되는 건 없는 것 같습니다."

회사 생활이든, 혜란의 유학이든 마음대로 되는 것은 없었다.

"그러면 혜란이는 내년에 석사과정을 시작하는 건가요?"

혜란의 귀국 시기가 미뤄질 것이라는 생각에 태섭의 표정이 밝지 못했다.

"글쎄, 상황을 좀 봐야 할 것 같네. 어디가 몸이 아픈 건지… 그때 자네와 함께 보낼 것을 그랬네."

모든 비용을 부담해 줄 테니 함께 유학을 가면 좋겠다고, 그때 김 사장은 태섭에게 제안했었지만 태섭은 일고의 망설임도 없이 정중히 사양했었다. 그러면 안 되는 거니까, 누군가에게 짐이 되면 안 되니까, 누군가에게 의지하면 안 되는 거니까.

"어머니, 궁금한 것이 있습니다."

그동안 궁금했었지만 한 번도 물어보지 못했던, 감히 물어볼 수 없었고, 물어봤다가 오히려 일을 그르칠까 두려웠던 마음속 근심을 태섭은 꺼내려 하고 있었다.

"응?"

"혜란이를 앞으로 어떻게 하실 생각이십니까?"

김 사장이 놀란 듯 눈을 크게 뜨고, 무슨 의미냐는 듯한 눈빛으로 묻는다.

"석사 마치고 귀국시키실 건가요? 아니면 박사까지 시키실 건가요? 그리고 그 이후에는 어떻게 생각하고 계신지 궁금합니다."

김 사장은 처음 받는 태섭의 진지한 질문에 당황한 듯 잠시 말을 잇지 못했다. 그리고 천천히 대답했다.

"애가 하고 싶은 대로 해야지. 석사까지만 하고 싶다면 그렇게 하고 돌아오는 거고, 박사까지 하고 싶다고 하면 박사까지 하는 거지. 그 이후는 귀국을 하든지 거기서 자리를 잡든지 혜란이가 선택할 몫 아니겠는가."

김 사장은 여유롭고 태연스럽게 대답했지만, 태섭에게는 우려했던 대답이었다.

"혜란이가 박사까지 하고 거기서 취업하면 어머님도 자주 만나기 어려우실 텐데요."

"애들 인생인데, 하고 싶다는 데까지는 하게 해 줘야지. 나야 뭐 보고 싶을 때 가서 보면 되는 거고. 언제까지 내가 끼고 살 수는 없지 않은가."

아마도 유학을 보낼 때부터 그렇게 생각하고 있었으리라. 차분하고 망설임 없는 대답이었고, 입장을 바꿔 놓고 생각해 보면 충분히 이해할 수 있는 답변이었다. 모두 다 이해할 수 있었기에 태섭은 쓰렸다.

"그럼 저는요?"

무지개 아파트, 무지개 아파트에는 무지개가 없었고, 태섭의 마음속에는 희망이 없었다.

서울 반포 고속버스터미널에서 버스를 타고 출발하면 강원도 원주는 보통 1시간 반이면 도착하는 거리였다. 사실 어제 저녁때 혜란의 어머니, 김 사장을 만나고 돌아와서 서둘러 청소와 빨래를 끝내고 밤 버스로 내려갈 생각을 하고 있었지만, 김 사장과의 만남 이후 머리가 복잡하여 그러지를 못했던 태섭은 추석 당일 새벽같이 고속버스 터미널로 향했고, 원주로 가는 버스에 몸을 실었다. 길은 막혔고, 속은 답답했다.

"아이고, 이제 오냐? 어제 좀 오지."

보통은 이른 아침에 명절 차례를 지냈었지만 이번에는 하나뿐인 아들 태섭이 늦는다고 하여 모두들 기다리고 있었다. 태섭이 도착하자 큰 상을 꺼내 차례상으로 만들고 오랜만에 목기를 꺼내어 행주로 닦고는 홍동백서, 어동육서, 두동미서, 좌포우혜, 조율이시를 중얼대며 그동안 해 오던 대로 차례상을 차리기 시작했다. 마지막으로 태섭의 어머니, 김 여사가 햅쌀로 지은 밥을 제기에 고봉으로 담은 밥그릇과 탕 그릇을 가져와 태섭에게 건넸고, 태섭이 차례상에 밥과 탕을 올리고는 술을 부어 밥그릇 옆에 놓고 젓가락을 산적 위에 올린 후 절을 했다.

"태섭이가 좋은 회사에 취업하게 해 줘서 고마워요. 이제는 삼 남매 모두 잘 결혼하게 좀 살펴 줘요."

김 여사는 9년쯤 전에 먼저 세상을 떠난 남편의 차례상을 물끄러미 바라보며 자식들을 살펴 달라고 한다. 태섭은 삼 남매 중 막내였다. 위로는 누나 둘이 있었는데, 원래는 형도 있었다고 한다. 첫째 아들이 돌이 갓 지났을 무렵 갑자기 경기驚氣를 일으키며 발작으로 명을 달리했는데, 아마도 맏아들이 지금까지 살아 있었다면 태섭은 태어나지도 못했을 것이었다. 그 당시 아들 선호 사상은 말할 것도 없었던 시절이었다. 차례상을 물리고 늦은 아침을 오랜만에 가족들이 함께했다.

"할 만하냐?"

태섭의 큰누나, 영숙이 궁금함과 걱정스러움이 묻어나는 말투로 물었다.

"아직은 잘 모르니까. 그냥 막 하는 거지, 뭐."

"밥은 꼭꼭 먹고 다녀라."

김 여사가 주름진 손으로 젓가락을 움직여 돼지갈비 큰 덩이를 태섭의 밥그릇에 놓아 주며 말했다.

"아이고, 이제 태섭이도 다 컸어요. 엄마는 아들만 최고지?"

중간이라 언제나 손해만 보던 태섭의 작은누나 영순이 김 여사를 밉지 않은 눈으로 핀잔을 준다.

"그래도 느들은 집에서 다니잖냐. 태섭이는 고시생도 아닌데 고시원에서 다니잖어. 밥이나 제대로 먹고 다니는지 늘 걱정이지."

태섭의 누나들은 원주에서 직장을 구하여 김 여사와 함께 살고 있었다.

"역시 우리 집 김치가 제일 맛있어. 굶지 않고 잘 먹고 있는데 그래도 엄마 솜씨만 못하지."

김 여사가 안쓰러움과 반가움이 섞인 미소를 지으며, 많이 먹고 가거라 했다. 태섭의 아버지는 말술이었다. 퇴근할 때 동료들과 한잔, 밥 먹을 때 반주로 한잔, 아침에 해장으로 한잔, 누구보다 술을 좋아했고 즐겨 마셨다. 하지만 김 여사는 술을 입에도 대지 않았다. 김 여사는 소주 한 잔에 얼굴이 빨개지는 체질이었기에 술을 전혀 즐기지 않았는데, 누나들과 태섭이 모두 김 여사를 닮았다. 아침상을 물리고 난 후 술도 즐기지 않고, 전 국민의 가족 게임이었던 고스톱도 즐기지 않던 태섭의 가족들은 함께 TV를 보며 대화를 나눴다.

"근데 큰누나는 언제 결혼해?"

태섭이 뻥튀기를 끼고 소파에 앉아 TV를 보며 물었다.

"사귀는 사람이 있어야 결혼을 하지. 벌써 서른이 넘었구먼. 아주 문제야 문제."

김 여사에게는 모든 것이 문제였다. 키가 안 커도 문제, 공부를 안 해도 문제, 취업이 안 돼도 문제, 결혼을 안 해도 문제… 지금이야 결혼은 선택이고, 대부분 서른 넘어서 결혼하는 것이 보통이지만, 당시에는 서른 전에 결혼하는 것이 일반적이었다. 김 여사가 한숨을 쉬며 영숙을 대신해서 말했지만 영숙은 무신경하게 태섭의 뻥튀기를 빼앗아 들고는 TV 시청에 집중했다.

"서울은 살 만하냐? 야무지게 일해서 얼른 집 사라. 서울은 집값… 비싸겠지?"

소파에서 베개를 끌어안고 TV를 보던 작은누나, 영순이 물었는데 영순은 혼자 자취를 하는 게 작은 꿈이었다고 했다. 하지만 김 여사의 극구 반대로 뜻을 이루지 못하고 있었기에 영순은 태섭이 못내 부러웠고 타지로 이직을 해야 하나 생각하고 있었다.

"글쎄, 내가 뭐 서울 집값을 잘 몰라서."

태섭의 가족들이 살고 있는 아파트는 5층짜리에 엘리베이터가 없는 27평 아파트였다. 태섭이 고등학교 3학년 때 옛날 기역 자 모양의 시골집에서 아파트로 처음 이사를 했었는데, 그때 태섭의 아버지가 다니던 군 생활을 청산하고 그동안 모아 놓은 돈과 퇴직금으로 받은 돈을 합쳐 생애 최초로 아파트를 구입한 것이었다. 당시에, 그러니까 1992년에 원주의 그 27평 아파트를 5천만 원에 매수한 것이었다. 그러고는 이듬해 태섭이 대학에 합격하여 입학했던 1993년도 10월에 태섭의 아버지는 뇌졸중으로 쓰러져 명을 달리했었다. 당시에 나름 태섭과 누나들은 서로를 위로하기 위해 아버지가 그래도 내 집 마련은 하고 돌아가시지 않았냐, 막내가 대학 가는 모습은 보고 돌아가시지 않았냐를 이야기하며 슬픔을 삭히고 있었지만, 김 여사는 이제야 내 집을 마련했는데 그렇게 가느냐, 애들 결혼도 하나 안 했는데 그렇게 허망하게 먼저 가느냐, 은퇴하고 함께 놀러 다니자더니 그렇게 야속하게 혼자 가 버렸냐고 울부짖으며 한동안 앓아누웠었다.

"자, 다들 일어나. 황골 가자."

성격이 원래부터 시원시원하고, 남자였다면 장군감이었던 영숙이 소파에 묻혀 있는 태섭을 발로 툭툭 차며 말했다.

강원도 원주 가을의 아름다움을 태섭은 그새 잊고 있었다. 길옆으로 논에는 아직 베지 않은 벼들이 황금 물결을 이루고 있었고, 가로수로 심어 놓은 은행나무들에서는 노랗게 물든 은행잎들이 바람에 따라 흩날리며 떨어지고 있었다. 차를 타고 가며 보는 풍경은 어디를 바라보든 시야에 들어오는 한 컷, 한 컷이 풍경화였다. 살고 있었을 때는 몰랐지만 얼굴에 부딪히는 바람도 시원했고, 폐 깊숙이 들이쉬는 공기도 깨끗한 듯 느껴졌다. 황골은 엿으로 만든 엿술로 유명하기도 했지만 예쁜 찻집들로도 유명했다. 치악산 줄기를 이어받은 산등성이 중간쯤에 찻집들이 많았는데, 하나같이 자연과 어우러져 아름다웠고 주차장도 널찍하니 마련되어 있어 알 만한 가족이나 연인들이 즐겨 찾는 곳이었다. 자주 찾던 찻집 주차장에 차를 세우고 커피와 음료를 주문하고는 찻집 뜰에 예쁘게 꾸며 놓은 야외 테이블에 자리를 잡고 앉았다.

"올해도 다 갔구나."

김 여사가 저 아래로 보이는 집들을 내려다보며 또 한 해가 가고 있음을 탄식했다. 박봉의 군인 남편 월급으로 먹성 좋은 삼 남매를 거두느라 청춘을 다 바친 김 여사였다. 한창 삼 남매가 성장기에 있었을 때는 쌀이 떨어질까를 걱정하기도 했었다. 그래서 김 여사는 옛날 집 앞마당에 고추를 심었고, 뒷마당에 병아리를 사다가 닭으로 무려 200여 마리나 키웠었다. 풀어 놓은 닭들이 뒷마당과 산속 곳곳에 알을 낳아 놓으면 그것을 찾으러 다니는 일이 삼 남매의 놀이이자 일과 중 하나였다.

야생에 풀어 놓은 닭들이 지렁이나 벌레를 잡아먹고 낳은 달걀을 먹고 자라서 그런지, 삼 남매는 큰 병치레 없이 잘도 자랐다. 어렸을 적 추석쯤에는 삼 남매가 영숙을 대장으로 빈 포대 자루를 들고 산으로 올라가 솔잎을 긁어모아 자루에 담아 집으로 돌아오곤 했는데, 바싹 마른 솔잎은 아궁이에 장작불을 지필 때 아주 요긴하게 쓰였기에 김 여사를 돕는다는 명분하에 산에서 뒹굴고, 나무를 타며 놀다가 솔잎을 한 자루씩 긁어모아 오고는 했었다. 그랬던 삼 남매가 어느덧 모두 성인이 되어 취업 전선에 뛰어들었고, 그 가난이라는 굴레에서 벗어나려 하고 있었다.

"엄마, 올해는 언제 김장할 거야?"

영순은 영숙이나 태섭이 번잡스럽고, 귀찮은 일들을 싫어하는 것과 달리 손이 많이 가는 꽃꽂이를 좋아했고, 요리 만드는 것들을 좋아했다. 매년 가족들이 모여 김장할 때에도 영순은 김 여사가 담그는 배추김치, 총각무, 깍두기, 갓김치 등의 레시피를 눈여겨봐 두고 있었다. 하지만 김 여사의 눈대중 레시피를 따라 하기는 쉽지가 않았다.

"올해도 11월 둘째 주쯤 해야지."

"아이고, 이제 우리 김장하지 말고 사다 먹읍시다."

영숙이 홍차의 티백을 살살 녹이며 이제 김장 같은 노동은 하지 말자고 말하고 있었다.

"안 돼, 사다 먹는 거 못 먹어."

김 여사의 김치는 확실히 남달랐다. 강원도의 재료가 신선해서 그랬는지 모를 일이지만, 누구나 한 번쯤 맛을 보면 몇 포기 팔라고 하거나, 이거 어디서 산 거냐고, 이거 어떻게 담근 거냐고 물어 오는 일이 많았다. 그리고 언제인가 혜란도 태섭의 집에서 김 여사의 김치를 맛보고는 자기네 집 김치와 맛이 똑같다며 놀랐었는데, 혜란의 어머니, 김 사장도 김치 담그는 손재주가 좋았다.

"아, 맞다. 혜란이 하고는 연락하고 지내니?"

김 여사가 김치 이야기를 하다가 혜란이 생각났는지 태섭을 바라보며 물었다.

"이번에 김장 담그면 그 댁 어머니께 한 통 갖다 드려."

"그래, 어머니 찾아뵙고 인사도 드리고."

누나들도 김 여사의 말에 혜란이 생각났는지 한마디씩 거들었다.

"연락은 하고 지내는 거지? 언제 돌아오는 거야?"

영숙이 홍차를 한 모금 마시며 시원한 바람결을 음미하고 있었다.

"나간 지 벌써 1년 반이네. 공부 마치면 돌아오겠지."

이렇게 좋은 날이면, 바람이 시원한 날이면, 아름다운 풍경이 있는 곳이면, 분위기가 좋은 곳이면, 태섭은 혜란을 떠올렸다.

"기다리다 보면 돌아오겠지."

태섭의 혼잣말이 치악산의 가을바람에 소리 없이 흩날렸다.

그날 이른 저녁을 먹은 태섭은 서울행 고속버스를 탔다. 추석 당일이라서 그나마 고속도로 정체가 그리 심하지는 않았던 터라 2시간 정도 걸려서 서울에 도착했고, 태섭은 곧바로 고시원으로 향했다.

오후 10시 30분, 태섭은 고시원 옥상에서 강원도 원주의 하늘에도 떠 있을 대보름 달을 바라보며 초조해하고 있었다. 미국 조지아주 애틀랜타와 서울의 시차는 14시간 정도였다. 그러니까 지금 애틀랜타는 대략 오전 8시 반 정도일 것이었다. 태섭은 혜란에게 전화를 해 볼까 고민하고 있었다. 몸이 좋지 않다는데 걱정스럽기도 했고, 너무 오랫동안 연락을 못 했기에 미안하기도 했지만, 사실은 목소리를 듣고 싶어서였다.

밤 11시가 되자 태섭은 핸드폰을 꺼내 들었다. 그 핸드폰 역시 혜란의 것이었다. 당시에는 로밍이란 것이 없었기에 애틀랜타에 가면 다시 하나 하든가 아니면 쓸 일 없겠다며 당시 핸드폰이 없었던 태섭에게 남겨 주고 간 그녀의 핸드폰이었다. 태섭은 머뭇거리다가 그녀의 핸드폰으로 애틀랜타의 그녀에게 전화를 걸었다. 그녀를 그리워하는 마음을 담은 통화음이 저 하늘 너머 미국으로 날아가고 있었다. 몇 번의 긴 통화음이 들리더니 이내 전화가 연결되었다.

"Hello."

연륜이 느껴지는 노신사의 목소리가 들려왔다. 순간 태섭은 당황했다. 그리고 혜란이 애틀랜타에서 김 사장과 친분이 있는 아저씨 집에서 지내고 있음을 기억해 냈다. 혜란이 바로 전화 받을 것이라는 단순한 생각이었다.

"Hello, this is TaeSeob, a friend of⋯."

태섭의 영어는 짧았다. 그리고 혜란의 영어식 이름이 무엇이었는지 떠오르지 않아 머뭇거리고 있었다.

"아, 태섭 씨? 미셸 친구로군요."

굵고 침착한 이국 멀리 저편의 노신사가 태섭의 이름을 기억하고 있었다.

"잠시만 기다려요. 내가 미셸을 바꿔 줄게요."

"감사합니다, 교수님."

태섭도 노신사가 조지아주 어느 대학의 교수라는 사실을 떠올렸다. 긴 침묵이 흘렀고, 이내 누군가 달려와 수화기를 드는 소리가 들렸다.

"오빠?"

듣고 싶던 목소리가 들렸건만 태섭은 말이 막혔다.

"혜란아."

고시원 옥상에서 바라보는 대보름달은 세상의 소음을 흡수하듯 조용히 도시를 비추고 있었고, 태섭은 그 분위기 속에 마주한 혜란의 목소리에 말을 잊지 못하고 있었다. 침묵이 흘렀지만 침묵은 침묵이 아니었다. 침묵은 그리움을 표현하고 있었다.

"잘 지내고⋯ 있어? 몸은 좀⋯ 괜찮아?"

태섭이 목이 메어 더듬거리며 뻔한 안부를 물었다.

"오빠."

그리움과 눈물을 삼킬 시간이 필요했고, 그렇게 침묵이 흘렀다.

"보고 싶어, 혜란아."

마른침을 삼키고 흐느낌이 넘어가지 않도록 스스로를 다독이며 말했지만 처절한 그리움은 선을 타고 이국 멀리 혜란의 수화기로 전해졌다.

"추석 때 어머님을 뵈었어. 어머님은 잘 계셔. 그래도 너희들을 볼 수 없어 외로우실 거야. 동생도 잘 있지?"

"응, 영란이도 잘 있어. 근데 오빠, 나 아직 대학원에 입학을 못 했어. 유학 오고 나서 계속 몸이 좋지를 못해."

안쓰러운 마음이었다. 그동안 함께 대학 생활을 하면서 해 준 것도 없었는데, 지금 이 순간 해 줄 수 있는 것도 역시 없었다.

"오빠가 없어서 그런가 봐."

혜란의 베시시 웃는 모습이 눈에 그려졌다. 지금이야 스마트폰으로 메신저를 주고받고, 사진을 공유하고, 영상통화를 할 수 있지만 그때는 그렇지 못했다. 휴대폰 보급이 시작되던 때였고, 삐삐가 공존하던 시대였다. 사랑하는 사람과 멀리 떨어지면 눈에서도, 귀에서도, 심지어 마음에서도 멀어지는 시대였다.

"혜란아, 대학원을 꼭…."

태섭의 그리움은 답답함으로 변해 가고 있었다. 혜란의 유학 끝 결론은 무엇인지, 그녀의 행복인지, 자아실현인지 아니면 김 사장의 욕심인지… 무엇을, 누구를 위한 유학인지, 태섭은 이해하기 어려웠다.

"엄마가 실망하실지도 몰라."

태섭의 마음에 조용한 분노가 꿈틀거린다.

"누구를 위해서…."

자조 섞인 태섭의 말은 작아지기만 했다.

"나도 모르겠어. 내가 여기서 왜 이러고 있는지…."

태섭이 올려다본 하늘의 대보름달은 아름답지만 멀게만 느껴졌다. 대보름달도 반짝이는 별일 뿐이었다. 아득히 멀어도 항상 내 안에 반짝이는 그녀, 기다림의 그윽한 시간을 보내며 기다려 보지만 내 안에 살며 안타까이 나를 밀어내는 그녀, 아름다운 별은 멀기만 했다.

"혜란아, 그만하고 돌아와."

아름다운 별은 멀기만 하다

아득히 멀어도
내 안에 반짝이는 너

짙은 밤하늘
그 어두움 속에서
기다림의 그윽한 시간을 보내며
스스로 빛을 내는
가까우면서도
저만치 멀리 있는 너
기쁨과 슬픔이 융화된
긴 시간들의 따뜻한 숨결이
내 안에 살며
안타까이 나를 밀어내는

아득히 멀어도
내 안에 반짝이는 너.

추석이 지나고 9월 말로 접어들고 있었다. 일정에 쫓기면서 개발실은 전체가 회의실이었고, 전체가 테스트 룸이었다. 현업 실무자들의 출입이 더욱 잦아졌고, 여기 저기서 서로의 의견을 관철시키기 위해 높은 음성의 대화들이 오가고 있었다. 태섭도 태섭의 자리에서 핵의학과 검사실 실무자들과 함께 그들이 요구했던 요구 사항들이 화면에 어떻게 적용되었는지 확인하고 있었다.

"핵의학과는 일정 예약도 있지만 장부로 관리하시는 비일정 예약도 많으시다면서요? 그래서 검사 예약 접수 화면 하단에 비일정 예약 버튼을 만들었어요."

시간대별로 예약 정원을 두고 정원만큼만 예약을 받는 경우를 '일정 예약'이라고 했다. 그리고 예약 정원 없이 예약하는 경우를 '비일정 예약'이라고 했는데, 일정 예약 검사의 경우는 검사 소요 시간도 길고, 특정 장비를 사용하는 경우에 해당하였고, 검사 시간도 짧고 특정 장비가 아닌 일반적인 재료 정도만 사용하는 경우는 언제 환자가 검사실을 방문해도 바로 검사가 가능하였기에 수기 장부에 비일정 예약으로 업무를 수행하고 있었다.

"그리고, 핵의학과에서 요청하셨었던 '타과 정보'는 화면 중단 탭Tab으로 두었어요. 이 탭을 열어 보시면 환자분께서 타과에서 검사받으셨던 이력을 확인해 보실 수 있어요."

태섭은 기능을 설명하면서 화면에서 바로 보여 주었고, 특별히 핵의학과 검사실에서 요청했던 요구 사항이 화면에 어떻게 반영되었는지 설명하면서 눈치를 살피고 있었다. 오늘도 추가 요구 사항을 꺼내면 이번에는 반드시 거절하겠다는, 아름다운 거절을 해 보겠다는 마음으로 조심스럽게 실무자들의 분위기를 살피고 있었다.

"그러네. 여기 있네."

"어느 진료과, 어떤 검사를 했는지 여기서 보이네."

"그래그래, 그러면 환자분이 자기 언제 무슨 검사 했다고 하면 바로 확인 가능하겠는데?"

실무자들이 작게 손뼉을 치며 신기하다는 듯, 태섭의 PC 화면에 보여지는 테스트 데이터에 머리를 들이밀고 바라보고 있었다.

"타과 검사실, 예약 일시, 접수 일시도 보인다. 좋다."

그들의 미소가 태섭의 피로를 날려 버리고 있었다. 핵의학과 검사실에서 온 수석 기사와 예약실과 의무전사실에서 온 여선생 두 명은 화면을 요목조목 바라보며, 예전보다 화면이 커졌다, 시원시원하다, 화면에 정보가 많아서 다른 화면 열지 않아도 되겠다 등 호의적인 반응이었다.

"근데요, 선생님. 예약 접수 화면하고 검사 실시 화면 밑에 있는 환자 특기, 검사 특기는 뭐예요?"

핵의학과 의무전사실 박 선생이 마치 보석 금은방의 유리 가림막 안의 보석 중 하나를 가리키며 자세히 좀 보여 달라는 듯이 화면의 한 부분을 가리키며 설명해 달라고 하고 있었다.

"아, 이건⋯."

미소를 지으며 태섭은 잠시 뜸을 들이고 있었다.

"선생님, 혹시 환자분들 중에 뭔가 코멘트를 남겨 둬야 하는 경우가 있지 않으신가요? 예를 들면, 이 환자는 어느 회사 임원 배우자분이니까 각별히 행동거지를 조심해야 한다거나, 뭐 그런…."

태섭이 목소리를 낮추며 예약실 정 선생을 바라보며 미끼를 던졌다.

"당연히 있지요. 특히 무조건 반말하시거나 뭐 하나라도 꼬투리 잡는 분이 계시면 지금도 우리끼리 쪽지로 'JS' 또는 'JR'이라고 써서 검사실에 넘겨요. 조심하라고… 아? 이게 그런 기능인가요?"

태섭이 눈가에 미소를 띠며 고개를 끄덕였다. JS는 '진상', JR은 '지랄'을 뜻하는 그들만의 은어였다.

"여기 환자 특기에 입력하면 그 내용이 검사실에서도 조회된다는 말이죠?"

"네, 맞습니다. 그리고 다음 내원 시에도 그 정보는 그대로 남아 있습니다. 환자분에게 따라다니는 코멘트인 거죠. 특별히 특정 검사까지 매핑해서 입력하시려면 검사 특기로 입력하시면 됩니다. 환자 특기는 환자분에게 따라다니는 코멘트, 검사 특기는 그 환자분의 그 검사에 따라다니는 코멘트로 이해하시면 되겠습니다."

"그러면 앞으로 PET 검사 시 부작용이나 주의 사항이 있는 환자의 경우, 검사 특기에 입력해 두면 평생 그 내용을 확인할 수 있는 거네요?"

수석 기사 석 선생이 이 기능을 이때 써먹어야겠군 하는 듯한 표정으로 팔짱을 끼며 말했다.

"네, 맞습니다. 그렇게 사용하시면 됩니다."

"음, 괜찮은데. 좋아요, 좋아."

한순간에 힘들고 지쳤었던 몸과 마음이 가벼워지는 것을 느낄 수 있었다. 오늘을 위해 태섭은 며칠을 핵의학과 요구 사항과 화면을 대조해 가며 빠진 것은 없는지, 어떻게 설명할 것인지, 추가 요구 사항에는 어떻게 대응할 것인지 등을 검토하고 고민해 왔었다. 많은 시간이 소요되었고, 힘든 시간이었지만 그 모든 고단함과 피로와 체력 고갈은 현장 실무자들의 감탄과

찬사, 미소 앞에 기쁨으로 승화되었고, 또다시 개발해 나갈 수 있는 힘을 얻을 수 있었다. 태섭의 검사 예약 접수, 검사 실시 화면은 아직 코딩이 끝난 것은 아니었다. 현재는 요구 사항이 이렇게 반영되었다는 정도의 협의 및 설명과 시연이었고, 실제 기능 검증 및 오류를 찾아내기 위한 테스트는 별도의 일정에 따라 진행될 예정이었다.

"우리 선생님, 그동안 고생이 아주 많으셨네요."

석 선생의 격려를 에너지원으로 태섭은 또다시 힘을 받고 있었다.

"그런데요…."

석 선생의 공치사가 끝날 때 즈음, 예약실의 정 선생이 의자를 당겨 앉으며 말했다.

"지난번에 그… 환자 향후 일정 조회 화면은 개발되었나요?"

환자 향후 일정 조회, 병원의 환자들은 하나의 진료과, 하나의 검사실에만 예약되어 있는 것이 아니었다. 여러 진료과에서 진료를 보고, 여러 검사를 예약하다 보니 환자들은 다른 검사실의 내 예약이 언제 있느냐는 질문을 종종 했다. 하지만 검사실 사람들은 본인들의 검사실 예약밖에 조회해 볼 수 없었으므로, 환자들에게 같은 병원인데 그런 것도 모르느냐는 핀잔을 듣곤 했었다.

"아, 그거. 이제 개발해야지요."

"선생님, 우리 핵의학과 통계 화면은요?"

의무전사실 박 선생도 자신이 요구했던 통계 화면을 보고 싶어 했다.

"아, 그거. 이제 개발해야지요."

"핵의학과 정도 관리 화면은 아직이지요?"

수석 기사 석 선생도 본인의 관심사인 핵의학과 장비 정도 관리 화면의 개발 여부를 물었다.

"아, 그거. 이제 개발해야지요."

아직도 갈 길은 아주 아주 멀고도 험했다.

롤러코스터를 타고 있는 자신의 기분을 가라앉히려 태섭은 깊은 심호흡을 했다. 시간은 11시로 접어들어 대부분의 개발자들이 퇴근하기 시작했으나, 태섭은 퇴근할 수 없었다. 환자 검사 시스템의 메인 화면들은 그래도 어느 정도 개발이 되었으나, 아까 낮에 핵의학과 실무자들이 물었던 화면들을 포함하여 수많은 화면이 아직 개발을 시작하지도 못한 상태였다. 어제는 고시원에서 다리를 뻗고 잤으니 오늘은 개발실에서 개발하다가 잠을 청할 생각이었다. 곧 10월이었는데, 실질적으로 개발할 수 있는 마지막 달이었다. 11월부터 단위 테스트, 통합 테스트에 들어가기 시작하면 테스트 시나리오를 써야 할 것이었고, 테스트하러 온 실무자들을 리딩하여 테스트를 진행해야 할 것이었고, 오류가 발생하면 오류를 잡아야 할 터였다. 실질적으로 개발에 몰입할 수 있는 시간이 얼마 남지 않은 것이었다. 태섭은 남아 있는, 아직 개발을 시작도 하지 못한 화면 리스트를 펼쳤다.

'환자 향후 일정 조회' 화면은 리스트의 하단부에 있었다. 아직 그 화면 개발에 들어가려면 멀었다는 뜻이었다. 급할수록 돌아가라고 했다. 마음을 가라앉히고, 영상의학과의 부작용 관리 화면 개발을 위해 델파이를 띄우고, 빈 화면을 생성했다. 이제 이 빈 화면에 조회 조건들을 컴포넌트로 올리고, 그 조건들을 활용하여 조회해 올 항목들을 확인한 후 데이터베이스에서 정보를 조회해 오도록 서비스를 코딩해야 할 것이었다. 그뿐이랴, 화면에서 제공해야 하는 부작용 내용 입력, 수정, 삭제 기능도 하나하나 차분히 코딩해야 했다.

양손 깍지를 껴서 앞으로 쭉 내밀어 보고, 머리 위로도 올려 봤다. 자 이제 시작해 볼까, 그때였다. 개발실 누군가의 책상에 있는 전화가 울리고 있었다. 11시 반이 넘었건만 이 시간에 누가 전화를 한 것인지 궁금했다. 하지만 당겨 받고 싶지 않던 태섭은 전화벨을 무시하고 빈 화면 상단에 라벨 Label 을 하나 올리고 오른쪽에 달력 컴포넌트를 두 개 올렸다. 라벨 캡션 caption 에는 '검사 일자'라고 타이핑했다. 이로써 조회 조건 중 하나인 검사 시작 일자와 종료 일자를 표현했다. 그 아래로….

다시 전화벨이 울렸다.

누구 자리의 전화인지 궁금하여 태섭은 자리에서 일어났다. 하지만 소리만으로 이 넓은 개발실에서 어느 자리의 전화인지 알 수는 없었다. 잘못 걸려 온 전화일까? 개발자들이 밤늦게까지 개발하고 있는지 확인하기 위한 전화일까? 호기심이 귀찮음을 누르고 있었다. 개발실 전화는 모두 하나의 그룹으로 묶여 있었기에 태섭은 자신의 전화로 당겨 받았다.

"안녕하세요, 개발실 윤태섭입니다."

전화기 너머 침묵이 흘렀고, 무언가 망설이는 듯하였다.

"여보세요."

흐느적거림 없는, 명확한 발음의 낭랑한 목소리, 언제인가 들어봤던 목소리였지만 기억이 나지 않아 태섭은 일단 사무적인 태도를 취했다.

"네, 개발실입니다. 제가 전화를 당겨 받았습니다. 어느 분께 전화주셨는지요?"

"태섭 씨네요."

태섭의 미간에 주름이 잡혔다. 상대는 나를 알고, 나는 상대 모를 때, 지피지기 知彼知己 면 백전백승인데, 비지피지기 非知彼知己 상태일 때, 상황이 불리했다.

"아, 네. 안녕하세요, 선생님."

일단 태섭은 모르는 것을 모른 척했다. 다음 말을 듣고 누구인지 알아내야 했다.

"제가 누군지 아세요, 태섭 씨?"

생각해 보니 공평하지 않다는 생각이 들었다. 태섭은 전화를 받음과 동시에 누구인지 밝혔으니, 설사 상대가 태섭을 모른다고 할지라도 '태섭 씨네요.'라고 말할 수 있었을 것이다. 태섭은 불리했지만 반면에 잃을 것이 없다고 생각했다. 태섭과 비슷한 나이 또래의 맑고 명확한 목소리에 태섭을 알고 있을 만한 현업 선생님.

"그럼요, 선생님. 당연히 잘 알지요."

이상하게 빠져드는 전화였다. 이러고 있을 시간이 없었음에도 태섭은 이러고 있었다.

"간만에 전화 주셨네요. 그동안 잘 지내셨어요?"

미끼를 던져야 했다. 그렇지 않으면 전화를 끊을 때까지 누구인지 알려 주지 않을 것 같은 목소리였다.

"그러게요, 오랜만에 전화했네요. 사실 처음이죠, 제가 이 번호로 전화한 게."

미끼에 걸려들지 않았을 뿐만 아니라 낚시대를 빼앗긴 듯한 느낌이었고, 대꾸할 말이 없었다.

"그런데, 두 대리는 어디 갔나요? 요즘 통 전화가 없길래 걱정돼서 해 봤어요."

이진아 선생.

"약 처방일 수 따져서 급여, 비급여 안내창 띄워 주기로 한 지가 한 달이 다 되어 가는데, 두 대리 이 사람이 연락이 없네요."

이 선생의 표현에 감정이 묻어나고 있었다.

"저도 요즘 통 뵙지를 못했네요. 휴대폰으로 전화를 한번 해 보시지요, 이진아 선생님."

생각해 보니 이 선생도 보험심사 시스템 협의를 위해 그동안 몇 번 개발실을 방문했었는데, 그때마다 비어 있는 두 대리의 자리를 힐끗 바라보고 가곤 했었다.

"그 정도는 아니에요."

그 정도로 급한 요구 사항은 아니라는 것인지, 그 정도로 두 대리의 부재가 궁금하지는 않다는 것인지 알 수 없었지만, 태섭은 이 선생의 말에서 호기심과 헛헛함을 동시에 느낄 수 있었다.

"그런데, 선생님. 제가 누군지 아셨네요."

"처음부터 알고 있었습니다, 선생님. 두 대리님 뵈면 전화 드리라고 전해 드리겠습니다."

"아니요, 안 그러셔도 돼요."

전화를 끊었을 때 태섭은 정말로 두 대리의 행방이 궁금했다.

병원의 규모가 커질수록 관리하는 지표와 데이터들이 많았다. 중소규모 병원이라면 수작업으로 관리하거나 아예 관리하지 않았을 것들을 강남사랑병원에서는 시스템으로 개발하여 관리하고 있거나 개발하고 싶어 했다. 검사 결과 판독률을 관리하여 판독이 늦어지지 않도록 무언의 압박을 가했고, 환자 부도 관리를 통해 왜 환자가 예약 후 내원하지 않았는지 원인을 파악하여 부도율을 낮추고자 노력하였으며, 검사실별 예약 환자 지표를 관리하여 검사 건수가 적정선을 유지할 수 있도록 함으로써 병원의 수익을 관리했다. 또한 검사 Fail 관리를 통해 어느 검사실에서 얼만큼의 검사를 실패하고 환불해 주었는지를 관리하였고, 검사 실시 통계, 판독 통계를 통해 어느 검사실이 검사를 많이 했고, 적게 했는지 한눈에 볼 수 있도록 그래프로 관리했다.

규모가 커질수록 조직을 관리하기 위한 지표들은 늘어났고, 이러한 지표들은 그들에게 족쇄가 되어 그들의 삶이 녹록지 않게 채찍을 가했다. 그 채찍의 도구로 선택된 전산 프로그램들이 지금 태섭의 손에 의해 탄생되고 있었다. 또한 태섭도 프로젝트 진척 관리 시스템에 의해 일정을 채근당하고 있었으니, 도대체 이 시대의 진정한 위너 Winner 는 시스템이란 말인가!

"에잇, 저 갈래요."

"어디 가아, 같이 가아."

이 PL이 10시가 되자 개발실을 나갔고, 민성이 기다렸다는 듯이 가방을 챙겼다. 두일이 민성의 손목을 잡으며 기다리라고 하면서 호재와 태섭을 번갈아 바라보며 말했다.

"신 선배님, 안 가요? 니는 또 날 샐라고?"

물끄러미 모니터를 보고 있던 호재가 가방을 챙기더니 일어섰다.

"가자 가자, 어서 가자. 지금 가도 12시다. 애 자는 모습이라도 봐야지."

"가세요, 저는 대충하다가 여기서 잘래요."

개발실 어딘가에 우렁각시를 숨겨 놓은 거 아니냐고 중얼거리면서 세 사람은 함께 지하철역으로 향했고, 태섭은 콧노래를 흥얼거리며 칫솔에 치약을 묻히고는 화장실로 향했다. 어느덧 태섭의 책상에는 각종 생필품들이 갖추어져 있었다. 칫솔과 치약은 기본이고 오렌지 향이 나는 비누와 린스 겸용 샴푸, 무슨 향인지 알 수 없는 스킨과 로션, 수십 번 사용한 일회용 면도기, 지난주에 가져다 놓은 수건과 준비만 해 놓았을 뿐 귀찮아서 갈아 신지 않은 여분의 양말이 책상 서랍 여기저기에 쟁여져 있었다. 어차피 고시원이나 사무실이나 외롭기는 매한가지였다. 양치를 하고 돌아온 태섭은 더이상 사무실에 올 사람이 없을 시간이라 생각하고 옛날에 누군가 그랬듯이 캐비닛 위의 TV를 켜고 리모컨으로 채널을 돌렸다. 그러다가 음악 채널에 고정하고는 흘러나오는 노랫가락에 맞춰 흥얼거리며 자리로 돌아와 코딩을 시작하고 있었다.

화면 디자인을 끝내고 조회 버튼을 클릭했을 때 가져와야 하는 데이터를 확인한 후 데이터베이스에서 원하는 데이터를 가져오도록 SQL 쿼리를 작성하고 있었다.

그때였다.

갑자기 개발실 문이 열렸다. 태섭은 뒤를 돌아 이 시간에 누가 왔나 싶어 얼른 리모컨으로 TV를 껐다.

"내가 뭐랬어. 버릇된다고 했지?"

캐리어를 끌고 두 대리가 개발실로 들어서고 있었다.

"어? 두 대리님."

태섭의 눈이 놀람과 반가움으로 커졌다.

"두 대리님, 도대체 어디를 갔다 오신 거예요?"

한 달 반 만이었다. 두 대리는 추석 연휴 한 달 전에 급하게 짐을 챙겨 개발실 앞 주차장에 세워져 있던 승용차에 몸을 실었고, 승용차는 두 대리가 타자마자 미끄러지듯 주차장을 빠져나갔었다. 그러고는 아무 연락도 없다가 한 달 반 만에 개발실에 나타났던 것이었다. 희한한 것은 아무도 두 대리의 행방에 대해 말하지 않는다는 것이었다. 진료 간호 파트의 핵심 인력이 사라졌는데, 아무도 묻지도 따지지도 않았고, 심지어 현업들에게 아무런 말도 하지 않았었다.

"태섭아, 잘 지냈어? 일단 야식부터 먹으러 가자."

병원 식당에서 야식을 먹으려면 야식권이 필요했다. 개발자들에게 조·중·석식 식권은 판매하였지만 야식권은 팔지 않았었는데, 두 대리는 어디서 구했는지, 야식권을 많이 가지고 있었다. 두 대리가 없는 동안 태섭은 야식권이 없어 야식을 먹지 못했었고, 컵라면이나 빵으로 허기진 배를 채우곤 했었다.

"우리가 부천 S병원도 프로젝트하고 있는 거 알지?"

강북 K병원 프로젝트가 종료되고 나서 강남사랑병원과 부천 S병원이 짧은 시차를 두고 시작되었고, K병원 프로젝트 인력이 대다수 강남사랑병원으로 투입되었다. 일부는 대구 J병원 마무리 지원을 위해 투입되었다가 종료 후 강남사랑병원으로 모일 예정이었으나, 부천 S병원의 추가 수주로 J병원 인력들은 부천의 S병원으로 투입되었다고 했다.

"거기 병원 규모가 작아서 시작은 더 늦게 했지만 오픈 일정은 더 빨라. 거기 지원 갔다 왔어. 이쪽 프로젝트 하면서 저쪽 프로젝트 지원 가는 걸 병원에 말하기 어려우니까 모두 함구하는 것으로 했었고… 비용이야 빠진 만큼 빼 주면 되지만…."

부천 S병원 진료 간호 파트 PL은 K병원 프로젝트 진료 간호 파트에서 개발을 했었던 경험 많은 개발자가 PL 역할을 맡았다고 한다. 그리고 처방 개발자는 K병원 프로젝트에서 의무기록 시스템을 개발했던 고참 개발자를 지정했다고 했다. 그는 의무기록 시스템에 대해서는 해박했지만 처방 시스템은 처음이었고, 개발 기간이 길지 않아 고전을 면치 못하고 있었다. K병원 처방 시스템을 기반으로 부천 S병원에 맞게 커스터마이징을 진행했는데, 의사들의 요구 사항에 대응이 잘 되지 못했다고 한다. 결국 새로 PL을 맡은 홍 PL은 프로젝트 PM인 한대경 PM에게 SOS를 쳤고, 한 PM이 강남사랑병원의 최 PM에게 지원을 요청했었다고 했다.

"하지만 두 대리님은 K병원에서 간호 시스템 담당자라고 하지 않으셨었나요?"

"그랬지, 그때는 간호 시스템 담당이었지. 한 PM 님하고는 그 이전 프로젝트에서 만났었어. 그때는 내가 처방 시스템 담당자였고."

두 대리가 야식으로 나온 만두 다섯 개를 일렬로 정렬시킨 뒤 한 번의 젓가락질로 다섯 개의 만두를 꿰어 입속으로 넣고 있었는데, 두 대리의 식판에는 국 놓는 자리에 국은 없었고, 만두가 한 무더기 쌓여 있었다.

"막상 가서 보니 의사들의 요구 사항이… 당황스러웠어."

두 대리가 부천의 S병원으로 간 첫날 대책회의가 있었다고 했다. 현재 문제가 무엇인지, 앞으로 어떻게 해결해 나갈 것인지에 대한 논의였다고 했다. 한 PM이 최 PM에게 두 대리의 지원을 요청했을 때 최 PM은 딱 한 달이라고 했다. 한 달 안에 어떻게든 의료진의 불만을 가라앉히고 신뢰를 회복해야 하는 것이었다.

"의사들의 요구 사항은 쉽고, 편하고, 빠르게 잘 만들어 달라는 거였어."

두 대리가 어느새 자기 식판의 만두를 다 먹고는 앞자리에 앉아 있는 태섭의 식판을 보면서 만두 먹어도 되냐고 눈짓으로 물으며 말하고 있었다.

"요구 사항이란 명확해야 하는 건데… 쉽고, 편하고, 빠르게 잘… 이게 무슨 요구 사항이냐고."

태섭이 좋다고 말하지도 않았는데, 만두가 두 대리 식판으로 넘어가고 있었다.

"전 진료과를 돌아다니면서 시스템 설명을 했어. 처방은 이렇게 입력하고, 상병은 저렇게 입력하고, 입원결정서는 이렇게 입력하고, 퇴원 예정 등록은 저렇게 입력하고… 그랬더니 질문들이 나오더라고."

결국 소통과 경험, 업종 전문성에 대한 문제였다고 했다. 의료진들은 IV 처방은 어떻게 내리느냐, 협진은 어떻게 보내느냐, 수술 예정 등록은 어디서 입력하며, 환자의 투약 이력은 어디서 볼 수 있느냐, 검사 결과 시계열 조회는 어떻게 할 수 있으며, 제증명은 어디서 작성하느냐 등의 질문들을 쏟아 냈고 거의 모든 질문에 대한 답이 이미 시스템에 녹아 있었다고 했다.

"그냥 귀를 잘 기울이고 그들의 질문을 잘 들었으면 좋았을 것을, 용어가 너무 생소하고 시스템의 기능을 잘 몰라서 일어난 해프닝이었어. 소통이 그만큼 중요하다, 태섭아."

"그런 문제였다면, 왜 이렇게 늦으셨어요? 금방 돌아오셨어야죠."

"진료과가 한두 개냐? 설명하는 데에만 시간이 좀 걸렸지. 그리고 설마 그런 설명만으로 문제가 해결됐겠냐? 시스템 사용법을 알고 나니까 그제야 진짜 요구 사항들이 쏟아져 나왔지."

보름 동안 전 진료과 설명을 아침, 저녁으로 찾아가서 했고, 이후 나오는 요구 사항들에 대하여 처방 개발자와 논의하여 나누어 개발하자고 했다고 한다.

"사실 나는 개발을 하나도 안 했어."

두 대리가 씨익 웃으며 깨끗하게 비워진 식판을 만족스러운 듯 바라보며 말했다.

"내가 개발하기로 한 요구 사항들은… 아름답게 모두 거절했어. 이제 가자."

뒷이야기가 궁금했지만 태섭은 두 대를 따라 식판을 들고 퇴식구로 향했다.

"아, 맞다. 두 대리님."

두 대리가 퇴식구에 식기를 반납하며 태섭을 돌아봤다.

"안 계실 때 자리로 이진아 선생님 전화 왔었어요."

기온이 뚝 떨어졌다. 얼마 전까지만 해도 개발실의 열기에 에어컨을 가동하고 있었는데, 11월이 되자 창문만 열면 개발실의 뜨거운 열기를 식힐 수 있을 정도였다. 11월이 되면서 낮에는 단위 테스트, 밤에는 남아 있는 프로그램 개발과 낮에 발견한 오류들을 해결해야 하는 이중고에 시달리고 있었다. 이제 거의 모든 개발자가 9시 넘어 퇴근해야 하는 상황이었다.

단위 테스트는 전체가 모여서 하는 통합 테스트와는 달리 단위 기능별로 소규모 인원들이 모여서 기능을 테스트하는 단계였다. 얼마 전까지는 현업 실무자들을 불러 개발자가 화면을 보여 주며 설명과 기능 조작을 하면서 요구 사항 적용 현황을 시연했다면, 이제부터는 실무자들이 직접 화면을 사용해 보면서 기능이 잘 되는지, 오류는 없는지 테스트하는 단계였다. 태섭도 단위 업무별 실무자들 중 대표 실무자 한두 명을 구성하여 단위 테스트를 진행하려고 준비하고 있었다.

단위 테스트는 무작위로 테스트하는 것이 아니라 미리 작성된 시나리오에 근거하여 테스트를 진행하면서 오류가 발견되면 테스트지에 오류 내역을 기록해야 했기 때문에, 태섭을 비롯한 모든 개발자는 단위 테스트 시나리오를 작성하느라 여념이 없었다. 테스트 시나리오는 작성할 항목이 많아 그 또한 많은 시간이 소요되는 작업이었다. 누군가 대신 작성해 주면 좋겠지만 화면에 대한 이해도가 없이는 작성하기 어려운 문서였기에 담당자들이 작성할 수밖에 없는 일이었다.

"선생님들, 오늘 여기 오신 분들은 예약 접수 업무를 하시는 분들의 대표이십니다. 영상의학과 김예진 선생님 오셨고, 핵의학과 박미영 선생님, 내시경실 이미진 선생님…."

태섭이 예약 접수 화면 단위 테스트를 위해 모인 각 검사실의 대표 실무자들의 출석 여부를 확인하고, 테스트 시나리오 용지를 나누어 주며 이야기했다.

"테스트 시나리오에 나온 대로 테스트하시고, 오류가 발견되면 꼭 적어 주세요. 그래야 저희가 수정할 수 있으니까요. 그 외에 다른 것들도 테스트 하셔도 되는데, 그러다가 오류가 발견되면 용지 어딘가에 화면 ID와 테스트 케이스 설명을 써 주셔야 합니다."

태섭의 설명과 함께 대표 실무자들이 테스트를 시작했고, 지원 나온 두 일이 돌아다니며 실무자들의 질문에 대응하고 있었다. 50여 명 정도가 들어갈 수 있는 테스트 룸에는 최신 사양의 데스크톱 PC가 준비되어 있었고, 일부 PC에는 일반 프린터와 바코드 프린터, 바코드 리더기가 연결되어 있었다. 단위 테스트를 위해 누구나 쓸 수 있는 공간이었고, 나중에 통합 테스트 장소로도 쓰일 곳이었다. 각 검사실별로 뽑혀서 참석한 실무자들은 역시 눈썰미도 좋았고, PC를 다루는 손놀림도 날랬다. 물론 태섭이 그동안 요구 사항 적용 여부를 설명했던 현업들이 대부분이었기에 별도의 화면 사용법을 설명하지 않아도 테스트를 신속하게 진행하고 있었다.

환자 검사 시스템 단위 테스트를 진행하고 있는 테스트 룸 왼쪽에 한 무리의 검체 검사 시스템 실무자들이 호재와 함께 단위 테스트를 진행하고 있었고, 앞쪽으로는 약제부 실무자들이 민성과 함께 단위 테스트를 진행하고 있었다. 환자 검사 시스템과 검체 검사 시스템의 실무자들은 화면의 기능이 잘 되거나 오류가 발생하거나 하는 순간순간 큰 소리로 왁자지껄하였고, 약제부 실무자들은 소리가 다른 곳으로 흘러가지 않도록 머리를 맞대고 소곤소곤 의견을 나누고 있었다.

전체적인 분위기는 나쁘지 않았다. 그들의 요구 사항들은 새로운 화면에 어떠한 형태로든 녹여져 있었고, 해상도 1024*768 크기에 맞추어 큰 화면으로 업그레이드되어 있었다. 물론 지금은 1024*768 화면이 큰 화면으로 생각되지 않겠지만, 그땐 그랬다. 당시 프로젝트 콘셉트는 '개인화'와 '통합화'였다. 지금이야 '자동화', '최적화', '인공지능화'가 주류를 이루고 있지만, 당시만 해도 공통 화면에서 공통 기능들을 사용하는 것이 일반적이었으므로 정보를 한 화면에 통합하여 모으고 개인별로 기능 옵션을 제공하는 것이 새로운 기조였다. 자주 쓰는 화면은 스피드 버튼으로 만들어 쉽게 접근할 수 있게 개발되었고, 화면의 정보 중 개인별로 보고 싶은 항목들만 선택하여 설정할 수 있는 기능을 제공하였으며, 화면 내 정보 구역들의 사이즈를 조절할 수 있는 기능들이 개발되었다. 태섭이 족히 한 달은 걸려 개발한 검사 예약 접수 화면을 테스트한 검사실 대표 실무자들은 입꼬리가 올라가고 있었다. 이 정도면 검사실에 돌아가 자신들이 주도한 예약 접수 화면 개발이 잘되었다고, 우리가 요구한 기능들이 잘 반영되었다고, 기능들이 많다고, 빠르다고 자랑할 수 있을 것 같아서였다. 프로젝트 성패는 검사실 전산 코디나 프로젝트에 참여한 실무자들에게도 영향을 미쳤기에, 테스트가 잘될 때는 서로 기뻐했고, 오류가 발생할 때는 함께 우려했으며, 누락된 요구 기능에 대해서는 서로 머리를 맞대고 방안을 마련했다. 그렇게 그들은 서로를 이해하고 감정을 공유하며 하나의 팀을 이루어 가고 있었다.

3주 넘게 각 업무 화면별로, 검사실별로 단위 테스트를 진행하고 있던 개발자들은 대부분 녹초가 되어 있었다. 단위 테스트 시나리오를 작성하고, 실무자들을 규합하여 설명과 함께 테스트를 리딩하고, 발생한 결함이나 오류가 진짜 오류인지 확인하여 버그 픽스*를 하고, 다시 다음 날 있을 테스

---

* Bug Fix: 프로그램 내에 존재하는 오류를 올바르게 수정하는 작업.

트에 대한 시나리오를 확인하고⋯ 무한 루프의 삶이었다.

그날도 태섭은 세데이션 Sedation 관리 화면들에 대한 단위 테스트를 진행하고 왔는데, CT나 MRI 검사 시 환자의 상태에 따라 사용하는 진정제를 관리하는 화면들이었다. 수술을 끝낸 환자를 검사할 때에는 진정제 투여가 필요하기도 하였는데, 진정제에 의해 진정이 잘 되었는지, 진정제 투여량은 얼마였는지, 부작용은 없었는지를 관리하는 화면이었다. 별걸 다 관리한다 생각하며 단위 테스트를 마치고 돌아와 어제 해결하지 못한 오류를 처리하고 있었다. 야심한 시각으로 향해 갈수록 개발자들은 한숨을 쉬며 하나둘씩 처진 어깨로 귀가하기 시작했다.

"그래, 오랜만이다. 그동안 잘 지내고 있었어? 오빠 보고 싶었지? 나 없을 때 전화했었다며?"

두 대리의 목소리였다. 태섭은 수정하던 소스 코드를 잠시 멈추고 두 대리의 전화에 귀를 기울였다. 그러다가 가까이 가면 상대편 목소리도 들을 수 있지 않을까 하는 생각에 자리에서 일어나 두 대리 쪽으로 향했다.

"그럼, 보고 싶었지. 바빠서 연락을 못 했네."

하지만 상대방 목소리를 들을 수는 없었다.

"휴가 다녀왔지. 내가 방랑벽이 좀 있거든. 너도 조심해. 자꾸 요구 사항으로 괴롭히면 어느 날 훌쩍 도망가 버리는 수가 있어."

그렇게 말하고는 히죽 웃는다.

"그건 휴가 가기 전에 이미 다 해 놨지, 미리 얘기를 못 했네. 근데 심사쪽 테스트는 잘 돼 가? 아이고, 똑똑한 네가 참아라. 그래도 오류가 나는 건 아니잖아. 너무 뭐라 하지 말고, 개발자들 잘 다독이면서 해."

두 대리가 이 선생의 근황을 묻고, 이야기를 들어주며 서로의 이야기를 공유하고 있었지만, 자신이 다른 병원 지원 갔다 온 사실은 말하지 않고 있었다.

"언제든지 필요한 거 있으면 말해. 그래, 우리 언제 밥 한번 먹자. 내가 맛있는 거 사 줄 테니까 너희 부서 예쁜 애들 데리고 나와. 너 말고, 너는 똑똑하지만 예쁘지는 않잖아."

두 대리의 말이 또 수위를 넘어가고 있었다.

"내 배야 인격이지. 내가 너희들 요구 사항 다 반영해 주려고 매일 퇴근도 못 하고 야식 먹으면서 개발하다가 나온 불쌍한 배야. 내 배를 너무 뭐라 하지 마."

분명 이 선생이 두 대리에게 가시 돋친 말을 했을 것이었다.

"알았어, 알았어. 그래 너도 한 미모하지만 너 혼자 나오면 안 돼."

장난기가 가득 섞인 두 대리의 말이 야금야금 선을 넘으며 이 선생에게 전달되고 있었다.

"나? 나도 누구 데리고 나가면 되지. 걱정하지 마, 젊은 애로 데리고 나갈게."

두 대리가 수화기를 한 손에 든 채 옆에 서 있는 태섭을 발견하고는 아래위로 훑어보며 씨익 웃으면서 대화를 이어 나갔다.

"알았어, 알았어. 아무튼 너보다 못생긴 애 데리고 나오면, 최악인 거니까 그땐 이판사판이야, 식당 테이블 뒤집어질지 몰라. 아무것도 필요 없어, 그냥 이쁘기만 하면 돼, 알았지?"

농담인 듯 진담인 듯 말투는 장난스러운데, 왠지 진심이 담긴 듯한 묘한 느낌의 말투였다. 상대의 말이 들리지는 않았지만 태섭은 항상 두 사람의 통화에 놀라움을 감출 수 없었다. 신고당할 것 같은 두 대리의 언사와 그걸 또 받아치는 상대. 도대체 두 사람의 관계는 어떤 관계란 말인가.

"그리고, 나 야식권 좀 챙겨 줘. 너희가 너무 많은 요구 사항을 내니까 내가 퇴근을 못 하잖아. 그러니까 너희 부서 남는 야식권 좀 챙겨 줘라. 그래, 오케이. 항상 고맙고, 잘 자. 내 꿈 꿔."

마지막은 콧소리를 섞어 길게 끌며 말하고는 스스로 박장대소를 하면서 전화를 끊었다. 태섭은 그제야 개발자들에게 팔지도 않는 야식권을 어디서 구하고 있었는지 알게 되었다. 나중에 들은 사실이지만 두 대리는 보험심사뿐 아니라 진료운영실에서도, 정보전략팀에서도, 진료과 담당 간호사들에게도 요구 사항을 깨알같이 개발해 주고 호의를 베풀어 서로의 어려움을 공유하고, 매일 밤새우는 모습의 흔적을 남기며 유교적 방식으로 자신을 한탄하며 야식권을 얻어 내고 있었던 것이었다. 태섭은 또 한 번 두 대리가 거대하고 뚱뚱하지만 둔하지 않으며, 행동은 느리지만 의도된 느림이며, 상황에 대한 판단과 상대를 파악하는 분석력은 타의 추종을 불허하는 수준임을 깨닫는다.

"그래도 그동안 몇 번 통화했었다고, 안 하니까 좀 허전하더라고."

"두 분, 통화 수위가 좀…."

"왜? 뭐? 내가 실수라도 한 거 있어?"

'모든 언사가 다 실수였지요.'라고 말하고 싶었지만 말하지 않았다.

"걱정 안 해도 돼. 그럴 친구가 있고 아닌 친구가 있어. 이 선생은 똑똑하고 의리도 있어. 그런 것으로 걸고넘어질 친구가 아니야. 원래 선수는 선수가 알아보는 법이거든."

하늘에서 눈송이가 하늘하늘 내려오고 있었다. 가볍게 불고 있는 겨울바람을 타고 이쪽에서 저쪽으로, 다시 저쪽에서 이쪽으로 바람결이 흐르는 대로 흩날리더니 결국에는 차가운 바닥에 살포시 내려앉고 있었다. 먼저 내려앉아 있던 눈송이 위에 눈송이가 내려앉으며 큰 눈송이로 합체되고 있었다. 본관 건물 옥상에서부터 바람에 의해 날려진 또 다른 눈송이가 암 센터 부지의 주차장으로 여유롭게 둥실둥실 날아오더니 주차장에 설치된 임시 건설 현장 사무소 1층, 개발실의 열린 창문 틈을 향해 하늘하늘 날아가고 있었다. 그 작은 창문 틈 사이를 향해 사뿐히 날아오던 커다랗고 아름다운 눈송이는 갑자기 열린 창문에 크게 일렁이더니, 아름답고 풍성했던 눈송이가 창으로부터 흘러나온 강력한 열기에 눈 꽃잎들이 사그라들며 물방울로 변하면서 눈송이로서의 짧고 아름다웠던 생을 마감하고 있었다.

"야, 창문 좀 열어라. 덥다, 더워."

12월 함박눈이 내리던 겨울의 어느 날, 개발실은 계절이 무색하게 열기로 가득했고, 개발자들은 얼굴에 힘을 잔뜩 준 채 소매를 걷어붙이고 모니터에 머리를 파묻고 있었다. 이 PL이 진료 지원 파트원들을 회의실로 모이라고 했고, 다들 밝지 않은 표정으로 회의실로 향했다.

"벌써 다음 주가 통합 테스트다. 시간 참 빨라. 다들 통합 테스트 시나리오 점검하고, 테스트에 필요한 데이터들 꼼꼼히 준비하고. 특히 마스터 데이터가 누락되지 않도록 잘 좀 점검해. 매번 테스트할 때마다 기초 데이터들이 누락돼서 테스트가 지연되잖아? 이번에는 그런 일 없도록 잘하자."

통합 테스트.

그 시기로 접어들고 있었다. 태섭은 건강검진센터 파일럿 프로젝트 당시 통합 테스트를 떠올렸다. 분명히 잘 되는 것을 확인했지만 통합 테스트 때 잘되지 않던 기이한 현상, 태섭이 하면 잘되는데 현장 실무자가 하면 오류가 발생하는 신기한 현상, 넣어 놓았던 데이터가 사라져서 테스트가 지연되는 알 수 없는 현상들이 발생했었기에 태섭은 긴장하지 않을 수 없었다. 통합 테스트 룸은 단위 테스트를 하던 장소에서 진행될 예정이었다.

단위 테스트 때는 각 단위 업무별 실무자들이 참석했던 반면, 통합 테스트 때는 진료과 대표 전공의, 대표 간호사, 대표 원무 창구 직원, 대표 검사 기사, 대표 약사, 대표 영양사 등 병원 전체 부문의 대표 실무자들이 참여하여 한 장소에서 실제 외래, 병동, 응급 환자가 내원해서 병원을 떠날 때까지 일련의 프로세스들을 새로 개발한 시스템에서 흘려 보는 테스트였다. 그래서 단위 테스트 때는 각 개발자들이 자신의 화면들에 대한 테스트 시나리오를 작성했었지만 통합 테스트 시나리오는 전 부문을 관통하는 업무 프로세스로 테스트 되어야 했기 때문에 각 부문 PL들과 주요 현업 선생들이 모여 테스트 시나리오 50개를 작성했다. 그 작성된 시나리오가 개발자들에게 전달되었고, 각 개발자들은 통합 테스트 시나리오 중 자신의 업무에 해당하는 부분을 테스트해 보고 있었다.

"민성아, 외래 약 처방 나오면 조제 정보 생성 잘되냐?"

"에이, 그 정도는 잘 되지. 정규 처방이나 마약, 향정 처방, 응급 처방들이 마구마구 쏟아져야 제대로 테스트가 되지."

간만에 자신 있는 민성의 표정이었다. 그동안 마음고생이 많았던 민성은, 잠은 집에서 자야 한다는 신조와 달리 무거운 마음으로 퇴근하다가 약제부에 들러 야간 근무자들과 함께 밤을 새우며 새벽에 진행되는 정규 약조제 업무를 직접 눈으로 보면서 업무를 이해하곤 했었다고 약제부 선생들의 입을 통해 전해졌다. 다들 통합 테스트에 대한 긴장감이 있었지만 그러면서도 이제 몇 개월 남지 않은 프로젝트 기간을 생각하며, 마치 수감 생활이 얼마 남지 않은 복역수의 표정으로 달력을 자주 확인하곤 했다. 대신 정보지원팀 사람들의 마음은 조급해지고 있었다. 이제 그들은 얼마 뒤에 개발팀이 개발한 시스템을 인수받아 운영 업무를 수행해야 할 것이었다. 따라서 그들은 전투적인 자세로 통합 테스트에 참여하여 매의 눈으로 오류를 발견하고자 노력할 것이었다.

정규 업무 시간이 지난 오후 6시.

테스트 룸에는 족히 사오십여 명의 테스트 관련자들로 가득 차 있었다. 메인 진행 테이블에는 다양한 간식과 함께 테스트 시나리오 50개가 놓여 있었다. 테스트에 참여할 현장 실무자들이 자리를 잡고 앉아 있었고, 테스트 지원을 위해 참여한 개발팀 사람들이 좌석을 돌아다니며 신시스템 로그인 창을 PC마다 띄워 놓고 있었다.

통합 테스트에는 일반적으로 메인 개발자들은 현장에 참석하지 않는다. 왜냐하면 통합 테스트를 진행하면서 문제가 발생하면 소스 코드나 데이터를 확인해서 빠르게 문제를 해결해 주어야 했기 때문에 개발실에서 전화 대기를 하게 되어 있었다. 통합 테스트 룸에는 개발팀 PL들과 일부 서브 개발자들만 참여하여 지원하고 있었다.

"자, 선생님들. 이제 시간도 되었고 거의 다 오신 것 같으니까 '강남사랑 병원 신통합 의료 정보 차세대 프로젝트 구축 통합 테스트'를 시작하겠습니다. 테스트에 참여하시는 분들께서는 PC 앞에 앉아 주시고요. 오늘 여기 50개 케이스가 끝나야 테스트가 완료되는 겁니다. 1번 케이스부터 전달해 드릴 테니까 본인 업무 테스트가 끝나면 테스트 시나리오를 다음 업무 담당자분에게 전달해 주시면 되겠습니다."

개발팀 PL 중 고참인 진료 지원 파트 이 PL이 통합 테스트를 주관하고 있었다. 이 PL이 스테이플러로 찍은 두세 장짜리 1번 테스트 시나리오를 원무 예약 실무자에게 전달 후 대기하고 있었다. 모든 사람의 눈이 원무 예약실 실무자들에게 쏟아지고 있었다.

"뭐야? 우리가 처음이야? 다 우리만 쳐다보잖아."

통합 테스트 시나리오 1번은 아주 일반적인 외래 환자 케이스였다. 환자가 외래 예약을 잡고 내원하여 진료 접수 후 의사에게 진료를 보면서 약 처방과 검사 처방을 받고 나서 원무과에 들러 수납하고, 영수증과 원외 처방전을 받은 후 검사실에 들러 검사를 예약하고 귀가하는 아주 전형적인 외래 환자 케이스였다. 예약실 실무자들은 신시스템에 로그인한 후 시나리오에 있는 대로 진행을 하고 있었는데, 모든 사람이 그녀들을 지켜보고 있었다.

"테스트 환자 번호가 뭐야?"

"12345678 임꺽정. 환자 이름이 임꺽정이래."

유치하다는 듯 예약실 실무자가 실소를 터뜨리며 말했다.

"어느 진료과로 예약 잡으래?"

"소화기내과 김진명 교수님 진료로 잡으래."

예약실 실무자들이 서로 주거니 받거니 하면서 테스트를 위해 당일로 외래 진료 예약을 잡고는 테스트 시나리오를 외래 간호 실무자에게 넘겨주었다. 시나리오를 전달받은 외래 간호사는 환자가 외래에 왔다고 가정하고, 접수 화면을 열어 환자가 도착했음을 처리했다. 간호 접수를 마친 간호사가 의사 역할을 하고 있는 전공의에게 시나리오를 넘기면서 말했다.

"김진명 교수님, 임꺽정 환자 진료 봐 주세요."

전공의가 소화기내과로 예약되어 있는 임꺽정 환자를 선택하여 정보를 확인하고는 처방 화면을 열었다. 그러고는 테스트 시나리오에 나와 있는 대로 아스피린과 베아제 약 처방 일 주일분과 CT, MRI 처방을 내리면서 지정된 상병을 입력했다.

"진통제와 소화제, CT, MRI 처방이라… 이게 무슨 조합인지?"

전공의가 시나리오대로 처방을 내리면서 말도 안 되는 처방이라며 궁시

렁거리면서 원무 수납 실무자에게 시나리오를 넘겼다. 수납자는 환자의 처방을 확인하고 진료비 계산을 한 후 프린터를 통해 영수증과 원외 약 처방전을 출력했다.

"1번 케이스는 단순하네."

수납자가 시나리오를 검사실로 넘겼고, 영상의학과 예약 담당자가 당일로 검사 예약을 잡고는 테스트를 위해 바로 접수까지 진행했다. 그리고 시나리오는 영상의학과 검사실 담당자에게로 넘겨졌다. 검사실 담당자는 테스트 환자를 조회하여 CT와 MRI 검사를 '실시' 처리했다. 그렇게 통합 테스트 케이스 1번은 무리 없이 끝이 났다.

곧이어 테스트 시나리오 2번이 원무 예약 실무자에게 전달되었고, 2번 케이스에서 예약자 역할이 끝나고 다음 담당자에게 시나리오가 넘겨질 즈음 곧바로 테스트 케이스 3번 시나리오가 원무 예약자에게 전달되었다. 1번 시나리오 완료 이후 쉼 없이 테스트 시나리오가 전달되고 있었고, 실무자들은 자신에게 넘어온 테스트 시나리오를 처리하기 위해 각자의 역할에 집중하기 시작했다. 삽시간에 사방은 소란스러워지기 시작했다.

"선생님, 몇 번 검사실로 접수 처리했어요?"

"이거 시나리오대로 적응증 상병 입력한 거 맞아요?"

"처방이 하나 안 보이는데? 처방 세 개 내린 거 맞아요?"

여기저기서 서로 내용을 확인하느라 어수선한 분위기였고, 화면 사용법을 몰라 여기저기 서로 묻고 답하느라 정신이 없었다. 개발팀 지원 인력과 정보지원팀 참여자들이 테스트를 하고 있는 현업 실무자들 사이사이에서 사용법과 시나리오 내용을 확인해 주고 있었다.

"이게 뭘 하라는 말이야, 이거?"

의사 역할을 하고 있는 전공의 두 명이 본인들 앞에 쌓여 있는 테스트 시나리오의 압박을 느끼며 내용을 확인하고 있었다.

"선생님, 이게 제한 항균제 처방 시 감염내과 승인을 받으라는 내용입니다."

항생제와 항균제는 보통 같은 의미로 사용되고 있었는데, 항생제 처방 오남용에 대한 기준이 강화되면서 주요 항생제 처방 시에는 반드시 감염내과 의사의 확인을 받도록 되어 있었다. 그래서 항생제 처방하기 전에 감염내과 승인을 받고 처방 내리도록 시나리오에 기술되어 있었다. 테스트 케이스는 점점 복잡해지고 있었다. 1번 케이스는 단순했지만 이후 케이스들은 모두 어떤 목적이 있는, 단순하지 않은 케이스들이었다.

"야, 무슨 4만 원 수납을 하는데, 만 원은 현금, 만 원은 카드, 만원은 계좌이체, 만 원은 미수로 한다냐?"

테스트 케이스는 그렇게 경우의 수를 따져 작성되어 있었다.

"선생님. 검사 예약이 안 되는데요?"

영상의학 검사실 담당자가 지나가던 개발팀 지원 인력에게 손을 들어 지원을 요청했다.

"이게 원래 예약 검사인데…."

예약을 하기 위해 '일정 예약' 버튼을 클릭했는데, '일정 예약 검사가 아닙니다.'라는 메시지가 보였다.

"잠시만요."

메시지를 확인한 개발팀 지원 인력이 곧바로 해당 화면 담당자를 파악하여 담당자에게 전화했다.

개발팀 사무실은 통합 테스트 룸에서 걸려 오는 문의 전화로 북새통을 이루고 있었다. 테스트 시나리오가 시작되는 원무 개발 담당자를 시작으로 처방 쪽 간호 쪽 개발 담당자들에게 전화가 울려 오기 시작하는 것을 보니 곧 진료 지원 쪽으로도 전화가 올 거로 예상되고 있었다. 아니나 다를까, 태섭의 전화가 울리기 시작했다.

"네, 환자 검사 윤태섭입니다. 화면 아이디 좀 알려 주세요. 검사 예약이 안 된다고요? 무슨 메시지가 뜬다고요?"

태섭은 소스 코드를 얼른 열어 화면에서 '일정 예약 검사가 아닙니다.'라고 메시지 띄우는 부분을 검색하여 어떤 조건일 때 그런 메시지를 띄우는지 재빨리 눈으로 확인하고 있었다.

"저, 실무자분 좀 바꿔 주십시오. 네, 선생님 그 처방이 예약 검사가 아닌데요, 비일정 예약 검사로 되어 있습니다."

태섭이 소스 코드의 조건을 확인하고 테스트용 데이터베이스에서 마스터 데이터를 확인해 보니 예약 검사가 아닌 것으로 되어 있었다.

"무슨 말씀이세요? 이거 우리 매일 예약 잡고 있는 검사인데요."

"비일정이 아니라, 일정 예약으로 잡고 계시다고요?"

"그럼요. Whole Body MRI, 당연히 예약 검사죠."

지금 시시비비를 가릴 때가 아니라고 판단한 태섭은 마스터 데이터에서 예약 검사 여부를 'N' 값에서 'Y' 값으로 업데이트했다.

"선생님, 제가 지금 예약 검사로 정보를 수정했는데, 다시 조회하시고 예약 한번 해 보시겠어요?"

"네, 선생님. 이제 예약이 되네요. 감사합니다."

태섭은 전화를 끊고, 운영 데이터베이스와 테스트 데이터베이스의 정보를 비교해 보니, 실무자들의 말이 맞았다. 운영 쪽에는 예약 검사 여부가 'Y'로 되어 있었고, 테스트 쪽에는 아까 확인했을 때 'N'으로 되어 있었다. 불현듯 운영 쪽과 데이터가 달라 통합 테스트를 망쳤었던 기억이 떠오르고 있었다. 불안했다. 테스트 데이터베이스 쪽 데이터를 누가 최종 수정했는지 확인하려고 했을 때 다시 전화가 걸려 왔다.

"태섭 씨, 엔지오 ^{Angio} 검사실 선생님들께서 검사 예약 권한이 없으시다고 하시는데?"

혈관조영술^{Angiography} 검사실은 특수 검사실로 소수의 담당자에게만 예약 권한이 있었다. 권한자들을 지정해 놓은 테이블을 확인해 보니, 역시나 데이터가 없었다. 분명히 엊그제까지 있었던 데이터들이 사라진 것이었다. 짜증이 밀려왔지만, 짜증을 낼 시간은 없었다. 운영 테이블에서 데이터를 테스트 쪽 테이블로 select into*했다.

"다시 한번 해 보세요. 화면을 닫았다가 다시 여셔야 적용됩니다."

다행히 사용자들이 화면을 닫았다가 열었더니 예약이 된다고 하여 한시름 놓고 있는데, 다시 전화벨이 울렸다.

"네, 윤태섭입니다."

"선생님, 검사 3개 중에 하나가 접수가 안 돼요."

"환자 번호가 어떻게 되나요? 되는 검사 코드와 안 되는 검사 코드 좀 알려 주세요."

태섭은 수화기를 왼쪽 어깨에 걸고는 부지런히 키보드를 타이핑하여 데이터베이스에서 환자 번호와 검사 코드를 조건으로 조회하고는 데이터를 비교해 가면서 확인했다.

"선생님, 안 되는 검사 코드는 수납이 안 되어 있습니다."

"어? 그렇네요. 원무팀 거쳐 온 시나리오인데?"

'저, 이거 Spine CT 처방 수납이 안 되어 있대요.' 전화기 건너편에서 실무자가 원무 쪽에 테스트 시나리오를 건네며 소리치는 소리가 들려왔고,

---

* 데이터를 조회하여 입력하는 작업.

원무 쪽 실무자가 지금 수납 처리가 잘 안된다느니, 기다리라느니 그런 소리들이 작게 들려왔다.

"알겠어요, 선생님. 원무팀에서 뭐가 잘 안되나 봐요."

전화를 끊고 원무 시스템 개발자 자리를 쳐다보니 그쪽도 전화 응대와 프로그램을 확인하느라 정신이 없는 듯싶었다. 개발팀 곳곳에서 전화는 쉴 새 없이 울리고 있었고, 모두들 소스 코드를 확인하고, 데이터를 확인하느라 여념이 없었다. 시간은 이미 8시를 넘어서고 있었지만 통합 테스트 룸에서는 테스트 케이스가 절반도 완료되지 못한 상태였다.

"부장님, 생각보다 문제가 많은가 보네요."

정보전략 박 실장이 이 PL에게 다가와 묻고 있었을 때 이 PL의 손에는 아직 넘겨주지 못한 23번 테스트 시나리오가 들려 있었다.

"이게, 첫날이라 선생님들도 훈련이 안 되어 있고, 테스트 데이터들에도 다소 문제가 있는 것 같네요. 그렇게 단위 테스트들을 했는데도 그렇네요."

이 PL이 애처로운 눈빛으로 박 실장에게 대답했다.

박 실장이 열기가 오른 어수선한 통합 테스트 룸을 둘러보며 말했다.

"통합 테스트가 3차까지 있지요? 뭐, 오늘은 여기까지 합시다."

멀리서 바라보던 최 PM이 한숨을 쉬며 통합 테스트 룸을 빠져나갔다.

방음이 전혀 되지 않는 간이 회의실에서 늘 그렇듯 무거운 분위기의 대책 회의가 열리고 있었다.

"어떻게, 매번 그러냐? 그렇게 이야기했고, 그렇게 상기시켰건만 똑같은 실수가 매번 반복되냐?"

최 PM이 어제 그 낯 뜨거웠던 1차 통합 테스트 룸에서의 분위기를 상기

시키며 하소연하듯 말을 쏟아냈다.

"내가 개인별로 테스트 시나리오 미리 다 해 보라고 했지? 해 봤냐, 안 해 봤냐? 데이터 점검해 보라고 그렇게 얘기했건만. 야, 어제 로그인 안 되던 현업도 있었어. 그게 말이 되냐? 로그인부터 오류야."

속이 터진다는 듯 최 PM이 누구랄 것도 없이 PL들 전체에게 성토하고 있었다. PL들은 헛기침을 하며, 대답할 말이 없어 땅바닥을 바라보고 있었다.

"다음 통합 테스트 때까지 며칠 시간이 있으니까 잘 준비해 봐야죠."

원무 보험 곽 PL이 바싹 마른 입술로 대답했고, PL들이 다음에는 잘 준비하겠다고, 첫 통합 테스트 때 잘된 적 있었냐고, 개발자들도 경각심을 가졌을 거라고 희망 같은 변명을 늘어놓고 있었고, 회의실 밖 개발자들은 모든 회의 내용을 여과 없이 듣고 있었다.

밤 11시, 사무실의 뜨거운 열기가 가라앉고 있었다. 사무실 창으로 보이는 눈 내리는 모습을 태섭은 넋을 놓고 바라보고 있었다. 끝없이 내리는 눈송이와 해도 해도 끝없는 프로그램 개발, 하지만 눈은 곧 멈추겠지 하고 생각하며, 겨울이 되면 내리는 눈도 누군가 세상을 설계하고 개발한 것이 아닐까 생각했다. 아마도 은하계를 설계하고, 그중에 태양계를 만들고 지구를 만들어 조그만 땅덩어리 대한민국에 사계절을 소스 코딩한 것이 아닐까.

처음에 지구 개발자는 생명체들의 대장으로 공룡을 선택했을 것이리라. 그러다가 지구의 생명체들을 자꾸만 공룡들이 무자비하게 잡아먹는 것이 보기 싫어 한순간에 소스 코드를 클리어하고 새로운 세상을 만들어 이번에는 인간으로 해 보자 하고는 컴파일하여 실행시킨 후, 지금 어딘가에서 실행 결과를 지켜보고 있지 않을까? 그러다가 인간이 너무 많은 폭력과 살인과 간음과 사기를 저지르자 '한 번쯤 정화하자' 하고는 폭우를 코딩하여 노아의 방주를 만든 것은 아닐까. 이후 인간이 무자비하게 지구의 모든 자원을 고갈시키고, 환경을 파괴하는 모습에 혀를 내두르며 '이번에도 글렀어' 하고는 또 인간을 모두 클리어시키지는 않을까. 그럴 거라면 시간 끌지 말고 시스템 오픈 전에 그렇게 해 주기를 태섭은 내려오는 눈송이를 바라보며 기도하고 있었다.

'잠시 뒤에는 두 대리가 이 선생과 한밤의 통화를 시작하겠지.' 하는 생각이 들자 태섭은 주머니 속의 휴대폰을 만지작거리며 혜란에게 연락을 해 볼까 하는 생각이 들었다. 바쁘고 힘들수록 생각나는, 마음이 무겁고 모든 일에 지칠 때 생각나는, 반대로 맛있는 음식이나 아름다운 풍경을 볼 때 생각나는… 그리고 연락해 볼까 하는 마음만으로도 가슴 설레게 하는 사람, 태섭은 휴대폰을 들고 개발실 밖으로 나갔다.

"Hello."

영어였지만 그녀의 목소리였다.

"혜란아."

"오빠?"

"나야. 몸은 좀 어때?"

"괜찮아."

"여기는 눈이 와, 거기 날씨는 어때?"

"여기는 한국보다 따뜻해. 눈은 거의 볼 수 없어. 한국에서 오빠와 함께 보던 눈이 그리워."

그립다는 말에 그리움은 배가된다. 또 다른 그리움과 지난 추억을 회상하게 만든다. 아무렇지도 않게 함께 걷던 눈길, 너무나 당연하다는 듯 함께 공부하던 도서관, 너무나 일상적으로 함께하던 점심 학교 식당까지 그 모든 게 축복이고 행복이었음을, 만나고 싶어도 만나지 못하는 지금에서야 깨닫는 태섭이었다.

"내가 말한 거 생각해 봤어?"

사무실 밖에서 보는 눈 내리는 모습은 창을 통해 보던 모습보다 훨씬 더 아름다웠다. 가로등 불빛 사이사이로 내리는 눈꽃은 벚꽃 날리던 어느 날 그녀와 함께 걷던 여의도 한강공원이 생각나게 했다.

"아직…."

아직 생각을 못 해 봤다는 말일까, 아직 어머니와 상의해 보지 않았다는 말일까, 아니면 그럴 마음이 없다는 말일까. 태섭은 점점 쌓여 가는 그리움이 눈송이 같았다.

"괜찮아, 충분히 생각해 봐. 후회 없도록 충분히 생각하고, 어머니와 상의해 봐. 그리고 돌아오도록 해. 모든 건 오빠가 책임질 거야."

잠시 침묵이 흘렀고, 그리움과 만나지 못하는 고통이 눈과 함께 가슴에 쌓이고 있었다. 침묵 속에 올려다본 하늘의 달은 반달이었다. 창백한 가슴 속으로 자박자박 걸어오는 그리움을 오롯이 느껴지게 하는 반달.

"오빠, 고마워."

반달

기어이 가려 하는 너를 보내고
버리고 간 슬픔들만 붙잡고 있는
창백한 가슴 속으로
자박자박 걸어오는 그리움

행여 네 얼굴인가 하여
물 위에 오래도록 머물며
바라다보고 있는
물속에 가라앉은 그리움.

2차 통합 테스트에는 1차 때보다 더 많은 현업이 참여했다. 오픈 일자가 다가올수록 신시스템에 대한 사용자들의 관심이 높아졌고, 정보지원팀 지원 인력들도 현업 사용자 옆에 자리하여 세심하게 오류를 찾아내고자 노력하고 있었다.

"오늘 2차 통합 테스트 날입니다. 시간이 되었으니 통합 테스트를 시작하도록 하겠습니다. 오늘이 두 번째 통합 테스트라서 바로바로 진행하겠습니다. 오늘은 무조건 50개 시나리오가 다 끝나야 끝나는 겁니다."

이 PL의 의지가 담긴 말과 함께 1차 통합 테스트와 동일한 테스트 시나리오가 순차적으로 배포되고 있었다. 테스트 룸은 순식간에 도떼기시장으로 변해 가고 있었고, 1차 때의 경험을 살려 현업 실무자들도 빠르게 테스트를 진행하고 있었다.

"이건 또 뭐니?"

시작 후 얼마 지나지 않아 시스템이 지연되고 있었다. 화면에서 조회 버튼을 클릭하면 모래시계 모양의 아이콘이 보이면서 조회가 안 되고 있었다.

"여기요, 이것 좀 봐 주세요. 모래시계만 계속 보여요."

"여기도요. 어? 다시 된다."

여기저기서 시스템이 됐다 안 됐다 하며 비정상 동작을 하고 있었다.

"여기요, 다시 안 돼요."

"저도 안 돼요."

이 PL의 얼굴에 짜증이 몰려오고 있었다.

"정 PL, 이 부장에게 전화 좀 해 봐."

정 PL이 허리에 양손을 얹고 한숨을 푹 쉬더니, 인프라를 맡고 있는 이 부장에게 전화하여 한동안 통화를 하고는 이 PL에게 달려왔다.

"서버 CPU와 메모리가 튄다는데요?"

"뭔 소리야. 사용자가 몇 명이나 된다고 서버 자원이 튀어? 이게 말이 되냐?"

"메인 서버 CPU Full이랍니다. 메모리도 90%를 넘어섰고요. 이거 까딱 잘못하면 시스템 셧다운 Shut Down 되겠는데요."

기껏해야 사용자 칠팔십 명도 안 되는 상황에서 서버 CPU와 메모리 사용량이 100%를 치고 있다는 말은 난센스였다. 차세대 시스템은 사용자가 만 명일 때 서버 자원 사용률 50% 이하를 목표로 설계된 아키텍처였다. 만 명의 사용자가 몰리는 피크 타임 Peek Time 에도 60%를 넘지 않도록 설계된 아키텍처였건만 칠팔십 명이 테스트한다고 자원 사용률 100%라니… 심각한 문제였다.

"야, 너 이거 뭐야? 뭐가 이렇게 콜 Call 이 많아?"

개발실에서 통합 테스트 전화를 대기하고 있던 태섭에게 인프라를 맡고 있는 이 부장으로부터 전화가 왔다.

"네?"

"mxew_schedule_list_l01.pc 이거 네 서비스 아니야?"

"네, 맞는데요."

"이거 지금 분당 콜 수가 수천 번이야. 이거 어떻게 코딩한 거야? 이 서비스 당장 내려.”

“네? 하지만 그 서비스 내리면 예약 환자 리스트가 조회되지 않을 텐데요?”

“지금 그게 문제야? 이런 프로그램들 때문에 시스템이 아주 죽어나고 있어. 당장 내려.”

태섭은 당황스러웠다. 뭐가 문제인지 알 수는 없었지만 일단 대상 서버에서 해당 서비스를 제거하고 재컴파일하여 통합 테스트 환경에 반영했다. 태섭뿐 아니라 많은 개발자가 이 부장으로부터 전화를 받았고, 여기저기서 프로그램을 내리거나 수정하느라 정신이 없었다. 얼마나 지났을까? 통합 테스트 룸에는 다시 평화와 함께 도떼기시장이 다시 열리고 있었다. 하지만 잠시 뒤 시스템은 여전히 불안하게 운영되고 있었다. 다시 CPU와 메모리 사용량이 90%를 넘어서고 있었고, 개발자들 중 몇 명이 이 부장의 전화를 다시 받아 소스를 수정하느라 여념이 없었다. 이번 통합 테스트도 평온하게 넘어가기는 어려운 모양이었다. 태섭은 제외한 서비스를 다시 반영해야 했기에 고심하고 있었다. 그때 또다시 이 부장으로부터 전화가 왔다.

“너 괜찮냐?”

“네? 무슨 말씀이신지?”

“mxer_examsche_list_l02.pc 이거 네 서비스 아니야?”

“네, 제 거 맞습니다.”

“지금 오류 로그에 오류 메시지가 엄청나게 쌓이고 있어. 현장에서 전화 안 오냐?”

태섭은 해당 서비스를 사용하는 화면을 열어 테스트해 보았으나 오류 메시지는 따로 뜨지 않았다. 그런데 조회되어야 할 실시자 리스트가 뜨지 않고 있었다.

"확인하겠습니다."

곧바로 태섭은 디버그 모드로 들어갔다. 오류를 찾기 위해 소스 코드 라인 바이 라인 ^{line by line} 으로 한 줄씩 실행시켜 나가는 방식의 해결법이었다. 오류가 나는 부분에서 태섭이 오류 메시지를 따로 처리하지 않아, 사용자가 눈치채지는 못하고 있었지만 실제 오류는 발생하고 있었다. 조회되어야 할 환자 리스트가 조회되지 않고 있었는데, 메인 화면 하단의 마이너한 정보라서 테스트 시나리오에는 따로 없는 부분이었기에 사용자가 알아채지 못하고 있었을 것이다. 오류 원인을 찾기 위해 넘기는 변수와 받아오는 데이터들을 일일이 확인하고 있었지만 좀체 원인을 알 수 없었고, 그렇게 시간은 흐르고 있었다.

"선생님들, 이제 마지막 50번 케이스 출발합니다."

이 PL이 통합 테스트 마지막 시나리오를 원무팀에 전달하며 소리쳤다. 시간은 8시 40분을 넘어서고 있었고, 아직 진행 중인 시나리오를 처리하느라 고개만 잠시 들었을 뿐 대부분의 참여자들이 테스트에 집중하고 있었다.

"몇 케이스 회수되었니?"

이 PL이 완료되어 회수된 테스트 시나리오 개수를 물었다.

"39개 시나리오가 회수되었는데요."

"그러면 11개 케이스가 돌고 있다는 거네. 9시 전에 끝나기는 어렵겠다."

남아 있는 테스트 시나리오들은 극악무도한 케이스들이었다. 2차 병원에서 리퍼 ^{refer} 되어 온 외래 환자가 갑자기 상태가 나빠져 응급실 환자로 전환되었다가, 응급실 치료가 길어지면서 병동 환자로 치환되어 병실로 이동하고는 당일 긴급 수술을 집도한 후 ICU*로 이동하여 다량의 약 처방과 검사 처방을 진행하다가 스트로크**가 와서 재수술하고 다시 ICU로 돌아와 언제 그랬냐는 듯 수납 후 퇴원하는 케이스였다. 외래, 응급실, 병동 시점별 치환된 상태에서 진료비 계산이 잘 되는지, 당일 수술 및 재수술이 잘 되는지, 중환자실에서 환자 모니터 Patient Monitor 등 각종 장비들과 인터페이스가 잘되는지 등을 확인하기 위한 포괄적인 테스트였다. 다만 장비들은 통합 테스트 룸에 없었으므로 수작업으로 입력하느라 시간이 지체되었고, 시나리오 단계마다 입력해야 할 정보들이 많아 지체되었으며, 각 단계가 시스템에서 어떻게 처리되는지 참여자들이 서로의 업무에 호기심을 갖고 바라보다가 질문을 던지기도 하고 상세한 설명과 어려움을 토로하기도 하면서 지체되었다. 어렵사리 10시 전에 2차 통합 테스트가 종료되었고, 참여자들은 전쟁터에서 고지를 빼앗은 듯 의기양양한 자세로 수고했다며 서로를 격려하고는 자리를 떠나기 시작했다.

"다 회수되었니?"

"네, 50개 모두 회수되었습니다."

"개발실에 연락해서 일단 오늘은 끝났으니까 퇴근들 하라고 하고, 우리도 여기 정리하고 개발실로 돌아가자."

지친 기색이 역력한 이 PL이 PL들을 바라보며 말했다.

"문서 정리는 내일 하자고."

다음날 50개의 통합 테스트 시나리오에서 파트별 에러 리스트를 재정리하고, 에러인 듯 요구 사항인 듯 작성되어 있는 내용도 재정리하여 파트별

---

*   ICU(Intensive Care Unit): 중환자실

**   Stroke: 뇌졸중

로 배포되었다. 개발자들은 에러를 잡으면서, 아직 개발되지 않은 화면들을 개발하면서, 통합 테스트 시나리오의 내용을 일부 조정하면서 3차 통합 테스트를 준비하고 있었다.

2차 통합 테스트가 있던 날, 태섭은 테스트가 완료되었다는 내용을 전달받고 녹초가 되어 퇴근했다. 지하철역으로 흐느적거리며 걸어가면서 아직 해결하지 못한 에러로 머릿속이 복잡한 상태였다. 그때 김 사장으로부터 전화가 왔다.

"어머니, 안녕하세요."

"자네, 내가 좀 늦은 시간에 전화했지?"

11시가 다 된 시간이었다.

"아닙니다, 어머니. 괜찮습니다."

"잘 지내고 있는가?"

김 사장의 어투는 언제나 부드러웠다. 오랜 사회생활에 의한 것인지, 원래 그런 성격인지 상대를 배려하는 듯한 말투였다.

"네, 어머니. 잘 지내고 있습니다."

"혜란이가 오늘 전화를 했어, 방금 전에….."

통합 테스트와 에러에 대한 생각들이 사라지고 있었다.

"혜란이가 갑자기 유학을 그만두고 돌아오고 싶다고 하네. 혹시 자네도 알고 있었는가?"

태섭은 머리가 맑아지는 것을 느낄 수 있었고, 눈빛이 밤하늘에 떠 있는 별보다 더 반짝이고 있었다.

"모르고 있었습니다, 어머니. 제가 혜란이에게 그만두고 돌아오라고 했을 때 딱히 대답을 듣지는 못했었거든요."

"자네가 그만두고 돌아오라고 했는가?"

"네, 어머니. 제가 그랬습니다."

머뭇거림 없는 대답이었다. 혜란이 그렇게 김 사장과 통화했다면 혜란도 어느 정도 돌아올 마음이 있다는 뜻으로 이해되었고, 세상에 자식 이기는 부모는 없다고 태섭은 생각하고 있었다.

"자네 그 말 책임질 수 있겠는가?"

김 사장의 말은 높지도 않았고, 빠르지도 않았으며, 대답을 다그치지도 않았지만, 다음에 이어질 태섭의 대답이 중요하다는 사실을 서로 잘 알고 있었다.

태섭은 엊그제 내린 눈으로 청명해진 하늘의 별을 바라보며, 그동안 그리움이 상처가 되어 아파 왔음을, 마치 아무렇지도 않게 상처가 있어 아픈 곳도, 그리움이 남아 그리운 것도 아무렇지도 않게 그렇게 살아왔음을 생각했다.

아무에게도, 스스로에게조차 하지 못했던 말, 가슴 속 깊이 못내 표현하지 못했던 말을 별빛 가득히 채워진 하늘을 보며 태섭은 감성과 그리움에 젖어 말했다.

"어머니, 세상은 참 생각대로 되지 않는 것 같아요. 하지만 생각대로 되지 않는다는 건 정말이지 멋지지 않나요. 생각지도 못했던 일이 일어나는 것이니까요."

왜 그랬을까, 태섭은 그 순간 떠오른 캐나다의 루시 모드 몽고메리가 지은 「빨간 머리 앤」의 대사로 답했다. 김 사장은 사업을 경영하고는 있었지만 애당초 문학인이었고 시인이었다.

"자네, 그 말 참 멋지게 잘 가져다 썼네."

네 손을 잡고

강물이 멈추어 서는
그쯤에서

억새꽃 환한 얼굴을 보며
햇살 머무는
그쯤에서

풀잎을 눕히며 이야기하자

상처가 있어 아픈 곳도
그리움이 남아 그리운 것도

건너가지 못할 마음까지
아무렇지도 않게

다독거리며 눈빛을 맞추자

가을이 오면서
수북이 펼쳐놓은
풍요로운 들판을 보며

하지 못했던 말
그 속 깊이
별빛 가득히 채워질 때까지.

$$\textcircled{5}$$

두일은 얼굴에 잔뜩 주름을 만들며 모니터를 뚫어져라 바라보고 있었다. 태섭과 민성은 아직도 남아 있는 신규 화면들을 개발하고 있었고, 두일은 태섭과 민성이 부탁한 일을 하고 있었는데, 어려운 것만 부탁했다며 투덜거리고 있었다.

"모르겠어, 이유가 없어. 이게 뭐 얼마나 쓰인다고 그렇게 많이 호출되었다는 거야? 자동 조회도 아니고."

두일은 어제 분당 수천 번씩 수행되었다던 태섭의 서비스를 보고 있었지만, 딱히 원인을 파악하기 어려웠다.

"사람이 호출할 수 있는 횟수가 아니야. 봐, 사람이 어떻게 초당 삼사십 번을 클릭할 수 있냐고."

예약 스케줄 관리 화면이었다. 왼쪽 상단에 달력이 있었고, 달력에서 특정 일자를 클릭하면 시간대별 예약 환자 현황을 보여 주고 있었다. 정원 몇 명에 예약 환자 몇 명, 그리고 특정 시간대를 클릭하면 해당 시간대에 예약되어 있는 환자를 리스트로 보여 주고 있었다. 시간대를 위아래로 키보드의 화살표를 움직일 때마다 오른쪽 리스트는 변경되고 있었는데, 아무리 악의를 품고 화살표를 위아래로 마구 클릭해도 일 초에 십 회 이상 클릭은 무리였다. 그런데 2차 통합 테스트 때 누군가 일 초에 수십 회씩 조회를 발생시켰다니, 이해할 수 없는 노릇이었다. 사용자 한두 명이 사용할 때 그 정도의 사용량이라면, 만일 이대로 시스템을 오픈한다면 수많은 사용자에 의해 초당 수천 회의 조회가 발생할 것이고, 그 조회 트랜잭션은 분당 수십만 회, 시간당 수천만 회, 하루에 수억 회의 트랜잭션을 발생시킬 것이므로 단순하게 생각할 문제가 아니었다.

"이기 말이 안 돼. 그기서 여러 명이 동시에 키보드 화살표를 위아래로 마구 경쟁적으로 클릭했다는 얘긴데, 그기 말이 되나?"

두일은 문제의 원인을 찾고 해결하는 트러블 슈팅 전문가로 통하고 있었지만, 이번 일은 도통 원인을 알 수가 없어 머리가 지끈거리고 있었다.

"그리고, 민성아. 로그 보니까 누가 조회 조건을 약 처방 코드 없이 1년을 줬어."

두일은 태섭이 부탁한 과도한 호출 서비스 분석을 포기하고, 민성이 부탁한 과도한 메모리 사용 SQL을 분석하다가 SQL에는 문제가 없음을 확인하고 조회 로그를 분석하다가 원인으로 추정되는 내용을 말하고 있었다.

"이기 1년 치 데이터가 600만 건인데, 이걸 조회하겠다고? 이기 조회가 되겠나? 한 달 치만 해도 50만 건이다. 니, 조회 조건 막아야겠다."

통합 테스트 룸에서 누군가 아무 의미 없이 1년 치 약 처방 모두를 조회했었을 것이었다. 어쩌면 처음에는 특정 환자의 약 처방에 대해 코드를 조건으로 1년 치를 조회했었을 수도 있었겠지만, 결국 환자 번호나 약 처방 코드 없이 1년 치 조회를 시도하다가 600만 건의 데이터를 가져오느라 시스템의 CPU와 메모리를 거덜 냈었을 것이었다. 그나마 3-Tier 구조라서 미들웨어 티맥스TMax가 중간에서 부하를 분산해 주었기에 시스템이 죽지 않고 버텨 냈을 것이었다. 과거 2-Tier 구조였다면 필시 시스템을 죽였을 것이었다.

보통 통계 프로그램을 제외한 온라인 프로그램에서 조회 시 천 건의 데이터도 과도한 조회라고 여겨지고 있었다. 사람이 천 건을 조회해서 눈으로 다 볼 수 있겠냐는 것이었다. 하물며 600만 건은 과도해도 너무 과도했다. 결국 민성은 두일의 조언대로 조회 기간을 일주일로 제한했고, 약 처방 코드를 반드시 입력해야 하는 것으로 프로그램을 수정했다.

"병원이 크니까 데이터도 어마무시하구마."

사실 중소병원의 경우 이런 식의 제약 조건은 불필요했다. 데이터 건수 자체가 그렇게 많지 않았기 때문이었는데, 강남사랑병원은 과연 상급 종합병원이었다. 통합 테스트 당시 메모리 사용량이 과다했던 이유는 민성의 케이스와 유사하게 과도한 양의 데이터 요청에 따른 것이었다. 사용자들이 테스트해 본다는 명분하에 평상시와 다르게 마구 기간을 늘려 조회를 시도했을 것이었다. 인프라 파트로부터 과다 메모리 사용, 과다 CPU 사용 프로그램들이 전달되었고, 많은 개발자가 화면에서 조회 조건에 제약을 주는 것으로 보완해 나가고 있었다. 두일이 태섭의 어깨를 두드리며, 과도 호출 서비스 원인은 모르겠다며 미안해했다. 그러고는 3차 통합테스트 때 실무자가 어떻게 사용하는지 자기가 직접 가서 눈으로 봐야겠다고 했고, 태섭은 그런 두일이 고마웠다. 두일이 개발한 검사 결과 입력 화면들은 거의 에러가 없었고, 사용자들 반응도 나쁘지 않았다. 안쓰러운 표정으로 미안하다며 두일은 먼저 퇴근했고, 민성은 오늘도 약국에서 밤을 새울 모양인지 가방을 자리에 놔둔 채 개발실을 나섰다. 태섭은 하루 종일 신규 화면을 개발했고, 테스트 시나리오에 작성되어 있는 에러들을 해결해 나가고 있었다. 그리고 밤에는 일자별로 조회가 되지 않는 에러를 잡을 생각으로 마음을 다잡고 있었다. 끝없는 개발과 에러와의 전쟁이었다.

"뭐가 잘 안돼?"

두 대리가 또 남아 있냐는 투로 태섭을 바라보며 물었다.

"에러 좀 잡으려고요. 두 대리님은 괜찮으세요?"

항상 여유로운 두 대리의 모습에 존경 반, 의문 반으로 처방 쪽 통합 테스트가 잘 진행되었는지 물었다.

"에러투성이지, 전화 받느라 일을 못 해."

말과 다르게 두 대리는 여유로운 미소를 지으며 자리에서 일어나 리모컨으로 TV를 UFC 채널에 맞추고 있었다. TV에서는 거구의 파이터 두 명이 엎치락뒤치락 주먹과 킥을 날리고 있었다.

"개발은 다 하셨어요?"

"해야지."

영혼 없는 말투였다. 격투기 채널에 정신을 빼앗긴 듯, 허공에 주먹을 날리며 환호하고 있었다. 이런 상황에서 저런 여유로움이라니, 언제나 두 대리는 태섭의 예상을 뛰어넘고 있었다.

"태섭아, 전화 한 통화만 하고 야식 먹으러 가자."

언제나 명랑하고 여유 있는 목소리였다. 도대체 두 대리의 저 안정적이며, 넘치는 기운의 근원은 무엇일까. 최근 들어 개발자들 대부분이 곡소리를 내고 있었다. 자리에서 일어날 때 '아이고', 자리에 앉을 때 '아이고', 회의하다 말고 '아이고', 에러 났을 때 '아이고'….

'VDT 증후군*', 그리고 '거북목 증후군**', 또한 늦게까지 일하다가 퇴근하여 잠들기 전 주린 배를 참지 못하고 라면을 끓여 먹고 바로 침대에 누워

---

* VDT 증후군(Visual Display Terminal Syndrome): 장시간 모니터를 바라보며 타이핑을 하다 보니 어깨 통증, 눈의 충혈, 피로감, 저림 등의 증상이 나타나는 현상.

** 거북목 증후군: 고개를 앞으로 내밀고 모니터를 장시간 바라보는 나쁜 자세에 의해 경추부 추간판 (디스크)에 가해지는 압력이 증가하여 뒷목과 어깨에 통증을 유발하는 증상.

잠을 청하다 보니 '역류성 식도염*' 같은 증상들이 흔히 발생하였고, 이러한 것들이 프로젝트가 막바지로 향할수록 많은 개발자가 힘들어하는 이유였다. 그야말로 몸도 마음도, 머리도 폐허가 되어 가고 있었다. 그런 와중에도 두 대리는 언제나 꼿꼿했다. 프로젝트가 막바지로 향할수록 콧노래는 더욱 높아져 가고 있었다.

"어, 그래. 오빠야. 기다리고 있었지? 어제는 하도 일이 많아서 전화 못했어. 심사팀 통합 테스트는 잘 됐어?"

두 대리의 때 묻지 않은 천진난만한 목소리가 들려왔다.

"다행이네, 그거 봐. 심사 시스템 개발자들도 실력자들이라니까. 아, 물론 네가 잘 리딩해서 그렇기도 하지만. 그래, 네가 고생이 많았어."

보험심사 시스템 개발이 처음에는 개발자들과 현업 사이의 불화로 많은 어려움이 있었지만 그 고비를 넘기고 나니 서로 전우가 된 듯 돈독한 관계를 유지하며 개발을 이어 나가고 있었다. 물론 그 사이에서 두 대리가 많은 중재자 역할을 하기도 했었는데, 처방 개발자가 보험심사를 중재한다는 것이 말이 되지 않는 사실이기는 했다.

"그러고 보니 우리 이제 볼 날도 얼마 남지 않았다. 야, 가기 전에 우리 밥한번 먹어야 하는데 말이지. 내가 크게 한번 쏴야 하는데, 그때 데리고 나올 후배는 골라 놨지?"

또다시 두 대리가 배를 산으로 몰고 가려고 하는 모양이었다.

"나는 골라 놨지. 우리 사무실에 나 말고 노숙자 한 명 더 있거든. 허우대는 멀쩡해. 너는? 이름 대 봐, 검색 좀 해 보게. 뭐? 왜 이래? 너 혼자 우리 둘을 감당할 수 있을 것 같아? 솔직히 말해 봐, 너 친구나 후배 없지?"

---

* 역류성 식도염: 위에서 식도로 위산이 역류하여 염증을 일으키는 증상.

두 대리가 돛을 올리고 반대 바람을 맞으며 배를 산으로 몰아 가고 있었다.

"야, 원래 똑똑하면 외로운 거야. 이해해. 똑똑하면 시기와 질투의 대상이 되잖아. 네가 너무 똑똑하고 일을 잘해서 그래. 그나마 이쁘지는 않으니까…."

두 대리가 인상을 찡그리며 수화기를 귀에서 뗐다.

"응응 알았어, 알았어. 원래 신은 공평한 거야. 너에게 똑똑한 머리와 조리 있는 말재주를 준 대신…."

이어지는 두 대리의 호쾌한 웃음소리, 언제 엿들어도 불안한 통화였지만 그렇다고 상대가 끊지는 않는 모양이었다. 족히 30여 분을 통화하는 두 사람이었다.

"그래, 조만간 날짜 잡자. 밥 한번 먹고 떠나야지. 알았어, 잘 자. 내 꿈 꿔. 알지? 꿈에서 나 보면 돼지꿈이다."

호탕한 웃음소리와 함께 전화를 끊은 두 대리는 태섭에게 눈짓을 보내며 야식 먹으러 갈 준비를 하고 있었다. 언제 다녀갔는지 이 선생이 야식권을 한 묶음 챙겨 줬다고 하면서 추리닝 위에 캐시미어 롱 코드를 걸치고 슬리퍼에서 구두로 갈아 신고 있었다. 개발실 밖은 추웠다. 12월도 중순을 지나고 있었고, 쌓인 눈이 얼어 종종걸음으로 구내식당을 향해 가고 있었다.

"꽃 피는 봄이 오면 여기도 안녕이다."

야식 메뉴는 현미 보리밥에 미소된장국, 적당한 크기로 썰어진 고구마 돈가스, 매콤 파스타, 양상추 사과 샐러드와 발사믹 드레싱 그리고 깍두기였다. 두 대리의 식판에는 미소된장국은 없었고 대신 그 자리에 길쭉길쭉하게 썰려 있는 고구마 돈가스가 산을 이루고 있었다. 자율 배식이어서 돈가스를 뜰 때 식당 아주머니가 눈치를 주는 듯했지만 전혀 신경 쓰지 않는 두 대리였다. 두 대리가 젓가락을 이용하여 돈가스에 소스를 골고루 바르더니 한 번에 하나씩 돈가스를 입으로 욱여넣고 있었다.

"태서바, 에러가 있으면 안 돼. 아직 시작도 안 했거든."

그렇게 말하는 것 같았다. 음식물이 입안 가득인 채로 말하고 있어 발음이 뭉개지고 있었다.

"통합 테스트 때 발생한 에러를 아직도 못 잡고 있어요."

태섭은 돈가스 하나를 세 입에 나누어 먹고 있었고, 두 대리는 한 입에 하나씩 먹고 있었다.

"에러는 빨리 잡고 테스트 때 들어오는 데이터들을 확인해 봐야 해. 당장 눈에 보이는 에러는 에러도 아니야. 그건 그냥 잡으면 되잖아. 눈에 보이지 않는 에러들이 문제지."

"네? 눈에 보이지 않는 에러요? 그런 에러도 있나요?"

"입력할 때 에러 메시지는 없었지만, 데이터가 비정상적으로 저장되는 케이스들 말이야. 환자 번호, 약 처방 코드, 용량, 용법을 입력했는데, 다른 정보들은 모두 잘 저장되었는데 용법이 누락된 경우, 이런 경우는 사실 잘 알아차리지 못하거든. 에러 메시지도 보이지 않았을 테니까. 나중에서야 알아챘을 때는 이미 그런 데이터들이 수천, 수만 건 쌓여 있게 되지. 결국 정보를 잃어버린 거야."

무서운 일이었다. 차라리 에러 메시지라도 보이면 에러가 났다는 것을 알게 될 테니 찾아서 수정하면 되겠지만, 에러 메시지 없이 데이터의 일부만 잘못 처리되고 있는 경우라면 나중에서야 발견될 테니 큰 낭패였다.

"그런 에러들은 늘 프로젝트에서 있어 왔어. 그러니 우리는 과거의 경험을 살려 그런 것들을 최대한 미연에 방지해야 해. 물론 과거를 기억하지 못하는 자들은 그 과거를 반복하겠지만 말이야."

생각만 해도 끔찍한 일이었다. 태섭은 야식이 잘 넘어가지 않았다. 그런 무서운 말을 하면서도 돈가스를 꿀떡같이 잘도 먹고 있는 두 대리가 태섭은 부러웠다. 야식을 먹고 돌아와서 태섭은 두 대리의 말을 떠올리며 지난번 발생한 에러를 해결하려 하고 있었다. 그 당시 에러 로그에 에러 메시지들이 쌓이고 있었지만 현장 실무자들은 에러인지 알아채지 못하고 있었던 케이스였다. 다행히도 실제 운영 상황이 아니라 테스트 상황이었고, 데이터가 비정상으로 저장되는 케이스도 아니었기에 원인을 찾아 소스 코드를 수정하면 되었다.

"야식 먹으니까 졸리다. 내가 뭐 도와줄까?"

두 대리가 다시 추리닝에 슬리퍼 차림으로 배를 두드리며 하품을 크게 하고는 태섭의 자리로 왔다.

"지난번 통합 테스트 때 에러 로그가 쌓이고 있었어요. 실시자 리스트가 조회되지 않는 현상이었는데, 시나리오에는 없는 내용이라서 아무도 몰랐나 봐요. 인프라 파트에서 알려 줬어요. 에러 로그 엄청 쌓이고 있다고."

"그래? 에러 메시지가 뭔데?"

태섭이 텔넷 Telnet 을 열어 서버에 접속하고는 에러 로그를 열었다.

"'ORA-01843, not a valid month'라고 되어 있네요."

"뭐, 그러면 날짜를 잘못 던졌겠지."

"그런데 던진 변수를 로그에 찍어 봤는데, '2000-12-13'으로 정확하게 넘어가고 있었거든요. 며칠째 보고 있는데 이유를 모르겠어요."

두 대리가 불룩 나온 배를 규칙적으로 두드리면서 천장을 쳐다보다가 뭔가 생각났는지 SQL 쿼리를 보여 달라고 했다. 태섭이 서비스 프로그램을 열어 SQL 쿼리 부분을 보여 주었다.

"여기가 문제네. 날짜 변수를 그렇게 던지면 안 되지."

"네?"

"봐, 쿼리에서 'yyyymmdd' 형태로 받고 있는데, 들어온 변수는 'yyyy-mm-dd' 형태잖아. 대시-를 빼고 던지든지 아니면 쿼리의 변수에 대시를 넣고 받든지….'

"아, 그렇네요."

태섭은 허무했다. 몇 시간을 눈으로 보고 있었으면서도 알아차리지 못했던 에러를 두 대리는 5분도 안 돼서 알아챈 것이었다.

"원래 그래, 자기 에러는 자기가 잡기 어려워. 남이 봐 줘야 잡는 경우가 허다하지. 열심히 해라."

두 대리는 싱겁다는 듯 오른손을 흔들며 자리로 돌아갔다. 태섭은 화면에서 날짜를 던질 때 대시를 제거하는 것으로 소스 코드를 수정한 후 컴파일하여 테스트해 보니 에러가 해결되어 있었다. 보고 있어도 볼 수 없었던 자신의 눈을 탓하며 허무함을 느꼈다.

"자, 오늘 마지막 통합 테스트 날입니다. 그동안 잘해 주셨습니다. 오늘 마지막으로 통합 테스트하시면서 지난번에 발생했던 에러들이 해결되었는지, 추가로 말씀하셨던 사항들이 잘 반영되었는지 잘 좀 확인해 주세요."

이 PL이 3차 통합 테스트 시작을 알리며 테스트 시나리오를 배포하려고 하고 있었다.

"저기요, 지난번에 말씀드렸던 통원치료센터 케이스도 추가되었나요?"

항암 주사실에서 근무하는 간호사가 2차 통합 테스트 끝나고 요청했던 사항을 확인하고 있었다.

"네, 선생님. 그래서 오늘은 51개 테스트 시나리오입니다. 이거 다 끝나야 석방되십니다."

이 PL이 너스레를 떨며 테스트 시나리오를 돌리기 시작했다. 가뜩이나 오래 걸리는데 케이스가 하나 더 늘었다며 여기저기서 투덜투덜 통원치료 센터 간호사를 곱지 않은 시선으로 쳐다보고 있었다. 테스트 시나리오가 돌기 시작하자 테스트 룸은 이내 어수선해지기 시작했지만, 처음과는 다르게 익숙해진 손놀림으로 케이스들을 빠르게 쳐 나가고 있었다. 두일은 이번에 일부러 통합 테스트 룸에 참여했는데, 환자 검사 시스템 실무자들을 눈여겨보고 있었다. 이미 두 번이나 해 본 리허설이었기에 실무자들은 빠르게 케이스를 처리하고는 다음 담당자에게 시나리오를 전달한 후 잡담을 나누거나 간식을 가져다 먹으며 여유를 부리고 있었다.

그때였다. 두일의 눈에 문제의 화면을 열고 있는 검사실 실무자가 보였다. 과다 호출 서비스를 발생하던 '예약 스케줄 관리' 화면을 띄워 놓은 것이었다. 두일은 말없이 실무자의 뒤로 자리를 이동해서 어떻게 하면 그런 일이 벌어지는지 예의주시하고 있었다.

"시스템이 좋아진 것 같기는 해. 기능들이 많아졌어. 뭐 다 사용해 보지는 못했지만."

검사실 담당자들이 넘어온 시나리오를 빠르게 처리하고 서로 담소를 나누고 있었다.

"제일 좋아진 건 검사 예약을 동시에 여러 개씩 할 수 있다는 거야. 지금은 한 환자에 검사 처방 여러 개 나면 하나씩 예약을 잡잖아. 동일 날짜로 예약 잡느라 우리가 얼마나 고생했어. 근데 이 예약 화면 봐, 한 번에 5개 처방을 동시에 예약 잡을 수 있게 해 놨잖아, 일자 비교해 가면서. 스케줄 관리 화면도 봐, 한 화면에서 다 볼 수 있어. 마음에 들어, 속도도 빠르고."

그렇게 말하면서 예약 스케줄 관리 화면의 특정 시간대에 포커스를 둔 채 마우스 휠을 마구 위아래로 돌리고 있었고, 그때마다 해당 시간대 환자를 조회하느라 시스템이 쉼 없이 작업을 처리하고 있었다. 마우스 휠을 빠르게 돌리면 돌릴수록 조회는 초당 수십 회씩 발생하고 있었다.

"봐, 이렇게 시스템이 빠르다니까."

"와, 그러네."

옆에 있던 실무자도 자신의 PC에서 화면을 열고 똑같이 해 보고 있었다. 한번 마우스 휠을 돌릴 때마다 리스트의 포커스가 이삼십 건의 데이터를 훑고 지나가고 있었고, 그때마다 그 시간대 환자를 조회하기 위해 시스템이 아등바등하고 있었다.

두일의 휴대폰이 울렸다. 태섭이었다.

"응, 태섭아."

"혹시 뭐 이상한 거 없어? 인프라에서 연락 왔어. 또 그 서비스가 과다 호출되고 있대."

태섭의 목소리가 가늘게 떨리고 있었다.

"태섭아, 잡은 거 같아."

검사실 실무자들은 계속해서 마우스 휠을 돌리며 이야기를 나누고 있었다.

"마우스 휠을 돌릴 때마다 오른쪽에 환자 리스트가 속도감 있게 변하는 이 느낌이… 뭐랄까, 좋지 않아?"

"그러게, 묘하게 계속하게 되네. 그냥 휠이 휙휙 돌아가는 느낌이 아니야, 뭔가 휠에 저항감이 있다고나 할까? 중독성 있어."

"지난번 통합 테스트 내내 나는 이 화면에서 마우스 휠을 돌리고 있었다니까. 뭔가 브레이크가 걸리는 느낌이야. 슬로우 모션이랄까, 아무튼 묘해.

느낌 있어."

두일이 두 명의 실무자 머리 사이로 자신의 머리를 들이밀며 말했다.

"선생님들, 시스템이 참 빠르지요?"

갑자기 나타난 두일의 머리에 깜짝 놀란 실무자들이 토끼 눈으로 두일을 쳐다보고 있었다.

"선택하실 때 마우스 휠을 사용하실 줄은 몰랐네요. 키보드나 마우스로 클릭하실 거라 예상하고 만들었는데 말이죠."

두일이 부드러운 미소와 함께 실무자들을 번갈아 가며 바라보고 있었다.

"보통 때는 마우스로 클릭하죠. 그런데 이 화면, 뭔가 있는 거 같아요."

실무자가 여전히 마우스 휠을 돌리며 가식 없이 웃는 눈을 만들며 말했다.

"선생님, 휠에서 뭔가 묵직한 느낌이 느껴지시지요? 그게 사실은 환자 리스트를 조회해 오는 시간입니다. 대략 1밀리 세컨드 1ms, 0.001초, 천분의 1초 정도, 휠을 돌려 포커스가 아래나 위로 옮겨지는 시간에 1밀리 세컨드 정도의 지연이 발생하기 때문에 저항감을 느끼신 겁니다. 선생님들의 즐거움을 빼앗고 싶지는 않지만 휠을 돌리실 때마다 서버에 부하를 줍니다. 서버 자원을 쓰고 계신 거지요."

두일이 서두르지 않고 차근차근 설명하고 있었다.

"어머, 그래요? 그러면 휠을 돌리면 안 되겠네요?"

실무자가 몰랐음을 강조하듯 다소 과장된 몸짓으로 말하며 마우스에서 손을 떼고 있었다.

"오늘은 자제해 주세요. 프로그램 수정해서 휠을 돌리셔도 상관없도록 조치하겠습니다. 저항감이 없어져 재미는 없으시겠지만…."

두일은 소기의 목적을 달성하고는 태섭에게 전화하여 원인을 설명하였고, 태섭은 프로그램을 수정하여 더 이상 과다 호출되지 않도록 보완하였다. 의외로 방법은 단순했다. 화살표든, 마우스든 특정 라인에 포커스가 0.3초 이상 멈춰 있을 때만 환자 리스트를 조회해 오는 것으로 변경한 것이었다. 휠을 돌려 순식간에 리스트를 지나칠 때는 조회하지 않고 멈춰 있을 때 조회하는 방식으로 변경한 것인데, 0.3초는 인간에게는 매우 짧고 인지하기 어려운 시간이었지만 시스템에서는 아득한 시간이었다.

찬 바람이 몰아치던 1월 초 어느 날, 본관 지하 1층 중강당에 백여 명에 가까운 현업들이 모여 있었고, 태섭과 두일은 연단에 있는 PC를 점검하고 있었다. 강남사랑병원 신통합 의료정보시스템 구축 프로젝트 오픈 일이 이제 한 달도 남지 않은 상황이었다. 이제 얼마 뒤, 병원의 모든 현업이 현재의 시스템을 버리고, 새로운 시스템을 사용하여 업무를 진행해야 할 것이었다. 프로젝트팀은 새롭게 변경된 시스템 사용의 연착륙을 위하여 사용자 교육 단계에 돌입하고 있었고, 태섭이 맡고 있는 환자 검사 시스템도 9개 검사실, 400여 명의 현업을 대상으로 교육을 진행하고 있었다. 오늘은 10차수에 걸친 사용자 교육 중 마지막 10차수 교육이었는데, 앞서 9차수까지는 검사실별 현업들을 모아서 진행한 교육이었고, 마지막 10차수는 검사실에 상관없이 그동안 교육을 받지 못했던 현업들이 모두 참여하는 교육이라서 자리가 부족할 지경이었다.

"환자 검사 시스템 사용자 교육 10차수 시작하겠습니다. 그동안 많은 현업 선생님들의 도움을 받아 시스템을 개발해 왔습니다. 오늘 설명을 들으시고 오픈 이후에 잘 사용해 주셨으면 좋겠습니다."

태섭은 로그인 화면부터 설명을 시작하였고, 로그인했을 때 처음 만나게 되는 기본 화면과 메뉴 구성에 대하여 설명했다. 기존에는 없었던 개인 설정 옵션들과 특수 기능들에 대해서는 공을 들여 설명하였고, 참석자들의 반응을 살펴 가며 속도를 조절했다. 마스터 관리 화면들, 예약 접수 화면, 검사 실시 관련 화면들을 실제 프로세스가 흐르듯 미리 준비해 놓은 테스트 데이터를 활용하여 시연해 보였고, 이어서 두일이 검사 결과 입력 화면과 판독 관련 화면들에 대한 설명을 이어 나갔다. 족히 한 시간 동안 태섭과 두일은 번갈아 가며 화면들을 설명했다. 마지막으로 각종 통계 화면들과 유용한 사용자 팁에 대해 설명하고는 질의 응답 시간을 진행했다.

"지금까지 차세대 신시스템에 대해 간략하게 설명해 드렸습니다. 혹시 궁금하신 사항이 있으시면 말씀해 주십시오."

중강당의 열기는 뜨거웠다. 이제 얼마 뒤면 좋든 싫든 신시스템을 사용해야 했기에 모두 관심이 많았다.

"교육 이후 일정이 어떻게 되나요? 바로 오픈인가요?"

영상의학과 검사 기사가 프로젝트 일정을 묻고 있었다.

"리허설이 진행될 예정입니다. 실제 현장에서 테스트 화면을 열어놓고 테스트 환자가 원내를 돌아다니며 실전처럼 테스트하는 단계가 남아 있습니다. 그리고 문제가 없다면 실제 오픈은 2월 초에 하게 될 예정입니다."

"저기요."

앳되어 보이는 여선생이 손을 들고 쭈뼛거리며 말했다.

"네, 선생님. 말씀하세요."

"시스템을 미리 사용해 볼 수는 없나요? 설명은 잘 들었는데, 실제 사용해 봐야 알 것 같아서요. 그래야 익숙해질 것도 같고…."

눈빛에 알 수 없는 불안함이 묻어 있었는데, 아마도 어느 검사실의 막내였으리라. 오픈하고 나면 각 검사실의 막내 현업들이 가장 힘들 것이었다.

"물론입니다, 선생님. 병원 메일 시스템 게시판에 케이스미스 KSMIS, Kangnam Sarang Medical Information System 설치 파일이 등록되어 있으니까 다운로드해서 설치하시면 됩니다."

어린 여선생이 수첩에 열심히 받아 적고 있었다.

그때였다. 머리가 희끗희끗하며 나이와 체격이 있어 보이는 방사선사가 태섭을 바라보며 물었다.

"그런데 개발팀 선생님. 이번 차세대 프로젝트는 왜 하게 된 건가요? 누가 하라고 한 건가요?"

뜬금없는 질문이었다.

"몇 가지 문제가 있기는 합니다만 그래도 지금 시스템 잘 사용하고 있는데, 이걸 꼭 바꿔야 하는 건가요? 사용법도 다시 배워야 하고, 이게 무슨 시간 낭비입니까?"

질문이 질타로 바뀌고 있었다.

"이번 차세대 프로젝트 비용이 얼마인지 아시나요, 개발팀 선생님들?"

난감했다. 태섭이 두일을 쳐다보았으나 두일도 모르겠다는 듯 눈을 질끈 감고 머리를 좌우로 흔들고 있었다.

"개발팀 선생님들 회사 매출 올리겠다고 멀쩡히 잘 사용하고 있는 우리 병원 시스템 바꾸고 우리더러 사용법 배우라고 하고 있는 거 아닙니까?"

개발이 잘되었는지 안 되었는지에 대한 질문이 아니었다. 질문이 질타가 되었다가 비난으로 이어지고 있었다.

"개발팀 선생님들도 생각해 보세요. 우리 시스템에 문제가 있었습니까? 당신들 마음대로 개발하고는 돈 받아 떠나갈 거고, 우리는 남아서 힘들게 신시스템에 적응해야 하고, 개발팀 선생님들, 우리에게 미안하지 않습니까?"

질문 아닌 비난을 던져 놓은 방사선사는 젖혀지지도 않는 강의실 의자를 뒤로 젖히려고 힘쓰면서 잔뜩 인상을 쓰며 자신의 직원 다루듯 태섭을 압박하고 있었다. 마치 신문물을 받아들이기 싫어하며 옛것을 고수하겠다는 흥선 대원군의 자세였는데, 태섭은 그런 주장을 왜 이 자리에서 하고 있는지 이해할 수 없었고, 스멀스멀 올라오는 분노를 느끼고 있었다.

"현재 사용하고 계신 시스템은 94년도에 오픈하신 것으로 알고 있습니다. 벌써 7년쯤 전이네요. 그때 당시 전문가들이 아키텍쳐를 설계하고, 개발자들이 선생님들과 같이 머리를 맞대고 프로그램을 아주 잘 개발한 것으로 알고 있습니다. 하지만 당시 기술로는 늘어나는 환자 규모를 더 이상 감당하기 어려운 구조가 되었고, 기능도 더 이상 추가하기 어려운 상황이 되었습니다. 그리고 무엇보다 하드웨어 장비가 낡아 수명이 다해 가고 있어 교체해야 하는 시기입니다. 새 장비를 구매해야 하는데 7년 전과 동일한 스펙의 장비로 교체하시겠습니까?"

사용자 교육에서는 찾아보기 힘든 분위기였다. 9차수 교육 때까지는 이 PL이 직접 교육에 참관하여 현업들의 이상한 질문이나 추가 요구 사항에 대응해 주었는데, 하필 오늘은 마지막 차수라 해이해진 마음으로 대충하고 오라며 따라나서지 않았던 것이었다.

"선생님, 기능에 문제없다고 요즘 시대에 삐삐를 구매하시겠습니까? 저도 휴대폰을 바꿀 때마다 새로워진 UI^{User Interface}로 살짝 짜증이 나기도 합니다. 그래도 또 쓰다 보면 새로운 기능들에 적응해서 기존보다 더 편하게 잘 사용하곤 합니다. 물론 변화를 받아들이는 것이 참으로 쉽지만은 않은 일입니다."

침묵이 흘렀고, 교육을 마무리할 때였다.

"변화함으로써 생기는 불안에 적응하여 발전을 이룰 것인지, 변화하지 않음으로써 생기는 안정감을 느끼며 도태될 것인지는 선생님들께서 선택하실 일입니다만, 우리는 미래를 준비하는 IT 전문 개발사로서 선생님들께 보다 나은 시스템을 제공해 드리고자 노력할 뿐입니다."

깊이 들이마신 1월의 차디찬 공기가 휴면 상태에 빠져 있는 태섭의 뇌를 자극하고 있었다. 아름답기만 하던 눈 덮인 하얀 세상은 어느새 메마르고 차디차며 황량한 느낌을 던져 주고 있었다. 주차장 옆으로 줄지어 서 있던 은행나무들은 이파리들을 잃은 채 앙상한 가지만 벌리고 찬바람을 버텨 내고 있었다. 아직 두 대리는 개발실 바닥에 스티로폼을 깔고 자고 있었다. 언제부터인지 현장 사무소 어디에서인가 스티로폼을 구해 오더니 그때부터 새벽 세 시가 되면 스티로폼을 깔고 잠을 청했다. 태섭은 책상에 엎드려 잠을 청했는데 눕지 않았으니 장좌불와^{長坐不臥} 이틀째였다. 태섭의 휴대폰이 울린 것은 이른 아침 여섯 시경이었다. 알람인 줄 알고 눈을 떴으나 혜란의 국제전화였다. 서둘러 휴면 상태의 머리를 깨우기 위해 옷도 제대로 입지 않은 채 개발실 밖으로 나가 전화를 받았다. 살을 에는 찬바람이 정신을 깨우고 있었다.

"여보세요? 혜란이니?"

"오빠, 나야."

평소답지 않게 들뜬 목소리였다.

"무슨 일 있어?"

태섭의 기대와 걱정이 섞인 말투가 혜란에게 전해졌다.

"나 돌아갈까 해."

"응?"

일순간에 잠이 달아나며 정신이 번쩍 들었고, 온몸에 전율이 흘렀으며,

교감신경의 자극으로 부신속질에서 아드레날린을 분비해 대고 있었다.

"귀국한다는 거야? 언제?"

"여기 정리되는 대로 귀국하려고 해. 아마도 3월쯤 될 것 같아."

"그래, 잘 생각했어. 너 거기서 그렇게 고생하지 않아도 돼. 우리 잘살 수 있어. 아주 들어오는 거지?"

"응, 오빠. 그런데……."

'그런데' 이후 침묵이 흘렀다.

'그런데?' 불길한 '그런데', 태섭은 그 짧은 순간 막장 드라마 속 대사들이 떠오르고 있었다.

그런데 다른 남자가 생겼어.

그런데 죽을병에 걸렸어.

그런데 이번에는 영국으로 유학을 가려 해.

그런데 엄마가 오빠는 안 된대.

그런데 여자를 좋아하게 되었어.

머리를 흔들며 태섭이 말했다.

"그런데?"

"그런데, 우리 어색하면 어떡하지? 돌아간다고 생각하니까 두려워."

꽉 찬 2년이었다. 그동안 그녀는 여러 가지 이유로 귀국한 적이 없었고, 김 사장만 몇 번 애틀랜타를 다녀왔다. 두 명보다 한 명이 움직이는 게 나았을 것이었다.

"혜란아 오빠는……."

그 사람…….

물 흘러가듯 흐르다 보면, 어디 한 굽이쯤에서 반드시 만나게 될 그 사람. 못다 한 이야기에 밤이 지나고 마주 잡은 두 손엔 주름이 져서 아스라한 모습으로 목이 멜 것 같은 그 사람.

　태섭은 그동안 그리움을 품고, 버티기의 삶을 살아오고 있었다. 이제 그 버티는 삶도 얼마 남지 않았음을 느끼며 희망이라는 싹이 트고 있었다.

그 사람

물 흘러가듯
흐르다 보면
어디 한 굽이에쯤
만나게 될까

못다 한 이야기에
밤이 지나고
마주 잡은 두 손엔
주름이 져서
아스라한 모습
목이 메이네

나뭇잎 진 자리에
새순이 돋아
무성히 무성히
우거져 있는데.

⏱ 6

모두들 반신반의하며, '그것이 가능하지 않지는 않을 것'이라는 이중 부정의 표현으로 자신마저 혼란스럽게 만들며 개발에 매진해 오고 있었다. 그리고 어느덧 95%의 개발 진척율을 보이며, 이제 퇴소가 얼마 남지 않은 수감자의 마음으로 현장 리허설에 돌입하고 있었다.

오후 5시 반, 통합 테스트를 진행했던 테스트 룸에 50여 명의 사람들이 모여 있었다. 현업에서 차출된 환자 역할 30명과 정보전략팀을 포함한 병원의 프로젝트 주요 관계자들, 개발팀 PM과 PL들 그리고 정보지원팀 리더급들이 테스트 룸에 모여 리허설을 시작하려 하고 있었다.

"잘해야 한다, 잘해야 해. 이제 남아 있는 시간도 얼마 없어."

최 PM이 개발팀 PL들에게 우려 섞인 눈빛을 보내며 말하고 있었다. 리허설 결과는 중요했다. 리허설 결과가 미흡하여 오픈 일정이 연기될 경우 프로젝트팀에서는 지연된 만큼의 비용을 받을 수 없기 때문에 돈 먹는 악성 프로젝트로 전락할 수 있었다. 무조건 오픈해야 하는 것이 프로젝트팀의 입장이었다.

"지금부터 강남사랑병원 신통합 의료정보시스템 구축 프로젝트 리허설을 시작하도록 하겠습니다. 오늘은 현장 리허설입니다. 가환자 역할을 맡으신 분들은 메인 데스크에서 시나리오 봉투를 하나씩 받아 가시고, 시나리오대로 움직여 주세요. 그리고 시나리오가 완료되면 이곳으로 돌아오셔서

서 반납해 주시면 됩니다. 오늘 리허설 시나리오는 총 30개입니다."

환자 역할을 맡은 사람들, 그들은 가환자假患者라고 불렸다. 가환자들이 메인 데스크에 줄을 서자 이 PL이 서류봉투를 하나씩 나누어 주었는데, 서류봉투 안에는 리허설 시나리오가 들어 있었다.

"어디 보자, 무슨 시나리오냐?"

가환자 역할을 맡은 원무팀 서 파트장이 봉투에서 시나리오를 꺼내 보더니 인상을 썼다.

"하필 수술 환자 케이스냐."

서 파트장은 흉부외과 병동 환자 역할이었다. 본관 10층 동병동에서 수술 일정을 통보받고 본관 3층으로 이동하여 준비실, 수술실, 회복실, 안정실을 거쳐 다시 병동으로 돌아갔다가 CT 처방을 받고 이송원을 호출하여 본관 1층 영상의학과 CT 검사실에 다녀와야 하는 비교적 동선이 긴 케이스였다. 시나리오를 잘못 뽑았다며 툴툴거리고는 본관 10층 동병동을 향해 이동하고 있었다. 가환자 30명이 병원 전체로 흩어졌다. 이미 외래 진료가 끝난 시각이었고, 각 현장에는 리허설을 위한 실무자들이 남아 대기하고 있었다. 가환자들이 도착하면 실전과 똑같이 환자를 안내하듯 응대하면서 모든 처리를 신시스템에서 처리해야 하는 것이었다.

통합 테스트와 달리 현장 리허설은 가환자가 리허설 시나리오를 들고 실제 현장을 방문해야 했기 때문에 많은 시간을 요했다. 또한 리허설에 참가한 현장의 실무자들은 언제 가환자가 올지 알 수 없었으므로 자리를 비우는 경우도 있었고, 준비된 테스트 룸 PC와 달리 현장 PC를 그대로 사용하다 보니 환경설정이 되어 있지 않아 개발팀에 전화하면서 지연되는 경우도 있었으며, 참여한 리허설 실무자가 사용법을 잘 모르거나 권한 처리가 되어 있지 않아 지연되는 경우도 있었다. 게다가 가환자들이 중간중간 화장실을 들르고, 담배를 피우기 위해 건물 밖으로 나가고 하는 통에 리허설 시작 후 한 시간 반이 지나서야 그나마 평이한 케이스 하나가 완료되었다.

약제부 전 파트장은 약제부 내에서도 깐깐하기로 유명한 약사였다. 강남사랑병원 개원 멤버로서 초년 시절 약 조제부터 현재의 파트장에 이르기까지 현장에서 잔뼈가 굵은 사람이었고, 용량과 용법이 매우 중요한 항암제와 마약, 향정약을 주로 다루어 온 사람이었다. 좁은 이마와 가늘게 뜬 눈, 그리고 일자로 꽉 다물어진 입에서 그의 전문가적인 고집과 깐깐함이 묻어나오고 있었다.

전 파트장이 받은 리허설 시나리오는 약제부 업무와는 거리가 있는 케이스였다. 수혈 처방 점검용 케이스였는데, 수술실에서 수혈 처방과 ABO Type^{혈액형 검사} 처방을 내리면 진단검사의학과에서 혈액 검사 후 ABO Type 결과를 Rh+ O형으로 입력, 그 후 혈액은행에서 전혈 Whole Blood 4팩을 불출하도록 되어 있었다.

전 파트장은 전공의에게 처방을 받아 진단검사의학과에 들러 시나리오를 건네며 혈액형 검사 결과 입력을 요청하고는 결과 입력 방식을 주의 깊게 바라보고 있었다. Rh+ O형으로 결과를 입력 후 최종 보고까지 하는 모습을 지켜본 전 파트장은 다시 시나리오를 들고 혈액은행으로 향했다.

모차르트 교향곡 41번 C장조 주피터 두 번째 악장이 흐르고 있었고, 목가적인 분위기의 아름다운 선율이 혈액은행을 은은하고 평화롭게 채우고 있었다. 혈액은행으로 들어서던 전 파트장은 무엇이 불편한지 가늘게 뜬 눈 위의 눈썹이 꿈틀거렸다. 공장처럼 숨 가쁘게 돌아가고 있는 지하의 약 조제 파트와 달리 너무나도 여유롭고 평화로워 보이는 2층 혈액은행의 업무 환경에 이질감을 느끼며 짜증이 일었지만 표현하지 않았다. 전 파트장은 소리 없이 혈액은행 담당자를 향해 천천히 걸어가고 있었다. 혈액은행 담당자는 신시스템에 로그인하여 이것저것 화면 기능을 테스트해 보고 있었는데, 혈액 불출 관리 화면을 띄우고는 자신의 환자 번호를 입력해 보고 있었다. 수혈 처방이 없어서 화면 하단 처방 이력은 뜨지 않지만, 혈액 정보는 조회되고 있었다. 혈액형 정보에 Rh+ B형으로 자신의 혈액형 정보가 잘 보였고, 수혈 동의서 여부, 이형 수혈 여부, RBC/FFP/PC 정보 등 다양한 정보를 보며 현재 시스템보다 한눈에 보기 편해졌음을 느끼고는 만족스러운 얼굴로 미소를 짓고 있었다.

"선생님, 리허설 시나리오 가져왔습니다. 혈액 불출 부탁드려요. 전혈 4팩."

혈액은행 담당자는 갑자기 들려온 목소리에 화들짝 놀라며 전 파트장을 돌아보았다. 뭔가 탐탁지 않아 보이는 듯한 전 파트장의 눈빛을 보고는 멋쩍은 듯한 동작으로 머리를 끄적이며 건네준 시나리오의 환자 번호를 확인하고 있었다.

"네, 잠시만요."

그러고는 자신의 환자 번호가 들어있던 입력란에 리허설 환자의 환자 번호를 키보드로 타이핑하고는 혈액형을 확인하고 있었다.

"Rh+ B형이네요."

혈액은행 담당자는 고성능 스피커로부터 흘러나오는 아름다운 선율을 느끼며 여유로운 동작으로 혈액 냉장고로 가더니 Rh+ B형 전혈 4팩을 들고 나와 혈액 바코드를 스캔한 후 바코드를 재출력하고 있었다. 리허설이므로 실제 혈액을 주는 게 아니라 혈액 바코드만 넘겨주도록 되어 있었기 때문이었다. 그의 행동을 말없이 유심히 지켜보던 전 파트장이 혈액 바코드를 넘겨받고는 높낮이 없는 음성으로 물었다.

"왜 Rh+ B형 혈액을 주시는 거지요? 환자는 Rh+ O형인데?"

혈액은행 담당자가 잠시 무슨 말인지 몰라 멍한 얼굴로 전 파트장을 바라보다가 신시스템 화면을 보며 말했다.

"네? 아니, 여기 Rh+ B형이라고 되어 있잖아요."

Rh+ B형이라고 표시되어 있는 혈액 불출 관리 화면을 가리키며 혈액은행 담당자가 놀란 눈으로 대답했고, 전 파트장은 모차르트 교향곡이 들려오는 평온한 혈액은행에서 무신경한 어투로 말했다.

"그거야, 당신이 환자 번호를 잘못 쳤으니까 그렇지요."

혈액은행 담당자는 놀라며 화면을 들여다보았다. 자신이 입력한 환자 번호는 일곱 자리였다. 하지만 강남사랑병원의 모든 환자 번호는 여덟 자리였다. 번호 하나를 헛눌렀든지, 안 눌렀던 모양이었다. 그러면서 앞선 환자의 혈액 정보가 그대로 남아 있던 것이었다.

"항상 이런 식으로 일하시나 봐요. 환자 죽이겠어요."

전 파트장의 싸늘한 눈빛과 말투가 모차르트 교향곡 41번 C장조 주피터 두 번째 악장을 묻어 버리고 있었다. 물론 담당자가 환자의 혈액형을 잘못 파악하여 다른 혈액형의 혈액을 불출한다 할지라도 환자에게 수혈이 이루어지기까지는 여러 단계의 크로스 체크가 이루어지기 때문에 잘못 수혈될 확률은 거의 없었다. 하지만 이 사건은 개발팀에 큰 여파를 몰고 왔다. 전 파트장은 시나리오를 완료하고 테스트 룸으로 돌아와 혈액은행에서 있었던 일에 대하여 중대 결함으로 등록했고, 개발팀 PM과 PL들에게 담담하게 이야기했다.

"혈액은행 담당자의 잘못이 아닙니다. 조회 조건이 바뀌면 기존 환자의 정보를 싹 지웠어야 했습니다. 물론 환자 번호를 제대로 입력했더라면 기존 정보는 사라지고 정상적으로 조회되었겠지요. 하지만 담당자 실수를 감안하지 않은 프로그램 개발은… 매우 아쉽네요. 사람이라면 누구라도 저지르를 수 있는 실수인데요."

전 파트장의 말은 평온하였지만 서늘했고 반박할 수 없는 내용이었으며, 프로젝트팀 입장에서는 부끄러운 일이었다.

"전수 조사해. 그냥 넘어갈 일이 아니야."

리허설은 무리 없이 종료되었지만 최 PM은 약제부 전 파트장이 발견한 중대 결함에 대하여 심각하게 받아들이고 있었다.

"사람의 생명을 다루는 시스템이야. 속도도 중요하고, 기능도 중요하지만 정확성이 더 중요해. 혈액형뿐이겠냐? 검사 결과가 바뀌는 것도 큰일이고, 약이나 주사가 다른 환자와 바뀌었다고 생각해 봐. 이건 사고이고 범죄야. 수술 부위 좌측, 우측 바뀌었다고 생각해 봐. 너희들이 환자 보호자라면 가만히 있겠냐? 생각하기도 싫다, 야. 아무튼 전수 조사해."

그 바쁜 와중에 모든 개발과 오류 수정을 중단하고 개발자 전원이 달라붙어 자신의 화면 중 환자 번호나 주민등록 번호, 검체 번호 등 사람이 키보드를 타이핑하는 조건으로 조회하는 화면들에 대하여 모두 조사하였고, 조회 조건이 일부라도 변경되면 화면의 기존 정보를 모두 클리어하는 작업에 들어갔다. 전체 화면이 6천여 개였는데, 그중 약 8%, 480여 개의 화면이 그러한 조건의 화면들이었다. 모두들 화면에 클리어하는 소스 코드를 추가하느라 여념이 없었다.

"진료운영실 생각은 어때요?"

세 차례의 리허설이 모두 완료되고 나서 추진단 전체 회의가 진행되고 있었다. 신통합 의료정보시스템 프로젝트 추진단의 단장이 여러 부문 관리자들에게 신시스템에 대한 의견을 돌아가면서 묻고 있었는데, 의사들의 업무를 총괄하고 있는 진료 운영실 홍 팀장의 차례였다.

"리허설 때 각 진료과 전공의와 임상 강사분들이 참여했었습니다. 크게 문제는 없었고, 사용자 교육 때도 큰 무리는 없었습니다. 다만 주요 사용법에 대해서는 저희가 팸플릿을 만들어 배포할 예정입니다."

추진단장이 홍 팀장의 말에 고개를 끄덕이고 있었다.

"간호부는 어때요?"

"간호 시스템은…."

간호부장은 잠시 망설이다가 대답했다.

"간호 시스템도 크게 문제는… 없습니다. 하지만 아직 우리가 요구한 요구 사항들이 모두 반영된 것은 아닙니다."

사실 통합 테스트와 리허설 당시, 간호 시스템은 오류가 가장 많았다. 그리고 아직도 그 오류들은 해결되지 않아 간호부의 각 파트장들이 간호부장에게 이슈를 보고했지만 아무도 문제없다고 말하고 있는 이 자리에서 자신들만 문제가 많다고 말하기는 어려웠다. 반영되지 못한 요구 사항이 아직 남아 있다는 간호부장의 말에 추진단장이 최 PM을 돌아봤다.

"예, 요구 사항이 처음에는 4천여 건 정도였는데, 프로젝트를 진행하면서 4천8백, 9백… 대략 5천여 건 정도가 되었습니다. 프로젝트팀에서는 최초 요구 사항을 우선시하여 처리하고 있습니다. 말씀하신 대로 모든 요구 사항이 반영된 것은 아닙니다만, 주요 업무를 보시는 데에는 전혀 무리가 없으실 겁니다. 그리고 오픈 이후 안정화 기간이 3개월 정도 되는데, 그때까지는 모두 개발이 완료될 예정입니다."

"오픈 이후에 반영해도 되는 요구 사항들입니까?"

추진단장이 다시 간호부장을 바라보며 천천히 물었다.

"네, 그렇기는 합니다. 대부분 편의 기능 위주로 남아 있다고 들었습니다."

"원무팀은 어때요? 진료비 계산은 잘되고 있나요?"

추진단장이 병원 수익과 직결되는 진료비 계산을 콕 찍어 물어보고 있었다.

"진료비 계산은… 큰 문제는 없습니다. 소소한 문제들이 있기는 한데, 잘 마무리될 것 같습니다."

추진단장이 다시 한번 고개를 끄덕이고 있었다. 하지만 원무 시스템 또한 돈 계산이 맞지 않는 케이스가 많이 발생하고 있었다. 문제가 많은 것을 뻔히 알고 있는 간호부장이 문제없다고 보고하는 모습에 원무팀장도 용기를 내지 못했다.

"보험은 어때요? 심사나 청구에 문제없나요?"

보험심사팀 김 팀장은 간호부장과 원무팀장을 원망스러운 눈빛으로 힐끗 쳐다보고는,

"심사 업무나 청구 업무는 건강보험공단이나 심사평가원에서 판단할 일이라서 오픈 이후에나 확인이 가능합니다. 하지만 크게 문제 되지는 않을 거라 예상하고 있습니다."

추진단장이 말없이 고개를 끄덕였다.

"혹시 여기서 차세대 시스템을 오픈하면 안 되거나 아직 미흡한 부서가 있으면 지금 말씀하셔야 합니다. 어쩌면 오늘이 브레이크를 걸 수 있는 마지막이 될 수도 있습니다."

추진단장이 그렇게 말하고는 주위를 둘러보고 있었다. 지금 말없이 있다가 오픈 이후에 문제가 생기면 추궁을 받을 것이었다. 하지만 그렇다고 지금 브레이크를 걸면, 그동안 뭐 했냐고, 너희 부서 때문에 오픈이 연기되는 거라고 질타를 받을 것이었으니 참석한 각 부문 관리자들의 표정은 밝지 못했다.

추진단장은 오픈에 무리가 없다고 판단하고 다음 날 원장단 회의에서 공식적으로 차세대 프로젝트 오픈 승인을 받아 냈다. 그리고 그 사실은 병원 전 부서에 전달되었고, 정보전략을 통해 프로젝트팀에도 전달되었다. 오픈 2주 전이었다. 모두들 마음이 바빴다.

정보전략팀과 프로젝트팀, 병원의 위기대응팀이 모여 오픈에 대해 논의하고 있었다. 제일 먼저 오픈 상황실을 꾸리는 것에 대한 논의가 있었는데, 큰 회의실을 한 달간 상황실로 사용하기로 하였고, 상황실에 Help Desk 10개를 만들어 모든 전화를 10명이 돌아가면서 받기로 했다. 또한 구시스템에서 신시스템으로 전환되는 한 시간 동안 어떠한 시스템도 사용할 수 없었기에 수기 진료에 대한 논의도 이루어지고 있었다.

"새벽에 한 시간 정도는 시스템 없이도 버틸 수 있지 않을까요? 정 필요하면 수기 처방을 내려야지, 뭐."

"응급실은 어쩌려고. 모두 급한 환자들인데…."

"구정인데 응급실 환자가 많을까요?"

오픈은 구정 연휴에 하는 것으로 예정되어 있었기에 오픈 때 응급실 내원 환자가 많겠냐는 투로 말했다.

"무슨 소리세요? 구정이나 추석 연휴 때 응급실 내원 환자가 얼마나 많은데? 배 아파 오는 사람, 떡 먹다 걸려서 오는 사람, 가족들끼리 말다툼하다가, 고스톱 치다가, 정치 이야기를 하다가 주먹다짐해서 오는 사람, 교통사고로 오는 사람, 음주 운전을 하다가 사고 내고 오는 사람… 평소보다 연휴 때 더 많아요."

응급실 간호사 출신의 위기대응팀 사람의 말을 듣고 모두들 적잖이 놀라고 있었다.

"그러면 중앙응급의료센터에 공문 띄워서 상황을 설명하고 구정 연휴 기간에는 우리병원으로 앰뷸런스를 보내지 말라고 합시다."

"아, 그거 좋겠네."

다들 동의하며 병원에서 중앙응급의료센터로 공문을 보내기로 결정했다.

"외래 진료도 줄여야 하지 않겠어요?"

정보전략팀 박 팀장이 의견을 말했고, 말을 받아 최 PM이 말했다.

"네, 줄이셔야 합니다. 보통 그렇게들 합니다. 오픈 후 일주일 정도는 외래 진료를 줄이는 것이 사용자분들도 신시스템 적응하시기에 좋습니다."

그렇게 외래 진료를 오픈 후 첫 근무일인 월요일에는 평소 대비 30%, 화요일 40%, 수요일 50%, 목요일 60%, 금요일 80% 수준의 진료로만 진행하는 것으로 1차 논의되었다. 외래 진료를 줄이는 것은 병원 수익에도 큰 영향을 미치는 사안이었기 때문에 별도의 승인 과정이 필요하여 바로 결정할 수는 없는 일이었다.

이후 병원 전체 공지와 주요 변화 내용 팸플릿 작성은 위기대응팀에서 진행하는 것으로 결정되었고, 오픈 전 사전 데이터 점검 및 기능 점검 인력은 정보전략팀에서 각 부서 사람들을 차출하기로 하였는데, 차출되는 사람들은 새벽에 출근하여 시스템 오픈 전에 점검을 진행하게 될 것이었다. 또한 오픈 후 혼란을 완화시키기 위한 환자 안내 인력과 시스템 안내 인력들은 정보전략팀과 정보지원팀에서 지원 인력을 차출하기로 하였다. 차세대 시스템 오픈 현수막과 진료과 요소요소에 세워 둘 오픈 안내 및 양해를 구하는 홍보 판은 정보전략팀, 대외 신문 기사 및 방송 쪽은 병원의 홍보팀에 맡기기로 논의되었다. 오픈 준비가 일사천리로 진행되고 있었다.

의자를 뒤로 젖히고 창문 밖 가로등 불빛 사이로 나타났다가 이내 모습을 감추는 옅은 눈발을 태섭은 멍하니 바라보고 있었다. 숨 가쁘게 앞만 보고 달려온 프로젝트였다. 태섭은 이제 엊그제부터 개발을 시작한 화면 하나만 마무리하면 더 이상 신규로 개발할 화면은 남아 있지 않았다. 정말 다 할 수 있을까 했던 것들이 이제 끝을 보이고 있었다. 개발실이 여유롭게 보였다. 모두가 퇴근하고 비어 있는 개발실… 아니, 두 대리와 태섭만 빼고 모두 퇴근하고 비어 있는 개발실도 왠지 모르게 평화롭고 여유롭게 느껴지고 있었다.

"태섭아, 야식."

두 대리가 눈짓으로 태섭을 불렀다. 모든 것이 여유로우니 배도 고프지 않았지만, 태섭은 두 대리를 따라나섰다. 오늘의 야식 메뉴는 매콤 멸치 주먹밥과 미소된장국, 핫바&머스타드, 그린 샐러드에 참깨 드레싱, 사과, 저지방 우유였다. 핫바는 '일 인당 1개'라는 작은 푯말이 있었지만 두 대리는 개의치 않고 5개를 담는다. 태섭은 병원 식당 영양사도 매번 메뉴를 바꾸느라 머리가 아프겠다고 생각하면서 음식을 식판에 담아 두 대리를 따라 창가 쪽 자리로 향했다.

"오픈 준비는 잘되어 가고 있냐?"

두 대리가 태섭에게 질문을 던지고는 핫바에 머스타드를 잔뜩 묻혀 한입에 반을 베어 물고 있었다.

"오늘까지 하면 일단 개발은 완료될 것 같습니다. 완성도는 잘 모르겠지만….."

입가에 묻은 머스타드 소스를 혓바닥으로 잘도 정리하면서 두 대리가 말했다.

"앞으로 벌어질 일을 알려 주마."

왠지 노스트라다무스도 저런 표정으로 앞일을 예언하지 않았을까 싶은 표정이었다.

"오픈하면, 일단 그동안 발견해 내지 못했던 프로그램 에러들로 아주 바쁠 거야. 아무리 테스트를 많이 해도 잡아내지 못했던 에러들이 결국 오픈하고 나면 쏟아지게 되어 있어. 지금까지 쭉 그래 왔으니까. 하지만 그건 쨉에 불과해."

두 대리가 태섭의 얼굴만 한 주먹을 들어 보이며 말했는데, 태섭에게 그건 쨉이 아니라 핵주먹으로 보였다.

"그렇게 시달리고 있을 때쯤 데이터 문제로 다시 한번 카운터 펀치를 맞게 되지. 시스템 오픈 전에 데이터 마이그레이션을 할 거라고. 구시스템의 데이터를 신시스템 데이터베이스로 이관하는 작업 말이야. 그런데 지금까지 데이터 마이그레이션을 하면 적어도 0.01%는 오류가 발생하더라고. 신시스템 데이터베이스로 넘어올 때 누락되는 데이터, 데이터 컨버전이 잘못되어 넘어오는 데이터, 키 key 매핑이 끊어진 데이터, 뭐 이런 케이스들… 경험상 0.01% 정도는 이관이 잘못되더라고. 남들이야 데이터 1만 건 중 한 건 정도 발생하는 빈도니까 그게 뭐 대수냐고, 무시할 수 있는 수준 아니냐고 생각할 수도 있겠지만, 생각해 봐. 처방 데이터가 1억 건이 넘어. 그중 0.01%는 10,000건이지. 그 10,000건에 해당하는 환자가 내원하게 되면 우리는 반드시 전화를 받게 되어 있어. 환자 처방이나 검사 결과가 안 보인다고 말이지. 그렇게 데이터 때문에 정신이 쏙 빠져 있다가 정신을 차릴 때쯤, 발견하지 못한 에러들에 의해 데이터가 꼬여 있는 상황을 맞이하게 될 거야. 그렇게 우리는 그로기 상태가 되겠지. 검사 결과 입력 일자가 있는데 입력된 결과가 없다거나, 접수 일자가 예약 일자보다 빠르다거나, 처방 데이터도 없는데 검사 결과 데이터만 있다든가, 데이터 무결성이 깨진 거지. 우리는 또 밤새 남아서 그런 데이터들을 클린징하면서 넉다운이 되겠지."

아직 발견되지 못한 결함들, 눈에 보이지 않는 에러들, 잘못 이관된 데이터들, 생각만 해도 끔찍한 일들이었다. 두 대리는 마지막 남은 핫바에 머스타드 소스를 듬뿍 바르고 있었다.

"그러니까… 야식권을 더 구해 놔야겠어."

1/31(금) 00:00 설 연휴 1일 차, 시스템 오픈 7시간 50분 전

상황실에는 병원과 프로젝트팀, 정보지원팀의 주요 관계자들이 배석해 있었고, 빔 프로젝터 두 대가 설치되어 있었는데, 한쪽에서는 시간대별 작업 예정 리스트와 진행 현황이, 다른 한쪽에서는 접수된 문의 리스트가 아직은 비어 있는 채로 보여지고 있었다. 이 PL이 누군가와 통화를 하더니 상황실에 내용을 공지하고 있었다.

"데이터 마이그레이션 시작하겠습니다."

최 PM이 일어서며 말했다.

"지금부터 대략 7시간 정도 구시스템의 데이터를 신시스템 데이터베이스로 이관하는 작업이 진행될 예정입니다. 이관될 데이터는 약 3테라 바이트 TB, 약 1조 바이트 정도입니다. 일단 이렇게 1차 마이그레이션을 하고, 7시경에 구시스템을 셧다운 shut down 시킨 후 마이그레이션하는 동안 변경된 데이터에 대하여 2차 마이그레이션을 진행할 예정입니다. 그 시간은 대략 1시간 정도 소요될 것으로 예상하고 있습니다. 그리고 그 1시간 동안에는 아무도 시스템에 접속할 수 없습니다. 업무도 수작업으로 전환해야 합니다."

최 PM이 추진단장을 비롯한 상황실에 참석한 사람들에게 간략하게 내용을 설명하고 있었다. 단순히 구시스템의 데이터를 신시스템으로 복제하려나 보다고 생각하고 있겠지만, 사실 데이터 마이그레이션은 단순 복사 작업이 아니었다. 데이터 마이그레이션팀은 6개월 전에 투입되었다. 전담 인력 4명으로 구성되어 있었는데, 이들은 투입 후 구시스템 데이터베이스에 있는 테이블 개수와 컬럼 개수를 파악하였고, 이어서 신시스템의 테이블과 컬럼 개수를 파악했다. 이후 구시스템 테이블의 어떤 컬럼이 신시스템 테이블의 어떤 컬럼으로 이관되어야 하는지 일일이 매핑하는 작업을 진행했는데, 강남사랑병원 구시스템 테이블은 대략 2,000여 개였고 테이블마다 데이터 컬럼 개수가 평균 잡아 50여 개쯤 되었으니, 일일이 매핑해야 하는 항목이 대략 10만 개는 되었다.

또한 신시스템 테이블은 각종 요구 사항들을 반영하느라 2,500여 개로 늘어나 있는 상태였다. 구시스템 데이터 중 남녀의 성별을 관리하는 항목 값은, 남자는 '1', 여자는 '2'로 되어 있었는데, 신시스템에서는 그 값이 남자는 'M', 여자는 'F' 그리고 앞으로 발생할지 모를 공통 성별은 'C', 성별 불명은 'U'로 결정되어 있었다. 그러니 데이터를 마이그레이션할 때 남자는 '1'에서 'M'으로, 여자는 '2'에서 'F'로 변환해야 했으며, 그 외 값들은 조건을 따져 변환 후 마이그레이션해야 했다. 이런 식으로 값을 변환하는 작업을 컨버젼 Conversion 이라고 불렀는데, 그렇게 컨버젼해야 하는 데이터 항목이 적지 않았고, 그래서 마이그레이션 소요 시간은 짧지 않았다. 그나마도 수차례의 마이그레이션 훈련과 테스트를 진행하면서 튜닝에 튜닝을 거듭하였기에 7시간 정도였지, 처음에는 10시간도 훨씬 더 넘는 시간이 소요되었다.

1차 마이그레이션이 진행되는 동안은 모두가 평온했다. 구정 연휴 첫날이었고, 새벽 시간이었으며, 중앙응급의료센터에 공문을 보내 연휴 동안 앰뷸런스도 배정하지 말라고 전한 데다가 구시스템도 아직은 사용되고 있었으니 현장도 평온했다. 개발실도 평온하기는 마찬가지였다. 모두들 자리를 지키며 대기하고 있었다.

"1차 마이그레이션이 완료되었습니다. 예상보다 30분 정도 빨리 끝났습니다. 2차 마이그레이션 준비 중입니다. 진행해도 될까요?"

훈련과 테스트를 많이 한 결과였으리라. 1차 마이그레이션은 예정보다 빨리, 정상적으로 완료되었다. 2차 마이그레이션을 시작해야 하는데, 의사결정이 필요했다. 왜냐하면 이제 구시스템을 셧다운하여 더 이상 변경 데이터를 발생시키지 못하도록 해야 했기 때문이었다. 추진단장이 몰려오는 졸음을 쫓으며 전화기를 들었다.

"예, 원장님. 1차 마이그레이션 끝났습니다. 이제 구시스템과는 작별을 고해야 할 것 같습니다. 진행하겠습니다."

전화기 너머 저쪽에서 뭔가를 확인하고 있는 듯싶었다. 추진단장이 몇 번 예, 예를 하더니 전화를 끊었다.

"40분에 2차 마이그레이션 시작합시다."

추진단장의 지시가 떨어졌다. 정보 전략 담당자는 방송실에 연락하여 내용을 전달하였고, 최 PM은 인프라 파트에 2차 마이그레이션을 40분에 진행하라고 지시했다.

"알려드립니다. 강남사랑병원 의료정보시스템이 6시 40분에 셧다운될 예정입니다. 다시 한번 알려드립니다…."

원내 전체에 안내 방송이 울려 퍼지고 있었고, 서서히 전운이 감돌고 있었다.

강남사랑병원 인프라는 본관 2층에 위치하고 있었다. 구시스템 인프라 운영자들과 신시스템 인프라 인력들이 본관 2층 사무실에 모여 있었다.

"자, 40분입니다. 구시스템 내리겠습니다."

정보지원팀 인프라 파트장이 육성으로 사무실 내 공지를 하고는 실무자에게 말했다.

"AP 서버 Application Server 내려."

1994년부터 사용되던 어플리케이션 서버가 셧다운되는 순간이었고, 사용자들이 더 이상 구시스템에 접속할 수 없다는 의미였다.

"AP 서버 내렸습니다."

"DB 서버 Database Server 내려."

이번에는 그동안 차곡차곡 쌓았던 데이터베이스가 셧다운되기 시작했다.

"DB 서버 내렸습니다."

"개발팀은 2차 마이그레이션 시작하시고, 우리는 전체 서버 내려."

개발팀 인프라 인력들이 2차 마이그레이션을 시작하고 있었고, 정보지원팀 인프라 인력들은 홈페이지 서버, 통계 서버, 전광판 서버 등 모든 서버를 셧다운시키고 있었다.

"알려드립니다. 강남사랑병원 의료정보시스템이 셧다운되었습니다. 지금부터 모든 업무는 수기로 전환해 주시기 바랍니다. 다시 한번 알려드립니다…."

인프라 사무실에도 원내 방송이 들려오고 있었다. 2차 마이그레이션은 구시스템의 redo 로그 파일과 undo 로그 파일을 읽어 들여 변경분에 대해서 순차적으로 복제하는 방식이었다. 1차 마이그레이션에서 이미 한 카피 복제해 놓았기 때문에 그 이후 변경된 데이터만 복제하면 되었고, 구시스템을 셧다운했으므로 더 이상 변경될 데이터는 없었다. 이제부터 현장의 업무는 수기로 전환되었다. 시스템을 사용할 수 없으므로 미리 출력해 놓은 병동 환자들의 정보와 종이 차트를 활용하여 환자 진료를 진행해야 하는 것이었다. 필요시 약 처방을 슬립slip 지에 작성하여 인편으로 약제부에 전달하고 약을 받아 와야 하는 상황이었기에 아마도 현장은 긴급 상황이 아니라면 처방이나 액팅을 하지 않고 기다릴 것이었다.

1/31(금) 07:15 설 연휴 1일 차, 시스템 오픈 35분 전

"2차 마이그레이션 완료되었습니다."

예상보다 빠른 진행이었다. 진행 상황은 바로 상황실로 보고되었고, 이어서 신시스템 DB 서버와 AP 서버 기동을 준비하고 있었다. 서버를 내릴 때는 정보지원팀 인프라 파트장이 진행하였으나, 신시스템 기동은 개발팀 인프라 파트 이 부장이 진행하고 있었고, 이제부터 모든 인프라 작업은 개발팀 인프라 인력들이 맡아서 할 예정이었다.

"DB 서버 Start."

구시스템으로부터 이관받은 데이터를 모두 싣고 3테라 바이트의 데이터베이스가 서서히 올라오고 있었다.

"티맥스TMax 서버 Start."

구시스템에는 없었던 미들웨어 서버도 올리고 있었는데, 미들웨어 서버인 티맥스는 앞으로 화면과 서버 프로그램 중간에서 어느 한쪽 서버로 부하가 몰리지 않도록 안정적으로 부하를 분산시키는 역할을 할 것이었다.

"AP 서버 Start."

이제 신규 개발된 화면들이 탑재된 어플리케이션 서버가 기동되고 있었다. 대략 90여 명의 개발팀 인력들이 1년 넘게 악전고투 속에 개발하였지만, 프로그램들이 기동되는 데에는 수 분이 소요될 뿐이었다.

"DB 서버, 미들웨어 서버, AP 서버 모두 정상 기동하고 있습니다."

"오케이."

이 부장은 최 PM에게 신시스템 정상 기동을 보고하였고, 이어서 개발실로 전화를 걸어 1차 점검 시스템 오픈을 알렸다.

"추진단장님, 1차 점검 시스템이 오픈되었습니다. 이제부터 점검자들이 화면과 데이터를 점검할 수 있는 상태입니다."

상황실로부터 대기 중인 현장 점검자들에게 상황이 전파되었고, 각자 로그인하여 시스템을 점검하고 있었다. 1차 점검 시스템 오픈은 일부 제한된 사용자들만 시스템에 접근할 수 있는 단계였다. 병원 전체 사용자는 아직 로그인이 되지 않는 상태였고, 일부 점검자로 등록되어 있는 사용자들과 개발팀, 정보지원팀 인력들만 접근이 가능한 단계였다.

점검 시스템이 오픈되자 개발실도 바빠지기 시작했다. 모든 개발자가 시스템에 로그인하여 주요 화면들을 일일이 띄워 보고 있었는데, 확실히 운영 환경은 빨랐다. 그동안 테스트 환경에서 사용할 때보다 빠르다는 느낌이 바로 느껴졌다. 보통 서버를 구성할 때 운영 서버, 테스트 서버, 개발 서버를 구성한다. 프로그램 개발은 개발 서버에서 하고, 개발 후 테스트는 테스트 서버에서 해 왔다. 그리고 테스트 시 문제가 없으면 운영 서버에 프로그램을 반영하는 구조였는데, 일반적으로 테스트 서버나 개발 서버는 운영 서버보다 낮은 사양의 하드웨어로 구성되기 때문에 성능이 떨어지기 마련이었다. 모든 게 비용 때문이었다. 대략 25분 정도의 점검 시간이 지난 후 개발팀, 정보지원팀에서는 시스템과 데이터에 문제가 없음을 상황실에 보고했고, 상황실에서는 현장 점검자들에게 이상 유무를 보고하도록 지시했는데, 모두 이상이 없다고 보고되었다.

"전 부문 이상 없습니다. 오픈할까요? 추진단장님?"

정보전략팀 박 팀장이 모든 상황을 확인한 후 추진단장에게 최종 확인을 요청하고 있었고, 추진단장은 천천히 고개를 끄덕이고 있었다.

1/31(금) 07:50 설 연휴 1일 차, 시스템 오픈

"알려드립니다. 강남사랑병원 차세대 시스템 케이스미스^{KSMIS}가 오픈되었습니다. 모두 신시스템에 로그인해 주십시오. 다시 한번 알려드립니다…."

병원 전체에 낭랑한 목소리의 여직원 음성이 울려 퍼지고 있었고, 근무 중인 병원의 모든 직원은 기다렸다는 듯이 신시스템에 로그인을 시도하고 있었다.

개발팀에는 비장한 전운이 감돌고 있었다. 연휴라서 외래 진료가 없었고, 협조 공문으로 응급실 환자도 없었으며, 이른 시간이라 수술도 없었고, 진료 행위 자체가 많지 않았다. 하지만 병동 환자들은 여전히 재원해 있었고, 곧 병동 환자 오전 회진이 시작될 예정이었다.

첫 문의 전화가 온 것은 오픈하고 10분 정도 지나서였다. 상황실 Help-Desk를 통해 전달되어 온 내용은 자신이 사용하는 메뉴가 없어졌다는 내용의 전화들이었다. 대부분 특수 화면을 사용하는 권한자들이었는데, 메뉴 구조와 권한이 대폭 개선되면서 데이터 마이그레이션이 제대로 되지 않았을 수 있다는 통보를 사전에 받았었기에 예상하고 있던 문제였다. 일일이 수작업으로 화면들을 엮어 주어야 했다. 메뉴 관련 문의가 잦아들 즈음 진료 간호 파트로 전화가 몰리고 있었다. 일부 환자들에 대하여 의사 처방이 내려가지 않는다고, 간호 액팅이 되지 않는다고, 정보가 조회되지 않는다고, 문의 전화들이 진료 간호 파트 개발자들을 휘몰아치고 있었다.

"처방이 안 된다고요? 어떤 처방이 안 되시나요? 케이스 좀 알 수 있을까요?"

두 대리는 처방이 안 된다고 신고한 전공의에게 전화하고 있었다.

"무슨 처방이요? 아, 파클리탁셀 paclitaxel 주사제요. 그게 왜 안 내려갈까 요? 아, 그러셨구나. 선생님, 파클리탁셀이나 옥살리플라틴 oxaliplatin, 시타 라빈 cytarabine 계열의 주사제들은 선생님이 말씀하신 것처럼 다른 회사 제 품들과 동시에 믹스 처방하시면 안 돼요. 항암제 동일 성분 타 제조사 약물 혼합은 못 하도록 되어 있거든요. 한 회사 제품으로 하셔야 합니다. 제가 안 내 팝업도 띄워 놓았는데… 팝업이 뜨면 내용을 확인하셔야 합니다. 알겠 습니다, 선생님."

두 대리가 수화기를 놓자마자 Help-Desk로부터 또 다른 문의가 왔고, 두 대리가 문의자 전화번호를 얻어 전화했다.

"네, 선생님. 무슨 처방이요? 환자 번호 좀 알려 주세요. 그 환자분은 오 늘 PET Positron Emission Tomography, 양전자 단층 촬영 검사가 예약되어 있으시네요. 금식하셔야 하니까 덱스트로즈 dextrose, 포도당도 처방하시면 안 돼요. 그렇 죠, 그렇죠. 네, 감사합니다."

처방에 제한이 있거나, 선택적으로 처방 내림이 가능한 경우 모두 상세 한 안내 팝업을 제공하고 있었지만, 전공의들은 팝업의 내용을 읽어 보지 않고 처방이 안 된다며 전화하고 있었다.

"이 선생, 내가 뭐랬어. 그렇게 안내 문구를 만들면 무슨 말인지 모른다 고 했잖아, 으이구…."

곁에 있지도 않은 이 선생을 원망하며 두 대리는 또다시 걸려 온 전화를 받는다.

"네, 선생님. 무슨 처방이요? 환자 번호 알려 주세요. 이 환자분은 이미 9 개월 전에 골밀도 검사를 받으셨어요. 꼭 처방을 내리셔야 한다면 몇 개월 뒤로 처방을 내리시던지, 아니면 그냥 내리셔도 되는데 보험 인정 기준이 연 1회 검사라서 나중에 삭감되십니다. 네, 나중에 퇴원하시고 외래로 오실 때… 적어도 3개월은 뒤로 처방 내리셔야 삭감을 안 당해요."

의사 처방 프로그램 대부분의 문의 내용이 시스템 에러가 아니라 업무적인 문의였다. 하지만 간호 쪽은 그렇지 못했다. 의사가 회진을 돌면서 환자의 상태를 확인하고 약이나 주사 처방을 내렸는데, 액팅이 되지 않거나 마약, 향정약 주사제 액팅 후 잔량 반납이 잘되지 않고 있었다. 개발자들은 소스 코드를 열어 문제의 환자를 조건으로 디버그 모드를 구동해서 소스 코드 한 줄 한 줄 점검하고 있었는데, 그 와중에 계속 전화가 오고 있어 손이 부족할 지경이었다. 물건을 옮기는 일이라면 옆에 가서 거들어 주겠지만 IT는 업무를 모르면 전혀 도움이 되지 못했기에 다른 파트들은 그렇게 초토화되어 가고 있는 진료 간호 파트를 안쓰러운 표정으로 바라보고 있으면서도 한 편으로는 안도의 한숨을 쉬고 있었다.

상황실에는 병동 주치의와 간호사들의 문의 전화가 쇄도하고 있어 Help-Desk 10명이 쉼 없이 전화를 받고 개발실로 내용을 전달하고 있었고, 그런 모습을 추진단장은 불안한 눈빛으로 말없이 바라보고 있었다. 잠시 뒤 간호부장이 몇 명의 병동 파트장들을 데리고 상황실로 달려왔고, 문제가 너무 많다며 정보전략팀장에게 하소연하고 있었다.

"아니, 간호 액팅이 안 돼요. 환자에게 주사 액팅하고 액팅했다는 기록을 못 하고 있어요. 주사약 남은 거 잔량 반납해야 하는데, 그것도 안 돼서 약제부에 잔량을 내리지도 못하고 있고, 속도도 느려서 한 번 조회할 때마다 아주 숨이 넘어가요."

"최 PM 님."

듣고 있던 박 팀장이 최 PM을 불렀다.

"이거 현장 VoC 좀 함께 들읍시다."

최 PM이 박 팀장에게 다가가면서 개발실에 있는 진료 간호 파트 정 PL을 호출했다. 그리고 인프라 파트의 이 부장에게 현재 시스템 자원 사용량을 알려 달라고 연락했다.

"간호 쪽 테스트가 잘 안된 건가요?"

박 팀장이 최 PM에게 묻자, 최 PM은 곧 정 PL이 올 테니 상황을 함께 이야기해 보자고 하고 있었다. 개발실과 상황실은 거리가 좀 있었는데, 정 PL이 달려왔는지 오래지 않아 상황실로 들어서고 있었다.

"대부분의 케이스들은 잘 처리되고 있고, 복잡한 케이스들이 좀 문제라서 지금 담당자들이 보완하고 있습니다. 그리고 속도는, 테스트할 때는 데이터가 많지 않아 별문제가 없었는데, 운영 상황에 들어오니 데이터가 많아서 좀 느리네요. 그것도 담당자들이 튜닝을 하고 있습니다."

최 PM이 프로젝트 때마다 발생하는 이런 문제들이 또 발생하고 있다는 사실에 불편한 듯 잔뜩 인상을 쓰고 있었다.

"아니, 우리는 지금 약 반납을 못 하고 있다니까요."

신경외과 ICU 파트장이 인상을 쓰며 말하고 있었는데, ICU 특성상 특별 관리 주사제들이 많이 쓰이는 곳이라서 특이 케이스가 많은 병동이었다. 통합 테스트 그리고 리허설 테스트 케이스들은 대부분 업무가 많이 이루어지는 범용적인 케이스로 이루어져 있었다. 그러다 보니 ICU 특수 업무에 맞게 테스트된 것은 아니었다. 뒤에서 듣고 있던 추진단장이 그들을 불렀다.

"업무가 안 돌아갈 정도인가요?"

목소리는 온화했으나 섣부르게 대답할 수 없는 질문이었다. 서둘러 최 PM이 말을 꺼냈다.

"단장님, 이런 규모의 시스템을 오픈하면 원래 크고 작은 문제들이 많이 발생합니다. 담당자들이 모두 달라붙어 처리하고 있으니까 좀 더 지켜보셔야 합니다."

혹여라도 시스템을 원복하자고 할까 두려운 최 PM이었다. 오픈 후 시스템을 원복하는 것은 보통 일이 아니었다. 오픈 후 발생한 데이터를 구시스템으로 역복제 하는 일도 보통 일이 아니었지만, 한번 원복하게 되면 언제 다시 오픈을 할 수 있을지 알 수 없었기 때문이었다.

"최 PM님, 만약에 말입니다. 만약에… 문제가 해결되지 않고, 업무가 제대로 진행되지 않는 경우, 우리는 언제까지 원복을 결정할 수 있습니까?"

추진단장이 최 PM을 힘들어 보이는 눈으로 바라보며 물었다.

"외래 진료가 시작되는 차주 월요일이 지나면 시스템 원복은 사실상 불가능합니다."

그랬다. 프로젝트 오픈 이후 며칠이 지나고 나면 이미 발생한 데이터양이 적지 않기 때문에 시스템 원복은 사실상 불가능했다. 조기에 원복을 결정하든지, 발생하는 문제들을 죽자 살자 해결해 나가든지 해야 하는 것이었다.

상황실의 무거운 분위기 속에서도 Help-Desk 전화는 계속 울려 대고 있었다.

진료 간호 파트가 몰려오는 전화로 지쳐 가고 있을 때쯤 문의 전화는 진료 지원 파트로 번져 가고 있었다. 의사들이 본격적으로 병동 환자의 처방을 내리고 간호사들이 이송원을 호출하여 환자를 검사실로 보내기 시작하자, 진료 지원 파트의 시스템 사용량이 늘어나면서 문의 전화가 걸려 오기 시작한 것이다. 응급약 처방이 나왔는데 조제 라벨이 출력되지 않고 있다는 전화가 걸려 오면서 민성이 문의 전화의 늪에 빠져들기 시작했고, 병동 환자 혈액 검체를 검사 장비에 걸었는데, 결과가 인터페이스 되지 않는다는 전화에 호재는 진단검사의학과 검사실로 뛰어갔다. 태섭도 병동 환자 CT, MRI 검사 예약이 되지 않는다는 전화에 소스 코드를 확인하고 있었지만 연이어 오는 전화에 소스 코드 확인은 쉽지 않았다.

아직 입원 또는 퇴원하는 환자가 발생하지 않아 진료비 계산 업무가 없는 원무 보험 파트와 병원 행정직 특성상 연휴에 근무가 없는 경영 관리 파트 개발자들은 진료 간호 파트와 진료 지원 파트의 눈치를 보며 하나둘씩 점심을 먹으러 개발실을 나서고 있었다.

"아, 씨… 그런 조건들이 있었네."

하다 하다 안 돼서 약제부를 뛰어갔다가 온 민성은 일부 응급약 처방 조제가 안 되는 이유를 확인하고는 소스 코드를 수정하고 있었다. 그 와중에도 전화는 계속 오고 있었고 전화를 받으며 손으로는 소스 코드를 수정하는 기술을 어느새 터득했는지 자연스레 전화 문의 대응과 프로그램 오류 수정을 병행하고 있었다. 호재는 장비 인터페이스 오류를 해결하고 나서 다시 걸려 온 다른 문의 전화로 쉴 틈이 없었고, 두일도 결과 입력 화면에서 텍스트 결과 복사와 붙여넣기가 안 된다는 재현도 잘되지 않는 문의 전화로 소스 코드와 씨름하고 있었다. 태섭은 환자를 예약하면 예약 인원수가 그때그때 카운트되어 늘어나야 하는데, 그렇지 않은 경우들이 발생하고 있어 몇 시간째 소스 코드를 들여다보고 있었다. 그러한 오류가 생각보다 심각한 것이 그 시간대 검사할 수 있는 정원은 5명인데, 실제로는 7명, 8명이 예약되고 있었기 때문이었다. 예약할 때 예약 케파^{정원}와 비교해서 이미 예약이 가득 차 있다면 그 시간대 예약은 더 이상 하지 못해야 하는데, 예약이 되고 있었다. 태섭이 테스트하면 정상적으로 잘되는데, 현장에서는 그러한 일이 실제로 발생하고 있었기 때문에 태섭도 할 수 없이 현장에서 어떻게 사용하는지 알아보기 위하여 영상의학과 검사실로 달려갔다.

차세대 시스템 오픈 후 큰 문제가 없으면 저녁 늦게라도 원주행 버스를 타고 집에 가서 차례를 지내고 올 생각이었던 태섭의 바람은 택도 없는 과욕이었다. 진료 간호 파트와 진료 지원 파트 개발자들은 대부분 자리에 남아 밤샘 작업을 준비하고 있었고, 원무 보험 파트와 경영 관리 파트 개발자들은 눈치를 보며 소리 없이 퇴근을 한 상태였다. 본사에서 프로젝트 오픈 격려를 위해 간식거리를 보내왔고, 프로젝트 비용으로 저녁 및 야식 도시락들을 제공하고 있었지만 아무도 식욕이 없었다. 문의 전화 소화불량, 각종 문의 전화가 개발자들의 퇴근 의욕을 떨어뜨렸고, 식욕도 떨어뜨렸으며, 개발자들의 체력과 정신을 갉아먹고 있었다.

불꽃 같았던 문의 전화가 다소 줄어들기는 했지만, 병원에는 1,500명이 넘는 재원 환자가 건재해 있었다. 오후 6시경 병동 환자에 대한 익일 처방 입력이 몰리면서 진료 간호 파트는 다시 한번 아수라장이 되었고, 이제 새벽 1시경 병동 채혈 마감 작업과 병동 환자들의 야간 CT, MRI 등 검사들이 진행될 예정이었다. 또한 새벽 3시경에는 정규 약 조제 정보 생성 작업이 예정되어 있었기에 진료 지원 파트는 초긴장 상태였다.

병동 채혈 마감,

새벽 1시가 되면 병동 환자들에 대한 채혈을 준비하기 위해 진단검사의학과에서 대량의 채혈 바코드를 출력하는 작업이 시작되는데, 이를 병동 채혈 마감 작업이라고 불렀다. 오토 라벨러 Auto Labeler 라는 장비 인터페이스를 통해 출력된 채혈 바코드가 혈액을 담을 보틀 bottle 에 자동으로 부착되어 나오는 시스템이었다. 부착된 보틀을 순서대로 보틀랙 bottle rack 에 담아 채혈 담당자들이 새벽 동안 전 병동을 돌며 환자가 자고 있는 사이 쥐도 새도 모르게 혈액을 채취해 가게 되어 있었다. 전 병동을 빠른 시간에 돌면서 채혈해야 하는 그들은 침상카드로 환자가 누구인지 1차 확인하고, 환자의 손목 밴드에 부착된 환자 스티커로 2차 확인한 후 자고 있는 환자에게 '채혈하겠습니다.'라는 말을 던지고는 환자가 잠에서 깨기도 전에, 순식간에 채혈을 끝내고 자리를 떴기 때문에 본인이 채혈을 했는지도 모르는 환자들이 상당수였다. 심지어 병실에 불이 꺼져 있는 새벽 시간임에도 그들은 복도에서 들어오는 희미한 불빛만으로도 귀신같이 혈관을 찾아 적게는 하나, 많게는 네, 다섯 보틀의 혈액을 채취해 갔지만 환자들은 비몽사몽, 무슨 일이 있었는지 기억하지 못했다. 그런데 그날, 오픈 후 첫 병동 채혈 마감 작업에는 큰 문제가 있었다.

"이거 뭐 하자는 겁니까?"

병동 채혈 담당자들이 상황실로 몰려왔다.

"오늘 내가 한 환자에게 바늘을 몇 번이나 찔렀는지 아세요? 시간도 몇 배나 걸렸고, 환자분들도 힘들어하시고….."

오토 라벨러 문제가 아니었다. 인터페이스는 잘되어 바코드가 보틀에 잘 부착되어 나왔다. 문제는 소팅 sorting, 정렬 순서이었다. 바코드가 부착된 혈액 보틀은 1차 병동으로 소팅한 후 2차 환자별로 소팅되어야 했다. 하지만 1차 병동으로 소팅한 후 2차 검사 처방별로 소팅되어 있었다. 보틀랙 Bottle rack 에 꽂혀 있는 보틀의 순서가 환자별로 되어 있지 않고 뒤죽박죽되어 있었다.

10서 병동 환자 채혈을 담당하는 이문규 병리사는 10서 병동 보틀랙을 들고 본관 10층으로 향했다. 평소 병동과 환자 순서대로 보틀랙에 혈액 보틀이 꽂혀 있었기에 의심 없이 첫 번째 환자의 혈액을 채취하고 두 번째 환자로 이동하여 혈액을 채취했는데, 이상하게도 두 환자 모두 혈액 보틀이 하나씩이었다. 뭐, 처방이 그럴 수도 있으니 세 번째 환자로 이동하여 또다시 하나의 보틀만 채혈 후 네 번째 환자의 보틀을 꺼내 들어 보니 첫 번째 채혈했던 환자의 다른 검사 혈액 보틀이었다. 첫 번째 환자에게 다시 바늘을 꽂아야 하는 아찔함을 느끼며 보틀랙에 꽂혀 있는 혈액 보틀들을 확인해 보니, 순서가 뒤죽박죽이었다. 그 많은 보틀의 순서를 바로잡을 시간은 없었다. 할 수 없이 일일이 보틀을 눈으로 확인해 가며 채혈을 진행할 수밖에 없어 긴 채혈 시간이 소요되었다. 그러한 내용은 개발실로 전달되었고, 호재의 얼굴은 흙빛이 되어 있었다. 가뜩이나 많지 않은 머리카락을 쥐어뜯으며, 스스로를 자책하고 있었다. 개발자 실수에 의한 많은 사람의 고통, 그것은 개발자들의 피할 수 없는 운명이었다. 항상 잘못 반영된 프로그램은 없는지 불안해해야 했고, 자신의 실수에 의한 현장의 혼란은 죄책감이 되어 돌아왔다. 야심한 밤, 밀려오는 졸음보다 더 큰 죄책감이 호재를 괴롭히고 있었다.

2/1(토) 02:00 설날, 시스템 오픈 18시간 10분 후

평소 새벽 2시는 태섭에게 고요함과 함께 강력한 집중력을 가져다주는 시간이었다. 이틀에 한 번꼴로 퇴근했던 태섭은 새벽 2시경에 폭발적인 소스 코딩을 하고는 새벽 4시가 되면 책상에 엎드려 잠을 자곤 했었다. 하지만 오늘의 이 어수선함과 불안함은 태섭을 지치고 힘들게 하고 있었다. 낮시간에 받았던 문의 전화들을 처리해야 했지만 집중력은 점점 바닥을 드러내고 있었다. 찬바람을 맞아야겠다는 생각으로 자리에서 일어설 즈음 전화가 울렸다.

"네, 윤태섭입니다. 네? Abdomen MRI 복부 MRI 요? 환자 번호 알려 주시겠어요?"

MRI 검사 장비들은 같은 시간대에 한 명의 환자에 대해서만 검사가 가능했다. 그래서 MRI 검사들은 예약 정원을 두고 시간대별로 미리 예약해서 검사를 진행하도록 되어 있었는데, 동시간대에 두 명의 병동 환자가 예약되었다는 내용이었다. 35분 정도 소요되는 검사였다. 누구를 검사해야 하느냐고, 누가 두 명이나 예약을 잡았느냐고, 예약 정원은 1명인데 어떻게 두 명이 예약되었느냐는 문의 전화였다. 태섭은 아찔했다. 병동 환자는 보통 밤이나 새벽에 침상에 실려 본관 1층 검사실로 이동되기 때문에 병동과 검사실까지 오고 가는 것 자체가 쉽지 않았다. 또한 금식 6시간이었다. 가뜩이나 몸도 아픈데 배까지 고픈 환자는 날카로웠다. 35분을 기다린다 한들 다음 시간에는 다음 환자가 내려올 터였다. 낮에 받았던 중복 예약 문의 전화의 결과였다. 아직 해결하지 못한….

2/1(토) 04:00 설날, 시스템 오픈 20시간 10분 후

평온이 찾아오고 있었다. 지속적이고 끊임없이 울리던 전화벨 소리도 4시경이 되자 잦아들기 시작했다. 태풍은 다시 6시부터 불어오겠지. 진료 간호 파트 개발자들은 책상에 아무렇게나 널브러져 있었다. 호재와 민성, 두일과 태섭은 이미 다 식은 도시락을 들고 회의실에 모여 늦은 점심 겸 저녁 겸 야식을 먹으려 하고 있었다. 아무도 말이 없었다.

인간이 지성인으로 거듭나기 위해서는 초등학교, 중학교, 고등학교 등 장기간의 교육을 거쳐 10여 년 이상 걸린다. 하지만 동물로 전락하는 데에는 10시간으로도 차고 넘쳤다. 전화가 잦아들고 평온이 찾아오자 그들은 극심한 허기를 느꼈다. 쏟아지는 잠도 잠이었지만 배가 고팠다. 도시락을 들고 회의실에 모인 그들은 대화가 필요 없었다. 오직 도시락 먹는 소리가 잠들어 있는 회의실 밖으로 새어 나가고 있을 뿐이었다. 회의실 밖에서는 여기저기 코를 고는 소리가 들려오고 있었지만 아무도 개의치 않았고 포만감이 찾아올 때까지 밥과 반찬을 입으로 밀어 넣고 있었다.

배고픔은 예의도 품위도 없었다.

하나를 비우고 두 개째 도시락을 뜯어, 먹지 못한 두 끼를 보상받으려 하고 있었다. 그러다가 컥… 민성이 먹다 말고 무엇에 북받쳤는지 왼손으로 눈물을 닦는다. 아무도 고개를 들지 않았다.

"이거, 눈물 나게 맛있다."

비엔나소시지를 베어 물던 태섭의 손이 멈칫했다. 아직 해결하지 못한 문제가 쌓여 있었고, 곧 오전 회진이 시작되면 또 전화는 올 것이었다. 게다가 연휴가 끝나면 들이닥칠 외래 환자 진료는 아직 시작도 하지 않았다. 그럼에도 불구하고 배가 고파 밥을 먹고 있는 자신의 모습이 한심하고 비참했다.

"먹고 죽자."

그들은 서로를 쳐다보지 않은 채 도시락을 해치우고는 각자의 자리로 돌아갔다.

2/2(일) 시스템 오픈 48시간 후

모든 역사가 말해 주듯, 완벽한 처음은 존재하지 않았다.

그렇게 오랫동안 수십 차례의 테스트를 해 왔고, 리허설을 진행해 왔건만 시스템을 오픈하자마자 에러는 쏟아졌고, 감당하기 힘들었다. 아침마다 활기찬 것은 전화벨 소리뿐이었다. 여지없이 전화벨은 울려 왔다. 그날도 여전히 진료 간호 파트와 진료 지원 파트는 전화에 묻혀 있었다. 여기저기서 버라이어티하고 다채로운 내용의 문의 전화들이 걸려 왔다. 그나마 개발자들은 그사이 어느 정도 문의 전화와 처리에 익숙해졌는지 피골이 상접한 채 능숙하게 문의 전화에 대응하고 있었다.

원무 보험 파트 곽호진 PL은 어제 늦지 않은 오후에 퇴근하여 TV를 보다가 10시쯤 잠자리에 들었다. 그러고는 아침 6시 반에 일어나 아침을 먹고 있었다. 곽 PL의 부인은 요리에 일가견이 있는지 아침부터 융숭한 음식을 차려 남편의 시스템 오픈을 격려하고 있었다. 만족스럽게 아침을 해치우고는 양말 몇 켤레와 수건을 비닐봉지에 넣고 아파트 주차장으로 가서 차 뒷문을 열어 아무렇게나 던져 넣었다. 그리고 라디오를 켜고 콧노래를 흥얼거리며 개발실로 향했는데, 개발실 앞 주차장에 차를 세운 것은 아침 8시경이었다. 휘파람을 불며 여유 있게 개발실 문을 열고 들어서는 곽 PL은 알고 있었다. 이제부터 원무 보험 파트의 시간이라는 것을….

"이거 돈 계산이 안 맞는 것 같아요."
추석 연휴 마지막 날이 되면서 병동 환자들이 슬슬 퇴원을 시작하고 있었다. 연휴 기간에는 보통 입원과 퇴원을 시키지 않는다. 하지만 연휴가 끝나 가면서 퇴원이 발생하고 있었다.
"이분 구정 전에 응급실 경유해서 입원했던 환자분인데, 진료비가 이상해요."
환자의 외래, 입원, 응급실 환자 진료비 계산은 원무 보험 파트의 핵심 업무였다. 드디어 올 것이 왔다는 듯 원무 보험 파트 개발자들의 손이 빨라지고 있었고, 진료 간호 파트와 진료 지원 파트는 계속해서 오고 있는 전화 응대를 하면서도 원무 보험 파트를 바라보며 드디어 너희들도 쓴맛을 볼 때가되었다는 눈빛으로 바짝 마른 입술에 쓴웃음을 지으며 바라보고 있었다.

병실 관리료가 누락되고, 점적 주사료가 누락되고, 산정특례가 적용되지 않아 원무 보험팀 현업들의 사나운 전화가 쇄도했다. 또한 의료급여가 적용되지 않아 환자에게 입원비를 많이 산정하는 통에 환자 불만이 늘어나고 있었다. 하지만 복잡한 로직의 진료비 계산 특성상 어느 문의 하나 쉽사리 처리되기 어려운 상황이었다. 두일과 태섭은 우리만 바보인 줄 알았는데 꼭 그런 것은 아니었구나 하는 마음으로 어느 정도 위안을 얻고 있었다.

"현재까지 문의 전화는 2,356건, 분류가 쉽지 않아 러프하게나마 분류해 보았습니다. 결함 관련 문의가 721건, 단순 사용법 문의가 1,635건 정도로 파악되었습니다."

오픈 48시간이 지난 시점, 상황실에서는 오픈 경과 보고가 진행되고 있었다.

"결함으로 신고된 721건 중 대부분이 경결함이었고, 115건 정도는 중결함이었습니다. 서버 자원 사용량은 피크 타임에 CPU 30%, 메모리 35% 수준으로 파악되었습니다."

추진단장을 비롯한 병원의 참여자들은 수치가 의미하는 바가 어느 정도 중대한 상황인지 알 수 없어 고민하고 있었는데, 분위기를 유리한 쪽으로 가져오기 위해 최 PM이 나서서 말하기 시작했다.

"저 정도 수준은 병원 규모로 보았을 때 양호한 수준에 해당합니다. 신고된 경결함들은 바로바로 해결하고 있습니다. 그리고 중결함도 일부 특정 케이스에서만 발생하는 현상이라서 메인 업무에는 해당하지 않습니다. 그마저도 대부분은 이미 해결을 한 상태입니다. 자원 사용량은 예상 범주 내에서 관리되고 있는 상태입니다. 내일 외래 환자분들이 내원하시게 되면 자원 사용량은 늘어나겠지만, 최종 목표치를 벗어나지는 않을 것으로 예상하고 있습니다."

"내일 외래 환자는 몇 명인가요?"

추진단장이 진료운영팀 홍 팀장을 바라보면서 물었다.

"내일 외래는 평소 대비 30% 수준으로, 대략 2,000명 정도 됩니다. 화요일은 2,800명, 수요일은 3,500명 수준입니다."

홍 팀장이 미리 준비한 자료를 보면서 추진단장의 물음에 답했다.

"내일이 지나고 나면 시스템 원복은 불가능합니다. 만일 시스템에 중대한 문제가 있다면 오늘이나 내일 오전 중 원복을 결정해야 합니다."

추진단장이 문제가 있으면 지금 말하라는 듯 좌우를 둘러보고 있었지만 참석한 주요 보직자들은 그 눈을 피하고 있었다. 아무도 섣불리 자신의 부서 시스템에 문제가 많다는 이야기를 함부로 할 수 없었다. 오픈 후 간호사들의 수많은 원성을 들은 간호부장이 불만 가득한 얼굴로 오픈 경과 보고 자리에 참석하고 있었지만 아무런 말도 하지 않고 입을 꾹 다물고 있었다.

경영 관리 파트 박 PL은 책상 위에 팔꿈치를 올려 깍지 낀 양손으로 턱을 받치고는 개발실을 여유롭게 휘 둘러보고 있었다. 진료 간호 파트의 처방, 진료, 간호 개발자들은 이틀 사이 홀쭉해진 얼굴로 전화 응대와 소스 코딩을 동시에 해 나가고 있었고, 진료 지원 파트의 검체 검사, 환자 검사, 약국, 건강검진센터, 의무기록, 영양급식, 공통 개발자는 꾀죄죄한 얼굴에 다크 서클이 흐드러지게 내려온 모양새를 하고 키보드를 두들기며 결함을 처리해 나가고 있었다. 원무 보험 파트의 환자 관리, 진료비, 보험심사 개발자들은 아직 쌩쌩해 보이기는 하지만 오늘 오전부터 퇴원하는 환자들로 인해 쇄도하기 시작한 전화에 당황하여 머리를 쥐어뜯으며 소스 코드 여기저기를 뒤져 보고 있었다. 경영 관리 파트는 평온했다.

박 PL은 자신의 파트를 둘러보았다. 인사급여 개발자인 김 대리가 눈치를 보며 회의실 쪽으로 가더니 아무도 손대지 않아 쌓여 있는 도시락 더미에서 두 개를 챙겨 들고는 살금살금 자리로 돌아오고 있었고, 구매 자재 개발자 박 과장은 어딜 갔는지 두 시간째 자리를 비우고 있었다. 총무 기획 개발자와 원가 지원 개발자도 아까부터 개발실 처마 밑에서 누군가와 전화로 잡담을 나누고 있었다. 경영 관리 파트의 이러한 평온함은 오늘이 마지막임을 파트원 모두가 잘 알고 있었다. 연휴가 끝나고 병원 행정직들이 출근하게 되면 그들도 본격적으로 전장에 뛰어들게 되어 있었다. 또한 내일부터 외래 진료와 응급실 진료가 시작될 예정이었다. 진정한 차세대 시스템 오픈은 내일부터였다.

2/3(월) 시스템 오픈 72시간 후

진료 간호 파트와 진료 지원 파트 개발자들의 반 이상이 지난 금요일에 출근했었고 퇴근하지 못한 상태로 월요일을 맞이하고 있었다.

잠은 반드시 집에서 자야 한다는 민성도 오픈이라는 거인 앞에서는 피해갈 수 없었다. 응급실 환자는 연휴가 끝나자마자 새벽부터 앰뷸런스에 실려 도착하고 있었고, 외래 환자는 9시부터 진료가 시작될 예정이었다.

태섭의 마음은 평온했다.

그 평온함은 오픈 후 3일을 버텨 냈다는 자부심과 안도감으로부터 비롯된 평온함이라기보다는 금요일부터 잠을 제대로 자지 못한 탓에서 오는 나른함과 삶의 의지 저하로부터 비롯된 평온함이었다.

모든 것을 내려놓고, 될 대로 되라는 마음가짐 속 허기짐과 졸음이 파도처럼 밀려오고 있었다. 게슴츠레 뜬 시야로 두일이 들어왔다. 무엇을 하려는 것인지 공포 영화 속 환자처럼 흐느적거리며 두일이 저쪽으로 걸어가더니, 이내 이쪽을 향해 어기적거리며 걸어오고 있었다. 그의 눈도 반쯤은 감겨 있었다. 그의 양손에는 도시락이 들려 있었다. 두일은 들고 온 도시락을 호재와 민성과 태섭의 책상에 하나씩 던지듯 나누어 주었다.

"묵고 죽자."

속삭이듯 혼잣말을 하더니 두일은 도시락 뚜껑을 열고 젓가락질을 시작하면서 태섭을 바라보며 검어진 얼굴로 씨익 웃었다.

"묵어."

도시락은 고급스러웠다. 불고기와 닭튀김 3조각, 튀김만두 2개, 김치와 콩나물에 김까지…. 고생한다고 비싼 도시락을 주문했나 보다. 하지만 밥은 차가웠고, 목은 까끌거렸으며, 젓가락은 헛놀았다. 이번에는 졸음이 허기를 이기려나 보다.

"화면 아이디가 어떻게 되시죠? 에러 메시지 좀 불러 주세요. 환자 번호가 어떻게 되시죠? 잠시만요…."

9시가 되면서 문의 전화 물결이 산들바람처럼 불어오기 시작했다. 이번에는 파트 가림이 없었다. 외래 진료가 시작되었고, 행정직들이 출근하면서 몰려오는 문의 전화는 공격적이며 공평했다. 전체 파트의 개발자들이 전화기를 손에 달고 있었다. 병원 현장의 긴장도도 높아지고 있었다. 병동 환자의 경우는 시스템에 문제가 발생해도 천천히 해결하면 되었다. 왜냐하면 병동 환자는 그래 봐야 환자가 어디 가지 않고 병원 내에 있을 테니 말이다. 문제 해결 후 다시 부르면 되었다.

하지만 외래 환자는 달랐다. 외래 환자는 당장 문제를 해결하지 않으면 안 되었다. 외래 환자 진료는 대략 5분에서 10분 사이였다. 정보가 조회되지 않거나 처방이 내려가지 않으면 환자는 해결될 때까지 기다려야 했는데, 그럴수록 다음 환자의 진료 시간이 지연되고 있었다. 또한 원무 창구에서 수납도 그랬다. 당장 돈 계산이 잘되지 않으면 환자는 귀가하지 못하고 기다려야 했다. 다음 환자를 먼저 수납할 수도 없었다. 개발실에서 해결되었다는 연락을 받을 때까지 환자는 수납 창구 앞에서 기다려야 했고, 귀가 시간은 늦어지고 있었다. 대기 줄은 점점 늘어났고, 환자들의 불만 섞인 목소리는 점점 고조되고 있었으며, 그에 따라 문의 전화 목소리도 높고, 날카로워지고 있었다.

"아니, 왜 수납을 안 해 줘."

얼굴에 주름이 많은 할머니가 손주 오기 전에 집에 가야 한다며 잘되지 않는 수납을 재촉하고 있었다.

"어머니, 죄송해요. 며칠 전에 저희가 시스템을 다 바꿨어요. 그래서 지금 좀 안 되는 것들이 있어서 그래요. 조금만 기다려 주세요."

"아니, 시스템? 그걸 왜 바꿔. 그냥 쓰지."

"그러게 말이에요. 옛것이 좋은 것인데…."

창구 직원이 능숙한 말솜씨로 할머니를 어르고 달랬지만, 그 뒤로 줄지어 있는 환자들의 모습을 보며 머리를 절레절레 흔들고 입을 다물었다. 진료비 개발자들은 2월의 엄동설한에 식은땀을 흘리며 소스 코드를 수정하고 있었다. 전화가 너무 많아 한 명은 전화 응대만 전담했고, 다른 한 명은 에러 케이스 환자를 분석하고 소스를 수정하거나 데이터를 강제로 업데이트해 주면서 상황을 모면해 나가고 있었다.

오후 두 시가 되면서 외래 환자 진료는 대부분 종료되고 있었다. 평소 대비 30% 정도의 외래 환자였기에 평소보다 일찍 종료되고 있었다. 하지만 원무 창구는 아직도 수납을 하지 못한 외래 환자들로 붐비고 있었다.

진료 간호 파트와 진료 지원 파트의 전화는 줄어들고 있는 반면 원무 보험 파트와 경영 관리 파트의 전화는 늘어나고 있었다. 이제는 진료 간호 개발자와 진료 지원 개발자들이 눈치를 보며 늦은 점심을 먹으려 하고 있었다.

"네, 두길상입니다. 그래요? 환자 번호 알려 주세요. 처방 일자가 언제인데요? 처방 코드는요?"

두 대리의 지친 기색 없는 목소리가 들려오고 있었다.

"아, 그렇구나. 그렇네요. 검사 결과가 안 보이셨겠네요. 답답하셨겠다."

두 대리는 옆에 사람을 두고 이야기하듯 자상하게 다독여 가며 이야기하고 있었다.

"이게요, 선생님. 아주 가끔 이런 일들이 발생하기도 합니다. 다시 조회해 보시겠어요? 이제 조회되시지요? 네, 고생이 많으십니다. 감사합니다."

두 대리는 수화기를 왼쪽 어깨에 걸친 상태로 데이터를 수정하여 검사 결과가 조회되도록 바로 처리하고는 살갑게 이야기하면서 전화를 끊었다. 하지만 역시나 데이터 마이그레이션 오류 건이 발생했구나 하는 생각에 자연스레 인상이 쓰이고 있었다. 두 대리가 예견했던 0.01%의 데이터 마이그레이션 오류 건들은 생각보다 많은 전화를 불러왔다. 비단 진료 간호 파트뿐 아니라 모든 파트에서 심심치 않게 발생하고 있었다. 태섭도 검사실에서는 환자의 검사 결과가 잘 조회되는데, 외래 진료실에서는 안 보인다고 하여 데이터를 확인해 보니 처방 테이블과 결과 테이블의 매핑 키값이 불일치하고 있었다. 수작업으로 데이터를 업데이트하여 키값을 일치시켜 해결하였는데, 제법 여러 번 전화를 받은 상태였다. 그렇게 오픈 후 첫 외래 진료가 있는 월요일을 버텨 내고 있었고, 창을 통해 들어오는 오후의 석양은 평화롭기만 했다.

"저기, 오늘은 우리 이만 퇴근하자."

저녁 8시도 되지 않았는데, 이 PL이 소리를 낮추어 파트원들에게 속삭이고 있었다. 이 PL은 오픈 이후 새벽 퇴근, 새벽 출근의 연속이었는데, 잠을 자고 왔다기보다는 옷을 갈아입고 왔다는 표현이 더 맞을 것이었다. 입술은 바짝 말라서 갈라질 대로 갈라져 있었고, 수염도 지저분하게 거뭇거뭇했으며, 눈동자에는 약한 핏발이 서너 가닥 보이고 있었다.

눈이 쌓이고 얼어붙기를 거듭하며 단단해진 상태였다. 발자국이 없는 쌓인 눈을 밟아도 뽀드득 소리는 들을 수 없었지만 폭신함은 느낄 수 있었다. 바람은 살을 에는 듯이 차가웠지만 기분만은 상쾌했고, 발걸음은 무겁지 않았다. 강남사랑병원 차세대 시스템을 오픈하고 2주일이 지나면서 태섭에게도 진정한 여유로움이 찾아오고 있었다.

여유롭게 밥을 먹고, 산책을 하고, 누워 잠을 자는, 당연해 보이는 일상의 일들이 행복으로 느껴지는 것은 힘겨운 나날을 이겨 냈기 때문일 것이었다.

태섭은 고시원에서 옆 방의 뒤척거림을 느끼며 평온하게 잠들 수 있었다. 출근하는 지하철에서 부대끼는 사람들도, 지하철역에서 개발실로 걸어갈 때 느끼는 차가운 바람도 따뜻한 행복으로 다가왔다. 문의 전화는 크게 줄어들었다. 현장의 사용자도, 프로그램 개발자도 이제는 문제가 생기면 어떻게 해야 할지 서로 알고 있었다. 숙련된 사용자는 에러가 발생해도 우회하여 사용하는 방법을 알아냈고, 개발자는 문의 전화를 받으면 어디가 문제인지 단박에 알아차리고 신속하게 해결해 주었다. 시스템 자원은 관리 범위 내에서 운영되고 있었고, 시스템 지연에 따른 대기 환자는 없었다. 모든 것이 순조로웠다.

오픈 후 안정화 기간은 3개월이었다. 2월 말부터 5월 초까지 순차적으로 개발자들은 철수할 예정이었다. 철수 계획서에 따르면 두일은 3월 말, 태섭과 호재, 민성은 5월 초로 되어 있었다. 그러니까 5월 이후 모두 본사에서 다시 만나게 될 터였다. 안정화 기간에 개발자들은 프로젝트 산출물 작성을 진행하게 될 것이었고, 앞으로 차세대 시스템을 유지보수하게 될 정보지원팀 담당자들에게 시스템을 인계하는 업무를 하게 될 것이었다. 물론 아직 개발하지 못한 부분도 개발을 마무리해야 했다. 태섭은 철수 전 산출물을 작성하면서 무거운 짐을 벗어 내듯 가벼운 마음으로 시간을 보내고 있었다. 하지만 이제 신시스템을 맡아 운영하게 될 정보지원팀 사람들의 마음은 점점 무거워지고 있었다.

　"프로그램 사양서 꼼꼼하게 작성해 주셔야 해요."
　정보지원팀 환자 검사 담당자인 이 대리가 피곤한 기색으로 태섭에게 말했다.
　"그리고, 오픈 이후에 전화 받았던 내용들과 어떻게 해결했는지에 대한 내용들을 운영 매뉴얼 작성할 때 꼭 포함해 주세요."
　충분히 이해할 수 있는 요청이었다. 당장 개발팀이 철수하고 나면 이 대리가 환자 검사 시스템 문의 전화와 프로그램 개발 요청을 처리해야 하기 때문이었다. 하지만 그 난리통에 어떤 전화들이 있었고, 어떻게 처리했었는지 모든 기억을 되살려 매뉴얼에 포함하는 것은 불가능하였기에 태섭은 어물쩍 넘어가려 하고 있었다.
　5월 초까지는 개발팀 인력 전원이 철수할 예정이라서 정보지원팀 사람들의 마음은 바빴다.

인수인계가 진행되던 2월 말의 어느 날, 정보지원팀 진료 지원 파트 김 과장이 태섭에게 커피 한잔하자며 개발실이 아닌 본관 건물 지하로 불렀다. 본관 건물 지하 1층에는 내원객을 위한 편의점과 식당, 꽃집, 빵집, 카페가 있었는데, 김 과장이 태섭을 기다리고 있다가 카페로 안내했다.

"뭐, 마실래?"

"과장님하고 같은 거요."

김 과장이 피식 웃고는 따뜻한 아메리카노 두 잔을 주문했다. 카페 직원이 건네주는 진동벨을 태섭이 얼른 건네받은 후 비어 있는 자리로 향했다.

"올해 몇 년 차지?"

"2001년도 입사입니다. 3년 차입니다."

"그러면 내년이 대리 케이스네?"

그러고 보니 신호재 선배가 올해 3월, 곧 대리 진급을 하겠구나 생각하며, 새삼 세월의 빠름을 깨닫고 있었다.

"네, 벌써 그렇네요."

"본사 복귀하면 뭐 할지 정해진 건가?"

"어느 병원인가 수주되었다고 들었던 것 같습니다. 정확히는 모르겠습니다만…."

"그러면 또 거기로 투입되는 건가?"

"아마, 그렇게 되지 않을까 싶습니다."

"태섭 씨는 건진 파일럿 때부터 여기 있었지?"

"네, 2001년 5월쯤 강남사랑병원에 왔습니다."

"여기 병원 어때?"

"사실 제가 입사하고 바로 이쪽으로 와서 다른 병원에 대한 경험이 없습니다. 하지만 병원 규모도 크고, 환경도 좋은 것 같습니다."

김 과장은 아메리카노에 각설탕을 하나 넣고는 스틱으로 천천히 저으며 말했다.

"환자 검사 쪽 개발했다며? 해 보니 어때? 할 만해?"

"쉽지는 않았지만 많은 분이 도와주셔서 이제는 할 만합니다."

태섭이 멋쩍다는 듯 미소를 지으며 대답했다.

"우리 부서에 태섭 씨 동기가 4명이나 있다. 자기네 기수가 여기저기 사람이 많아. 많이 뽑을 때 들어왔나 봐."

사실이 그랬다. IMF 이후 신입 채용을 하지 않다가 2001년도에 반짝, 그동안 중단했던 신입 채용을 만회하기라도 하려는 듯 많은 인원을 뽑았었다.

"검사실 실장들도 그렇고, 우리 부서원들도 그렇고, 태섭 씨 평이 좋아, 열심히 한다고."

냉정해 보이는 김 과장의 뜻밖의 칭찬이었다.

"제가 부족한 게 많아서 다른 분들 따라가려고…."

태섭은 사실을 말했고, 김 과장은 피식 웃었다.

"우리 사무실 인력이 한 명 퇴사를 준비 중이야."

김 과장은 더욱 낮아진 음성으로 말하고 있었다.

"차세대 프로젝트 시작하기 전부터 준비하셨던 것 같은데, 아마 우리 팀장이 나가더라도 차세대 오픈 이후에 나가라고 했었나 봐."

슬쩍 고개를 들고 잠시 태섭의 표정을 살피다가 다시 말을 이어갔다.

"그래서 우리 부서에 T/O가 하나 날 것 같은데, 태섭 씨 생각은 어때?"

"네? 아, 그런 일이 있었군요. 전혀 몰랐습니다."

"당연하지, 아직 대외비니까. 태섭 씨도 어디 가서 이야기하면 안 돼."

"네, 알겠습니다."

"잘 알겠지만, SM*과 SI**는 달라. 우리는 끝까지 책임을 지고 시스템을 운영하는 사람들이야. 지속성도 있고 안정적이지."

김 과장은 태섭을 정보지원팀 인력으로 끌어들이려 하고 있었다. 구태여 업무가 뛰어나거나 개발 스킬이 높은 사람이 아닌 태섭과 같은 사원급을 소싱하려고 하는 데에는 그만한 이유가 있었다. 일단 사원급의 몸값이 낮으니 원가 부담이 적었을 것이었다. 그리고 업무가 뛰어나다거나 개발 역량이 높은 개발자는 개발팀에서 놔 주지 않을 것이므로 협상이 잘 안될 것을 감안한 처사였을 것이었다. 또한 성격이 강하면 데려와도 컨트롤이 어렵기 때문에 이도 저도 아닌 태섭을 선택했을 것이었다.

"제가 이런 일이 있을 줄은 생각도 못 해 봐서요."

"그렇지, 인생이 걸린 일인데 즉답하면 안 되지. 천천히 생각해 보고 알려 줘. 하지만 그리 오래 기다리지는 못해."

김 과장과의 대화를 마치고 개발실로 돌아온 태섭은 혼란스러웠다.

오후 8시가 지났을 뿐이었지만 개발실은 거의 비어 있었다. 오픈한 지 한 달여가 가까워져 오자, 개발팀에는 여유가 생기기 시작했다. 언제 그랬냐는 듯 평온한 삶이었다.

하지만 태섭은 김 과장의 제안 때문에 고심하고 있었다. 지난 1년 반 동안, 삶의 질을 따지며 동기들 몇 명이 퇴사했었고, 프로젝트 순간순간 견디기 힘든 때도 많았다. 힘겨운 삶이었고, 앞으로도 계속해 나가야 할 삶이었다. 이런 삶을 계속해 나갈 수 있을까 고민이었지만 막상 다른 삶을 살 수

---

* SM(System Maintenance): 시스템 유지보수, 일반적으로 유지보수팀을 의미한다.

** SI(System Integration): 시스템 통합, 일반적으로 개발팀을 의미한다.

있는 기회가 오자 결정하기 힘들었다. 개발팀도 나름대로 성취감과 자부심이 있었기 때문이었고, 정보지원팀 사람들보다 훨씬 활기 넘치는 삶이었기 때문이었다.

"뭘 그렇게 고민하냐? 아직도 할 게 많냐?"

두 대리가 뒷짐을 지고 배를 내밀며 태섭의 뒤에 서서 그림자를 드리우고 있었다.

"아, 두 대리님. 아직 퇴근 안 하셨어요?"

뭘 그런 걸 묻느냐는 표정으로 두 대리가 심드렁하게 태섭을 쳐다본다.

"너, 고민 있구나?"

두 대리가 오른손 엄지와 검지를 턱에 받치며 묻는다.

"어디 보자, 여자친구하고 깨졌어?"

힐끗 표정을 보고는,

"아니면, 너, 설마?"

잠시 침묵이 흐른 뒤 두 대리가 태섭의 어깨에 손을 얹는다.

"안 돼, 태섭아. 아무리 힘들어도, 그건 잘못된 결정이야. 우리를 버리지 마."

태섭이 놀라며, 설마 하는 눈빛으로 두 대리를 쳐다본다.

"그거지? 맞지? 야, 너 그러면 안 돼. 형이 잘해 줄게. 야, 그래도 어렵게 들어왔는데 퇴사가 말이 되냐?"

태섭의 눈꼬리가 휘어지며 입가에 미소가 번졌다.

"아니구나. 깜짝 놀랐네."

태섭의 마음이 푸근해진다. 곁에서 신경 써 주는 선배가 있다는 것에 감사했다.

'그래, 전우애가 있지, 개발팀도 하다 보면 적응되겠지.' 하는 생각이 들며 마음이 정리되는 듯싶었다.

"뭐야, 형한테 얘기해 봐. 누가 괴롭혀? 이름만 대. 내가 애들 풀어서 해결해 줄게."

서로 유쾌했다. 절로 웃음이 났고, 마음이 평온해졌다.

"고민이 있었는데 덕분에 해결된 것 같습니다."

"오 그래? 그러면 내가 또 한 건 한 건가?"

두 대리의 표정이 해맑다.

"그런데 내가 뭘 해결해 준 걸까?"

두 대리가 눈을 크게 말똥말똥 뜨며 태섭을 장난스레 쳐다보고 있었다.

"사실….."

태섭은 망설이다가 왠지 두 대리라면 비밀을 지켜 줄 수 있을 거라 생각했다.

"정보지원팀에 T/O가 한 명 났다고….."

태섭으로부터 자초지종을 들은 두 대리는 동그래진 눈으로 태섭을 바라보며 물었다.

"그래서? 넌? 어떻게 할 거야? 결정했어?"

"네, 방금 전에 결정했네요."

"어떻게 결정했는데?"

"제가 두 대리님이 계신데 어디를 가겠어요. 남아서 열심히 해 보려고요."

태섭의 해맑은 미소가 두 대리에게 전해지고 있었고, 어이구 훌륭한 후배 나셨네라는 표정의 두 대리가 미소를 받는다.

"저 심각하게 고민하고 있었거든요. 두 대리님이 깨달음을 주셨어요, 감사합니다."

태섭은 늦은 밤 두 대리와의 야식이 좋았고, 그의 조언이 좋았고, 그의 의뭉스러움이 좋았다.

모든 사람이 힘들어 지쳐 있을 때에도 두 대리만은 천연덕스럽게 흥겨운 노래를 불러 주었고, 언제나 곁에서 든든한 지식과 힘이 되는 감정을 나누어 주었다. 태섭에게 두 대리는 선배 이상의 존재였고, 두 대리도 유달리 태섭에게 더 잘 대해 주고 있었다. 아마도 함께 새벽을 맞는 사람들의 우정이 아니었을까?

"그런데, 태섭아."

어느 창문이 조금 열려 있었던지 한 조각의 찬 바람이 태섭의 얼굴을 스치고 지나갔다. 텅 빈 사무실의 적막감이 집중력을 배가시키고 있었고, 갑작스러운 두 대리의 진지한 어투에 태섭은 천천히 고개를 들어 두 대리를 바라봤다. 두 대리는 어느새 가늘게 뜬 눈으로 사무실 천장의 형광등을 바라보면서 무언가 골똘히 생각하고 있었다. 그러고는 눈을 감는가 싶더니 감은 채로 말했다.

"개발팀에 네가 아는 사람들 중에 말이야. 행복해 보이는 사람이 있더냐?"

뜬금없는 두 대리의 질문에 태섭은 고개를 숙이고 이리저리 생각해 보았다. 자녀의 키를 수평으로밖에 모르던 신 선배와 집에서 회사가 아닌, 회사에서 집으로 출퇴근하던 이 PL과 VDT 증후군, 거북목 증후군, 역류성 식도염으로 고생하던 선배들….

모두들 열심히 살고는 있었지만 행복한지는 알 수 없었다. 아니, 행복해 보이지는 않았다.

"모두들 좋아서 이러고 있는 줄 아냐?"

부드러운 두 대리의 말속에 고통이 있었다. 뜻밖이었다.

"운명을 바꿀 수 있는 사람은 너 자신밖에 없어. 그곳으로 가는 것이 옳은 일인지 단언할 수는 없지만, 뭐라도 해 봐야지. 해서 후회하는 것보다 해 보지 않아서 후회하는 경우가 더 많아."

감았던 눈을 떠 천장을 바라보던 두 대리의 눈이 태섭을 바라보고 있었고, 열린 창으로 들어온 찬바람이 두 대리의 머리칼을 날렸다.

"길은 네가 만드는 거야."

돌이켜보면 태섭은 지금까지 앞만 보며 달려왔었다. 이 길이 맞는지 틀린지 따져 볼 겨를이 없었다. 생면부지 아는 사람 하나 없는 서울에 올라와서 한 번도 해 보지 않은 IT 비전공자의 설움을 극복하며 그 길을 걸어왔었다. 그렇게 태섭은….

가는 대로 길이 되고 있었다.

또한 가다 보니 길은 열렸고, 스스로 만들어 가고 있었다.

그리고 이제 그 길은 혼자만의 길이 아니라

누군가와 함께 가야 할 길이었다.

누군가에게 고통이 누군가에게는 기쁨이 되고 있었고, 누군가에게 걱정거리가 누군가에게는 설렘이 되고 있었다. 떠날 채비를 하고 있는 개발팀의 기쁨이, 이제 맡아서 운영을 해야 하는 정보지원팀에게는 고통이 되고 있었고, 곧 있을 혜란의 귀국이 태섭에게는 설렘이었지만 김 사장에게는 걱정거리가 되고 있을 터였다.

3월 중순의 햇살이 태섭의 머리 위로 따스함과 넉넉함으로 다가오고 있었다. 성공적인 프로젝트 오픈과 곧 있을 혜란의 귀국.

여한이 없었다.

"어머니, 가실까요?"

귀국해서 무엇을 해야 할지에 대한 걱정은 뒤로하고, 김 사장도 오랜만에 만나게 될 혜란과 영란을 생각하니 기쁘기 그지없었다. 태섭이 김 사장의 차를 운전하였고, 김 사장은 옆자리에 앉아 깊은 생각에 잠겨 있었다. 일요일 오후 인천국제공항으로 가는 길은 그리 막히지 않았다.

"자네, 회사 생활이 벌써 2년이 넘었네."

"네, 어머니. 벌써 그렇게 되었네요. 3년 차네요."

"힘들지는 않은가?"

김 사장은 태섭에게 여자친구의 어머니였지만 그 이상이기도 했다. 김 사장은 태섭에게 언제나 인자했고, 아들처럼 대해 주었다. 오죽했으면 유학도 함께 보내려고 했었을까. 하지만 태섭은 그래서 더 혼란스러웠다. 계획대로 혜란이 석사까지 했더라면 태섭은 혜란과 다시 만나기 어려웠을 것이었다. 박사까지 했더라면 그곳에서 자리를 잡았을 테니 평생 다시 보기는 어려웠으리라.

"이제 슬슬 적응되는 것 같아요, 어머니. 하지만 쉬운 건 없더라고요."

"그렇지, 세상에 쉬운 게 있겠는가."

아무것도 없는 바닥에서 사업을 일구어 낸 김 사장에게 태섭은 하룻강아지에 불과했다.

"혜란이는 귀국하면 당분간 쉴 거야. 영란이는 복학할 것이고."

"네, 어머니."

혜란의 동생, 영란은 대학 3학년을 마치고 떠난 유학이었다. 어학연수를 마치고 애틀랜타의 어느 대학인가로 편입할 생각이었는데, 언니가 귀국하겠다고 하자 함께 귀국을 결정했다고 한다. 인천국제공항이 가까워질수록 태섭의 마음은 들뜨고 있었다. 엊그제 돌아오는 비행편을 확인하기 위해 혜란과 통화했을 때 혜란의 목소리는 한결 밝은 느낌이었다. 그리고 말수도 늘어 있었다.

통화를 마친 후에 태섭은 고시원 침대에 앉아 혜란의 모습을 기억해 내려 했지만 아른거리기만 할 뿐 얼굴이 기억나지 않아 씁쓸했다. 2년이란 기간이 태섭에게서 혜란의 모습을 앗아간 것이었다. 결국 원주에서 올라올 때 가져온 수첩을 펼쳐 곱게 끼워져 있는 대학 시절 함께 찍은 사진을 보고서야 혜란의 모습을 떠올릴 수 있었다.

빛바랜 사진, 노천극장에서 가요제가 있었던 날이었다. 노천극장은 이미 학생들로 가득 차 있었고, 자리가 없어 태섭과 몇 명의 후배들이 노천극장 옆 비탈진 잔디밭에 아무렇게나 앉아 있었다. 당시 복학생이었던 태섭은 체크무늬 펑퍼짐한 티셔츠에 추리닝 바지, 갈색 운동화를 신고 있었다. 땅바닥 어디에 앉아도 어색하지 않을 그런 복장이었다. 그때 뒤늦게 노천극장에 나타난 혜란이 태섭과 선배들을 보고 손을 흔들며 뛰어와 태섭의 무릎 위에 폴짝 뛰어 앉고는 무엇이 그리 재미있는지 크게 함박웃음을 지었다. 노란색 후드티를 입은 혜란이 머리를 뒤로 젖혀 크게 웃고 있는 사진이었다. 사진 속 태섭도 웃고 있었다. 서로의 손을 꼭 쥔 채 웃고 있는 사진에 절로 미소가 지어졌다.

"사람들이 우리 혜란이와 자네가 닮았대. 닮으면 잘 산다는데…."

Gate E 전광판에 대한항공 741편이 도착했음을 알리고 있었다. 수하물을 찾고, 입국 수속을 하느라 시간이 걸리겠지만 이제 얼마 남지 않았다. 바로 알아볼 수 있겠지? 못 알아보려나? 태섭의 마음이 두근거리고 있었다. 게이트가 열리고 한 무리의 사람들이 빠져나오고 있었다. 게이트 앞에서 기다리던 가족들과 만난 사람들이 서로 반가운 인사를 나누며 짐을 받아 주고, 카트를 밀어 주며 담소를 나누고 있었다.

그리고, 게이트가 다시 열렸다. 어린아이가 걸어 나오며 마중 나온 할아버지를 알아보고는 활짝 웃는 표정으로 아장아장 할아버지를 향해 달려가고 있었고, 그 뒤를 아이의 엄마가 이름을 부르며 허리를 굽혀 쫓아가고 있었다. 뒤를 이어 한 살도 안 되었을 듯한 아이를 가슴에 안은 남자가 아이와 눈을 맞추며 웃음 띤 얼굴로 게이트를 걸어 나오고 있었다.

그 뒤를 이어…

3월의 빛나는 햇살이 드높은 인천공항 천장을 통해 들어오고 있었고, 저기 멀리서 대형 비행기가 천천히 이륙하고 있었다. 게이트를 바라보는 태섭은 공항 내부 공조가 잘 되어 산들바람처럼 시원한 바람이 스쳐 지나갔지만 느낄 수 없었다. 즐거운 여행 되라는 공항의 방송도, 오랜 이별 뒤에 만나 반가움에 서로 깡총깡총 뛰며 주변에서 나누는 사람들의 인사 나누는 소리도 태섭을 지나쳤다. 태섭의 시야로 자신보다 큰 카트를 밀고 나오는 혜란이 들어오고 있었다. 혜란은 발꿈치를 세우고, 카트에서 한 손을 떼어 손을 들어 태섭을 향해 흔들며, 머리칼을 날리며, 환한 미소를 지으며 태섭을 향해 걸어오고 있었다.

"오빠!"

에필로그 I

:

"나, 내일 철수야. 그동안 네가 많이 도와줘서 무사히 오픈하고 떠난다. 그래, 알지. 고마웠어. 그런데, 우리 밥 한번을 못 먹었네. 내가 본사 복귀해서 좀 한가해지면 연락할게. 그때 우리 밥 한번 먹자. 내가 맛있는 거로 쏠게. 그리고 알지? 혼자 나오면 안 된다."

이어지는 호쾌한 웃음소리가 사무실에 울렸다. 마지막까지 남아 있던 개발팀 인력들이 내일 모두 철수할 예정이었다. 두 대리는 전화를 끊고 콧노래를 흥얼거리며 양복으로 갈아입고는 캐리어에 추리닝과 수건, 양말, 칫솔, 치약 등을 정리해서 차곡차곡 넣고 있었다.

내일만 이곳으로 출근하면 강남사랑병원도 마지막이었다. 두 대리와 이 선생의 만담 같은 통화도 이제 마지막이었다. 언제 밥 한번 먹자던 관용어구 같았던 약속은 20여 년이 흐른 지금까지도 이루어지지 않았다. 그사이 이 선생은 이 파트장이 되었고, 두 대리는 S사를 퇴사했으며, 30kg을 감량한 후 두 대표가 되어 다시 이 선생과 프로젝트로 엮이게 된다. 서로가 보다 높은 위치에서 막역한 사이가 되어 선을 넘나드는 말뿐인 두 사람의 관계는 지속된다.

태섭도 5월 초 마지막 철수와 함께 본사로 복귀했다. 첫 프로젝트였고, 파일럿 프로젝트부터 본 프로젝트까지 2년 넘게 강남사랑병원에 있었던 태섭은 본사가 낯설었다. 동료들은 8월에 전북 J병원 프로젝트로 투입될 예정이었고, 태섭은 오늘 최 PM과 면담을 할 예정이었다. 며칠 전 태섭은 공식적으로 이 PL에게 부서 전배를 요청했고, 이 PL이 최 PM에게 보고를 했었다.

신호재 사원은 신호재 대리가 되었다. 신 대리와 태섭, 두일, 민성은 본사에서 다시 만났고, 떠나려는 태섭을 부러워하며 그들도 늦지 않게 탈출할 거라며 격려해 주었다.

그리고 20여 년이 흐른 뒤 신호재 수석, 박두일 수석이 되어 태섭과 함께 같은 사무실에서 ITO 업무를 하게 된다. 그리고 민성은 강남사랑병원 프로젝트를 끝으로 의료 개발 부서를 떠나 다른 부서로 전배하게 된다.

누구에게나 가는 대로 길이 된다.

에필로그 II

:

"계획서만 제출하면 되는데, 굳이 찾아오셨다?"

사업부장은 대면 보고를 하겠다며 본사까지 찾아온 태섭을 지그시 바라보고 있었다. 그러고는 태섭이 회의실 탁자에 다소곳이 올려놓은 보고서를 집어 들어 천천히 들여다보기 시작했다.

"윤 팀장님, 인력 감축, 계약 방식 변경, 계약 금액 인상에 관한 계획서를 제출하라고 했을 텐데….'

보고서를 들여다보던 사업부장의 눈썹이 치켜 올라가며 보고서 페이지를 넘기고 있었고, 십여 분 동안 보고서를 말없이 탐독하고 있었다.

"가능한 일이에요?"

보고서를 탁자에 던지며, 사업부장이 태섭에게 눈길을 돌렸다.

"네, 그렇게 되도록 하겠습니다."

태섭의 보고서는 인력 감축에 관한 계획서가 아니었다. 강남사랑병원 시스템이 구축된 지 오랜 시간이 흘러 재구축이 필요한 시점임을 강조하며, 차세대 시스템 구축 사업을 발굴하겠다는 내용의 보고서였다. 병원 시스템의 생명 주기 Life Cycle는 대략 7년~10년 정도였다. 그 험난했던 2003년 차세대 시스템 구축 사업 후 한 차례 더 차세대 시스템 구축 프로젝트가 진행되었고, 이후 8년이 지난 시점이었다. 곧 새로운 차세대 시스템 구축 프로젝트가 진행되어야 할 때였고, 시대 흐름상 새로이 진행될 차세대 시스템 프로젝트는 클라우드 기반에 인공지능 AI가 탑재된 시스템으로 거듭나도록 설계할 것과 함께 차세대 시스템 구축 프로젝트를 진행하려면 현재 부서원들로는 부족하며, 본사 개발팀의 대규모 인력 지원이 예상되므로 회사 수익에 크게 기여할 수 있음을 어필하고 있었다. 또한 강남사랑병원뿐 아니라 다른 병원들도 차세대 시스템 구축 시점이 도래하였으며, 프로젝트를 성공하려면 많은 의료 IT 인력들이 필요함을 호소하고 있었다. 그렇게 태섭은 인력 감축이라는 고통의 늪을 벗어나고자 발버둥 치고 있었다. 말없이 창밖을 바라보는 사업부장의 머릿속에는 강남사랑병원, 강북 K병원, 대구 J병원과 부천 S병원의 과거 차세대 구축 프로젝트 시점을 기억해 내고 있었고, 대부분의 병원들이 다시 차세대 구축 사업을 진행할 때가 되었음을 어렴풋이 깨닫고 있었다.

"윤 팀장님 말대로 병원 차세대 프로젝트가 시작될는지 한번 지켜봅시다. 일단 인력 감축은 보류하시고⋯."

어렵사리 한고비를 넘기고 돌아온 태섭은 씁쓸한 마음을 사무실을 통해 보이는 달을 보며 달래 본다. 언제나 든든한 친구가 되어 주었던, 항상 변함없이 곁을 지켜 주던 그 달.

비치는 곳마다 길이 되었다. 가고자 하는 대로 비춰 주었고, 길이 되었다. 산 위로, 바다 위로, 보이지 않는 마음 위로.

꼭 그만큼의 거리에서 지켜보다 어려운 상황, 사방이 꽉 막힌 어둡고 절망적인 상황에서 한 줄기 빛처럼 희고 순결한 치마폭을 펼치듯 그렇게 환한 길을 내어주며, 비추면 비추는 대로 평탄한 길을 만들어 주었다. 태섭은 달을 보며 오롯이 자기의 길을 만들어 걸어가리라 마음먹는다.

그렇게, 가면 가는 대로 길이 된다.

달, 비치는 곳마다 길이 되는

가고자 하는 대로 길이 된다.
산 위로
바다 위로
보이지 않는 마음 위로

희고 순결한 치마폭을 펼치듯
그리워지는 곳을 향해
세상을 떠돌다 지쳐 돌아온
마디 굵은 손을 잡고
가면 가는 대로 깨끗한 길이 된다.

길 아닌 길에 잠시 머물렀다.
어둡고
딱딱하고
낯설어 점점 헛발질해 대는

꼭 그만큼의 거리에서 지켜보던 그가
사방이 꽉 막힌 어둠 속에서
희고 순결한 치마폭을 펼치듯
환한 길을 내어주며
비추면 비추는 대로 평탄한 길이 된다.

IT 비전공자의 처절한 병원 시스템 구축 생존기

가는 대로 길이 되는

1판 1쇄 발행 2025년 5월 16일

저자 비수(rainhand)

교정 신선미　**편집** 문서아　**마케팅·지원** 이창민

펴낸곳 (주)하움출판사　**펴낸이** 문현광

이메일 haum1000@naver.com　**홈페이지** haum.kr
블로그 blog.naver.com/haum1000　**인스타그램** @haum1007

ISBN 979-11-7374-064-0(03810)